헤밍웨이의
작가 수업

WITH HEMINGWAY: A Year in Key West and Cuba
by Arnold Samuelson

이 도서의 국립중앙도서관 출판시도서목록(CIP)은
서지정보유통지원시스템 홈페이지(http://seoji.nl.go.kr)와
국가자료공동목록시스템(http://www.nl.go.kr/kolisnet)에서 이용하실 수 있습니다.
(CIP 제어번호: CIP2015014974)

키 웨 스 트 와 아 바 나 에 서 의 일 년

헤밍웨이의
작가 수업

아널드 새뮤얼슨 지음

문학동네

일러두기

원서의 저자와 편집자 주는 각주로, 옮긴이 주는 간주로 처리했다.

진정한 마에스트로 짐 러벳에게

다이앤 다비의 서문

"작가에 관해 글을 쓰는 작가는 화가를 그리는 화가만큼이나 흥미롭다."

– 어니스트 헤밍웨이가 마에스트로에게 –

1934년 봄, 아널드 새뮤얼슨은 헤밍웨이를 만나보겠다는 일념으로 미네소타를 떠나 길바닥에서 차편을 구걸하며 키웨스트로 내려갔다. 헤밍웨이가 잠시 짬을 내어 글쓰기에 대해 얘기해주기를 고대한 것이다. 우여곡절 끝에 새뮤얼슨은 헤밍웨이와 그의 가족, 그를 찾은 방문객들과 함께 거의 꼬박 1년을 키웨스트, 쿠바, 멕시코만류가 흐르는 바다 위에서 지내게 되었다. 이듬해 『에스콰이어』지에 발표되어 젊은 작가들에게 유머가 깃든 귀중한 조언을 제공한 헤밍웨이의 소품 「마에스트로를 위한 모놀로그」에 영감을 준 장본인이 바로 그 사람이었다. 그리고 여느 소설만큼이나 기묘한 연유로 내 아버지 아널드 새뮤얼슨은 헤밍웨이가 인정한 유일한 문하생이 되었다.

1981년 아버지가 세상을 떠난 후 나는 헤밍웨이를 추억하는 낡고 빛바랜 편지와 사진, 낚시하는 중에 헤밍웨이가 한가한 틈을 타 아버지한테 받아 적게 한 항해일지가 담긴 상자 하나를 유품으로 물려받았다. 아버지는 그것 말고도 당신의 기억이 생생할 때 둘 사이에 오고간 대화와 사건들을 기술한 300쪽 분량의 원고를 남겼다. 원고의 대부분은 아버지가 키웨스트와 쿠바에 머물던 시기에 쓴 것이었지만 헤밍웨이의 조수 노릇을 하면서 쓴 부분도 있었다. 아버지는 여러 해에 걸쳐 원고의 많은 부분을 지우고 여기저기 새로운 문장을 보태보면서 이야기를 어떻게 시작해야 할지 여러모로 고심했다. 하지만 원고는 끝내 출판사 편집자의 손에 넘어가지 못했다. 헤밍웨이가 죽은 후『에스콰이어』지에 실린 에필로그를 제외하면 아버지는 어니스트 헤밍웨이에 대한 당신의 감정을 마음속으로만 간직했다.

1981년『에스콰이어』5월호에 실린 제임스 월컷의『어니스트 헤밍웨이 서간 선집』서평을 우연히 접한 나는 이 자료의 처리 방법을 놓고 고민에 빠졌다.

(⋯) 이 책은 어쩌면 헤밍웨이 산업 최후의 빅뱅, 그의 영광을 위해 불붙을 마지막 장작을 의미할 것이다. 헤밍웨이 자신의 회고록『움직이는 축제일』말고도 (⋯) 형제, 아내, 친구, 경쟁자, 우연한 구경꾼, 불만에 찬 독설가 들이 그를 추억하며 쓴 책들은 이미 여럿 나와 있다. (⋯) 사슴이 말을 할 수 있다면 헤밍웨이의 총탄이 제 뿔을 스친 몸서리나는 순간을 회고

담에 받아 적게 했을 것이다.

1934년은 헤밍웨이가 『아프리카의 푸른 언덕』에서 쿠두영양 사냥을 묘사하고, 필라호를 구입하고, 북대서양 새치의 재분류 작업에 일조하고, 향유고래를 향해 작살을 던졌던 흥미진진하지만 널리 기록되지 않은, 즉 "사슴이 말을 할 수 있다면"의 범주에 해당하는 일들이 벌어진 해였다.

헤밍웨이가 쓴 글 대부분과 그에 대해 쓰인 글 대부분을 읽어본 후에야 나는 아버지가 남긴 회고록이 실제로 그것들 사이에 끼어들 여지가 있음을 확신했다. 회고록이 독특하다고 여긴 것은 그 기만적인 단순함 때문이었다. 그것은 헤밍웨이와 함께 얘기하고 글을 주고받고 낚시를 한다는 게 어떤 것인가를 스물두 살의 중서부 태생 시골 청년의 눈에 비친 대로 적고 있었다. 헤밍웨이의 동생 라이스터는 그 둘의 관계를 눈치챈 것 같다.

형은 자기를 추종하는 어린 동생이 곁에 없으면 삶에 한껏 만족하지 못했다. 형에겐 가르칠 수 있을 뿐만 아니라 자기를 과시할 수 있는 대상이 필요했다. 형은 맹목적인 숭배를 원했다. 친동생인 내가 약간이라도 외경심을 보이면 관계에 분명 도움이 되었다. 가까이 있을 땐 내가 좋은 동생이 되어주었지만 정기적으로 형을 찾을 순 없는 노릇이었다.

나는 아버지가 터득한 대어를 낚아채는 요령으로 원고와 씨름을 벌이며 원고의 모양새를 만들어갔다. 몸의 긴장을 충분히 푼 채 어떤 부분에서는 잡아채고 또 어떤 부분에서는 혼신의 힘을 쏟아부었다. 그러면서도 릴을 줄곧 감아올렸고, 마침내 원고를 포획했다. 어떤 연유로 필자 자신이 이 일에 매달리지 않았는지는 짐작만 할 수 있을 뿐이다. 분명한 것은 아버지가 당신의 경험이 전도유망한 다른 작가들에게 도움이 될지도 모른다고 여겼기에 그 경험이 후대에 상실되길 원치 않았다는 점이다.

아버지와 헤밍웨이 사이에 상당히 많은 유사점이 존재한다는 걸 발견한 건 사뭇 뜻밖이었다. 헤밍웨이가 아버지에게 엄청난 영향을 끼쳤다는 데에는 의심의 여지가 없었다. 아버지는 헤밍웨이처럼 허리띠를 항상 허리띠 고리 밖에 둘렀고, 게다가 독창성을 발휘하여 폐타이어를 잘라 샌들을 만들어 신었다. 헤밍웨이에게 고양이가 여럿 있었다면 아버지에겐 고양이는 아니지만 블래키가 우두머리인 견공 무리가 있었다. 말년의 블래키의 희끗희끗한 수염은 녀석을 '아빠'처럼 보이게 했다. 이런 흉내는 쉽게 수긍이 가는 일이었다. 헤밍웨이는 늘 모방의 대상이었지 않은가!

헤밍웨이의 영향력을 감안하더라도 이해하기 힘들고 설명하기 어려운 유사점들을 굳이 여기서 들추어내는 것은 어니스트 헤밍웨이와의 만남을 전후한 아버지의 삶이 이런 식으로 가장 잘 얘기될 수 있기 때문이다.

아버지 아널드 새뮤얼슨은 1912년 2월 6일, 노스다코타의 한 뗏장집에서 노르웨이에서 이주해온 밀 재배 농부의 아들로 태어났다. 아버지는 유년 시절을 주로 저지대에서 말을 타고 낚시를 하고 책을 읽고 농장 일을 피해다니며 보냈다. 아버지는 평생 작가가 되길 바랐지만 할머니는 아들이 목사가 되기를 원했다.

나는 특별히 가족관계의 유사성에 마음이 끌렸다. 아주 세부적으로 들어가지 않더라도 이 두 사나이에게는 요리와 살림을 회피했다는 점에서 당시 인습에 얽매이지 않은 어머니가 있었다. 빵 굽기와 식사 준비는 남편들의 몫이었다. 이 두 어머니는 자신들의 욕구를 뒷전으로 미루지 않는 동시에 자식들에게 성공한 사람이 되라고 독려했다. 내 두 고모는 학교 선생님, 삼촌은 의사가 되었다. 아버지는 미네소타 대학에서 언론학을 전공했다. 그러나 학위증 수수료 5달러를 내고 싶지 않아 공식적으로 졸업은 하지 못했다.

아버지와 헤밍웨이는 나이 열아홉에 그들의 인생관을 결정짓는 정신적인 충격을 받았다. 헤밍웨이에게 그것은 제1차세계대전 당시 이탈리아 전선에서 입은 치명적인 부상이었고, 아버지에게는 1932년 아끼던 누이를 위니 루스 저드가 잔혹하게 살해한 그 악명 높은 토막살해사건이었다.

두 사람 모두 키가 180센티미터나 됐고 체구가 건장했으며, 남성미 넘치는 외모에, 손발이 큼지막했다. 둘 다 권투를 취미로 삼았다. 둘 다 수습기자 노릇도 했다. 헤밍웨이는 캔자스 스타에서, 아버지는 미니애폴리스 트리뷴에서 일한 경력이 있었다.

대공황 시절 일자리를 구하기란 하늘의 별 따기였다. 그래서 1932년 아버지는 눈보라 치는 11월에 한 친구와 함께 세상 구경에 나섰다. 아버지는 가위를 갖고 다니며 이발을 해주는 대가로 끼니를 때우는가 하면 급조된 관현악단에서 바이올린을 켜기도 했다. 이동은 길바닥에서 지나가는 차를 얻어 타는 방법을 썼다. 아버지는 일요판 트리뷴에 '방랑자'란 제목의 연재물을 기고하면서 북부 캘리포니아의 통나무 오두막에서 봄이 오기를 기다렸다. 거기서 아버지는 건초용 쇠스랑을 작살 삼아 연어를 잡고 담배꽁초로 크리스마스트리를 장식하면서 어니스트 헤밍웨이의 헌신적인 추종자가 되었다. 이듬해 아버지는 부랑자 행색으로 키웨스트에 당도했다. 열차에 몸을 싣고 들어선 이 도시는 인구의 8할이 빈민이거나 정부의 구호에 의존하고 있었다. 아버지에게 먹을 것이라고는 부스러진 빵

조각, 머물 곳이라고는 시교도소의 유치장밖에 없었다. 남들 같았으면 어니스트 헤밍웨이를 만난다는 것은 김빠지는 일이었을 것이다. 이 지점이 책의 출발점이며, 독자들은 이 두 작가가 공유한 1년 동안의 삶을 엿보게 된다. 그 1년은 그 둘이 한 모든 일이 어떻게든 글쓰기와 연관된 시절이었다.

키웨스트를 떠난 후 아버지는 미니애폴리스로 돌아와 멕시코만류 연안 낚시를 소재로 한 기사를 『야외생활』지에 또 게재했고, 아우가 살 집들을 지어주었다. 1937년에는 첫 소설 「뜨내기를 위한 멕시코」를 『에스콰이어』지에 팔아 자신의 멘토에게서 축하를 받았으며 꼬박 5년을 구애해온 아가씨와 혼례를 올렸다. 두 사람은 신혼여행으로 '인디언4' 오토바이에 몸을 싣고 북아메리카 대륙 탐험에 나섰다. 신부가 22구경 소총을 들고 야생의 사냥감을 살금살금 뒤쫓는 동안 신랑은 모닥불 곁에서 글을 썼다. 아버지는 목장주들을 위해 브롱크 야생마를 길들였고, 텍사스에서는 프레드 로를 위해 성미가 고약한 폴로 조랑말을 다시 조련했으며, 미니애폴리스에서는 병원을 짓는 남동생을 거들었고, 제2차세계대전의 와중에는 정부의 북극권 건설 프로젝트에 참여했다.

1945년에 아버지는 어머니와 함께 텍사스로 이주하여 로버트 리라고 불리는 조그만 마을 외곽을 흐르는 콜로라도 강 기슭에 터를 잡고 소로식의 삶을 살았다. 전화가 없는 그 호젓한 보금자리는 메스키트 나무와 선인장, 방울뱀, 길달리기새가 서식하는 약 8600평의 땅으로 둘러싸여 있었다. 그들은 자식 둘(에릭과 나)을 두었고, 목재상을 운영하고 조립식 주택을 짓고 임대 토지를 소유했다.

아버지는 일기 쓰는 일을 비롯해 꾸준히 글을 썼지만 자신의 노력에 만족하는 법이 없었다. 1955년, 아버지는 또다른 단편소설 「하나도 너무 많아」를『에스콰이어』지에 팔았는데, 그때 헤밍웨이가 아버지한테 이런 전보를 보내왔다. "에스콰이어 건 최고의 기쁨. 아주 자랑스러움. 자네의 단편이 편지만큼 훌륭하다면 다른 것도 팔 수 있을 거라 확신함. 행운을 빎. 어니스트."

그 시절 아버지의 글 대부분은 편집자에게 보내는 편지의 형식을 띠었다. 독학한 변호사이고 정치 문제에는 사사건건 시비조이던 아버지는 공적인 문제에 관해 어떤 입장을 표명하는 것을 꺼리지 않았는데, 대개는 인기 없는 쪽을 택했다. 은퇴 후 아버지는 음악에 더 큰 관심을 가졌고 글을 쓰는 일은 뜸해졌다. 아버지는 해묵은 바이올린을 다시 꺼내들고 "자초한 음악 교습"에 여생을 바쳤다. "바깥세상이야 해괴하게 돌아가든 말든 아랑곳 않고."

내게 가장 인상 깊은 유년 시절의 추억은 앤서니 퀸이 트레일러를 끌고 유랑 서커스단을 따라다니는 차력사로 등장하는 페데리코 펠리니 감독의 〈길〉을 본 일이다. 그는 자신의 몸을 옭아맨 육중한 쇠사슬은 끊어버릴 수 있었지만 사랑하는 사람에게 다가가려는 자신을 가로막는 고독의 껍질은 떨쳐내지 못했다. 나는 그 영화 속에서 아버지를 보았고, 지금은 그때 헤밍웨이도 보지 않았나 생각한다. 앤서니 퀸이 브로드웨이에서 어니스트 헤밍웨이의 역을 맡고 싶어한다는 걸 알게 된 것은 그래서 내게 각별한 의미가 있었다.

헤밍웨이와 아버지의 삶은 흥분과 우울이 씨줄과 날줄로 교차하는 피륙이었고, 나이가 들수록 그 빛깔은 강렬해졌다. 이 이야기는 인생의 가혹함이 어떤 대가도 요구하기 전, 그들이 열정적이면서도 냉정한 자신의 본성에 충실하던 시절에 벌어진 일들이다. 헤밍웨이와 절친한 친구들의 말과 아버지에 관해 내가 아는 것을 종합해보면, 이 두 사나이는 정녕 두려움을 몰랐고 끝없이 관대했으며 엄청난 카리스마가 있었다. 그들은 뭐든 기막히게 빨리 터득했고, 결코 사춘기의 열정을 잃는 법이 없었다. 그 둘은 똑같이 모순적인 행동을 했고, 여자에 관해선 양면적인 태도를 보였고, 친구관계가 변덕스러웠다. 언어를 무기로 사용할 경우에는 무자비하고 심술궂기도 했다. 모든 이에게 그러지는 않았지만 많은 이에게 그랬다.

둘 중 누구도 멍청이, 사기꾼, 지식인, 정치가 혹은 그 밖의 다른 사람들이 읊어대는 쓸데없는 장황한 얘기를 쉽사리 용납하지 않았다. 내가 발견한 가장 명백한 그들의 공통적인 기질은 어떤 비평가가 헤밍웨이의 "중대한 결함"이라고 지적한 그 "가학적인 농담"이었다. 이 가혹함의 정도는 대상이 그런 대접을 받아야 하는 이유에 얼마나 가까운가에 달린 듯했다. 「마에스트로를 위한 모놀로그」에 묘사된 아버지만큼 그 지점에 근접한 사람은 없었다. 그럼에도 불구하고 1935년 10월 헤밍웨이가 막상 다음과 같이 썼을 때 아버지는 헤밍웨이가 자기를 알아봐주었다고 기뻐했다.

그 친구는 뛰어난 파수꾼인데다 선상에서 일할 때나 글을 쓸 때나 열성적이었지만 바다에서는 처참하기 이를 데 없었다. 민첩해야 할 때 굼떴고, 이따금 두 발과 두 팔 대신 발만 네 개인 듯했다. 흥분하면 긴장했고, 뱃멀미는 구제불능이었고, 일을 시키면 촌놈 같은 반감을 품었다. 그래도 시간만 넉넉하게 주면 늘 기꺼운 마음으로 부지런히 몸을 움직였다.

바이올린을 켤 줄 알아서 우리는 그를 마에스트로라고 불렀는데, 그 별명은 결국 마이스로 길이가 줄었다. 바람이 한바탕 몰아치기만 해도 그는 사지의 균형을 잃고 버둥거렸기 때문에 한번은 동승한 당신네 통신원이 그 친구에게 이렇게 말했다. "마이스, 자네는 확실히 무지하게 대단한 작가가 될 걸세. 다른 일엔 눈곱만큼도 쓸모가 없으니까."

반면 그 친구의 글쓰기는 착실하게 향상했다. 언젠가는 작가가 될 만한 그릇이었다. 그렇다 해도 고약한 성미가 불끈불끈 삐져나오는 당신네 통신원이 작가 지망생을 일손으로 배에 태우거나, 쿠바고 다른 어떤 해안에서고 글쓰기에 관해 질의응답하면서 또다른 여름을 보내는 일은 결단코 없을 것이다. 필라호에 승선하고 싶다는 작가 지망생이 있거든 여자로 해주시길. 아주 예쁘면 좋겠고, 샴페인 챙겨오는 걸 잊지 않도록 해주시길.

헤밍웨이가 죽었을 때 케네디 대통령은 성명을 발표했다. "그는 거의 혈혈단신으로 문학과 이 세상 모든 나라 사람들의 사고방식을 바꾸어놓았습니다." 어니스트 헤밍웨이는 20세기에 중요한 메시지를 던진 강한 영혼을 소유한 작가였다. 이 책이 그의 글과 그가 남긴 메시지에 대한 관심을 조금이라도 북돋는다면 우리 부녀의 사명은 완수되는 것이다.

차례

다이앤 다비의 서문 • 7

헤밍웨이 • 19

수업 • 66

사제와 돛새치 • 77

괜찮은 작품을 어떻게 쓰나 • 82

낚시꾼 방문 • 89

도움의 문제 • 96

전보 • 108

세상에 못해먹을 짓 • 114

아바나 • 122

아내를 위한 청새치 • 140

진저 로저스와 결혼하고픈 사나이 • 145

로페스와 저녁식사 • 163

쇠돌고래 • 167

있는 그대로 본다는 건… • 174

호전적인 청새치 • 183

알폰소 • 191

사이비 낚시꾼 • 202

카바냐스에 들어서다 • 210

범비와 이야기꾼 • 217

과학자들을 위한 물고기 • 222

아구하 그란데! • 235

생애 최고의 짜릿함 • 244

허리케인 • 255

카를로스와 후안 • 260

뱀상어 • 269

고래 • 277

트로카데로 거리에서 • 286

아바나와의 작별 • 304

소박한 낱말이 최선 • 311

E. H.: 마에스트로에게서 온 코다 • 320

옮긴이의 말 • 324

인명 사전 • 329

헤밍웨이

Hemingway

1934년 봄, 나는 어니스트 헤밍웨이를 만나려고 미니애폴리스를 떠나 길바닥에서 차편을 구걸하며 키웨스트까지 내려갔다. 초대받은 것은 아니었다. 나는 나중에 『가진 자와 못 가진 자』의 첫 부분이 된 그의 「횡단여행」을 읽은 상태였다. 이 단편소설은 내게 그 작가를 만나기 위해 3200여 킬로미터를 여행해야겠다는 충동을 불러일으켰다. 혹 일이 잘 풀리면 그가 몇 분만이라도 틈을 내어 글쓰기에 대해 얘기해줄 수도 있을 거라는 막연한 희망을 품은 것이다. 천하의 바보짓처럼 보였지만 대공황 시절 스물두 살 난 뜨내기가 하는 일에 아주 대단한 이유가 있을 필요는 없었다.

다른 부랑자들이 북녘으로 날아가는 새들을 뒤쫓을 때 나는 남쪽을 향했다. 내 뜬구름 잡는 여로에는 적어도 목적지가 있었다. 다른 부랑자들은 대개 바로 직전에 머물던 동네를 허겁지겁 떠나 좀더 쉽게 모이를 쫄 수 있는 곳으로 발길을 돌렸다.

아무래도 E. H.가 키웨스트에 있는 그의 집에 모습을 드러낼 것만 같았다. 아프리카 사냥여행에서 돌아왔기 때문이다. 나는 그의 귀환을 말해주는, 뉴욕 항구에 정박한 배 위에서 그가 아내와 함께 찍은 사진이 신문에 실린 걸 본 터였다. 그게 내가 꼭 가야 하는 이유의 전부였다.

나는 플로리다발 키웨스트행 마지막 화물열차에 몸을 실었다. 열차는 모래톱 사이에 놓인 기다란 다리를 여럿 지나 남쪽으로 향했고, 마침내 망망대해 위로 빠져나왔다. 선로가 철거된 지금 같으면 있을 수 없는 일이지만 그때는 가능했다. 거의 꿈속에서처럼.

객차 한 량에 단단히 잠근 유개화차 다섯 량이 연결된 길지 않은 화물열차였다. 엉덩이를 붙일 만한 곳은 꼭대기밖에 없었다. 나는 가운데 유개화차 지붕 위에 외롭게 앉았다. 기관차가 코앞에서 연기를 내뿜었다. 내 바로 뒤에는 승무원차가 붙어 있었다. 아래쪽 어디선가 보이지 않는 선로를 타격하는 기차바퀴의 진동이 느껴졌다. 눈길이 닿은 곳은 온통 바닷물이었다. 화차 옆을 내려다보니 태양이 깊지 않은 맑은 바닷물을 비추고 있었다.

열차는 덜커덩덜커덩 소리를 내며 천천히 움직였다. 바람이 별로 불지 않아 연기는 한쪽으로 여유롭게 비껴 흘렀다. 나는 배낭을 곁에 둔 채 비좁은 지붕 위 통로에 앉아 이것이 가장 아름다운 열차여행일 거라고 생각했다. 게다가 완전히 공짜였다. 내가 거기에 있다는 걸 승무원들이 모를

리 없었지만 아무도 시비를 걸지 않았다.

나는 수면에서 12미터 정도 떨어진 높다란 자리에 앉아 대서양과 멕시코 만의 경계를 달리고 있었다. 물고기들은 무리를 지어 물밑 바닥에서 느긋하게 일광욕을 하고 있었다. 그중 몇몇은 길이가 1미터 20센티미터는 됨직했다. 거기에 상어도 끼어 있지 않나 생각했다. 아무튼 녀석들은 머리 위를 지나는 화물열차 따위는 개의치 않았다.

130킬로미터 정도 더 가면 이 더디고 아름다운 바다 위 열차여행은 끝나게 될 것이다. 전방에 조그만 땅덩이가 물위에 떠 있는 것이 보였다. 다른 섬들보다 커 보였고 건물들도 들어서 있었는데, 아득히 멀게만 보이던 것이 점점 가까이 다가왔다.

그곳이 키웨스트, 이 철도의 종착지였다. 미국 전역을 쏘다녀보았지만 아예 얼씬도 하지 말라고 사람들이 극구 말리는 곳은 키웨스트가 처음이었다.

"이봐, 젊은이, 방향을 잘못 잡았어." 홈스테드 역 구내에서 한 부랑자가 내게 말했다. "그 열차 키웨스트행이야. 거기엔 아무것도 없어. 가봤자 뒤돌아서 돌아오는 일밖에 없다고. 키웨스트에선 거렁뱅이짓을 해도 경찰들이 구시렁대지 않아. 그냥 감방에 처넣어버리지. 게다가 화차를 타고 북쪽으로 돌아올라치면 불법이민자라고 체포해. 자네 쇠고랑 차는 신세가 될 수도 있어."

열차가 거친 숨소리를 내며 유유히 움직이는 동안 이 문제를 놓고 고민했다. 그리고 결심했다. 빌어먹을, 감방에 가면 가는 거지 뭐.

그러나 목적지에 다가갈수록 헤밍웨이를 만나는 일이 점점 어리석게만 느껴졌다. 만나면 뭐라고 하지? "저기, 안녕하세요?" 그러면 그가 뭐라고 할까? "썩 꺼져!"? 그는 나 같은 부랑자들을 피해 키웨스트처럼 외딴 곳을 택했을 것이다. 운이 트여 그를 만난다고 해도 무슨 말을 꺼내야 할지 막막하기만 했다.

몰골이 말이 아니었다. 연기가 펄펄 나는 화차 지붕에 앉아 여행을 하면 어쩔 수 없는 노릇이다. 온몸에 검댕이 끼고 뭐든 만지면 열차 검댕이 묻어난다. 누구를 방문할 모양새가 아니었다. 깨끗이 씻고 옷을 갈아입는 게 맨 먼저 할 일이었다.

열차가 드디어 마지막 섬으로 들어서고 있었다. 왼편으로 약간 떨어진 곳에 조그만 철도 보급소가 있었다. 열차가 속도를 늦추자 나는 배낭을 들쳐 메고 난간을 잡고 내려와 그 섬에 자유의 발걸음을 내디뎠다. 키웨스트였다.

경찰도 눈에 띄지 않았고 나를 눈여겨보는 사람도 없었다. 하지만 그 섬에서 배낭을 등에 짊어진 사람은 확실히 튀었다. 여기서부터는 더이상 갈 곳이 없었다.

유개화차 중에는 아바나 연락선에 실려 쿠바까지 가는 것도 있었지만 나머지는 키웨스트에서 화물을 하역했다. 기관차는 머리를 돌려 빈 화차와 객차와 승무원차를 달고 내가 타고 내려온 바로 그 선로를 타고 다시 북쪽 본토로 올라갈 것이다.

보급소에서 물을 한 모금 들이켜고 철길을 가로질렀다. 부두 헛간에서 대왕거북 한 마리를 도살하는 콘치 둘을 마주쳤다. 섬의 원주민들은 키웨스트 연안에 서식하는 딱딱하고 작은 조개류의 이름을 따 콘치라고 불렀다. 근처에 정박한 여러 어선에서 어부들이 원주민들에게 잡은 생선을 팔고 있었다. 아이들 몇몇이 마치 내 마음을 아는 듯 바지를 잘라 만든 반바지 수영복 차림으로 선착장에서 물속으로 뛰어들고 있었다. 일하기에는 모두 어린 나이였다.

아바나와의 경쟁에 밀려 시가 공장들은 거의 다 문을 닫은 상태였다. 고기잡이와 새우잡이도 신통치 않았다. 할 일이 급격히 줄자 청년들은 아이와 노인과 여자 들을 남겨두고 일자리를 찾아 본토로 떠나버렸다. 여자 들은 넘쳐났다. 까맣고 하얗고 아름다웠다. 많은 수는 혼혈이었다. 아직 남아 있는 사내들도 있었는데, 그들은 하나같이 헤밍웨이를 알고 있었다.

거북 부두에서 거대한 도끼로 산 거북을 쪼개다 쉬던 콘치 하나가 내게 말을 걸었다. "그 헤밍웨이란 작자 별 볼일 없어 보이는데 재주가 비상한 놈이라고 하더라고. 그렇게 보이지 않는데 말이야. 타자기 앞에만 앉았다 하면 1000달러는 우습게 뽑아내. 내 1년 벌이보다 큰 액수를."

또다른 콘치가 거들었다. "도대체 알 수 없는 작자야. 얼마 전 여기 처음 왔을 때만 해도 빈털터리였지. 쪼그만 낚싯배 한 척 빌릴 돈도 없었거든. 돈이 없어 낚시도 못 가겠다고 투덜대는 걸 내가 들었다니까. 돈에 쪼들리는 궁색한 여행객에 불과했지. 그런데 지금은 어떻게 하고 사는지 봐. 마을에서 가장 큰 집에 하인들이 우글거리고, 저번 아프리카 사파리여행에선 10만 달러를 썼다지. 제기랄, 비용도 다 대주고 찰스 톰프슨도 손님으로 데려가고, 제기랄, 프랑스에서 합류하려고 찰스의 마누라한테 인편까지 보냈다는 거야, 비용을 다 대주고. 또 듣자 하니 그자가 이제껏 보지 못한 겁나게 죽여주는 낚싯배를 샀는데 그게 지금 뉴욕에서 오는 중이래. 염병, 그건 낚싯배가 아니야. 휠러 조선소에서 제작한 끝내주는 요트라고. 사양이 다른 두 대의 엔진이 달렸다지. 나 참 기가 차서."

"내 말이 바로 그거야." 첫번째 콘치가 맞장구쳤다. "개뿔도 없어 보이는

데 용쓰는 재주가 있는 자식이라니까. 놈한테 두 손 번쩍 들었어."

"내 확실히 아는 얘긴데 그 집 차고 위에 사무실을 하나 지어주었더니 목수들한테 임금에다 100달러씩을 수고비로 얹어주었다는 거야. 이 근방에서 그런 일은 일찍이 없었어."

"눈을 씻고 봐도 그럴 놈처럼 뵈진 않거든." 다른 콘치가 말했다. "차려입고 다니는 적이 없어. 발목쯤에서 자른 카키색 바지 차림으로 쏘다녀. 허리띠는 절대 허리띠 고리에 끼지 않아. 신발을 신는 법도 없고. 맨발로 침실용 슬리퍼를 끌고 다녀. 이 근방 사람치고 그자를 알아보지 못할 사람은 없어. 여기서 별별 인간들을 다 보지만 그런 별종은 처음이야."

키웨스트에서 내 보금자리는 키웨스트 시교도소 유치장이었다. 야간순찰을 돌던 경찰이 거북 부두에서 배낭을 베개 삼아 베고 엉덩뼈를 다칠세라 판자 위에 누워 잠을 자던 나를 발견한 것이다. 그가 나를 깨워 교도소로 같이 가자고 초대하기 전까지 나는 잠에 취해 있었다. 그는 간이침대도 있고 훨씬 편할 거라고 하면서, 거기 있으면 행여 범죄사건이 터지더라도 용의자로 몰려 수감되는 일은 없을 거라고 했다. 분명 거절하기 힘든 제안이었다. 그를 따라갔다. 수중에 있는 돈이라고 해봐야 8달러 정도고 그 돈으로 얼마나 버틸 수 있을지 알 수 없는 처지였다. 하룻밤 호텔비도 안 되는 금액이었다. 마이애미에서 시간당 10센트를 받고 하숙집에서 허드렛일을 한 게 내 마지막 일자리였다.

경찰이 빼먹은 이야기가 있었다. 모기였다. 선착장에는 시원한 바닷바람이 불어와 모기가 없었다. 교도소에는 바닷바람이 불지 않았고 열려 있는 창문들을 가려줄 방충망도 없었다. 모기들, 그것도 큼지막한 놈들이 쇠창살 사이로 거침없이 날아들었다. 키웨스트 시교도소의 대접이 워낙 유

24

명한 터라 시내에 있던 유랑자는 나 혼자뿐이었고, 그래서 감방을 독차지했다. 초대받은 다른 손님이나 죄수는 없었다.

나는 있는 옷은 죄다 껴입고 신발까지 신은 채 그물침대에서 잤다. 일종의 지연 전술로 배낭에서 여분의 셔츠들을 꺼내 얼굴과 손을 덮었다. 녀석들이 비집고 들어왔지만 그렇게 하는 데 시간이 걸렸고 잠시나마 잠을 청할 수 있었다.

나는 매일 밤 체포되었고 아침이면 도시를 떠날 방도를 찾아보라고 방면되었다. 도시를 떠나지 못한 밤마다 나는 모기들에게 다시 왔다고 신고를 해야만 했다. 아침에 떠날 때나 밤중에 돌아올 때나 교도소의 경찰들은 내게 아무 말도 하지 않았다. 그들은 대화에는 통 관심이 없었다. 그러나 내가 매일같이 감방 신세를 지자 놀라는 기색이 역력했다.

밤마다 모기들과 전쟁을 치르느라 잠은 주로 낮에 잤다. 고작 배낭 속에 쑤셔박아둔 뭉개진 빵으로 끼니를 때우면서도 시내를 거닐 때면 일류 여행객 못지않게 행복했다. 나는 돌아다니며 어니스트 헤밍웨이에 관해 물었다. 그가 본토로 떠난 지 며칠 되는 터라 언제 돌아올지는 시간문제였기 때문에 마치 대단한 모험을 하듯 나는 내가 만나고 싶은 작가에 대해 원주민들에게 물어보고 다녔다.

나는 여기저기 돌아다니면서 원주민들이 뜨내기 이방인한테 헤밍웨이에 관해 흔쾌히 말문을 열려고 한다는 사실을 알게 되었다. 하지만 원주민들이 이러쿵저러쿵하지 못하는 게 하나 있었다. 헤밍웨이의 글이었다. 키웨스트의 시티즌 위클리 신문사에 들르기 전까지만 해도 헤밍웨이의 책을 단 한 권이라도 읽어본 사람을 만나보지 못했다.

키웨스트에 있는 어니스트 헤밍웨이의 집을 찾아 현관문을 두드렸다.

그가 나왔다. 그는 내 앞에 딱 버티고 선 채 성가신 듯 두 눈을 가늘게 뜨고 내가 먼저 말을 꺼내기를 기다렸다. 말문이 막혔다. 준비해둔 말이 단한마디도 떠오르지 않았다. 그는 거구였다. 훤칠한 키, 날렵한 둔부, 딱 벌어진 어깨. 두 팔을 양옆으로 늘어뜨리고 양다리를 떡 벌린 자세였다. 그는 체중을 발끝에 싣고 몸을 약간 앞쪽으로 굽혔다. 금방이라도 주먹을 휘두를 것 같은 타고난 싸움꾼의 자세였다. 턱은 묵직했고 시커먼 수염은 풍성했으며, 거의 감긴 그의 까만 두 눈은 권투선수가 KO 펀치를 날리려고 적수를 가늠하듯 나를 훑었다.

그는 자기 사유지에서 부랑자들을 쫓아내기 위해 경비원을 동원하지 않을 게 분명했다. 그 정도 일은 혼자서도 너끈히 해낼 수 있을 것 같았다.

"무슨 일이오?" 그가 물었다.

"한번 만나 뵈려고 미니애폴리스에서 부랑자처럼 내려왔습니다." 안절부절못하며 내가 대답했다.

"무슨 일로?"

"그저 방문하고 싶어서요."

일이 점점 꼬여갔다. 눈빛에서 그걸 읽을 수 있었다. 방문하고 싶다고 하자 기어들어와 식객으로 죽치겠다는 뜻으로 이해한 모양이었다. 막 더 스패서스를 배웅하고 이제 좀 조용히 쓰던 글을 마무리하려던 참이었는데 어디서 듣도 보도 못한 잡놈이 불쑥 나타나서 한다는 말이 방문하러 왔단다! 난감했다. 직감적으로 오해를 풀어야겠다고 생각했다.

"『코즈모폴리턴』지에 실린 선생님의 단편소설 「횡단여행」을 읽었는데 정말 좋아서 선생님과 얘길 좀 나눌 수 있을까 해서요." 내가 해명했다.

"그냥 얘기가 하고 싶어서?"

"네."

"그렇다면 문제가 다르지." 그가 긴장을 풀고 친근감을 드러내며 말했다. "진작 그리 말하지 그랬나? 그냥 잡담이나 하러 왔다고. 난 눌어붙겠다는 소린 줄 알았지 뭔가."

"아닙니다. 그냥 얘기를 나누고 싶었던 것뿐입니다." 모든 문제가 그렇게 말끔히 해결된 걸 무척 다행하게 여기며 내가 말했다.

"지금은 내가 바빠. 내일 들러줄 수 있겠나?"

"아무 때나 괜찮습니다."

"1시 반으로 하지. 지금은 할 일이 좀 있어서 말이야."

"고맙습니다. 그럼 1시 반으로 알겠습니다." 나는 뒤돌아 대문 쪽으로 걸음을 떼려고 했다.

"잠깐. 내가 시내까지 태워다주지."

"아니, 괜찮습니다. 걷죠 뭐."

"어차피 우편물 때문에 나가려던 참이었네." 그가 옆으로 다가와 발걸음을 맞추며 말했다.

"아차, 열쇠를 깜박했네."

그가 열쇠를 가지러 들어갔다 온 후 우리는 집을 빙 돌아 뒤편에 있는 차고로 갔다.

"작가인가?"

"아직은 아니지만 그게 꿈입니다."

"험한 일이야."

"글 쓰는 일에만 몰두하는데도 여간 힘든 게 아닙니다."

"그건 쓸데없는 소리야. 나한테도 힘들기는 마찬가지라네. 뭐 출판된 거라도 있나?"

"신문에 실린 방랑기 나부랭이가 전부입니다. 글이 좋아서 뽑아준 것은 아니고요. 경험담을 쓴 겁니다."

"뭘 쓰든 소재가 가장 중요하지. 소설도 마찬가지야."

모델 A 포드 로드스터를 타고 우리는 차고에서 후진해 나와 좁다란 거리를 달려 다닥다닥 붙어 있는 낡고 칠도 되지 않은 목조 주택들과 비스듬히 선 야자수들을 지나쳤다.

"대학은 다녔나?" E. H.가 물었다.

"미네소타 대학에서 언론학을 전공하긴 했는데 영문학 점수는 늘 형편없었습니다."

"좋은 징조군. 대학에서 학점을 잘 따는 친구들은 대개 흉내쟁이들이지. 자기만의 것을 쓰는 법을 터득하지 못해. 그럴 가망도 없고. 어디에 내려줄까?

"시내 아무데나 내려주세요."

"어디 머물고 있지? 원하는 곳까지 데려다줌세."

"바로 여기에 내려주시면 좋겠습니다." 듀발 거리에 이르자 내가 말했다. 시교도소까지 태워달라고 할 수는 없었다.

"주머니 사정은 어때?" 아이디얼 식당 옆에 차를 멈추며 그가 물었다.

"넉넉합니다."

"경찰이 뭐라 하거든 내 친구인데 방문차 왔다고 하게."

"고맙습니다."

"무례하게 군 것 미안하네."

"별말씀을요."

"만나서 반가웠네. 그럼 내일 보세."

우리는 악수를 했고, 나는 우체국으로 차를 몰고 가는 그를 지켜보았다. 그는, 작가를 지망하는 한 젊은이가 살아 있는 가장 위대한 작가라고 숭배해마지않는 사람을 만나고는 직감적으로 그가 이미 자신의 친구가 되었음을 알 때 갖게 되는, 사람이 평생 딱 한 번 경험하는 매우 멋진 느낌을 남기고 떠났다.

이튿날 오후 다시 화이트헤드 거리를 걸어 헤밍웨이의 집으로 향했다. 그날의 기분은 완전히 딴판이었다. 이곳에 도착한다 해도 E. H.가 만나줄지 감감한 상태에서 지난 2주 동안 화물열차와 차편을 구걸하며 북쪽에서 내려오며 느낀 온갖 두려움과 의구심은 온데간데없이 사라졌다. 그가 내게 1시 반에 오라고 했고 나는 가는 중이었다.

4월 하순의 무더운 날이었다. 작열하는 태양에 달궈져 칠이 벗어진 작은 판잣집들은 햇볕과 빗물에 썩어가며 헐벗은 목재의 우중충한 잿빛을 띠고 있었다. 꼬마 몇몇이 흑인 교회 밖 길거리에서 놀고 있었고, 팔자 편한 주민 몇몇이 모퉁이 식료품점 그늘에 앉아 빈둥거리거나 자기 집 툇마루 지붕 밑에서 파이프를 피우며 라디오에서 흘러나오는 쿠바의 룸바 음악을 듣고 있었다. 중년의 한 사내가 자전거를 타고 지나갔다. 도로는 자동차 한 대 없이 한적했다. 나는 작고 낡은 집들이 다닥다닥 붙어 있는 주택가를 여러 구역 지나, 마침내 짧은 잔디가 깔리고 높다란 철제 담장과 야자수로 둘러싸인 널찍하고 탁 트인 모퉁이 뜰에 도착했다. 뜰 한가운데에 있는 헤밍웨이의 집은 판잣집들을 전부 날려버린 허리케인에도 끄떡없도록 건축된 오래된 법원 청사처럼 보였다. 남북전쟁 때 지어진 네모반듯한 2층짜리 콘크리트 저택이었다.

E. H.는 툇마루 그늘에 앉아 있었다. 카키색 바지와 침실 슬리퍼 차림에 뉴욕타임스와 위스키 한 잔을 곁에 두고 있는 모습이 아주 편해 보였다. 내가 대문에 서 있는 걸 보자 그가 자리에서 일어나 햇볕이 드는 곳에서 나를 맞이했다.

"잘 있었나?" 악수를 하며 그가 말했다. "우리 이쪽에 앉지."

E. H.는 그가 있던 북쪽 툇마루 그늘로 날 이끌었다. 그곳은 집 밖이지만 침실만큼이나 내밀하게 느껴졌다. 집에 있긴 한데 집 안은 아닌, 거의 거리에서 얘기하는 기분이었다.

"집이 참 근사하네요." 그의 곁에 놓인 쿠션을 덧댄 툇마루 고리버들 의자에 앉으며 내가 말했다. 공작들이 긴 꼬리를 끌며 철제 담장을 따라 움직이다 쇠창살 사이로 머리를 들이밀고 빠져나갈 구멍을 찾는 모습이 보였다.

"그래, 괜찮은 편이지." E. H.가 말했다.

"『코즈모폴리턴』지에 내신 것 말인데요, 진짜 멋진 단편입니다."

"맞아. 좋은 단편이지."

"이제껏 읽어본 것 중 최고였습니다." 말해놓고 보니 바보 같은 말이었다.

"만만치 않은 이야기라네."

"그 부분이 재미있었어요. 되놈한테 물린 곳에 독이 오르는 건 아닌지 걱정하다, 빌어먹을, 되놈들은 이빨을 아마 하루에 세 번은 북북 문지를 거라고 치부하는 부분 말입니다."

"아흔 날 동안 바다에 나가 있다 돌아와 쓴 이야긴데, 쓰는 데 여섯 주가 걸렸지. 소설을 써보려고 한 적 있나?"

"있습니다. 지난겨울 매일 일고여덟 시간씩 머릿속이 진공이 될 때까지 쓰고는 녹초가 돼 침대에 쓰러졌습니다. 진이 빠질 정도로 써댔지요. 장편 두 개, 단편 스무 개가량을 썼는데, 전부 쓰레기일 뿐 나아지지 않더라고요. 아주 우울했습니다. 그러던 차에 『코즈모폴리턴』지에서 선생님의 단편을 읽게 됐죠. 그래서 이렇게 찾아뵈야겠다고 마음을 먹은 겁니다."

"글쓰기에서 내가 배운 가장 중요한 교훈은 절대로 한 번에 너무 많이 쓰지 말라는 걸세." 헤밍웨이가 손가락으로 내 팔을 톡톡 두드리며 말했다. "절대 샘이 마를 때까지 자기를 펌프질 해서는 안 돼. 내일을 위해 조금은 남겨둬야 하네. 멈춰야 하는 시점을 아는 게 핵심이야. 쓸 말이 바닥날 때까지 버티지 않도록 하게. 글이 술술 풀려 얘기가 재미있는 지점에 이르고 그 다음에 무슨 일이 벌어질지 감이 오면 바로 그때 멈춰야 하네. 그러고는 원고를 그냥 놔두고 생각을 끄게나. 나머지는 자네의 잠재의식한테 맡겨둬. 다음날 아침 잠을 푹 자서 기분이 상쾌해지거든 그 전날 쓰던 것을 다시 쓰도록 하게. 그럼 그 재미있는 지점에 다다를 거고 또 다음 장면이 예측되겠지. 그 지점에서 계속 전진해. 그러다가 또다른 재미의 정점에서 멈추는 거야. 그런 식으로 써나가면 탈고했을 때 자네의 글은 재미있는 부분들로 가득할 것이고, 장편을 쓸 때도 절대 막히는 일 없이 얘기를 재미있게 꾸려갈 수 있다네. 매일같이 출발점으로 되돌아가 전부 다시 쓰게. 얘기가 지나치게 길어진다 싶으면 쓰기 전에 바로 앞 두세 장 정도를 되짚어 읽어본 후에 시작하게. 그리고 최소한 1주일에 한 번은 처음으로 돌아가는 거야. 이야기는 그런 식으로 한 덩어리가 되는 거라네. 검토할 때 잘라버릴 만한 건 모조리 잘라버리게. 무얼 내팽개쳐야 할지 아는 게 핵심이야. 잘하고 있는지 여부는 뭘 버리느냐에 달려 있다네. 다른 작가가 쓰더라도 정말 재미있겠구나 싶은 걸 내버릴 수 있다면 잘하고 있는 걸세."

헤밍웨이는 이미 내 작업에 개인적인 관심이 있고 힘껏 돕고 싶다는 듯 힘주어 말했다.

"글을 쓰는 데에 기계적인 부분이 많다고 낙담하지 말게. 원래 그런 거야. 누구도 벗어날 수 없어. 『무기여 잘 있거라』의 시작 부분을 적어도 쉰 번은 다시 썼다네. 철저하게 손을 보아야 해. 무얼 쓰든 초고는 일고의 가치도 없어. 처음 쓰기 시작할 때 자네는 온통 흥분되겠지만 독자는 아무 것도 느끼지 못해. 하지만 작업 요령을 터득하고 난 후에는 독자에게 모든 걸 전달해서 예전에 읽어본 얘기가 아니라 자기에게 실제 일어난 일처럼 기억하게 하는 걸 목표로 삼아야 해. 이게 글쓰기를 평가하는 진정한 시금석이라네. 그리되면 독자는 흥분해도 자넨 아무렇지도 않아. 그저 힘든 일의 연속이야. 잘 쓸수록 힘들어져. 오늘 쓴 이야기는 어제 쓴 것보다 나아야 하니까. 세상에서 가장 고달픈 짓이지. 쓰는 일 말고도 하고 싶고 더 잘할 수 있는 게 수두룩하지만, 펜을 놓고 있을 때는 기분이 더러워져. 내가 가진 재능을 썩힌다는 생각이 들거든."

나는 귀를 곤두세우며 그의 한마디 한마디를 놓치지 않고 기억에 담아 두려고 애썼다. 이 인터뷰가 끝나면 그를 두 번 다시 볼 수 없을 거라고 생각했기 때문이다.

"그리고 말일세." 그가 말을 이었다. "모르는 건 쓸 수 없어. 순전히 상상에 의존하는 건 시詩야. 공간과 인물들을 철저히 파악해야 하네. 그러지 않으면 얘기가 진공 속에서 벌어지게 되지. 창작은 써가면서 하는 걸세. 그날의 글쓰기를 끝낼 즈음에는 그다음 이야기가 어찌 펼쳐질지 알겠지만 그 이야기 다음에 벌어질 일까진 알 수 없기 때문에 이야기가 어찌 끝날지는 끝까지 가봐야 안다네."

"애초에 아무런 플롯도 없이 이야기를 쓴다는 말인가요?"

"최고의 이야기는 그렇게 쓰이는 걸세. 좋은 얘깃거리가 있다면 서슴지 말고 써. 그런 건 앉은자리에서 단숨에 해치우는 거야. 하지만 최고의 이야기는 하루하루를 겪으면서 만들어지는 거라네. 그런 걸 쓰는 건 뼈빠지는 일이지만 그게 쓰는 사람한테나 읽는 사람한테나 훨씬 흥미진진하지. 이야기가 어찌 끝날지 쓰는 사람이 모르는데 독자가 어찌 알 수 있겠나?"

"또하나." 그가 말을 이어갔다. "절대로 살아 있는 작가들과 경쟁하지 말게. 그들이 훌륭한 작가인지 아닌지 알 길이 없으니까. 훌륭하다고 생각하는 죽은 작가들과 겨루게. 그들을 따돌릴 수 있다면 잘하고 있다고 여겨도 무방해. 좋은 작품이란 작품은 몽땅 읽어둬야 해. 그래야 이제껏 어떤 것들이 쓰였는지 알 수 있을 테니. 자네의 얘깃거리가 누가 이미 다룬 것이라면 그보다 더 잘 쓰지 않는 한 자네의 이야기는 초라할 뿐이야. 어떤 예술에서고 낫게 만들 수 있다면 뭐든 훔쳐도 괜찮아. 단, 언제나 아래가 아니라 위를 지향해야 해. 그리고 남을 흉내내지 말게. 문체란 말이야, 작가가 어떤 사실을 진술할 때 드러나는 그 사람만의 고유한 어색함이라네. 자기만의 문체가 있다면 다행이지만, 만일 남들처럼 쓰려고 한다면 자기만의 어색함뿐만 아니라 다른 작가의 어색함도 아울러 갖게 돼. 즐겨 읽는 작가라도 있나?"

"스티븐슨의 『피랍자』와 소로의 『월든 연못』을 재밌게 읽었습니다. 다른 작가들은 얼른 떠오르지 않네요."

"『전쟁과 평화』는 읽어본 적 있나?"

"없습니다."

"그거 무지하게 좋은 책이야. 꼭 읽어보게나. 내 작업실로 올라가세. 필독서 목록을 만들어줄 테니."

그의 작업실은 집 뒤편 차고 위에 있었다. 나는 그를 따라 바깥 계단을 올라 작업실로 들어갔다. 타일이 깔린 바닥에 덧창 달린 창문이 삼면에 나 있고 창틀 아래에서 바닥까지 책들이 여러 줄로 꽂혀 있는 네모반듯한 방이었다. 방 한구석에 고풍스러운 큰 책상 하나와 등받이가 높은 의자 하나가 있었다. E. H.는 구석에 있는 그 의자로 갔다. 우리는 책상을 사이에 두고 마주보고 앉았다. 그가 펜을 찾아 종이에 목록을 작성하기 시작했다. 나는 그 정적의 시간이 불편했다. 그의 시간을 빼앗고 있다는 걸 깨달았기 때문이었다. 내 뜨내기 경험담을 재미 삼아 들려줄까 했지만 너무 시시할 것 같아 입을 다물고 있었다. 그가 줄 만한 걸 전부 챙기는 게 내가 거기에 있는 이유였다. 내가 보답으로 줄 만한 건 아무것도 없었다.

"말하긴 좀 그러네만, 자넨 진지한 것 같아." 마침내 E. H.가 입을 열었다. "진지함은 작가가 꼭 갖춰야 할 덕목이지. 일류로 쓴다는 건 세상에서 가장 진지한 일이고, 상상력을 발휘해 쓴다는 건 예술의 최고봉이라네. 또하나 갖춰야 할 게 있는데 그건 재능일세. 죽었다 깨도 소설을 쓸 수 없는 사람이 있지. 소설에 소질이 없다는 걸 깨닫게 된다면 무슨 일을 하겠나?"

"모르겠습니다. 자기한테 소질이 있는지 없는지는 어떻게 아나요?"

"알 수 없지. 몇 해를 써본 후에야 나타나기도 하니까. 여하튼 소질만 있다면 언젠가는 드러나기 마련이야. 내가 자네에게 줄 수 있는 딱 한 가지 충고는 꾸준히 쓰라는 걸세. 물론 지독하게 고된 짓이지. 내가 글을 써서 돈을 버는 건 펜을 들고 해적질을 일삼기 때문이야. 내 경우 단편 열 개를 써봤자 그중 하나 정도만 쓸 만할 뿐 나머지 아홉은 버린다네. 그런데 편집자들이 내 작품을 원하면 나는 그네들을 그걸 놓고 경매를 벌여야 하는 처지에 몰아넣고는 그 열 개를 모두 살 만한 가격으로 그 하나의 값을 치르겠다고 나올 때까지 양쪽을 부추긴다네. 그럼 그자들은 질투심에 불타 내가 와서 해결해주기만을 바라게 되지. 자네가 글을 쓴다고 하면 너도나도 행운을 빌어주겠지만, 자네가 잘나간다 싶으면 잡아먹지 못해 안달일 걸세. 정상에 머물 수 있는 유일한 방법은 좋은 작품을 쓰는 거야."

"상상력은요?" 내가 물었다. "창작할 수 없을 땐 어떡하죠?"

"창작이란 꾸준히 써나가며 터득하는 거야."

"애초부터 깜깜해도 말입니까?"

"이따금씩은."

"여쭙고 싶은 것이 또 있습니다. 저는 혼자 지내는 걸 무척 좋아해요. 주변에 사람들이 늘 북적대는 걸 못 견딥니다. 그게 작가에게 나쁜 건 아닌지 궁금합니다."

"그렇지 않아. 그래야 사람들을 만났을 때 감수성이 더욱 예민해지지. 나도 지난가을 아프리카로 떠날 무렵엔 인간이라는 족속에 진절머리가 나 누구도 다시 만나고 싶지 않았다네. 기억해두게, 자네가 어떤 사람인가가 아니라 자네가 어떤 일을 하는가가 중요한 거야. 자네 어머니께선 다르겠지만 자네가 죽든 살든 누구도 신경쓰지 않아. 개인으로서 자네는 아무것도 아닌 거야. 자네한테 무슨 일이 생기든 아무도 관심 없어. 자네가 다른 사람들의 머릿속으로 들어가야 해."

"작년에 몇 달을 서부지역에서 차를 얻어 타고 화물열차를 무임승차하며 보냈습니다. 부랑아처럼 쏘다니는 게 작가에게 유익한 경험이 될까요?"

"그렇고말고. 나도 마음은 굴뚝같지만 아내와 가족에 매인 몸이라서. 하지만 자신을 들여다보고 싶다고 사시사철 돌아다닐 필요는 없다네. 한곳에 진득하게 머물면서 그곳에서 무언가를 배울 수 있어야 해. 불결한 임시 천막촌에서도 괜찮은 걸 건질 수 있어야 하네. 『허클베리 핀』은 읽어봤나?"

"옛날에요."

"다시 한번 꼭 읽어보게. 미국인이 이제껏 쓴 책 중 최고야. 허크가 도둑맞은 검둥이를 되찾는 부분까지는. 미국문학의 시작을 알리는 작품이지. 스티븐 크레인의 「블루 호텔」은 읽어봤나?"

"아니요."

"모름지기 작가라면 교육의 일부로서 꼭 읽어둬야 할 책들을 적었다네." 그가 아래의 목록을 건네며 말했다.

스티븐 크레인—

  블루 호텔

  오픈 보트

_____

보바리 부인—귀스타브 플로베르.)

더블린 사람들—제임스 조이스—

적과 흑—스탕달 저—2

(인간의 굴레—서머싯 몸)—

안나 카레니나—톨스토이—3

전쟁과 평화—톨스토이—4

부덴브로크가의 사람들—토마스 만—5—

환호와 작별—조지 무어—

카라마조프가의 형제들—도스토옙스키—6

옥스퍼드 영시집—

거대한 방—E. E. 커밍스.

폭풍의 언덕—에밀리 브론테

저 멀리 그 옛날에—W. H. 허드슨—

아메리칸—헨리 제임스

어니스트 헤밍웨이.

"이 책들을 읽지 않았다면 교육을 받았다고 할 수 없지. 서로 다른 글쓰기의 전형을 대표하는 것들이네. 어떤 것은 따분하고, 어떤 것은 영감을 주고, 또 어떤 것은 무척 아름답게 쓰여 글을 쓴다는 게 절망적인 일처럼 여겨질 걸세. 여기 어디 「블루 호텔」이 있었는데. 자네 『무기여 잘 있거라』는 읽어봤나?"

"아니요, 못 읽어봤습니다."

"그거 탈고했을 때 느낌이 좋았지. 기막힌 사냥감을 남겼다는 생각이 들더군." 그는 책꽂이로 가서 책 두 권을 뽑아 내게 건네주었다. 하나는 스티븐 크레인의 단편 선집이었고 다른 하나는 『무기여 잘 있거라』였다.

"다 읽거든 돌려주면 좋겠네. 그 판본으로 갖고 있는 건 그것뿐이라서."

"내일 모두 돌려드리겠습니다. 고맙습니다."

"그래 이제 뭘 할 작정인가?"

Stephen Crane –

The Blue Hotel
The Open Boat.

Madame Bovary – Gustave Flaubert.)
Dubliners – James Joyce –
The Red and the Black – By Stendhal – 2
(OF Human Bondage – Somerset Maugham) –

Anna Karenina – Tolstoy – 3
War and Peace – Tolstoy – 4
Buddenbrooks – Thomas Mann – 5
Hail and Farewell – George Moore –
• Brothers Karamazoff – Dostoevsky – 6.
Oxford Book of English Verse –
The Enormous Room – E. E. Cummings.
Wuthering Heights – Emily Brontë
Far Away and Long Ago – W. H. Hudson –
The American – Henry James.

Ernest Hemingway

"쿠바행 배를 타고 싶었는데 그럴 수 없다고 하니 천생 북쪽으로 다시 올라가야겠어요."

"스페인어 할 줄 아나?"

"못합니다."

"그렇다면 쿠바에 가봤자 별 볼일 없을 거야. 바다엔 나가본 적 있나?"

"없습니다."

"그래서 힘든 거야. 노련한 사람만 태운다네. 나도 올여름 쿠바에 갈 참인데, 그 정도 크기의 비좁은 배에선 승선한 사람들 모두 제 몫은 할 수 있어야 하거든. 승선자 중 하나라도 일을 그르치는 날엔 배가 좌초될 수 있으니 나라도 경험 없는 사람은 데려가고 싶지 않을 걸세."

나는 고개를 끄덕였다.

"바다 경험이 있다면 얘기가 달라지지." 그가 말했다.

"다들 하는 말이 그거였습니다. 한번 나가보려고 웨스트코스트의 포구란 포구는 다 뒤져봤는데 모두 똑같은 말을 했어요. 경험이 있어야 한다고. 어떻게 경험이 생기는지 모르겠습니다."

"노련해지는 건 꽤나 힘든 일이지."

헤밍웨이가 자리에서 일어섰다. 내가 떠나주었으면 하는 거라고 나는 생각했다.

"그럼, 고맙습니다. 글쓰기에 대해 해주신 말씀 정말 감사합니다." 내가 말했다. "책은 돌려드리겠습니다. 저와 얘기하는 게 따분하셨을 겁니다. 떠날 시간이 된 것 같아요."

"아니야, 그렇지 않아. 할 일이 좀 있어서 말이야. 글쓰기에 관해 묻고 싶은 게 또 생각나거든 내일 오후에 들르게나. 자네의 글쓰기에 행운이 함께하길 비네."

"고맙습니다. 선생님께도요."

책을 들고 시교도소로 돌아왔다. 그곳에서 하룻밤을 더 보낼 기분이 아니었다. 이튿날 정오를 넘겨『무기여 잘 있거라』를 다 읽었다. 마이애미행 첫 화물열차를 잡아탈 생각이었다. 1시에 책을 들고 헤밍웨이의 집을 다시 찾았다.

폴린 헤밍웨이가 문으로 다가왔다. 헐렁한 바지 차림에 선머슴처럼 자른 까만 머리카락을 뒤로 빗어 넘긴 모습이었다. 소년 같은 몸집에 아무런 화장도 하지 않았다. 얼굴은 햇볕에 그을어 까무잡잡했고, 자신을 아름답게 가꾸기 위해 체중을 줄이는 것 말고는 하는 일이 아무것도 없는 듯이 보였다.

"바깥양반이 보고 싶어하던데요." 그녀가 말했다. "기다려주시겠어요? 금방 돌아올 겁니다. 앉으세요."

도대체 무슨 일로 날 보고 싶어할까 궁금히 여기며 툇마루에서 기다렸다. 이윽고 그가 탄 차가 속도를 줄이며 대문에 섰다. 그가 편지 꾸러미와 뉴욕 신문 두 부를 들고 들어왔다.

"잘 있었나?" 그가 물었다.

"무척이요. 책을 돌려드리러 왔습니다."

"자네한테 하고 싶은 말이 있네. 앉아서 애기하지." 그가 자상하게 말했다. "어제 자네가 떠난 뒤로 줄곧 생각해보았는데, 내 보트에서 잠을 자줄 사람이 필요할 것 같아. 당장 계획하는 일이라도 있나?"

"아무 계획도 없습니다."

"내 보트가 뉴욕에서 선적되어 오는 중일세. 화요일에 마이애미로 올라

가서 녀석을 몰고 내려올 예정이라네. 그래서 배를 돌볼 사람을 하나 구하려고 해. 일은 많지 않을 거야. 자네가 그 일을 원한다면 아침마다 보트를 청소한다 해도 글 쓸 시간은 있을 거야."

"그럴 수만 있다면야 정말 좋죠."

"큰 돈벌이는 되지 않겠지만 좋은 경험은 될 걸세. 출항할 때마다 우리와 같이 낚시도 하고 말이야. 고기 낚는 법도 배우고 뱃사람의 도제살이 같은 것도 해보게 될 테니 여길 떠나 다른 일자리를 구할 때 조금은 수월할 거야."

"좋다마다요."

"물론 자네를 잘 알진 못하지만 자네에겐 왠지 믿음이 가. 술은 할 줄 아나?"

"많이는 못합니다. 어렸을 적에 밀주를 조금 마셔봤습니다."

"잘됐군. 보트에 승선해 취해도 되는 사람은 선주뿐이니까." 어니스트는 곧바로 심부름하는 루이스를 큰 소리로 불러 위스키 두 잔을 가져오게 했다. 내가 술주정뱅이가 아니란 사실을 축하하며 위스키를 마시면서 어니스트가 물었다. "보수는 얼마나 받고 싶나?"

"그냥 알아서 주세요."

"그럴 순 없지. 얼마를 원하는지 자네 입으로 말해보게."

"얼마를 주셔도 좋습니다. 남부에선 거저나 다름없이 일손을 구할 수 있으니까요."

"아니, 그렇지 않아. 지금 내 주머니 사정이 썩 좋은 편은 아니지만 배에 태울 믿을 만한 사람 하나 구하려면 하루에 1달러는 줘야 해."

"보수가 없더라도 기꺼이 하겠습니다."

"아니야. 1달러 일당은 되는 일이라네. 올여름 자네가 뱃멀미를 이겨내고 낚시 요령을 터득하면, 물론 자네가 가고 싶어야 하겠지만, 손님으로 대우해서 쿠바에 데려갈 수도 있어."

나는 내 귀를 의심했다.

"보트를 돌볼 선원들은 쿠바에서 구할 거니까 자네는 두번째 낚싯대만 붙잡고 있으면 돼. 그러다가 예사롭지 않은 거대한 놈이 바늘을 물었다 싶으면 내가 낚싯대를 넘겨받는 거야. 하지만 자네도 낚시질은 물리도록 하게 될 걸세. 거기 가서 돈이 필요하면 임금으로 계산해주지."

"아니에요. 그런 돈은 필요 없습니다."

"물론 자네가 바다를 좋아하게 될지는 자네 자신도 아직 몰라. 바다에 당최 적응하지 못하는 사람도 있으니까."

"불상사가 생겨 제가 못 가는 일이 없었으면 좋겠습니다." 벌써 걱정이 앞선 내가 말했다.

"아직 한참이나 남은 일이라네. 집사람이 자네한테 부탁하고 싶은 일이 있는 것 같던데. 어제 목수 노릇도 해봤다고 해서 하는 얘긴데, 수납장 같은 것도 잘 만드나?"

"험한 일만 했지만 원하시는 게 뭔지 부인께서 알려주시면 한번 해보겠습니다."

"같이 가서 자네 물건을 챙겨오는 게 급선무인 듯하네. 보트가 당도할 때까지 여기에 잠자리를 마련해주겠네."

"제가 걸어가서 가져오겠습니다."

"내가 태워다주지. 짐은 어디에 두었나?"

"시교도소에 있습니다."

"내가 태워다주지." 그가 말했다.

교도소 경찰들은 내가 자기네 모기 소굴에서 어니스트 헤밍웨이의 집으로 거처를 옮기는 걸 대수롭지 않게 여기는 듯했다. 그들은 모델 A 로드스터에서 내가 나오는 것을 보았고 바깥에서 운전대를 잡고 날 기다리는 어니스트를 보았지만 입도 뻥긋하지 않았다.

큰 집으로 돌아온 나는 배낭을 차고에 벗어 던졌다. 간이침대가 하나놓인 그곳이 내게 마련된 거처였다. 집에는 여분의 방이 없었다. 키웨스트에 오는 방문객들은 호텔에 묵었다.

어니스트가 장차 받을 급료 10달러를 선불로 주었다. 폴린은 내가 요기할 만한 걸 준비해주라고 요리사에게 일렀다. 음식이 쟁반 위에 담겨 나왔다. 토마토 주스 한 잔까지 곁들인 근사한 식사였다. 다시 먹기 시작한것이다. 마이애미를 떠난 후 제대로 된 첫 식사였다.

식사가 끝나기가 무섭게 폴린이 일을 시켰다. 폴린은 부엌 싱크대 밑쪽에 수납장을 어떻게 만들어 넣으면 좋겠는지 설명해주었다. 나는 최선을다하겠다고 약속했다. 그날 오후부터 작업에 들어갔다. 행여 E. H.가 날쿠바에 데리고 가겠다는 생각을 고쳐먹는 일이 있어서는 안 되기 때문에나는 좋은 인상을 주기 위해 노심초사했다. 그와 같이 간다는 게 믿기지는 않았지만 행동거지만 잘 단속하면 가망이 있을 거라 생각했다. 첫번째일거리가 불리한 건 내가 죽었다 깨도 목수가 아니라는 사실이었다.

부엌 수납장 여기저기가 떨어져나가 있어서 선반과 문짝을 새로 달아야 했다. 허물어진 헛간에서 나온 뒤틀린 목재를 활용하는 수밖에 없었다. 눈에 띄는 연장이라고는 망치 한 자루, 무딘 톱 한 개, 녹슨 대패 하나가고작이었다. 아주 낡아 고르지 못한 널판들을 가지고 푹 꺼져 벽면과 직각을 이루지 못하는 마룻바닥에 딱 들어맞는 수납장으로 만들어야 했다. 나는 열심히 일하며 요란한 소음을 냈다. 몇 시간이면 해치울 일을 마치는 데 몇 날이 걸렸다.

부엌에서 때려 박고 두드리고 톱을 켜는 소리는 설거지통의 달그락 소리와 화음을 이룰 수 없었다. 새까만 뚱뚱보 요리사 이사벨이 말끝마다 개자식 어쩌고 하며 욕지거리를 해대기 시작했다. 식사 준비를 하는 동안에만 이사벨에게 길을 비켜준다고 해결될 일이 아니라는 게 폴린의 눈에 뻔히 보였다. 나는 부엌에서 완전히 벗어나 안전하게 다시 들어갈 수 있을 때까지 바깥에 머물러 있어야만 했다. 덕분에 이사벨이 요리하는 동안 주변을 둘러볼 수 있는 자유 시간이 적잖이 생겼다.

보일러 기술자 설리번이 물탱크 펌프를 수리하러 오고 내가 비밀을 지키겠다고 맹세한 게 그즈음이었다. 번화가에 버젓이 자기 가게를 차린 잘나가는 기계공 설리는 자기가 펌프를 어떻게 고쳤는지 절대 발설하지 말라고 신신당부했다. 가죽이 닳아버린 게 문제였는데 자기가 신고 있던 구두 혀를 조금 잘라내 그 조각으로 용케 그걸 갈아 끼운 것이다. 설리는 자기 발을 감싸던 가죽으로 개숫물을 퍼올린다는 사실이 알려지면 헤밍웨이 내외가 언짢아할지 모른다고 생각했다. 하지만 작업에는 하자가 없다는 투였다. 기발한 아이디어일 뿐이었다. 새 가죽을 구하러 온 동네를 뒤져야 하는 수고를 덜어주었으니 말이다.

집을 마음대로 드나들다보니 이내 정이 들고 내 집처럼 편하게 느껴지기 시작했다. 현관과 복도와 계단은 건물 중앙에, 거실은 북쪽 면에, 식당과 구석방과 부엌은 남쪽 면에 있었다. 전기스토브와 냉장고 말고는 모든 세간이 고풍스러웠다. 식탁과 의자와 선반은 짙은 갈색이었다. 벽에는 뇌조 박제 두 마리가 동그랗고 볼록한 유리 틀 속에 다리가 고정된 채 걸려 있었고, 계단 맞은편 복도에는 돛새치 박제가 있었다.

널찍하고 바람이 잘 통하는 거실은 삼면에 망사덧문을 거느리고 건물 길이만큼 뻗어 있었다. 거실에는 예스러운 장의자와 일반 의자 들이 비치되어 있었고, 높이가 바닥에서 천장까지 이르는 E. H.의 책장이 놓인 한쪽 벽을 제외하면 모든 벽이 모더니즘풍의 그림들로 장식되어 있었다. 베란다가 집의 삼면을 에워싸고 있어 하루 중 아무 때라도 그곳으로 나가면 그늘에 앉을 수 있었다.

어니스트가 현관 쪽 방에서 목격되는 경우는 베란다에 나가 있기에 너무 추운 겨울뿐이었다. 그는 조그만 깔개 위에 책상다리를 하고 앉아 진열장에서 꺼낸 술을 따라 마시고는 했다. 저녁식사를 위해 식탁에 앉을 때 말고 현관 쪽 방이고 집 안 어떤 방에서고 그가 의자에 앉아 있는 모습을 보지 못했다.

이 집에 새로 몸을 붙이게 된 처지여서 하인들의 수가 이해되지 않았다. 가족이라고 해야 고작 넷, 어니스트와 아내 폴린, 어린 두 아들 패트릭과 그레고리뿐이었다. 방문객들을 접대하거나 먹이거나 재워주는 것도 아니었다. 많든 빈번하든 손님들은 다른 곳에 머물렀다. 그런데 식구가 넷인 집에 1년 단위로 고용된 하인이 다섯이었다. 나까지 보태면 여섯이었다.

폴린은 키웨스트를 관광도시로 탈바꿈시키려는 WPA^{공공사업촉진국}의 계획을 걱정했다. 하인들을 부리는 데 드는 비용에 끼칠 영향 때문이었다. 하인을 구하려는 관광객들의 경쟁이 치열해져 임금을 올려놓을 게 뻔했다. 그녀는 떠날 수 있는 사람들은 모두 떠나고 남아 있는 사람들은 미국에서 가장 값싼 노동력을 제공하는 지금 이대로의 키웨스트가 좋았다.

요리사 이사벨은 자기 일을 자랑스러워했다. 그녀는 결혼한 적이 있었지만 남편의 폭행이 너무 심해 이혼소송을 걸어놓은 상태였다. 어니스트는 75달러를 들여 이혼 전문 변호사를 고용했다. 남편이란 작자는 명성이 자자한 부두교 주술사였다. 이혼소송이 진행되는 와중에 그 주술사가 이사벨의 머리카락을 한 움큼 갖고 있고 그녀의 여성성을 앗아갈 부두교 주문을 걸어버리겠다고 겁을 주는 바람에 이사벨은 거의 혼비백산했다. E. H.는 이런 말로 그녀를 진정시켜야 했다.

"그거 별거 아냐. 나한테 아프리카 사자 수염이 있어. 사자 수염만큼 강력한 건 없지. 그자가 아줌마한테 주문을 걸면 내가 사자 수염으로 그 주문을 깨버릴 거야."

이사벨은 자신의 여성성을 잘 건사하고 싶어했다. 그녀는 여성스러운 데가 많았고 그걸 새 애인을 위해 아껴두고 싶어했다. 그 새 애인이란 밟아보지 않은 미국 땅이 없는 닳고 닳은 흑인으로, 뱃사람들이 토요일과 일요일 밤마다 가는 바우어리 거리의 싸구려 댄스클럽에서 때마침 공연을 하던 흑인 딴따라패의 우두머리였다. 그는 자신의 역마살이 치유되었다며 이제는 정착해서 이사벨과 결혼하고픈 심정이라고 했다. 그는 오후마다 집에 들러 이사벨을 도와 찌든 그릇을 닦았다.

루이스는 부드러운 목소리에 키가 훤칠하고 외모가 준수한 흑인 청년으로 목사 지망생이었다. 항상 꽉 끼는 파란색 바지와 테니스화 차림이었다. 그는 흡사 거물급 육상 스타처럼 늘 뛰어다녔다. 오후 느지막이 출근해 눈에 띄지 않는 곳에 있다가 E. H.가 "이봐, 루이스!" 하고 부르면 그 기다란 다리로 성큼성큼 달려왔다. E. H.가 "위스키 한 잔 부탁해. 아널드 씨

것도"하고 말하면 루이스는 모퉁이를 돌아 사라졌다가 정말 눈 깜짝할 사이에 가득 채운 술잔을 은쟁반에 받쳐 들고 다시 달려왔다. 루이스는 술을 입에 대는 법이 없었지만 칵테일을 만드는 재주가 있었다. 진칵테일 한 잔에 보통 라임 여섯 개와 설탕 네 스푼을 썼는데, 불평하는 소리가 없는 한 들어가는 라임과 설탕의 양이 증가했다.

바싹 여윈 중년의 흑인 세탁부는 푸념 섞인 목소리로 자기는 결혼이란 걸 해본 적이 없어 자식새끼 복이 없다고 했다. 그녀에 관해 알아낸 것은 그게 전부였다.

월요일 아침마다 이 세탁부 아줌마는 뒤뜰에 불을 피워 물 한 통을 끓인 다음 옷가지를 빨래판에 올려놓고 손으로 문질렀다. 그녀는 빨래와 다림질을 끝내기 위해 화요일마다, 이따금씩은 수요일에도 들렀다. 그녀는 처음에는 날 좋아했으나 내가 식구 중 하나가 되고 내 옷가지들이 세탁물에 끼어들자 태도가 바뀌었다. 1년 단위로 고용되는 그녀에게 나라는 존재는 추가 급료가 없는 추가 노동에 지나지 않았고, 그녀는 그게 못마땅했다.

늙은 흑인 정원사 짐은 늘 잔디밭에서 일했다. 잔디를 깎고 민들레를 캐내고 관목을 심었다. 그는 아이들이 엉뚱한 곳에 끌어다 놓지만 않는다면 무슨 연장이 어디 있는지 다 꿰고 있다고 했다. 처음에 짐은 E. H.를 어니스트 씨라고 부르듯 날 아널드 씨라고 아주 깍듯하게 불렀으나, 내가 북부 출신이라 그럴 필요가 없다고 판단한 뒤로는 나를 부를 때 '씨'를 붙이지 않았다. 짐은 욕이 막 튀어나올 것 같은 상황에서도 백인이 앞에 있으면 미소를 짓도록 스스로 일찌감치 훈련했다. 그리고 항상 "오, 내 모든 것 가버렸네, 떠나버렸네"하고 흥얼거리며 단조로운 음조로 이 가사를 느릿느릿 반복했다. 새로운 가사를 갖다붙인다거나 다른 곡조로 부르는

47

일은 없었다.

내 기억에 폴린은 뜰에 나와 짐과 함께 철제 담장을 따라 일하면서 대부분의 시간을 보냈다. 폴린은 짐에게 뭐는 어떻게 파내고 뭐는 어떻게 심는지 노상 일러주었다. 그러면 짐은 한결같이 "네, 부인" 하고 대답했다. 폴린과 오랜 시간을 보내다보니 모종의 영향을 받은 것이 분명했다. 막내가 태어나고 열두 해가 지나서 아내가 임신을 하는 바람에 짐은 깜짝 놀랐다. 둘 중 누구도 그렇게 별스러운 방식으로 다시 복을 받게 될 거라고 생각지 못한 나이에 생긴 아기였다. 먹여야 할 입이 하나 더 생겼으니 당장 처신을 잘해야 복이 굴러들어올 터였다.

폴린은 선머슴 같아 어디 앉는 법 없이 늘 분주했다. 그녀의 여성스러움은 초롱초롱한 깊은 두 눈과 분홍색 매니큐어를 칠한 손톱과 발톱에서만 엿보였다. 나는 세상 물정에 밝지 못한 편이어서 발톱에 매니큐어를 칠한 여성을 본 게 그때가 처음이었다. 샌들 위에 드러난 발톱은 손톱만큼이나 잘 손질되어 있었다.

상대를 쳐다보며 말할 때는 폴린도 영락없는 여자였다. 말괄량이 목소리만 빼놓으면. 폴린은 뜰에서 걸핏하면 누구를 불렀다. "저기, 짐." "저기, 루이스."

폴린이 두 아들, 다섯 살배기 패트릭과 두 살배기 그레고리의 엄마라는 게 믿기지 않았다. 아이들한테는 통 신경을 쓰지 않는 듯했다. 불혹의 나이에 말수가 적고 눈이 푸른 보모 에이다가 작은 방에서 아이들과 함께 식사를 하면서 식탁예절을 가르쳤다. 에이다는 오후마다 아이들을 데리고 듀발 거리 번화가 모퉁이에 있는 가게로 아이스크림 산책을 나갔다가, 아이들과 함께 아이스크림콘을 핥으며 일렬횡대로 인도 위를 걸어 돌아왔다. 나는 에이다가 웃는 모습을 보지 못했다. 물음에 응답해야 할 경우 말고는 아이들 외에 다른 누구한테 얘기하는 소리도 듣지 못했다. 어니스트는 그녀가 좋은 보모라고 했다. 그냥 놔두면 되는 여자였다.

작업실 아래 차고에는 아이들의 장난감이 어지럽게 흩어져 있었다. 장난감 자동차 여러 대, 흔들목마 하나, 장난감 수레 한 대였다. 그보다 어른스러운 장난감도 있었다. 한쪽 끝을 짧게 잘라 광택을 낸 새치 부리들과 박제된 짐승 머리가 담긴 상자들이었다. 박제상에서 배달된 것들로 뿔들이 뒤섞여 엉뚱한 짐승들에 박혀 있는 것처럼 보였다.

위층에서 아버지가 아프리카에서의 사냥 경험을 소생시키는 동안 아이들은 작업실 그늘에서 요란스럽게 장난감을 갖고 놀았다. 그 소음이 글쓰기를 방해하지는 않는 듯했다. 아이들에게 다른 놀이 친구는 아예 없었다. 톰프슨 내외, 더스패서스, 체임버스처럼 키웨스트로 어니스트를 방문하는 친구들에게는 한 가지 공통점이 있었다. 딸린 자식이 없다는 것이었다.

두 아이들은 내게 눈곱만큼도 신경쓰지 않았다. 사람들이 근처에서 무슨 일을 하든 아이들은 통 관심이 없었다. 철창에 갇힌 동물원의 짐승처럼 아이들은 구경꾼을 잊은 채 장난감에만 몰두했다. 아이들의 삶은 평온했다. 웃음도 없고, 분노도 없고, 흥분도 없었다. 그 어떤 스트레스도 없었다. 어니스트는 아이들에게 평온한 유년기를 주어야 한다는 신념이 있다고 했다. "아이들에게 무언가 들어 있다면 나중에 드러나겠지."

헤밍웨이는 보통 아침 9시쯤에 집 밖으로 나와 뜰을 걷는 것으로 일과를 시작했다. 그는 물을 틀어 호스를 잔디의 헐벗은 부분에 향하게 하고 물이 뿜어져 나오는 것을 지켜보곤 했다. 그 일이 끝나면 바깥 계단을 올라 작업실 문으로 향했다. 정오가 되면 누가 점심을 쟁반에 받쳐 들고 부억에서 나왔다. 샌드위치 한 쪽과 토마토 주스 한 잔이 전부였다. 당시 헤밍웨이는 『아프리카의 푸른 언덕』으로 탈바꿈할 이야기의 시작 부분에 매달리고 있었다. 그날의 작업 분량을 마치면 모델 A 로드스터를 몰고 시내로 나가 우편물을 찾아오고는 했다.

이른 5월 어느 날 오후, E. H.와 폴린이 새 보트를 인수하기 위해 마이애미에 가 있는 사이, 얼굴이 햇볕에 잔뜩 그을린 청년 둘이 마당에 들어섰다. 그중 키가 껑충하고 안경 밑 눈 주위로 옅은 반점이 박힌 사내가 내 손을 잡아 흔들며 말했다. "어니스트의 동생 라이스터라고 합니다. 그냥 행크라고 불러요. 여긴 내 친구 짐 두덱입니다."

이 둘은 사람들이 몇 주 동안 기다리던 청년들로, 신문에 이미 익사한 걸로 추정한 기사가 나오기까지 해서 사람들은 그들의 생환을 포기한 상태였다. 그들은 행크가 손수 제작한 5미터짜리 요트를 타고 앨라배마 모빌을 출발하여 남아메리카 항해에 올랐고, 키웨스트를 첫번째 기항지로 삼았다. 시카고에서 자라 이전에 소금물을 본 적도, 항해술에 관해 아는 것도 없는 청년들이었다. 행크는 열흘이면 멕시코 만을 횡단할 수 있다고 장담했지만 3주 동안이나 그 행방이 묘연했다. 그런 그들이 드디어 나타난 것이다. 스스로 자랑스럽게 여기는 모습이었다. 짐 역시 안도하는 기색이 역력했다.

"언제 도착한 거죠?" 내가 물었다.

"오늘 오후에 입항했습니다." 행크가 대답했다. "스무이틀 만에 구경하는 육지예요! 험한 폭풍우를 일곱 차례나 만났습니다! 세상에! 그 파도를 봤어야 하는데! 산더미 같은 파도였어요! 도리 없이 몇 날 며칠 돛을 접고 닻을 내려야 했죠. 게다가 식량마저 떨어져 살아서 키웨스트에 당도하면 뭘 먹을까 하는 생각밖에 없었습니다. 나는 롤빵과 커피, 짐은 층층이 쌓인 핫케이크가 간절했어요. 그러니 여기 당도했을 때 오죽이나 기뻤겠습니까! 말도 못하죠! 그래서 미친 듯이 엄청 먹어치웠어요! 형네 집에서 일한 지 얼마나 됐죠?"

"며칠 안 됩니다."

"형이 어떤 사람 같아요?"

"그걸 왜 내게 묻죠?"

"우스운 얘기지만, 평생 형에 관한 얘기를 들었고 형 작품은 나올 때마다 빼놓지 않고 읽어봤지만 난 형을 몰라요. 형은 내가 여섯 살 때 집을 떠났어요. 어쩌다 와도 고작 며칠만 머물렀죠. 그러니 형을 알 턱이 없죠. 형은 어떻게 알게 됐죠?"

"그냥 만나 뵈러 왔다가 자기 보트에서 일해보겠냐는 제안을 받은 겁니다."

"잘됐네요! 진짜 운이 좋은 겁니다! 형 얘기 좀 해봐요. 형한테 잘 보이고 싶거든요."

"상대가 수다스럽지만 않다면 무지하게 좋은 분이죠. 그게 내가 아는 전부입니다."

"철없던 시절 멍청한 짓을 좀 했는데 내가 이젠 변했다는 걸 형이 알아줬으면 해요. 형이 오늘 오후 마이애미에서 필라호를 몰고 옵니다. 해군 공창으로 들어올 겁니다. 호크쇼호를 정박해둔 곳이죠. 내 보트 말이에요. 지금 수영하러 갈 참인데 같이 가서 보트 좀 구경하지 않을래요?"

"나중에요. 이 수납장을 완성해야 하거든요."

"그거 만드는 데 도움이 필요하거든 언제든 알려줘요." 자리를 뜨며 행크가 말했다.

그날 늦은 오후, 필라호가 입항했다는 소식을 듣고 보트를 구경하러 서둘러 해군 공창으로 나갔다. 갓 건조되어 반짝반짝 윤이 나는 미끈하게 빠진 12미터짜리 유람용 모터보트였다. 까만 선체에 푸른색 지붕이 얹혀 있었고, 널찍한 조타실과 배의 측면은 광택을 입힌 마호가니로 되어 있었다. 보트는 전함을 위해 지어진 높다랗고 허름한 부두에 정박해 있었다. 많은 사람들이 선착장에 모여 보트를 내려다보고 있었고, E. H.는 배 위에서 질문에 대답하며 원주민들에게 보트의 이곳저곳을 구경시켜주고 있었다.

"자, 어니스트." 누가 말했다. "그렇게 보트 한 척 갖고 싶다더니 기어코 생겼군그래. 키웨스트 최고의 낚싯배야."

윤기 나는 갑판이 긁히지 않게 나는 신발을 벗고 나의 새 집에 올라섰다. 조타실은 너비가 4미터, 길이가 5미터 정도였고, 벽면마다 가죽 쿠션을 댄 침상이 있었다. 새로 칠한 페인트와 조리용 스토브의 알코올 냄새가 솔솔 풍기는 아래쪽 선실에는 세면장과, 아이스박스, 개수대, 수납장, 선반, 불판이 세 개 달린 알코올 스토브를 갖춘 주방이 있었고, 여섯 명을 재울 수 있는 침상들이 놓인 칸막이 방이 두 개나 되었다. E. H.는 보트의 선체가 표준형 휠러이고 곳곳을 자신이 손수 설계한 대로 개조했다고 했다. 생선저장고가 붙박이로 설치되어 있는 고물은, 대어를 좀더 수월하게 갈고리로 찍어 갑판으로 끌어올릴 수 있도록 수면에서 90센티미터 안쪽이 되도록 잘라냈다. 갑판 밑으로는 살아 있는 미끼를 담아두는 탱크가 깔끔하게 설치되어 있었다. 80마력짜리 선박용 크라이슬러 엔진이 고장 날 경우를 대비해 40마력짜리 라이커밍을 보조 엔진으로 달았다. 멋진 보트였고 E. H의 재산 중 가장 값나가는 것이었기에 이 보트의 관리를 책임

진다는 게 난생처음 배를 타보는 나 같은 사람이 감당하기에는 벅찬 일이라는 염려가 슬슬 들기 시작했다.

"해고되지 않게 모든 일이 잘됐으면 좋겠습니다." E. H.가 자리를 뜰 때 내가 속마음을 털어났다.

"두고 봐야지." 그가 대답했다. "오늘밤 보트에서 자게나. 담요와 홑이불은 사물함 안에 있을 걸세."

E. H.와 폴린이 차를 몰고 사라지고, 원주민 무리도 떠나고, 나만 홀로 황량한 해군 공창에 정박한 보트에 남았다. 여기가 내 새 집이고, 내 새 감옥이었다. 독방에 감금된 듯한 느낌이 불쑥불쑥 들었다. 일렬로 늘어선 텅 빈 부두들, 제방 위의 차도, 해군 연락소와 해양병원 앞 야자수들이 보였다. 야자수들 너머로 낡은 법원 청사 탑에 박힌 시계, 번화가에 있는 높다란 건물들의 지붕, 섬 남단에 있는 테일러 요새의 누런 성벽, 해군 보급창 저 멀리 관목들로 뒤덮인 제방이 힐끗힐끗 눈에 띄었다. 5월이라 주거지역 쪽으로 갈수록 밤이 무더웠으나 바다 위는 쾌적하게 잠을 청할 수 있을 만큼 시원했다. 깨끗한 홑이불과 담요가 깔린 폭신한 침대도 있었다. 방충망 틈으로 소금기 먹은 시원한 공기가 파고들었다. 이튿날 아침 나는 보트의 고물에서 다이빙해 부두 사이의 맑고 푸른 바닷물 속을 헤엄쳤다. 나는 물위에 떠 있는 다이빙보드 위에서 살다시피 했다. 얼마나 지났을까, 행크와 짐이 호크쇼호에서 찾아왔다.

"와! 형과 보통 사이가 아니네요!" 행크가 말했다. "지난밤에 형네 집에 가서 저녁을 먹었어요. 형수님이 댁이 만들어준 수납장이 맘에 든다고 하던데요. 훌륭하답니다. 참! 댁이 여간 부럽지 않아요. 형과 형수가 댁한테 홀딱 반했어요. 형은 내가 떠버리라고 하는데 어쩔 수 없어요. 난 입이 근질거리면 못 참거든요."

모빌을 떠나온 행크의 항해에 문제가 있었던 모양이다. 행크는 일곱 번이나 맞닥뜨린 사나운 폭풍우와 산더미 같은 파도 속에서 한 번에 며칠씩 돛을 접고 닻을 내려야 했던 사정에 대해 입이 닳도록 떠벌렸다. 어니스트는 그 얘기를 듣는 게 달갑지 않았다. 그간 줄곧 키웨스트에만 있었는지라 달포 동안 날씨가 유달리 평온했다는 걸 알고 있었기 때문이다. 행크는 바람이 약간만 세게 불어도 생명에 위협을 느껴 돛을 내리고 닻을 드리웠다가 바다가 잔잔할 때만 골라 돛을 올렸던 것이다. 그래서 1주일이면 충분했을 항해가 스무이틀이나 걸렸다. 행크는 따지는 걸 좋아해 폭풍우만 물고 늘어졌지만, 형에게 좋은 인상을 주었을 리 만무했고 내 처지를 부러워했다.

돌이켜보면, 어니스트의 동생은 영웅에 어울리는 환대를 기대했고 그런 대접을 받을 만도 했다. 시카고 출신의 어리숙한 애송이와 함께 둘 다 바다에 대한 사전 경험이 전혀 없이 머나먼 섬을 향해 육지라곤 보이지 않는 800킬로미터 바닷길을 횡단한 것은 자칫 잘못하면 그들이 망망대해에 표류하게 되었을 항해였다. 배짱과 조종술이 필요한 이 어린 동생의 항해는 해안선과 근해를 꿰고 있는 베테랑 선원이 항상 동승하는 필라호에서 어니스트가 했을 법한 그 어떤 일과도 견줄 수 없는 것이었다.

행크를 태운 호크쇼호는 도착하자마자 그전까지 해군과 해안경비대 함정들에만 한정되었던 키웨스트 해군 계류장에 입항이 허락된 최초의 개인 요트라는 영예를 안았다. 잠수함 기지 지휘관인 잭슨 대위가 수여한 영예였다. 행크가 그런 영예를 얻은 것은 용감무쌍한 항해 능력을 보인 덕분이 아니라 그가 어니스트 헤밍웨이의 동생이기 때문이었다. 시카고에 사는 행크의 모친은 『무기여 잘 있거라』의 영화 판권에서 어니스트가 떼어준 신탁 자금 중 얼마를 고등학교를 졸업하는 둘째 아들의 대학 등록금으로 쓰기 위해 갖고 있었다. 그런데 행크는 대학에 진학하는 대신 앨라배마의 모빌로 가서 여섯 달 동안 호크쇼호를 제작하는 데 그 돈을 몽땅 써버렸다.

9시쯤, 헤밍웨이의 모델 A 로드스터가 햇빛을 받아 영롱하게 반짝이는 얼음덩어리를 후방 범퍼에 매단 채 부두의 까만 도로 위를 스르르 달려와 속도를 늦춰 부두로 접어들더니, 엉성하게 깔린 널판들 위를 덜커덩 지나 우리 위쪽에 멈춰 섰다. 노선장 브라 손더스가 헤밍웨이와 동승하고 있었다. 선장은 본인 소유의 대여용 낚싯배가 있는 낚시 안내인이었다. 여위고 불그레한 얼굴, 옅은 빛깔의 축축한 눈망울, 훤히 올라간 이마에서 곧바로 아래로 내닫는 기다란 코를 가진 전형적인 콘치였다. 둘은 문을 열어둔 채로 차에서 내렸다. 우람하고 건장한 E. H.는 흐뭇하게 자신의 보트를 내려다보았다.

"안녕들 하신가, 제군." 그가 우리를 불렀다.

"아, 형!" 행크가 소리쳤다.

"우리 낚시 가려고 해."

"아, 그래!"

헤밍웨이와 선장은 얼음, 집에서 가져온 등나무 낚시의자, 맥주병으로 빼곡한 상자, 진 한 병, 위스키 한 병, 점심 바구니, 신문에 싼 숭어미끼, 낚시 장비들을 아래로 건넸다. 브라 선장은 신발을 벗고 맨발로 내려왔다. E. H.는 다시 차를 몰고 떠났다가 나중에 폴린과 아치볼드 매클리시를 태우고 돌아왔다. 시인임에도 불구하고 줄무늬 스웨터를 입은 모습이 잘생긴 운동선수 같았다. 다음 차로는 주름진 얼굴에 덩치는 커다랗고 움직임이 부자연스러운 헤밍웨이의 아프리카 사냥 친구 칼 톰프슨이 학교 선생인 아내 로린과 함께 당도했다.*

사내들은 여자들이 부두에서 내려서는 걸 도와준 후 승선했다. E. H.가 버튼을 밟아 엔진 두 대에 시동을 걸자 브라 선장이 고정 밧줄을 풀고 부두 사이에서 전진과 후진을 몇 차례 되풀이하여 필라호를 돌렸다. 해군 공창을 빠져나와 방파제 사이를 통과하자 선장이 멕시코만류 지역으로 향하는 남쪽 항로를 타기 위해 배를 좌현으로 틀었다.

산호초 위 푸른 바다는 잔잔했고 보트는 미끄러지듯 내달았다. 조타륜을 잡은 E. H.는 행복했다. 아름답고 쾌청한 날에 자기가 애호하는 스포츠를 위해 자기 소유 보트의 조타륜을 잡고 세계 최고의 어장으로 나가고 있었기 때문이다. 그의 구미에 맞게 제작된 보트는 사람들이 산호섬 바다에서 하룻밤 자겠다고 하면 여덟 명까지도 재울 수 있는 침상을 갖춘 널찍하면서도, 방향타를 자유자재로 돌려 새치를 추적할 수 있을 정도로 아담했다. 그가 늘 원하던 게 바로 이런 보트였고, 이제 그걸 손에 넣은 것이다. 관리만 잘하면—그리하겠지만—한평생 끄떡없을 것이다. 낚시하는 수많은 나날과 커다란 물고기가 그의 눈앞에 어른거렸다.

"죽여주는 날이지?" 그가 폴린에게 말했다.

"근사한 날이네요." 그녀가 대답했다.

"괜찮아, 여보?"

---

* 칼은 『아프리카의 푸른 언덕』의 등장인물로 찰스 톰프슨을 극화한 이름인데 이 소설 속 이름이 그의 별명이 되어버렸다.

"좋아요. 더할 나위 없어요."

"불편한 데는 없고?"

"퍽 좋은걸요."

"여보, 오늘은 뱃멀미하는 일은 없을 거야. 이안류를 벗어나면 훨씬 나아질 거야."

"아, 이번 여행은 대단할 것 같아요."

"파도를 잘 타는 보트야, 안 그래, 여보? 너울을 헤치고 나아가는 거 보이지?"

"굉장해요."

브라 선장이 한쪽 무릎을 굽히고 미끼로 쓸 숭어의 비늘을 벗겨 얇게 저미기 시작했다. 선장은 유선형으로 기다랗게 두 조각을 낸 숭어들을 비늘 있는 쪽을 아래로 얼음 위에 납작하게 펼쳐놓았다. 철사 목줄은 낚싯줄에 단단히 고정되었다. 나무로 만든 녹색과 흰색 두 가지 티저teaser반짝이게 만들어 대형 육식어류를 유인하는 인조 미끼들이 고물 너머로 던져져 6미터짜리 줄에 끌려왔다. 상대적으로 눈에 잘 띄는 흰색으로는 먼 데 있는 놈을 유인하고 가까이 있는 놈들은 녹색을 선호한다고 어니스트가 말했다.

조타실이 붐볐다. 로린은 뱃멀미를 걱정하여 침상에 누워 있었고, 브라 선장은 갑판에 무릎을 꿇은 채 숭어를 저몄고, 행크와 짐은 선미의 생선 저장고 위에 앉아 있었고, 아치는 낚시의자를 하나 차지했고, 칼과 나는 서 있었다.

"깃털미끼새의 깃털로 만든 인조 미끼 하나 던집시다, 선장." E. H.가 브라에게 제안했다. "칼, 자네가 하나 던져보게."

"아니, 아직 낚시 생각 없어요." 칼이 대답했다. "다른 사람한테 하라고 해요."

"해봐, 칼."

"다른 사람이 잡는 걸 먼저 보고요."

"한번 시범을 보여주세요, 톰프슨 씨." 폴린이 부탁했다.

"아니, 정말이에요. 다른 사람이 잡는 걸 일단 보고 싶어요." 칼이 극구 사양했다. "매클리시 씨, 당신이 좀 해보지 그래요?"

"여기 깃털미끼를 하나 달아놓았으니 해볼 사람은 하라고."

브라 선장은 이리 말하고는 깃털미끼를 단 바늘을 배 밖으로 휙 집어던져 바늘이 고물 쪽 수면 근처로 길게 뻗어나갈 때까지 줄을 늦추었다.

"아치, 그럼 자네가 해보게나." E. H.가 권했다. "선장, 칼한테 스푼spoon 스푼 모양의 인조 미끼을 하나 달아줘요."

브라는 이내 다른 낚싯대에 스푼을 달아 칼에게 내밀었다.

"아니, 라이스터더러 하라고 해. 자네가 받아, 라이스터." 칼이 말했다.

"행크는 릴낚시를 해본 적이 없어." E. H.가 말했다. "다른 사람이 하는 걸 먼저 지켜보게 내버려둬."

"자네가 해, 어니스트."

"아니, 자네한테 주려는 거야."

"로린, 당신이 할래?"

"아직은 싫어요." 로린이 대답했다.

"칼, 로린 말고 자네가 해." E. H.가 다그쳤다. 이쯤 되자 칼은 낚시를 하는 수밖에 없었다. 칼은 낚시에는 영 관심이 없었다. 키웨스트에서 자랐기 때문에 낚시라면 신물이 날 지경이었다. 철물점, 낚시용구점, 얼음 가게, 선박용품점, 시가 상자 공장, 바다거북 통조림 공장, 파인애플 공장과 양

식장, 게다가 어선 거래까지, 이런 것들이 톰프슨 집안의 가업이었다. 키웨스트 인근에서 고기잡이에 관해서라면 수많은 원주민 콘치들이 일평생 배우는 것보다 칼이 훨씬 더 많은 걸 알고 있었다. 하지만 그는 배보다 비행기를, 생선보다 쇠고기를 좋아했다. "난 비행기만 타면 등골이 오싹해져." 어니스트가 나중에 내게 말했다. "만 달러를 준다 해도 난 칼이 하는 짓은 못해."

보트는 엔진 두 대가 윙윙거리며 송신탑과 라콘차 호텔만이 분간되는 지점까지 키웨스트를 신속하게 뒤쪽으로 밀어내며 나아갔다. E. H.는 조타륜 앞쪽 계기판 위에 키웨스트 해도를 펼쳤다. 그는 내게 부표들과 다른 표지들을 해도상에서 보여준 후, 그것들이 실제로 물위에 떠 있는 곳을 가리켰다. 첫 출항부터 나를 가르치고 있던 것이다.

"곧장 앞에 있는 게 샌드키 등대라네, 보이나?"

"아니요."

"내가 가리키는 곳을 봐."

"아, 네. 이제 보이네요."

"저건 키웨스트에서 11킬로미터 정도 떨어져 있어. 우리는 반대편 멕시코만류 지역으로 들어간다네. 왼쪽으로 조그만 말뚝 보이지? 저게 이스턴 드라이록스야. 말뚝 근처에서 바닷물이 하얗게 부서지는 게 보일 거야. 모래톱이 있다는 증거지. 바람이 불면 더 잘 보인다네."

"바닷물 색깔이 왜 가지각색이죠?"

"바닥 때문이지. 짙은 보랏빛이 도는 부분은 해초가 있어서 그렇다네. 산호초가 자라는 곳은 초록빛이야. 모래가 깔린 드라이록스 근처에서는 누런빛을 볼 수 있을 걸세. 바다에 나와 있으면 눈 훈련에 좋아."

59

"이런 곳에선 길을 잃을 수도 있겠어요."

"표지들을 잘 익혀두면 제 위치를 잃지 않는다네."

"배가 고장나고 어두워지면 어떻게 해요?"

"등대가 있잖나."

"하지만 안개가 자욱해 보이지 않으면요?"

"이곳엔 안개가 끼는 법이 없어. 비가 쏟아지면 나침반을 쓰면 되고."

"그럼 부표와 충돌할 위험은 없나요?"

"등댓불이 보이지 않거나 해도를 볼 줄 모르면 그럴 수도 있겠지."

샌드키 등대를 지나자 E. H.가 60길한 길은 사람의 키 정도의 길이로 약 1.8미터 모래톱 위를 언제쯤 지나게 될지 일러주었다. 밑을 내려다보니 산호초 바다이 사라지고 물빛이 녹색에서 맑은 청색으로 바뀌고 있었다.

"이제 더 깊은 바다로 들어선 거야." 그가 말했다. "전방을 주시하면 멕시코만류가 보일 걸세. 새들 있는 저 보라색 줄 보이나?"

"아니요. 새도 안 보이는걸요."

"뭘 보기 전에 눈을 바다에 적응시켜야 해. 곧장 앞을 봐."

"이제 새들이 보여요."

"저기가 만류의 가장자리야. 물빛이 상대적으로 어두운 곳 말일세. 저기 번쩍번쩍하는 바닷길이 보이나? 해류가 산호초 쪽 조류에 맞서 흐르기 때문에 생기는 거라네. 해초들이 잔뜩 서식하지. 저기 날치들 좀 보게, 수백 마리야! 오늘 우리가 기필코 한 놈을 낚싯바늘에 꿰고 말 거야. 어때요, 선장?"

"그래, 그럴 것 같군, 어니스트." 브라가 대답했다.

"저게 자네가 봐둬야 할 것들이야. 날치와 새 말일세. 날치들이 보인다는 건 더 큰 고기들이 녀석들을 추적한다는 증거지. 공중에선 제비갈매기와 바다갈매기가 녀석들을 낚아챈다네. 다른 새들 위로 높이 날고 있는 군함조 보이나? 바다에선 영 재간이 없어서 제 먹이 하나 잡지 못해. 그래서 다른 새가 잡은 걸 공중에서 약탈하지."

"이곳에선 늘 학살이 벌어지는군요."

"눈에 잘 띄지 않아서 그렇지 육지에서도 마찬가지야. 야! 돛새치다! 놈이 뛰어올라!" 전방을 가리키며 헤밍웨이가 소리쳤다. 우리는 그가 가리키는 쪽을 쳐다봤다. 돛새치는 다시 여덟 번인가 아홉 번을 치솟아올랐고 은빛 검처럼 꼿꼿했다. 놈은 꼬리지느러미의 힘으로 춤을 추며 부리를 흔들었다.

"먹이를 던져요! 티저도 내놓고!" E. H.가 브라에게 말했다. "어디 한번 무나 봅시다."

우리는 미끼를 당겼다 늦췄다 하며 돛새치가 마지막으로 뛰어오른 곳 주위를 몇 차례 맴돌았지만 녀석은 다시 모습을 드러내지 않았다. E. H.는 매끈한 수면을 가로질러 해초를 피할 수 있을 만큼 멀리 만류 쪽으로 필라호를 몰았다. 뱃머리가 작열하는 태양쪽으로 나아가고 있어서 손님들은 조타실 지붕의 시원한 그늘 밑에서 낚시를 드리우고 있었다.

"돛새치가 왜 저렇게 뛰어오른 거죠?" 내가 물었다.

"대빨판이가 아가미 속에 들어가서 그래. 놈들을 떨쳐내려고 그 난리를 친 거라네." E. H.가 대답했다.

"벌써 한 마리를 봤네요. 좋은 징조인가요?"

"그렇지 않아. 바람이 충분치 않아. 파도가 잔잔한 날엔 표층수가 따뜻해서 큰 놈들은 대빨판이를 떨쳐내기 위해 올라오는 경우 말고는 심해에 머무르지. 그러니 녀석들의 점프가 눈에 띄지 않을 때 돛새치를 잡을 확률이 훨씬 높아. 여보, 괜찮아?"

"거뜬해요." 폴린이 대답했다.

"여기 만류에 나오니 날씨 정말 죽이지?"

"멋진 날이에요."

"저 파란 물빛 좀 봐."

"아름다워요."

"진짜 시원하지?"

"더 바랄 나위 없이 모든 게 완벽해요."

아치의 낚싯대가 느닷없이 채찍처럼 휘더니 갑자기 줄이 파르르 떨리며 째깍거리는 릴에서 풀려나와 푸른 바다 속으로 빨려들어갔다.

"놈을 당겨. 가다랑어야." 엔진의 출력을 낮추며 E. H.가 소리쳤다. "힘쓰는 걸 보면 알아. 재빨리 해치워."

바라쿠다농어목 꼬치고깃과 물고기 한 마리가 나타나 가다랑어 꼬리를 날카롭게 물어뜯고는 한 입 더 뜯으려고 돌아왔다. 아치가 끌어올렸을 때는 갈고리에 대가리만 걸려 있었다.

"빌어먹을, 너무 굼떠." 헤밍웨이가 말했다. "가다랑어는 후딱 해치워야 해."

"이제 자네 차례야, 어니스트."

"아니. 성한 놈으로 제대로 잡아봐."

15분쯤 지나서 아치는 고등어 두 마리, 칼은 가다랑어 한 마리와 9킬로그램짜리 바라쿠다를 잡았다. 내게 가장 인상 깊었던 것은 헤밍웨이의 믿기지 않는 시력이었다. 이따금씩 그는 고기가 미끼를 무는 걸 보고 낚싯대를 잡고 있는 사람이 알기도 전에 그게 뭔지 알려주었다. 혹은 전방을 주시하다가 고기가 바늘을 덥석 물고 물속 깊이 내려가면 놈이 당기는 힘만으로도 어종과 크기를 분간할 수 있었다. 브라 선장은 범포 장갑을 낀 손을 뻗어 철사 목줄을 잡고 펄떡이는 고등어를 대수롭지 않게 갑판 위로 끌어올렸다. 하지만 칼이 잡은 바라쿠다는 겁이 났다. 검은 점들이 박힌 은빛 몸뚱이에 대가리는 뾰족하고 아가리는 온통 경찰견 같은 이빨로 가득한 놈이었다. 그런 턱으로 한번 덜컥 물었다 하면 사람 팔목 하나쯤은 그 자리에서 절단난다. 브라는 팔을 쭉 뻗어 가능한 한 멀리서 목줄을 잡은 채 이리저리 몸부림치는 녀석을 곤봉으로 후려쳤고, 놈이 움찔대기를 멈추고 완전히 뻗을 때까지 건드리지 않게 조심하며 낚싯바늘을 빼고 생선저장고로 던질 때까지 마음을 놓지 않았다.

"왜 그래요, 선장?" E. H.가 물었다. "겁나요?"

"겁나긴 뭐가 겁나." 브라가 대답했다. "그냥 신중한 것뿐이야. 숱하게 봤거든. 뒈진 바라쿠다가 사람의 다리를 쭉 찢어놓는 것도."

"어쩌다 그런 일이 벌어졌죠?"

"놈을 내려놓는데 벌어진 아가리 속 이빨 하나가 바지에 걸린 거야. 이빨이 예리하거든. 다리를 쭉 찢어내리더라고. 의사가 한 땀 한 땀 기워야 했지. 내가 키를 잡을까, 어니스트?"

"아니, 내가 가능한 한 빨리 놈들을 찾아보죠." E. H.는 멕시코만류 이쪽에서 잡히는 고기를 낚고 싶은 마음이 없었다. 그런 잔챙이들은 그에게 아무런 흥분을 주지 못했다.

정오가 되자 우리는 얼음에 재어둔 맥주를 마시며 점심바구니를 열어 햇닭 튀김, 매콤한 양념 달걀, 납지에 싼 마요네즈 샌드위치를 먹었다. 탁 트인 바다에 나와 먹는 음식 맛이 그만이었다.

오후에는 트롤링trolling미끼를 낚싯줄 끝에 매달고 배로 끌면서 낚시하는 방법을 하며 서서히 태양 속으로 들어갔다. E. H.는 새와 날치 들의 움직임을 살피며 조타륜에 붙어 있었고, 브라 선장은 잡힌 고기에서 바늘을 떼어내면서 칼, 아치, 폴린, 로린에게 신선한 미끼를 달아주었다. 그들은 이따금씩 자리를 바꾸어 낚싯대를 잡았다. E. H.가 행크와 짐과 나는 해보기 전에 어떻게 하는 건지 기다리며 지켜봐야 한다고 했다.

절정의 순간은 오후 늦게 찾아왔다. 뭔가가 칼과 아치의 미끼를 무는가 싶더니 별안간 수백 마리 황록색 만새기들이 보트에서 가까운 수면에 모습을 드러냈다. 브라 선장이 이제껏 목격한 것 중 가장 큰 만새기떼였다. E. H.는 엔진을 멈추고 고물로 뛰어가며 "티저를 집어, 어서!" 하고 소리쳤다. 그는 만새기들의 관심을 계속 끌려고 미끼 조각들을 뱃전 너머로 집어던졌다. 그동안 칼과 아치는 릴을 감아대며 낚싯대를 이용해 고기를 끌어올렸고, 브라는 티저들을 잡아당겼다. E. H.가 다른 낚싯대를 움켜잡더니 바늘에 생선미끼를 한 조각 끼워 내게 건네주었다. 미끼를 내던지자 잡아챌 겨를도 없이 만새기가 바늘에서 미끼만 낚아채갔다.

"느러터졌군." 미끼를 새로 달아주며 E. H.가 웃었다. "다시 해봐."

다시 던졌지만 똑같은 일이 벌어졌다. 예닐곱 마리를 놓치고 나서야 마침내 두 마리를 잡았다. 만새기들이 미끼를 던지기가 무섭게 물어대는 바람에 우리는 쉴새없이 놈들을 끌어올렸고, 브라와 E. H.는 놈들을 바늘에서 떼어내고 새 미끼를 달았다. E. H.는 녀석들의 관심이 사그라지지 않도록 숭어 토막들을 던졌다. 숭어가 바닥나자 생선 점액을 묻힌 신문지 쪼가리들을 내던졌다. 놈들이 둥둥 뜬 신문지 조각에 덤벼들었다.

만새기들은 나타났을 때처럼 순식간에 사라졌다. 흥분이 가라앉자 우리는 5분 만에 열여덟 마리를 잡았다는 걸 알게 되었다. 가장 큰 놈은 무게가 14킬로그램가량 되었다. 녀석들이 북을 치듯 꼬리로 생선저장고 벽을 두드려대는 소리가 들렸다. 녀석들은 집 마당으로 실려가 폴린이 가꾸는 초목의 거름이 될 신세였다.

　　"어획량이 어때요, 선장?" 어니스트가 물었다.

　　"그런대로 괜찮아, 어니스트. 기념으로 한잔해야 하는 거 아닌가?"

　　"선장이 솜씨를 발휘해보시죠."

　　브라가 위스키를 섞어 칵테일을 만들었다. 태양이 고도를 낮추자 우리는 낚싯줄을 거두고 엔진 두 대를 모두 가동하여 해군 공창 송신탑으로 뱃머리를 돌려 산호초 너머 키웨스트로 귀환을 시작했다. 어니스트 헤밍웨이가 필라호를 타고 낚시를 한 첫날이었다.

수업

Lessons

첫 두 주 동안은 내방객들이 전염병처럼 들끓어 어니스트는 실컷 낚시할 기회가 없었다. 손님들이 돛새치 낚시에 대해 거의 무지한 까닭에 요령을 일러주고 잘못도 바로잡아주어야 했다. 손님들이 낚싯대를 잡으면 일단 바늘에 꿰인 물고기도 막무가내여서 어니스트가 보트로 놈들을 추격해야만 했다. 필라호는 늘 선전했지만 E. H.는 보트를 물고기와 싸우게 하는 건 범죄행위라고 했다.

바람이 불어 파도가 거친 날에는 뱃멀미가 나서 낚시에 대한 정이 뚝 떨어졌다. 어니스트는 조타실 앞쪽이 요동이 덜하며 바닷물 비말을 맞는 게 도움이 될 거라고 했다. 보트가 서서히 가라앉다가 파도에 실려 난데 없이 앞으로 돌진하는 느낌이었다. 배가 살아 있는 듯했다. 흡사 힘센 수영선수의 손발 동작으로 추진력을 얻기라도 하는 것처럼.

바람은 남동쪽에서 몰아쳤고, 썰물은 북쪽에서, 멕시코 만의 해류는 남쪽에서 밀려왔다. 이 세력들이 서로 다투는 통에 머리가 핑핑 돌았다. 보는 사람이 없다 싶으면 나는 온갖 끔찍한 숙취감을 다 느끼며 난간 너머로 몸을 구부렸다. 나는 오후 내내 주변에서 벌어지는 일에는 아랑곳 않고 뱃머리 쪽에 앉아 왜 옛날에 내 핏속에 염분이 있다고 여겼을까 생각했다.

얼굴이 파랗게 질리고 나만큼이나 속이 거북했던 행크는 선실로 내려가 탁자 밑에 앉아 머리를 양 무릎 사이에 끼고 잠을 청하곤 했다. 자존심이 세서 토하지 않았기 때문에 행크는 항상 메스꺼워했다. 험한 폭풍우를 일곱 번 겪은 항해자의 명성이 말이 아니었다.

멀미가 나기는 아치도 매한가지였지만 구역질을 억누르고 앉아 짙은 선글라스를 통해 고물 쪽을 내다보며 가느다란 생선 조각 미끼를 이용해 트롤링했다. 오후 내내 누구에게 고개를 돌린다든지 말 한마디 건네는 일이 없었다. 악천후 속에서 우리는 몸을 어찌 가누어야 할지 몰랐다. 보트가 앞뒤로 요동칠 때는 뭐라도 붙들지 않고서는 두 발로 서 있기조차 힘들었다. 형편없는 뱃사람들은 전부 멀미를 했다.

아치가 이번 행사의 특별 손님으로 휴가차 내려와 있었던 터라 낚시는 매일같이 계속되었다. E. H.는 아치가 돛새치를 잡게 해주고 싶었다. "아치는 시는 쓸 줄 알아." 어니스트가 내게 말했다. "하지만 시는 쉬워. 재수만 좋으면 시인은 두 줄만 쓰고도 평생 먹고살지. 어려운 건 산문이야."

우리는 드래그drag줄감개 마찰 조절장치를 풀고 느슨해진 스풀spool줄감개을 엄지로 누른 채 낚시를 했다. 초보자는 돛새치가 부리로 미끼를 툭툭 건드리는 것과 철썩이는 파도나 낚싯바늘에 걸린 해초의 급작스러운 움직임의 차이를 구별하기 어렵기 때문에, 뭐가 걸리든 일단은 줄을 늦추라고 E. H.는 당부했다. 늦추라고 한 이유는 미끼가 기절했거나 죽은 것처럼 가만있도록 해야 돛새치가 다시 미끼를 향해 덤비기 때문이라고 했다. 잡아채야 하는 순간은 미끼를 입속 깊숙이 물고 달아날 때라는 것도 일러주었다. 잡아채는 순간이 지나치게 이르면 미끼가 놈의 아가리에서 휙 빠져나가버리고, 지나치게 늦으면 녀석이 바늘을 감지하고 느슨해진 줄을 매단 채 바다 위로 솟구쳐 낚아챌 겨를도 없이 미끼를 뱉어낸다는 것이다. 그는 우리에게 줄을 늦추는 동안 손가락 끝을 스풀에 고정해 스풀이 급속히 회전하다 줄이 엉키는 걸 방지하는 방법과, 드래그를 걸기 전 줄을 완전히 멈추는 요령을 알려주었다. E. H.는 이 모든 걸 우리가 마음을 차분히 가라앉히고 가르침을 되새겨볼 여유가 생겼을 때, 우리가 충분히 이해할 수 있을 때까지 설명해주었다. 그러나 모두 뱃멀미를 하고 흥분한 상태에서는 사정이 달랐다. 갑자기 조타륜을 잡고 있던 E. H.가 외치는 소리가 들렸다. "이봐! 돛새치야! 아치, 놈이 자네한테 붙었어. 이젠 자네 쪽이야, 짐! 준비하고 있다가 줄을 늦춰. 내가 말할 때까지 잡아채지 마. 저기! 걸려들었어! 줄 늦춰! 늦추라니까! 젠장! 무슨 똥배짱으로 안 늦추는 거지? 혼쭐이 나서 다시 오지 않을 거야." 이 일이 있은 후 E. H.와 매클리시의 우정은 결코 예전 같지 않았다.

돛새치가 미끼에 덤벼드는 모습이 보이면 우리의 반응은 모두 한결같았다. 흥분하여 E. H.가 늦추라고 하는데도 잡아채거나, 꾸물대다 뒤늦게 늦추거나, 드래그를 너무 세게 걸거나, 손을 스풀에서 떼고 있다가 급작스러운 회전에 줄이 엉켜 끊어지게 했다. 그것도 아니면 낚인 고기를 재빨리 끌어올리지 못했다. 고기가 아직 물속에 있을 때는 무슨 일이 벌어질지 모른다. E. H.는 언제나 가능한 한 신속하지만 우악스럽지 않게 놈들의 숨통을 끊어야 한다고 했다. 모든 것은 장력을 언제 얼마나 가해야 할지 아는 데 달렸다. 돛새치 여덟 마리가 아치의 미끼를 물었지만 아치는 줄 늦추는 요령을 터득하지 못해 놈들 가운데 어느 한 놈의 아가리 속으로도 낚싯바늘을 들여놓지 못했다. 열흘 후, 아치는 돛새치를 단 한 마리도 잡지 못한 채 키웨스트를 떠났다.

행크는 확실히 꿰지 못해서 열 마리, 재빨리 보트로 끌어올리지 않고 줄을 팽팽하게 유지하지 않아 놈들에게 아가리를 벌리고 뛰어올라 바늘을 뱉어낼 기회를 주는 바람에 두 마리를 놓쳤다. 한번은 고기가 걸려 잡아챈다는 것이 너무 지나쳐 80달러짜리 낚싯대가 뒤쪽 조타실 지붕을 강타하여 중간에서 완전히 부러졌다. 그 와중에 고기는 줄을 끊고 도망쳤다. E. H.은 그 낚싯대에 대해 일언반구도 하지 않았다. 행크는 형편없는 낚싯대라고 투덜댔다.

짐이 기막히게 잘생긴 돛새치 한 놈을 꿰었다. 그런데 녀석이 열두 차례나 물 위로 몸을 내던지더니 꼬리의 힘으로 몸을 곧추세워 대가리를 흔들며 춤을 추고는 스풀에서 줄을 획획 뽑아 물속으로 부리나케 줄행랑쳤다.

"막아. 젠장, 막으라니까!" E. H.가 조타륜을 잡은 채 외쳤다. 녀석이 줄을 거의 다 끌고 가서야 짐은 방향을 틀어놓을 수 있었다. "이제 잡아당겨. 꽉 붙들고 있으면 해치울 수 있어. 명심해, 바늘을 문 쪽은 고기야. 죽일 것까진 없어. 자네의 뜻을 납득시켜. 릴로 끌어올리겠다는 생각은 마. 그래선 안 돼. 놈의 힘을 빼야 해. 낚싯대는 그래서 있는 거야. 낚싯대를 낮추면서 릴을 감아올려. 낮추는 속도가 감아올리는 속도보다 빨라선 안 돼. 안 그랬다간 놈에게 숨 돌릴 겨를을 주는 꼴이 돼."

E. H.는 보트를 후진시켜 고기 쪽으로 접근했다. 몇 미터를 감아 들이고 몇 미터를 내주는 식으로 20여 분 동안 줄다리기가 계속되었다. 그때 갑자기 E. H.가 소리를 질렀다. "피야! 상어가 돛새치를 공격한다. 이런, 빌어먹을!" 상어는 세 차례나 돛새치를 덥석 물었고, 세번째 물었을 때는 짐의 낚싯바늘에 돛새치 대신 90킬로그램짜리 상어가 걸려 있었다. 상어의 저항은 격렬하지 않았다. 짐이 놈을 고물 쪽으로 유도하자 E. H.가 갈고리로 꿴 다음 대가리에 총을 쏘았다. 놈이 갑판 위에 올려지자 E. H.가 녀석의 배를 갈랐다. 그 속에는 세 덩어리로 절단 난 돛새치와 완전한 형태로 점액에 뒤덮인 채 태어나지 못한 60센티미터가량의 새끼 상어 아홉 마리가 들어 있었다. 바짝 마른 갑판 위에 떨어지자 녀석들은 몸을 뒤틀며 헤엄을 치려고 안간힘을 썼다. E. H.는 놈들의 대가리를 칼끝으로 찍은 다음 죽은 어미와 함께 난간 너머로 내던졌다. 우리는 죽음으로 헤엄쳐가는 새끼들을 지켜보았다.

E. H.가 내 글의 샘플을 보고 싶다고 해서 서부에서 뜨내기생활을 할 때 신문에 기고한 글을 하나 주었다. 절벽 암붕岩棚에 갇혀 밤새도록 꼼짝달싹 못한 경험을 쓴 것인데, 그런 부류로는 최고라고 편집자가 칭찬한 글이었다.

"자네가 준 거 읽어봤네." 다음날 낚시를 나가며 E. H.가 말문을 열었다.

"걱정할 것 없어. 나도 자네 나이 땐 그런 형편없는 걸 글이라고 썼으니까. 작가는 다 그래. 글 쓰는 법을 터득해야 해. 처음 써본 이야기가 팔린다는 건 작가에게 벌어질 수 있는 가장 큰 불행이라네. 똥 같은 걸 팔게 되면 똥 같은 걸 계속 쓰게 돼. 행여 글이 나아진다 해도 독자들은 언제나 첫인상으로 그 작가를 기억하지."

E. H.가 글쓰기에 관해 말하고 싶은 기분이 들었을 때가 내게는 가장 행복한 시간이었다. 그는 조타륜을 잡고 산호초 너머 샌드키 등대로 배를 몰았다. 나는 그의 옆쪽, 선실로 통하는 출입구에 서 있었다.

"처음 쓴 것은 일고의 가치도 없어. 최고의 조건으로 유럽에서 신문사 일을 한 적이 있지. 필명 두 개로 봉급 두 배, 판공비 두 배를 받았다네. 돈이 웬만큼 모여 신문사 일을 관두고 작심하고 소설을 써보기로 했지. 꼬박 이태 동안 썼는데 한 편도 못 팔았어. 원고야 줄기차게 보냈지만 출판사 쪽에서 차마 소설이라고 부르는 것조차 꺼려하며 원고를 반송하더군. 스케치들이라는 거야. 그래서 파리를 떠날 때 원고들을 전부 여행가방에 쑤셔넣어버렸지. 그런데 집사람이 여행 도중 그만 그 가방을 잃어버리고 말았지 뭔가. 결국 못 찾았지. 처음엔 무슨 일이 벌어진 건지 깨닫지 못했어. 두 해 동안 작업한 걸 몽땅 잃어버린 건데도 말이야. 난 일단 하나를 쓰기 시작해서 내가 원하는 식으로 끝낸 다음에는 그걸 덮어두고 나중에 기억을 못하거든. 그때는 깨닫지 못했지만 아무리 생각해봐도 여간 다행스러운 일이 아니었어. 왜냐하면 처음에 내가 뭘 썼는지 알 턱이 없으니 이제 비평가들이 작가로서 내가 발전한 궤적을 추적할 수 없게 된 거지. 글이란 쓰는 법을 터득해야 쓸 수 있는 건데도 그건 그네들의 관심사가 아니야. 태어날 때부터 그런 식으로 쓴 작가라는 인상을 심어줘야 해."

"따로 보관해두신 것은 없었나요?"

"우체국에 남아 있던 단편 셋 말고는. 「나의 부친」 「패배를 모르는 사나이」 「5만 달러」. 하나같이 퇴짜 맞고 반송된 것들이었지. 출판사 마음에 들지 않았던 거야. 나중에 「5만 달러」를 『애틀랜틱 먼슬리』지에 팔고 나니까 내 작품을 돌려보낸 편집자들이 자기들한테도 좀 보내달라고 간청하는 편지를 쓰기 시작하더군. 원고료를 지불하지 않겠다는 잡지사들이 보낸 편지에는 아예 답장도 하지 않고 단어당 1달러를 쳐주겠다는 잡지사들한테만 자기들이 전에 돌려보냈던 바로 그 '스케치들'을 보내주었지. 거저 받을 수도 있었던 건데.

보낸 원고가 퇴짜를 맞는다고 달라지는 건 아무것도 없어. 그러려니 하는 거야. 남들과 다르게 쓰면 잡지사 사무실에 있는 친구들은 자네가 훌륭한지 알아보지 못해. 다른 이가 진가를 발견해야 그때서야 비로소 눈을 뜨지. 형편없는 건 아무리 써서 보내봤자 어김없이 되돌아오지만, 제대로 쓴 걸 꾸준히 우편으로 보내다보면 언젠가는 사겠다는 작자가 나타나게 되어 있어. 처음 쓴 것은 아무짝에도 쓸모없는 쓰레기야. 그래서 배워야 한다는 걸세. 그렇다고 걱정할 것 없네. 나한테는 글쓰기를 가르쳐준 사람이 없었어. 그래서 내가 지금 자네에게 말해주려는 내용을 스스로 찾아내는 데 여러 해가 걸렸다네."

"조지 피터슨한테서 편지를 한 통 받았습니다." 내가 말을 꺼냈다. "일요판 미니애폴리스 트리뷴의 편집자인데 자기 책에 싣고 싶으니 선생님과의 인터뷰 기사를 좀 써줄 수 있냐고 하더군요."

"자네가 원하는 게 그런 건 줄 몰랐네." E. H.가 의미심장하게 말했다.

"그게 아닙니다. 그럴 마음 없어요. 선생님을 뵌 후에 온 편지입니다."

"자네 경력에 조금이라도 도움이 된다면 인터뷰 기사를 쓰게 해줄 수도 있어. 다만 내가 인터뷰를 하지 않는 이유는 인터뷰하는 자들이 내가 하는 말은 무시하고 제멋대로 그럴듯한 말을 꾸며내기 때문이야. 그래, 트리뷴은 원고료를 얼마나 주지?"

"장문의 기사 아홉 개를 써주고 겨우 15달러를 받았습니다."

"그렇다면 인터뷰를 써봤자 재정적으론 별 도움이 안 되겠는걸."

"네, 못 쓰겠다고 했습니다."

"언젠가 더 좋은 일거리가 들어올 걸세."

"선생님과 함께 낚시하는 얘기를 좀 써봐도 괜찮을까요?

"그럼, 괜찮다마다. 쿠바에서 돌아온 후, 겪어보니 그런 개자식이 따로 없더라고 해도 좋아. 그건 자네의 특권이야."

어느 날 아침 부두를 기어오르다 날카로운 목재 파편이 무릎에 박혔는데 이틀이 지나자 상처가 덧나 부어오르기 시작했다. 사정을 말하자 E. H.는 곧바로 나를 워런 박사에게 데려갔다. 치료비는 모두 자기 앞으로 달았다. 워런 박사는 상처 부위를 절개하면서 상태가 호전할 때까지 다리를 사용해서는 안 된다고 했다. 걸을 때만 통증을 느꼈을 뿐인데도 E. H.는 무척 안쓰러워했다. 그는 나를 태워 집으로 돌아온 후 행여 불편함을 느낄까 나를 베란다에 있는 방석을 덧댄 의자에 앉히고 등받이가 없는 높다란 의자 위에 발을 올려놓게 하고는, 필요한 것은 전부 하인들이 갖다줄 테니 꼼짝 말라고 했다. 그리고 내가 읽을 만한 신문과 잡지 들을 갖다주었다. 그가 낚시를 가고 없던 오후 짧은 낮잠에서 깼을 때, 내가 어찌 지내나 살펴보려고 폴린이 들렀다. 다리가 껑충한 흑인 루이스가 라임과 비터스를 섞은 진칵테일을 갖다주었다.

"무슨 생각이 들어 작가가 되려고 하죠?" 폴린이 뜬금없이 물었다.

"모르겠어요." 내가 말했다. "말로는 설명하기 힘듭니다."

"기왕에 작가가 하나 내 집 안에 있어야 한다면 훌륭한 작가였으면 해요."

"훌륭한 작가가 되고 싶습니다."

"그럼 달빛이 어쩌고 하는 건 쓰지 마세요."

"달빛에 대해선 써본 적이 없습니다."

"허다한 사람들이 그런 걸 쓰죠. 쓴 게 팔리지 않으면 어떡하죠?"

"궁색하게 살면서 계속 노력해야죠."

"돈벌이 대책은 있나요?"

"돈은 조금만 있으면 됩니다."

"인생에서 최고치고 공짜는 없어요. 알게 될 거예요. 난 내가 원하는 걸 내가 원할 때 원한답니다."

"그거야 원하는 게 뭐냐에 따라 다르겠죠. 몸에 익은 걸 얻는 건 어렵지 않을 겁니다."

"내 말에 신경쓰지 마세요. 그냥 한번 따져보고 싶은 기분이 들어서 그런 거니까. 그렇지만 다락방에서 초췌해지고 쫄쫄 굶는 예술가 부류는 질색이에요. 가난한데 자존심 강한 사람도 싫고요. 그런 사람한테는 아무것도 해줄 수 없어요. 입지 않는 새 옷이 몇 벌 있어서 형편이 어려운 여자들한테 나눠주려고 한 적이 있었는데, 그걸 받는 줄 아세요? 자존심이 말도 못해요. 정작 그 옷들은 필요한 건 뭐든 쉽게 살 수 있는 돈 있는 여자 차지가 됐죠."

"전 자존심이 세지 않아요. 갖고 계신 옷을 전부 주신다 해도 받을 겁니다."

"무릎은 어때요?"

"쉬니까 상태가 좋아졌어요. 다치길 잘한 것 같아요."

"무슨 소리죠?"

"뱃멀미 때문에 좀 쉬었으면 했거든요."

"이겨낼 수 있을 거예요."

"바람이 야자수를 헤집고 부는 걸 보니 바다가 꽤나 거칠겠는데요. 따라갔더라면 오늘도 영락없이 뱃멀미를 했을 겁니다."

"첫 며칠은 멀미를 않던데."

"그때야 파도가 거칠지 않았으니까요."

"루이스한테 진을 한 잔 더 갖다달라고 할까요?"

"괜찮아요, 고맙습니다."

"정말 한 잔 더 안 하겠어요?"

"안 하겠습니다."

"진짜요?"

"정 그러시면 뭐."

그녀는 루이스를 불러 한 잔 더 가져오라고 시켰다.

"그것 말고, 뭐 읽고 싶은 거라도 있나요?" 그녀가 물었다.

"있습니다. 어니스트 헤밍웨이가 쓴 것이면 좋겠네요."

"뭘 읽어봤죠?"

"『무기여 잘 있거라』와 「횡단여행」이요."

"뭐가 있나 한번 확인해보죠."

그녀는 두 권을 찾아냈다. 『우리들의 시대에』와 『봄의 계류』였다. 나는 다시 현관 그늘 아래서 외로이, 바람이 야자수의 칼날 같은 기다란 잎사귀들을 흔들어대는 소리를 들으며, 읽고 싶던 어니스트 헤밍웨이의 책들을 어니스트 헤밍웨이의 집에서 읽었다. 기분이 묘했다.

사제와 돛새치

The Priest and the Sailfish

키웨스트 교구로 배속되어 온 중년의 사제는 낚시광으로, 관절염으로 다리를 몹시 절면서도 E. H.와 함께 배를 타고 낚시를 할 계획을 세웠다.

사제는 자기 소유의 가느다란 낚싯대와 릴이 있었고, 번쩍번쩍 빛나는 자기의 인조 미끼 세트만한 것이 없다며 숭어미끼를 사절했다. 자신이 원하는 건 돛새치가 아니라고 했다. 감당하기에 너무 크다는 게 이유였다. E. H.는 그가 미끼를 투척하는 데 일가견이 있으며 멕시코 만으로 나가 베이트 캐스팅 릴bait-casting reel을 장착한 낚싯대를 쓰고 싶어한다는 사실을 내게 귀띔해주었다.

사제한테 한 놈이 걸려든 것은 한참 동안 트롤링을 한 뒤였다. 바라쿠다가 스릴 넘치게 가느다란 낚싯대를 휘었다. 그는 휜 낚싯대를 찍어달라며 이런 일을 대비해 가까이 모셔둔 코닥 카메라를 어니스트에게 건넸다. 사진은 찍었지만 바라쿠다가 그의 은빛 인조 미끼를 물고 도망쳐버렸다. 그는 인조 미끼를 여럿 잃었다.

사제는 며칠 어디를 갔다가 돌아와 오후 낚시에 다시 합류했다. 내가 무릎 때문에 몸져누워 따라가지 못한 날이었다. 저녁에 자동차를 얻어 타고 보트를 맞으러 나갔다. 보트는 돛대에 돛새치 깃발을 휘날리며 느지막이 입항했다.

폴린이 물었다. "누가 잡았어요?"

미심쩍은 침묵이 흘렀다. 어니스트가 엄지손가락으로 사제를 가리켰다. 돛새치는 갑판에 누워 있었다. 거대한 놈이었다. 쇠줄자로 재어보니 길이가 2미터 76센티미터, 무게가 상당했으며 꼬리 끝까지 몸뚱이가 통통했다.

사람들이 무게를 달아보려고 놈을 들어올리는 동안 나는 보트 위에 있었다. 짐 두덱이 소식을 갖고 돌아왔다. 돛새치의 무게는 54.2킬로그램이었다. 이제껏 대서양 연안에서 잡힌 것 중에 가장 큰 놈이었다. 그때까지 최고 기록은 열두 해 전에 잡힌 44킬로그램짜리였다. 이걸 잡은 게 누구라고? 성직자가? 도무지 믿기지 않았다. 뛰어난 낚시꾼이라고 어니스트가 말하기는 했지만, 낚시에 잡힌 돛새치라면 나도 이제 볼 만큼 본 터라 이정도 크기가 뭘 뜻하는지는 분명한 일이었다.

두덱이 미스터리를 말끔히 풀어주었다.

맥그래스 사제는 어니스트의 낚싯대와 볼품없는 릴을 가지고 트롤링을 하고 있었다. 이미 한바탕 제대로 싸움을 치르고 돛새치 한 마리를 상어에게 내준 후여서 허리에 피곤이 몰려온 상태였다. 놓친 놈이 열다섯 차례나 물을 박차고 뛰어오르는 통에 반시간 동안이나 녀석과 씨름을 해야 했다. 해질녘 놈들이 해류를 타고 몰려왔다. 웨스턴드라이록스 부근에서 한 녀석이 사제의 낚시에 걸려들었다. 어마어마한 돛새치가 마치 새치를 방불케 뛰어올라 보트가 지나간 자리에 물보라를 일으키며 곤두박질쳤다. 돛새치를 보자 사제가 어니스트에게 소리쳤다. "자네가 잡아!"

"아니요." 어니스트가 거절했다. "그럴 순 없어요. 사제님 고기인걸요."

돛새치는 기세등등 줄을 끌고 나아갔다. 보트가 놈을 뒤쫓는데도 릴이 다 풀려나갈 판이었다. 사제는 2분 동안 끙끙대며 놈과 치열하게 싸움을 벌이다가 토로했다. "허리가 안 좋아. 자네가 해주게, 어니스트. 부탁일세!"

허리 통증이 진짜 심한 것처럼 보였기 때문에 E. H.가 낚싯대를 건네받았다. 돛새치가 줄을 거의 다 풀어간 상태였다. 낡은 줄이 기껏해야 130미터 정도 남아 있었다. 그것도 세 군데나 꼬여 있었다. 릴은 구식 템플러였다. E. H.는 자신이 가하는 줄의 장력을 정확히 가늠하기 위해 드래그 레버를 풀고 엄지손가락을 브레이크로 사용하여 15분 만에 녀석을 고물에 갖다붙였다.

그런데 그날 브라 선장의 대타로 안내를 맡은 친구가 갈고리를 서툴게 다루는 바람에 놈을 제대로 꿰지 못하고 옆구리만 긁어버렸다. 돛새치가 보트 아래로 종적을 감추자 어니스트는 재빨리 고물 너머로 상체를 최대한 숙여 낚싯대고 릴이고 할 것 없이 모두 물속에 집어넣고 드래그를 완전히 풀어 고기가 충분히 깊숙이 내려가 줄이 프로펠러에 걸리지 않도록 손을 썼다. 1초만 지체했더라도 줄은 프로펠러에 끊겼을 것이다. 어니스트는 네 차례나 놈을 배 가까이 붙였지만 대타 안내인의 서툰 갈고리질 탓에 놈은 계속 보트 아래로 사라졌다. 그때마다 어니스트는 똑같은 동작으로 줄이 프로펠러와 용골과 키를 벗어나게 했다. 다섯번째로 놈을 배에 붙였을 때에야 비로소 안내인이 갈고리로 꿰는 데 성공했다. 42분 동안의 싸움은 그렇게 끝이 났다.

저울을 지켜보던 사람들은 기록적인 돛새치를 잡았다고 나설 사람이 누구일까 궁금했다. 어니스트는 모든 영광은 사제님 것이라고 했다. 거절을 하면서도 사제는 난감했다. 무엇보다도 가장 큰 돛새치를 낚았다는 신기록 수립의 영광이 아쉬웠다. 그렇다고 공적을 받아들이자니 신문에 날 판이었고, 성직자가 낚시를 하지 말라는 법은 없지만 자랑삼을 일은 아니었다. 그러고 싶어도 돛새치를 낚은 공적을 인정할 처지가 못 되었다. 그럴 자격이 없다고 주장하기는 E. H.도 마찬가지였다. 결국 대서양에서 잡힌 기록적인 크기의 돛새치는 잡았다고 주장하는 사람이 없는 난감한 처지에 놓이게 되었다.

이 전투에 대한 두덱의 생생한 증언을 듣고 나니 멕시코 만에서 도망친 커다란 고기들에 대한 풍문들 속에 적잖은 진실이 담겼을 거라는 믿음이 생겼다. 보트 아래를 가로지른 그 엄청난 녀석처럼 놈들이 아마추어가 감당하기 힘든 상황을 만들어내는 건 일도 아닐 것이기 때문에 아마추어는 종종 모르는 사람들이 콧방귀 낄 이야기 하나만 달랑 들고 돌아오는 것이다.

사람들이 흔히 얘기하는 것과는 달리 E. H.는 겨울철 못지않게 여름철 만류 속에도 돛새치가 많다고 믿었다. 산란을 하지 않아 살도 더 많고 상태도 더 좋으며 몸싸움도 거칠게 한다는 것이다. 6월에는 아마추어 낚시꾼을 많이 태웠음에도 불구하고 열하루 반나절 동안 열두 마리나 되는 돛새치가 필라호 갑판에 올려졌다.

괜찮은 작품을 어떻게 쓰나
How to Write the Stuff

E. H.는 자기 작품의 옴니버스 판을 내는 데 필요하다며 스크라이브너스 출판사가 요구한 미출판 신작 한 편을 넘겨주기 위해 아프리카를 소재로 단편소설을 하나 쓰기 시작했다. 그런데 이야기가 예상한 것보다 길어져 벌써 일흔다섯 쪽이나 되었고, 책으로 변할 조짐을 보였다. E. H.는 매일같이 오전 중에는 작품을 쓰고 화창한 오후에는 우리와 함께 바다로 나가 낚시를 했다. 파도가 너무 거세면 우리는 부두 사이에 보트를 묶어놓은 채 죽쳤고, E. H.는 아래로 내려가 엔진에 시동을 걸어 배터리를 충전했다. 바람 불던 어느 날 오후, 보트에 오른 그가 자기 집 서재에 있던 잭 우드

퍼드의 『글쓰기 요령』이란 제목의 책을 발견했다.

"이 쓰레기를 읽는 게 누구지?" 그가 물었다.

"내가 어제 가져왔어." 행크가 대답했다. "형이 개의치 않을 거라 생각해서."

"작가가 되고 싶다면 이런 건 읽지 마." E. H.가 말했다. "전부 개수작이야. 내가 산 책이 아니야. 저자란 놈이 보내왔어. 잡지사들의 구미에 맞게 이야기를 쓰는 요령에 대해 떠들고 있을걸?"

"맞아."

"전부 개수작이야. 난 이제껏 살아오면서 누구의 입맛에 맞춰 써본 적이 없어. 먹고살기 위해서라면 신문 잡지의 취향에 맞게 쓸 수도 있겠지. 하지만 정말 제대로 쓰고 싶다면 어떤 잡지에 보내건 간에 이야기를 거기 입맛에 맞추는 일은 없어야 해. 난 이야기를 탈고할 때까지 출판에 대해선 일절 생각하지 않아. 이야기는 정확히 자기가 마땅히 그렇게 써야 한다고 생각하는 방향으로 쓰는 거지 출판사 편집자가 원하는 대로 쓰는 게 아니야.

스콧 피츠제럴드가 『새터데이 이브닝 포스트』에 그들의 구미에 맞는 이야기를 몇 편 써주고 얼마를 받았다고 내게 말해주던 일이 기억나는군. 스콧이 이제껏 글을 써서 받은 것이라고 해봐야 고작 위스키 몇 병과 호텔 숙박권 몇 장 값밖에 안 돼. 내가 얼마나 받는지 알면 그 친구 열받아 죽을 거야. 얼마 전 조지 로리머의 아들한테서 편지를 받았는데, 뭐든 써주기만 하면 내용과 상관없이 5000달러를 주겠다고 했어. 길 필요도 없고 1000단어만 넘으면 된다고 했지."

"뭐라고 하셨나요?" 내가 물었다.

"답장을 안 했어"

"왜요?"

"아무 때나 팔 수 있으니까. 제안을 받았을 때 주머니에 땡전 한푼 없기는 했지만 그렇다고 궁색하지는 않았거든. 전에도 한번 돈이 떨어진 적이 있었는데 때마침 허스트 출판사에서 『무기여 잘 있거라』의 계약 조건으로 2만 5000달러짜리 수표를 보내왔지. 하지만 수표를 돌려보내고 스크라이브너스 출판사에 소설을 넘겨줬어. 그 수표 정말 더럽게 구미에 당기더라고. 그 돈이 필요했거든. 그래도 돌려보내길 정말 잘했어. 결과적으로 허스트 쪽에 넘겨줬을 경우보다 더 많은 돈을 그 책에서 뽑아냈으니까. 작품을 대중화하는 일은 언제라도 할 수 있지만 그쪽 길을 택하면 자신의 값어치를 높게 유지할 수 없어. 그건 작가에게 최악의 방편일 뿐 아니라 사업 수완도 좋지 못한거야.

올봄 아프리카에서 빈털터리로 돌아왔을 때도 파라마운트 영화사 쪽에서 자기네들이 무슨 전쟁영화를 다섯 주에 걸쳐 찍는데 그동안 촬영장에 와 있어주기만 하면 1주일에 만 달러를 지불하겠다는 제안을 해왔지. 난 영화와 아무 관련도 없는데 말이야. 내 이름을 빌리고 싶었던 거지."

"뭐라고 하셨나요?"

"답장을 안 했어."

"왜요?"

"그래야 강한 인상을 주거든. 혹시 내가 또 소설을 썼는데 그들이 영화 판권을 원하는 일이 생기면 거액이 필요하겠구나 하고 생각할 거야.

상대의 입맛에 맞추는 소설은 쓰지 마. 출판사 편집자들이 자기들 입맛에 맞춘 이야기를 싣는 유일한 이유는 작가들이 계속 그런 것들만 보내기

84

때문이야. 그런 것들은 책으로 묶어봤자 팔리지 않아. 난 내가 쓰고 싶은 걸 쓰면서도 그들보다 많이 벌어. 내가 단편집을 냈다 하면 팔린다고. 사람들이 그걸 읽고 싶기 때문이야. 잘 쓴 건 언제나 수지가 맞아. 처음엔 아닐 수도 있겠지만 결국에 가서는 항상 그래.

독자들은 좋은 이야기를 알아보지만 편집자들은 아니야. 색다른 이야기를 보내면 편집자들은 그 가치를 못 알아봐. 이야기만 훌륭하다면 반송되어 오더라도 거들떠보지 마. 그냥 계속 보내. 좋은 이야기라면 알아보는 편집자가 있을 거야. 한 명이 알아보면 나머지도 알아보기 마련이지. 하지만 형편없는 이야기는 사방팔방 끊임없이 보내봤자 소용없어. 누구도 사지 않을 테니까.

이야기가 하나 팔린다고 해도 우연일 수 있으니까 다음 게 팔릴 때까지 몇 년이 걸릴 수도 있어. 그래서 생계를 위해 지금 하는 일을 버려서는 안 돼. 친구가 없다고 걱정할 건 없어. 돈만 벌면 친구는 골라 사귈 수 있어. 그리고 돈을 진짜 벌게 되거든 하는 일에 상관없이 도취하지 말아야 해. 그게 사람이 파멸하는 길이야."

"저도 그 책을 좀 읽었거든요." 내가 고백했다. "우드퍼드는 소설을 쓰려면 우선 플롯의 개요를 작성한 다음 그걸 장으로 나눠야 한다고 하던데요."

헤밍웨이는 침상에 앉아 다리를 접어 뒤꿈치에 엉덩이를 올리고 마치 얼굴에서 무언가를 내쳐버리려는 듯 팔을 흔들었다.

"그건 헛소리야! 개요에 따라 쓰면 독자들이 눈치채고 말아. 이야기가 억지로 짜맞춘 듯 부자연스러워져. 이야기가 어떻게 끝날지 짐작될 때가 있긴 하지만 막상 써보면 완전히 딴판이 되거든. 장을 먼저 나누면 각 장이 언제 끝날지 삼척동자라도 알아. 난 작업이 끝날 때까지 절대 책을 장으로 나누지 않아. 대공황을 틈타 많은 협잡꾼들이 사업을 시작했는데, 그악질적인 협잡꾼들 중의 하나가 글쟁이들, 글을 써서 떼돈 버는 방법을 가르쳐주겠다고 광고하는 사이비 작가들이야. 그렇게 잘 알면 왜 자기네들이 직접 쓰지 않겠어?"

"우드퍼드의 말로는 소설을 쓸 때는 절대 성관계를 해서는 안 된다고 하던데, 정말인가요?"

"꼭 그런 건 아냐. 머리를 맑게 해줄 때도 있으니까."

"이야기를 읽으면 작가가 그걸 쓰는 동안 성관계를 했는지 알 수 있나요?"

"단번에!"

"술을 마시는 건 어떻죠?"

"조금은 괜찮아, 마실 줄만 안다면. 정신을 다른 차원에 올려놓고 생각에 변화를 주거든. 하지만 꼭 일을 마친 후에 마시도록 해. 쓰기 전이나 쓰는 도중에는 말고."

"그 책에서 우드퍼드는 작가는 모름지기 신문사 신디케이트_{신문사에 뉴스나 기사를 제공하는 일종의 통신사} 일과 통속소설부터 시작해야 한다고도 하던데요."

"완전히 틀린 말이야! 그런 똥 같은 소리는 믿지 말게. 작가가 되는 게 꿈이라면 신문 일이든 뭐든 해서 돈은 벌어. 그러나 제발 생계를 위해 소설에 매달리지는 마. 통속소설 같은 사이비 작품을 쓰기 시작하면 다른 걸 쓰는 법을 절대 배우지 못해. 먹고살 만큼 돈을 모을 때까지만 하다가 좋은 작품을 쓰겠다고 생각하는 통속작가들을 나도 많이 알지만, 씨도 안

먹히는 얘기야. 자신이 글 쓰는 법을 한 번도 배워본 적 없다는 걸 그네들도 알아. 이제껏 써온 것이 전부 쓰레기고 지금 것도 그 꼴이라서 색다른 걸 쓴다는 건 불가능해. 통속작가의 평판에는 한계가 있기 때문에 언젠가는 밑천이 바닥나 작품이 더는 팔리지 않는다는 걸 깨우치든지 아니면 신물이 나 일을 아예 때려치우고 말지.

어떻게 쓰는지 배우려거든 신문 잡지 쪽 글을 많이 써봐야 해. 머리를 유연하게 하고 언어를 지배하는 힘을 길러주거든. 그러고는 매일 연습하는 거야. 날마다 본 것을 독자가 한눈에 알아볼 수 있도록 묘사해봐. 그러다보면 그게 종이 위에서 살아 움직일 거야. 플로베르가 모파상한테 그렇게 글쓰기를 가르쳤지. 뭐든 묘사해봐. 선착장에 서 있는 자동차, 만류나 거친 바다에 쏟아지는 스콜도 좋고. 감정을 집중하려고 노력해. 자네들이 매일같이 글쓰기 연습을 하겠다면 쓴 걸 흔쾌히 훑어보고 잘못된 걸 말해주지."

"와! 그러면 정말 좋겠는걸!" 행크가 외쳤다. 행크는 언론인이 되는 게 꿈이었다.

"나 같은 사람을 대학 강단에 세워야 한다니까. 학생들을 제대로 가르칠 수 있거든. 작문 교수들은 대개 학생들한테 글의 잘못을 지적하는 데에는 일가견이 있지만 그걸 좋게 만드는 방법에 대해선 깜깜해. 그걸 안다면 작가가 되겠지, 가르칠 필요 없이."

"교수라는 직업을 갖고 사는 것에 대해 어떻게 생각해?"

"우쭐대고 학생들한테 아첨 받기 좋아하는 사람에겐 나쁠 것 없지. 자, 그럼, 헤밍웨이 교수께서 말씀해주신 거 전부 기억하는가? 강의 내용에 대해 시험 볼 준비는 됐겠지?

바람이 멎어 내일은 낚시를 할 수 있었으면 좋겠어. 이 바람이 물고기들을 몰고 와야 하는데."

낚시꾼 방문
Visiting Fishermen

다음날 아침, E. H.가 폴린과 함께 갑판에 올랐다. 카키색 대신 흰색 바지를 차려입고 브라 선장을 동행하지 않아서 나는 우리가 낚시를 가는 게 아니란 걸 알았다. 그는 시동을 걸고 내게 밧줄을 풀라고 한 다음 해군 공창을 빠져나가 아바나 연락선 보급소 쪽으로 필라호를 몰았다.

"자네 혹시 존 찰스 토머스라는 이름 들어본 적 있나?" 그가 내게 물었다.

"없어요. 그게 누구죠?"

"성악가. 집사람은 그 사람 노래를 들어봤다는데 난 못 들어봤어. 지금

89

그 양반을 보러 가는 길이야."

우리는 보급소 근방에 정박중인 커다란 하얀 요트로 향했다. 토머스 씨의 요트는 떠 있는 궁전이었다. 우리가 다가오는 모습을 보고 검은색 블루머^{여성용 짧은 바지} 차림의 호리호리한 여인이 난간에 서서 뻣뻣하게 팔을 흔들었다. 필라호를 요트의 측면에 나란히 갖다 대자 파란색 유니폼을 입은 사내들이 밧줄을 건네받아 완충기를 사이에 끼우고 두 배를 묶은 다음 E. H.와 폴린이 옮겨 탈 수 있도록 다리를 내렸다. 헤밍웨이는 아프리카에서 촬영한 사진들을 가득 넣은 원고 봉투를 들고 있었다. E. H.와 폴린은 갑판에 오르고 행크와 나는 필라호에 머물렀다. 그들은 여자와 악수를 나누고 여러 출입구들 중 하나로 사라졌다. 헤밍웨이 내외가 토머스 내외와 담소를 나누는 동안 요트의 승무원들이 필라호를 둘러보겠다고 건너왔다. 승무원이라고 해봤자 거구의 흑인 한 명과 백인 한 명이었다. 그들은 엔진실 문을 열고는 큰 엔진과 작은 라이커밍 보조 엔진의 용도에 대해 이러쿵저러쿵하더니 바보 같은 짓이라고 입을 모았다. 흑인은 큰 요트에서 왔답시고 선실들을 쭉 훑어보면서 모든 것을 마뜩지 않게 평했다. E. H.와 폴린이 다리를 건너 돌아오자 그들은 자리를 떴다. 짙은 선글라스를 쓰고 검정색 블루머를 입은 호리호리한 여자, 금발의 예쁜 소녀, 둥그런 얼굴에 머리를 짧게 친 작고 다부진 사내가 E. H.와 폴린의 뒤를 따랐다. 사내는 가슴을 내밀고 머리를 뒤로 젖히고 걸었다. 존 찰스 토머스였다. 호리호리한 여자는 그의 아내, 소녀는 그가 모시는 스위스인 성악 선생의 딸이었다. 성악 선생이란 사람은 잿빛 턱수염이 뾰족한 노인으로, 토머스가 유명해지기 전에 그를 가르쳤고, 지금은 딸과 함께 토머스의 요트에 기거하면서 여전히 그의 목소리 코치 노릇을 했다. 헤밍웨이는 토머스에게 선실, 엔진, 생선저장고, 살아 있는 미끼, 가솔린 탱크 등을 두루 구경시켜주면서, 여느 때와는 사뭇 다르게 신경을 곤두세운 채 두꺼운 안경을 통해 눈앞의 모든 것을 예의 주시하면서 토머스와 큰 소리로 유쾌하게 얘기를 나누었다.

"보트가 널찍하지 않습니까?" E. H.가 말했다.

토머스가 헛기침을 했다.

"선폭이 아주 넓고. 아주 안락하고. 보기와는 달리 방도 많군요."

"바다에 나가 밤을 보낸다 해도 여덟 명은 재울 수 있습니다."

"성능은 어떻소?"

"파도를 썩 잘 탑니다. 한번 달려보죠."

E. H.는 엔진 두 대에 시동을 걸고 전방의 산호초 너머로 전속력을 냈다.

"쏜살같지 않습니까?"

토머스가 또다시 헛기침을 했다. "아주 좋소."

"엔진 두 대를 다 가동하면 시속 30킬로미터를 냅니다. 이렇게 작은 엔진을 끄면 진동도 없습니다. 큰 엔진에는 고무가 내장되어 있거든요. 요정도가 트롤링하기 딱 좋은 속도입니다. 조용하게 달리지 않습니까?"

"정말 그렇소."

"이제 어떻게 속도를 줄이는지 보세요. 프로펠러는 돌지만 여유롭게 멈추면서 기어가 공회전합니다. 그래야 큰 고기를 꿰었을 때 정지했다가도 곧바로 출발할 태세를 갖출 수 있거든요. 그 다음에는 가속 레버만 올리면 됩니다."

"대단한 시스템이오."

"낚시를 하려면 이런 보트가 있어야 합니다. 갑판 없는 소형 배만큼이나 예인하기도 수월하고 운영비도 그보다 많이 들지 않습니다."

"부럽소이다. 굉장한 보트요."

"한잔할까요? 한잔할 때가 됐죠?"

"한잔할 때가 어디 따로 있겠소." 토머스가 대답했다.

"그럼, 아널드. 우리 한잔합시다."

내가 술을 섞어본 것은 그때가 처음이었다. 나는 아래로 내려가 E. H.를 위해 위스키 칵테일을 만들고 내 몫도 한 잔 챙겼다. 그리고 토머스를 위해 라임, 설탕, 얼음 조각, 소다수를 섞어 진칵테일을 만들었다. 토머스는 잔을 받아들고 자신의 얇은 입술에 갖다 대며 고맙다고 했다. 그런데 그가 한 모금 맛보더니 소리쳤다.

"맛이 뭐 이래? 레모네이드인가?"

"진입니다." 내가 대답했다.

"이게 진 맛이라고 생각하나?" 그가 마셔보라고 술잔을 내밀며 말했다.

"아니, 진 맛이 안 나네요."

"내 말이 그 말일세."

"아무래도 뭘 빼먹고 넣지 않은 모양입니다."

"대단한 바텐더야!" E. H.가 웃으며 말했다. "진 한 방울 넣지 않은 진칵테일이라."

"지금이라도 진을 넣어드릴까요?"

"그러는 게 훨씬 낫겠는걸. 낫다마다." 그가 말했다.

나는 잔을 받아들고 내려가 손가락 둘을 가로로 붙인 정도의 높이로 진을 따른 다음 다시 올라왔다.

"아! 그래, 훨씬 좋아." 토머스가 말했다. "진을 조금만 타도 맛이 이렇게 달라지는군."

우리는 산호초를 지나 진흙 둔덕을 향했다. 거기에는 덩치 큰 난파선이 얕은 물위로 용골을 드러낸 채 뒤집혀 있었다. 우리는 오후 늦게 섬을 한 번 빙 돌아보고 해군 공창으로 돌아와 배를 부두에 묶었다.

"수영 좀 할까요?" E. H.가 제안했다.

"물을 좋아하긴 하지만 이곳에 상어와 바라쿠다가 우글우글하다는 얘기 하도 많이 들어서." 토머스가 말했다.

"놈들한테 공격당한 사람은 하나도 없습니다. 우린 매일 해요. 해군 공창 쪽은 수영하기에 정말 좋은 곳입니다. 물도 투명하고. 원래는 이렇게 떠다니는 해초가 거의 없어요. 지난밤에 바람이 들이쳐서 그런 겁니다."

"안전하기만 하다면 그러고 싶소."

"안전하다마다요."

우리는 아래로 내려가 수영복으로 갈아입고 올라와 고물에서 따스한 소금 바다 속으로 다이빙한 후 떠다니는 해초 더미를 피하며 부두 사이에서 느긋하게 헤엄쳤다. 여자들은 후갑판 위에서 우리를 지켜보았다. 토머스가 조타실 지붕 위에서 다이빙을 했다. 지붕 모서리에서 물을 등지고 섰다가 뒤로 공중제비를 돌며 몸을 내던졌다. 그런데 마지막 순간 등판이 수면과 수평을 이루는 바람에 그는 물을 강타했고, 양옆으로 치솟은 커다란 두 물보라 사이로 사라져버렸다.

"어이쿠!" 내가 탄식했다.

"다쳤나요?" 토머스가 마침내 머리를 내밀고 물을 내뱉자 E. H.가 물었다.

"괜찮소. 다이빙보드에 익숙한데 반발력이 없다보니."

토머스는 더는 다이빙을 시도하지 않았다. 그는 E. H.가 물에서 나온 후에도 오랫동안 물속에 있었다. 그와 나 단둘이 수영을 했다. 그는 누운 자세로 코와 발가락을 물위로 빠끔히 내민 채 유영하면서 물을 입안에 머금었다가 고래마냥 내뿜었다.

"아, 난 물이 좋다네." 그가 말했다.

"여기 참 근사하죠?"

"멋지구먼. 자네 물속에서 프로펠러 본 적 있나?"

"아니요."

"따라오게."

필라호 고물 쪽에서 토머스는 숨을 깊이 들이켜 가슴을 부풀리고는 물속으로 내려갔다. 나는 뒤따라 잠수해 소금물 속에서 눈을 뜨고 배 밑으로 헤엄쳐 커다란 프로펠러 쪽으로 나아갔다. 옆으로 조그만 황동붙이가 뿌옇게 비치는 지점에서 그의 짧은 다리가 눈앞에 보였다. 나는 숨을 더 이상 참지 못하고 올라왔다. 토머스는 물속에 한참을 더 있다가 보트에서 6미터 떨어진 지점에서 수면으로 솟아올랐고, 누운 자세로 물을 뱉으며 즐거움을 만끽했다. 내가 물 밖으로 나왔는데도 그는 고물 쪽에서 혼자 유유자적 헤엄을 쳤다. E. H.는 생선저장고 위에 서서 그를 지켜보았다. 그런데 갑자기 토머스의 둥근 얼굴이 고통스러운 표정으로 일그러졌다. 그가 비명을 질렀고, E. H.가 그를 향해 물로 뛰어들었다.

"오! 다리를 잃었어!" 내 귀에는 그렇게 들렸다.

생선저장고에서 뛰어내린 E. H.는 토머스의 팔을 움켜잡고 헤엄쳤다.

"별로 값나가는 건 아니오." 토머스가 말했다. "그저 간직하고픈 선물 같은 것이오."

"잃어버린 게 뭡니까?" 토머스의 팔을 놓으며 E. H.가 물었다.

"반지요."

"어휴, 다리를 잘렸다는 소린 줄 알았습니다." 보트로 헤엄쳐 오면서 E. H.가 말했다. 존 찰스 토머스가 그를 뒤따라 갑판에 올랐다.

"내가 다리를 잃었다고 소리친 줄 알았다고 했소?" 토머스가 물었다.

"그렇게 알아들었습니다. 그래서 뛰어든 겁니다. 도와드리려고."

"바라쿠다한테 당했다고 생각한 거요?"

"모르겠습니다."

"세상에! 당신 때문에 놀랐소."

"놀라긴 나도 마찬가지였습니다."

"여긴 두 번 다시 들어가지 않겠소."

"진짜 안전한 곳입니다." 헤밍웨이가 말했다. "그건 오해입니다."

"마찬가지요. 여긴 두 번 다시 들어가지 않겠소."

토머스는 자기 옷가지를 둔 곳에서 빼둔 반지를 발견했다. 우리는 젖은 수영복을 벗고 올이 거친 흰 수건으로 몸을 닦은 다음 옷을 챙겨입었다. 옷을 입으면서 E. H.가 자기가 뛰어든 것에 대해 얘기했다. "사람이 위험에 처했다 싶으면 우선 행동하고 보는 거야." 그가 말했다. "내가 겪게 될 일은 나중 문제라네." 그들 모두 헤밍웨이의 로드스터에 끼어 타고 저녁 식사를 하러 떠났다.

도움의 문제

A Help Problem

다음날 아침 토머스 내외가 낚시 손님으로 초대되었다. E. H.는 필라호를 몰고 요트로 가서 토머스와, 오늘도 어두운 선글라스를 끼고 검은색 블루머를 입은 그의 아내와, 전날 거구의 흑인과 함께 보트에 탔던 얼이라는 백인을 태웠다. 금발에 외모가 세련된 얼은 토머스가 제 요트의 선장으로 채용하기 전에는 팜비치에서 낚시 안내인을 하던 친구였다. 기수를 남쪽으로 돌려 웨스턴드라이록스로 항해하는 내내 얼은 조타륜을 잡은 헤밍웨이 곁에 서 있었다. 그들은 팜비치에서 초대형 돛새치가 많이 보이는 시기에 대해 키웨스트의 경우와 쿠바 연안의 새치 비수기에 견주며 얘기를 나누었다.

덥고 구름 낀 날이었다. 멕시코만류의 푸른 바다로 나와 트롤링을 하며 동쪽으로 이동하는데 배가 거친 너울에 심하게 흔들렸다. 그 와중에 토머스는 앞쪽으로 자리를 옮겨 둥근 선실 지붕 위에서 양손을 가슴에 포개고 드러누웠다. 보트의 요동에 흔들의자 같은 느낌이 들었는지 그는 잠이 들었다. 고물에서 낚시를 하던 그의 아내는 조타륜 옆에 늘어선 사람들이 시야를 가로막지 않으면 머리를 돌려 조타실 창문을 통해 남편을 볼 수 있었다. 토머스는 워낙 둥근 체격이라 굴러 떨어질 것만 같았다.

"아직 그 자리에 있나요?" 그녀가 틈틈이 물었다.

"무사합니다." E. H.가 그때마다 대답했다. "떨어지진 않을 겁니다."

"늘 저 모양이랍니다. 아무데서나 잠을 자요. 사람을 조마조마하게 한다니까요."

토머스 부인은 젊고 날씬했지만 짙은 선글라스에 검정색 블루머 차림이라 그 매력을 분간하기 어려웠다. 내가 한참 동안 곁에 앉아 낚싯대를 잡고 있었는데도 그녀는 말 한마디 없었다. 마침내 구름이 갈라져 그 틈새로 태양이 밝게 비쳤다. 그녀는 뜨거운 햇볕을 얼굴에 받으며 좌현 뱃전에 앉아 있었고 나는 그늘에 있었다.

"자리를 바꾸시죠." 내가 제안했다. "저는 햇볕에 익숙하거든요."

"아니에요. 상관없습니다."

마지못해 예의는 갖추지만 다른 사람의 시종 노릇을 하는 사람과 말을 섞는 게 불쾌하고 내가 다시 말을 거는 게 싫은 듯 그녀는 낚싯줄에 끌려오는 미끼에서 눈을 떼지 않고 대답했다.

비가 몇 방울 떨어지자 토머스는 잠에서 깨어나 눈을 비비고 하품을 하며 고물 쪽으로 왔다. 지붕에서 한숨 자서 그런지 생기가 넘치고 명랑해 보였다. "뭐 좀 잡았소?"

"가다랑어와 고등어 몇 마리요. 큰 놈은 못 잡았습니다." E. H.가 대답했다.

"싱싱한 미끼가 기다리고 있습니다."

"아니, 됐소. 바다는 좋아하지만 낚시는 별로 생각 없소."

"그럼 대신 노래나 한 곡 불러주시지요." 내가 부탁했다.

토머스는 청을 받아들여 우스꽝스러운 짧은 뱃노래를 목청을 뽐내지 않고 소근소근 속삭이듯 불러 우리의 웃음을 자아냈다.

"시끌벅적한 걸로 한 곡 더 부탁합니다. 있잖아요, 뱃사람들이 목청이 터져라 부르는."

"지금은 소릴 지르고 싶은 기분이 아니네."

"술 한잔 하실까요?" E. H.가 토머스에게 물었다.

"그거 참 좋은 생각이오."

"뭘로 하시겠습니까? 진에 라임과 비터스를 넣어드릴까요?" 토머스에게 내가 물었다.

"그럽시다. 수고스럽겠지만 진을 좀 하겠소."

"몇 잔 준비할까요?" 내가 E. H.에게 물었다.

"한잔하겠소?" E. H.가 얼에게 물었다.

"고맙지만 사양하겠습니다."

"난 위스키로 하겠네. 위스키는 조금만 넣어주게. 자네도 한잔 해야지."

나는 술을 대령한 후 토머스 옆 침상에 걸터앉았다. 그는 배를 약간 내밀고 양 무릎은 활짝 벌리고 뒤꿈치는 모은 채 앉아 있었다.

"아, 이건 좋은 음식이라네. 아주 좋은 음식이야." 토머스가 제 선장에게 말했다. "한잔하는 게 좋겠어, 얼."

얼은 고개를 가로저었다.

"딱 한 잔은 괜찮아."

"술 끊었습니다." 얼이 말했다.

"물었어요!" 토머스 부인이 외쳤다.

E. H.가 엔진을 끄고 보트를 멈추는 사이 토머스 부인은 낚싯줄을 풀었다. 그녀가 드래그를 걸어 잡아채자 E. H.가 느슨해진 낚싯줄에 긴장감을 주려고 보트를 전방으로 질주시켰다. 낚싯대가 요동치고 팽팽한 줄이 물속으로 화들짝 빨려들어가자 릴이 날카롭게 비명을 질렀다. 토머스 부인은 낚시질 요령을 알고 있었던 것이다.

"좀 도와줄까?" 토머스가 아내에게 물었다.

"뭘 잡은 거죠?" E. H.가 그녀에게 물었다.

"꿈틀하는 느낌이 돛새치예요."

"뛰어오르지 않는 게 이상하군."

"저 아래 있는 녀석이 론 체이니인가보네." 토머스가 말했다. "혹시 알아."

"토머스 아저씨 진짜 웃기지 않아요?" 겨울에는 엄마와 시카고에 있다가 여름이면 아빠가 있는 키웨스트에 내려와 지내는 헤밍웨이의 잘생긴 열 살배기 아들 범비가 말했다.

"아주 재밌는 분이란다." E. H.가 아들에게 대답했다.

"뭐 볼 게 있다고 윌 로저스와 그런 패거리들이 돈을 쓸어 담는지 통 모르겠단 말이야." 토머스가 말했다. "여보, 도와줄까? 지금은 집사람이 조신하게 행동하지만 이런 질문을 할 때는 이따금씩 집사람의 반응에 귀를 기울여야 합니다."

수면 근처에서 용을 쓰던 돛새치가 천천히 몸을 굴리자 부리와 대가리, 보랏빛 등지느러미가 물 밖으로 나왔다. 그러면서도 녀석은 뛰어오르지 않았다.

"바늘이 잘못 박혔어!"E. H.가 말했다. "피가 보이는군. 얼른 잡아올리지 않으면 상어 밥이 되겠어."

"아이고, 그럼 유감이죠!" 딱 버티고 서서 혼신의 힘을 다해 녀석과 씨름을 벌이며 토머스 부인이 말했다.

"좀 도와줄까?"제 무릎을 찰싹 때리며 존 토머스가 지저귀듯 말했다.

"보트를 어떻게 대주면 좋을지 말해보세요."E. H.가 말했다. "원하시면 놈 쪽으로 확 붙여드릴게요."

"아니요, 아직 줄을 붙들고 있어요."

"여보, 당신 지쳤어." 안간힘을 쓰고 있는 아내에게 토머스가 말했다. "무리하지 마. 좀 쉬는 게 좋겠어. 다른 사람한테 하라고 해."

"놈이 도망친다는 쪽에 걸겠어." 행크가 속삭였다.

"재수 없는 소리 마!"E. H.가 따끔하게 말했다.

토머스 부인은 녀석을 조금씩 보트 쪽으로 당겼는데 동작이 하도 느려 상어가 뒤에서 따라붙어 놈의 꼬리를 물어뜯어버릴 것만 같았다. 놈을 고물로 끌어오는 데 족히 30분은 걸렸을 것이다. 그녀가 돛새치를 뱃전에 갖다 대자 얼이 자신의 위치로 되돌아와 손수건 감은 손을 뱃전 너머로 내려 뻗어 창 같은 돛새치의 부리를 움켜잡았다. 놈이 손을 벗어나려 버둥거리는데도 얼은 목줄로 놈을 잡으려 하지 않고 기다렸다가 그녀가 다시 놈을 뱃전에 붙이자 녀석의 살갗을 제대로 붙잡고 곤봉으로 두 눈을 후려쳐 흠집 하나 없이 녀석을 갑판 위로 끌어올렸다.

"훌륭했소." E. H.가 말했다. "어떻게 하는지 봤죠? 체계가 딱 잡혔어요. 저렇게 하면 다 잡은 고기를 뱃전에서 놓치는 일이 없습니다. 축하해요, 토머스 부인. 아주 훌륭하게 해치웠습니다. 바늘이 아가미판 바로 뒤쪽에 잘못 걸렸습니다. 그래서 놈이 그렇게 드세게 줄을 당긴 거고요. 엄청난 힘이었어요. 축하하는 의미에서 한잔합시다. 얼, 정말 한잔 안 하겠소?"

"고맙지만 괜찮습니다, 어니스트."

"그러지 말고, 얼." 토머스가 말했다.

얼은 머리를 가로저었다. 하지만 내가 칵테일을 만들려고 밑으로 내려오자 그가 주방까지 따라와 내게 속삭였다. "내 것도 한 잔 부탁해. 여기서 마실 테니. 아무한테도 말하지 말아줘."

우리는 일찌감치 귀항해 보트를 토머스의 요트 옆에 묶었다. 다른 사람들은 요트로 건너갔지만 얼은 나를 도와 작동이 시원치 않은 주방 물펌프를 고치기 위해 뒤에 남았다. 같이 펌프를 분해하는 도중 그가 진칵테일을 한 잔 부탁했다. 예의 그 거구의 흑인이 곁에 서서 얘기를 듣고 있었다. 그 요트 기관사가 얼에게 헤밍웨이가 마음에 드냐고 물었다.

"진짜 멋있는 사람이야." 얼이 말했다. "처음에 내가 헤밍웨이 씨라고 불렀더니 대번에 '내 이름은 어니스트라네'라고 하더라고."

"토머스 씨는 모시기 편한 분 같아요." 내가 말했다.

"정말 그래. 좋은 사람들이지. 그런데 이 양반이 이따금 요상하게 굴기도 해. 그럼 난 다짜고짜 지옥에나 떨어지라고 쏘아붙이지."

얼은 펌프에 새 가죽을 끼워맞춘 후 한 잔을 더 부탁했다. 절반쯤 잔을 비웠을 무렵 E. H.와 폴린이 돌아왔고 그는 자리를 떴다.

"가서 부인이 잡은 돛새치를 달아봐야겠습니다." E. H.가 토머스 부인에게 말했다.

"돌아올 때까지 마실 걸 준비해놓겠소." 토머스가 말했다.

우리는 서둘러 톰프슨 부두로 가서 돛새치를 얼음 공장 얼음 위에 올려놓았다. 요트로 돌아와보니 토머스는 눈에 띄지 않고 승무원들만 보였다. 흑인이 난간에 서서 우리가 밧줄을 던져주기를 기다리고 있었다. 내가 보라인bowline돛을 뱃머리 쪽에 매는 밧줄을 기관사에게 던지자 고물 쪽에 있던 흑인이 외치는 소리가 들렸다. "여기로 던져요, 어니스트."

"자네한테는 헤밍웨이 씨야."

"예, 알겠습니다."

"머리를 조아릴 것까지는 없어. 자네가 있는 곳이 그렇게 남부는 아니니까."

흑인은 입을 꼭 다물었다.

존 찰스 토머스는 검은색 정장에 흰색 셔츠, 큼지막한 나비넥타이를 두르고 선실 문을 열고 나와, 청중들로 가득찬 강당 무대에 나설 때처럼 가슴을 내밀고 머리를 젖힌 채 우리 쪽으로 걸어왔다. 나는 노래라도 한 곡 뽑으려나 잠시 기대했지만 그런 일은 없었다. 그는 인상적인 연회 주최자 노릇을 할 만반의 태세를 갖추고 있었다. 칵테일을 준비한 게 아니라 꽃단장을 하느라 시간을 보낸 게 틀림없었다.

"자, 올라와서 한잔합시다." 그가 말했다.

"고맙습니다. 준비된 게 있으면 모를까 시간이 없겠는데요." E. H.가 대답했다. "고기의 무게가 29킬로그램이라는 걸 알려주러 왔습니다."

"고맙소. 잠깐이면 됩니다. 와서 한잔합시다."

"날이 저물고 있습니다. 돌아가야 해요. 보라인을 거둬주게, 아널드."

"더 계셨으면 좋겠어요." 토머스 부인이 말했다. "고기에 대해 알려줘서 고마워요. 즐거운 시간을 보내게 해주셔서 고맙고요."

"돛새치는 얼음 공장에 있습니다. 원하시면 박제로 만드세요."

"아니오, 그럴 생각은 없소." 토머스가 말했다. "한잔 안 하고 간다니 섭섭하구먼."

정장 차림의 토머스를 남겨두고 E. H.는 기수를 돌려 뉘엿뉘엿 넘어가는 해를 받으며 해군 공창을 향해 필라호를 몰았다. 요트에 있는 사람들이 우리를 지켜보았다. 그들이 우리의 대화를 알아듣지 못할 정도로 멀어질 때까지 우리는 아무 말도 하지 않았다. 행크는 생선저장고에 앉아 있었고, 나는, 폴린을 곁에 두고 조타륜을 잡은 E. H. 가까이에 서 있었다.

"그 검둥이 녀석 못됐죠?" 폴린이 말했다. "녀석의 코를 납작하게 해서 속 시원해요."

"개인적인 감정은 없었어." E. H.가 내게 말했다. "그저 목수가 껄끄러운 판자를 대패질하듯 그를 다듬어주려고 한 것뿐이야."

"토머스가 왜 그따위 인간을 데리고 있는지 이해할 수 없어요." 폴린이 말했다.

"고용한 지 겨우 이틀밖에 안 돼."

"어디로 보나 우리 집 검둥이들만 못해요. 우리 집 검둥이들은 예의가 바르잖아요?"

"비미니에서 취객들과 낚시하면서 그렇게 구는 걸 배웠겠지. 누가 좀 마셨다 하면 막무가내로 지껄여도 된다고 생각하는 거야."

"어제 우리 보트에 왔어요." 내가 말했다. "상당히 무례한 친구다 싶었습니다. 허락도 없이 아래로 내려가 손으로 벽을 집고 선실을 쑤시고 다니면서 아무데나 코를 들이밀더라고요."

"본때를 보여주지 그랬어요." 폴린이 말했다.

"그러고 싶은 맘은 굴뚝같았는데 그래도 되나 싶어서요. 토머스 씨 내외는 어떠셨어요?"

"점잖은 사람들이지." E. H.가 대답했다.

"토머스 부인 말인데요, 딱 봐도 부잣집 태생이라는 걸 알겠더라고요." 자리를 바꾸겠냐고 그녀에게 제안한 일을 떠올리며 내가 말했다.

"그런가요?" 폴린이 헤밍웨이에게 물었다.

"사실이야." 그가 말했다.

"말해보게, 아널드, 그 부인이 유복하게 태어났다는 걸 어떻게 알았지? 난 모르겠던데."

"하는 행동을 보니 그런 것 같더라고요."

"아널드가 어떻게 눈치챈 거죠?" 그녀가 E. H.에게 물었다. "내 눈엔 별다른 게 없던데."

"대단한 친구라고 했잖아." E. H.가 말했다. "아널드 새뮤얼슨! 떠오르는 미국의 소설가!"

"우리 부모님도 부자였다고 생각해요?" 폴린이 내게 물었다.

"아니요."

"부자였어요, 그것도 꽤."

"글쎄요, 경우가 달라요. 부인이야 사회에 나가 일을 하셨으니까."

"맞아, 여보, 당신이 진 거야." E. H.가 말했다.

"그 여자가 부자인 줄 어떻게 알아냈는지 이해를 못하겠어요. 나한테는 미스터리예요. 난 사람을 볼 줄 모르나 봐요."

"그렇지 않아, 여보." E. H.가 말했다. "『메인 스트리트』싱클레어 루이스의 소설보다 훌륭한 소설을 팽개쳐버린 사람이 당신이야."

"내가 싱클레어 루이스만큼 잘 쓸 수 있을까요?"

"훨씬 더 잘."

"내가 어니스트 헤밍웨이만큼 잘 쓸 수 있을까요?"

"자, 그런 얘긴 하지 말자고, 여보."

"하여간 아널드가 어떻게 알아챘는지 알고 싶어요. 토머스 부인한테서 뭐 눈치챈 거라도 있어요, 도련님?"

"네. 부유한 집 태생인 것 같더라고요."

내게서 모든 영광을 가로채며 행크가 생선저장고 위에서 말했다.

"어떻게 알았죠?"

"저도 몰라요. 그저 그런 인상을 받았습니다. 이유를 딱 설명할 순 없어요."

"거봐요. 이 두 청년은 알았는데 난 전혀 눈치챈 게 없었다고요."

"무슨 수로 알았는지 내가 말해줄게." E. H.가 말했다. "오늘 아침에 내가 둘한테 말했어. 노래를 불러 그런 배를 구입할 수 있는 사람은 없다고."

다음날 아침 E. H.가 로드스터를 몰고 부두로 나왔다. 범퍼 위에 얼음덩이가 없어서 그저 보트 점검차 온 것일 뿐, 우리가 낚시하러 나가는 것은 아니라는 걸 알았다.

"좋은 아침이야" 하고 그가 차에 앉은 채 말했고 나도 생선저장고 위에서 인사를 건넸다.

"토머스 씨의 요트가 얼마 전 떠났습니다." 내가 말했다. "우리 갑판 위에 두고 간 쿠키 단지를 가지러 모터보트를 타고 왔습니다."

"무슨 문제라도 있는 것처럼 보이진 않던가?"

"그렇게 밝아 보이진 않았습니다. 숙취가 있는 모양이었어요."

"지난밤에 대단했어. 얼이 잔뜩 취해 그 검은 친구를 해고하고 토머스는 얼을 해고했어."

"펌프 고칠 때 몇 잔 주었습니다."

"그때 발동이 걸린 게로군. 번화가에서 더 마신 모양이야. 해고까지 할일은 아니라고 토머스를 말렸어. 정박중이었으니 좀 취한다고 문제될 건 없었으니까. 토머스가 얼한테 술 권하는 소리는 자네도 들었잖아. 주정뱅이인 줄 알았으면 애초에 발동을 걸려고 하지 않았을 거야."

"얼이 그러는데 토머스한테 지옥에나 떨어지라고 퍼붓기도 한답니다."

"아마 그런 모양이야. 토머스의 기분이 상했겠지. 술꾼을 선장 자리에 앉혀놓을 순 없다고 하더군. 참 안됐어. 지난 2년간 함께 지낸데다 모두다 칭찬하던 사람인데. 지난밤 새 선장을 구하러 토머스가 온 도시를 뒤지고 다녔다네. 쫓아냈으니 그 자리를 채울 사람이 필요했겠지."

"얼이 그렇게 된 게 맘에 걸리네요."

"그래, 참 괜찮은 친구였는데. 규율을 지킬 줄 몰랐으니 썩 좋은 선장은 아니었을지 모르지만 낚시에는 일가견이 있었어."

"이제 뭘 할지 궁금해요."

"팜비치로 돌아가 촌뜨기들을 데리고 낚시 안내나 하겠지."

E. H.는 그날 나를 자기 집 저녁식사에 초대했다.

"우린 잘 살아요." 폴린이 한마디 했다.

"일도 잘하고." E. H.가 말했다. "지난밤에 요상한 꿈을 꿨어. 진 터니와 한판 붙었지. 나를 다운시키고 목을 조르더라고. 그래서 그 친구의 거시기를 걷어차버렸어."

"꿈에서라도 그러면 안 돼요."

"여보, 난 현실주의자라고."

전보

The Telegram

아바나 입항 허가서를 받은데다 보트도 일찌감치 건선거乾船渠로 옮겨 다시 칠을 끝내고 항해를 위한 모든 채비를 마친 상태였지만 막상 행크와 짐은 전혀 떠날 준비가 되지 않았다. 한 달 동안 키웨스트에서 헤밍웨이의 요트에서 기거하며 날이면 날마다 그와 낚시를 나간 터라, 왜소하기 그지없어 항해할 때면 약한 바람에도 거대한 폭풍이 이는 듯하고 매번 다음 파도에 마음을 졸이며 기도해야 하는 5미터짜리 보트에서 목숨을 거는 것보다 그쪽을 더 좋아하는 것처럼 보였다.

파도가 거친 날 바다에 나갔다 하면 행크는 영락없이 멀미를 했고, 목숨을 부지한 멕시코 만의 폭풍은 멕시코만류 지역의 일상적인 항해 날씨에 비하면 고요함이라는 것을 깨달았다. 필라호에서도 뱃멀미를 할 판인데, 이물을 지나치게 높이 세워 바람에 맞서 항해하기는커녕 바람에 좌우되고 고물 조타실이 너무 낮아 바닷물이 사정없이 들이치는 작은 욕조 같은 자신의 보트 속에서야 오죽하겠는가?

행크는 호크쇼호를 제작하는 데 6개월과 600달러를 들였고, 여행을 계획하고 여행에 대해 떠벌리는 데 1년을 썼다. 이제 와서 항해를 포기하고 보트를 키웨스트에 내팽개쳐버린다면, 브라 선장이 그에게 말한 대로 뱃값으로 10달러라도 받으면 다행이었다.

"내가 뱃값으로 5달러 쳐줌세." 브라가 제안했다. "내게 무슨 쓸모가 있다거나 5달러 가치는 된다고 생각해서가 아니라 자네가 수장되는 일은 없어야 하니 그만큼이라도 쳐주겠다는 걸세. 여기서 출발하면 그길로 바로 황천길이야."

"인건비는 제쳐두고 600달러가 들어간 보트라고요." 행크가 말을 받았다. 그는 모빌을 떠나 여행에 나선 이후로 여러 차례 기도를 했다고는 하면서도 멕시코만류 횡단에 겁을 먹었다는 것은 인정하려 들지 않았다.

"10달러면 키웨스트에서 그보다 좋은 보트를 얼마든지 구할 수 있어. 쌔고 쌨지."

"선체가 날렵하잖아요. 요트 전문가가 설계해준 거라고요."

"날렵하긴, 그루퍼grouper 농어목 바릿과의 바닷물고기처럼 생겼는데."

"이래 봬도 파도를 잘 탄다고요."

"아직 침몰하지 않았을 뿐이지 그렇게 될 거야. 작은 파도에도 맥없이 뒤집히고 말 걸세. 배가 너무 왜소한데다 너무 무거운 게 탈이야."

"그렇긴 해도 튼튼하게 만들어진 겁니다. 내 손으로 만들었으니 내가 압니다."

하루는 해군 공창의 고요한 바닷물 속에서 운동을 하고 있는데 호크쇼호의 목재 방향타가 떨어져나가 둥둥 떠다니는 게 보였다. 행크는 꼬박 하루 동안 그걸 제자리에 돌려놓고 부러진 부분을 수리했다. 방향타가 멕시코만류를 횡단하는 도중에 떨어지느니 아예 지금 떨어진 게 차라리 잘된 일이라는 사실을 행크는 인정해야 했다.

헤밍웨이는 행크에게 필요한 해도를 여러 장 건네주면서, 키웨스트에서 쿠바까지는 육지가 보이지 않는 가장 길고 가장 위험한 항해가 될 것이기 때문에, 남미로 갈 작정이면 서둘러 출발하고, 꼭 섬들을 옆에 두고 움직여야 하며, 그래야 한여름 허리케인 철이 도래하기 전 폭풍우의 기미가 보이자마자 섬으로 대피할 수 있다고 일렀다.

"허리케인은 두렵지 않아." 행크가 말했다.

"그건 네가 직접 본 적이 없어서 그래. 일단 허리케인에 휩싸였다 하면 어떻게 해볼 도리가 없어. 널 단숨에 바다 위로 내동댕이쳐버릴 거야."

"그래도 두렵지 않아."

"어때 짐, 자네도 허리케인이 두렵지 않나?"

"네, 두렵지 않습니다."

마침내 행크는 떠나기로 결심했다. 어느 날 아침 그들이 한창 출항 준비를 하는데 E. H.가 차를 몰고 부두로 나왔다.

"짐, 자네한테 안 좋은 소식이 있어."

짐의 얼굴을 유심히 살피며 그가 말을 꺼냈다.

"무슨 소식이죠?"

"아침에 전보가 왔네. 화급한 일일지 몰라 뜯어봤어. 자네 모친께서 편찮으시다는 전갈이네. 즉시 집으로 올라오라는 거야."

짐은 아랫입술을 깨물고 갑판을 내려다보았고, E. H.는 부두 위에 서서 그의 얼굴을 주시했다.

"그렇다면 가봐야죠." 짐이 말했다.

"자네 모친의 담당 의사한테 전보를 쳐서 병이 얼마나 위중한지 문의해 보도록 하지. 전보 비용은 내가 지불함세."

짐은 대답이 없었다.

"아이고, 걱정되겠다, 짐." 행크가 말했다. "정말 유감이야."

"생각만큼 상태가 그리 심각한 건 아닐지도 몰라." E. H.가 말했다. "오래 걸릴 것도 없어, 의사한테 전보 치는 건."

"전보를 칠 정도면 내가 꼭 가야 한다는 얘깁니다."

"정말 섭섭해, 짐." 행크가 다시 말했다. "그토록 오랫동안 계획한 여행인데 전부 포기해야 하다니 정말 아쉬워."

"나도 섭섭해."

"전보가 또 올지 몰라." 헤밍웨이가 말했다. "같이 집에 가서 기다려보세. 그게 도착하는 대로 자세한 소식을 알 수 있을 걸세."

두 젊은 동료 선원들은 헤밍웨이의 차를 타고 그의 집으로 갔고, 늦은 오후나 돼서야 그들을 다시 볼 수 있었다. 짐은 행크와 함께 보트에 올라 마이애미행 6시 기차를 타기 위해 옷가지를 챙겼다. 행크가 짐에게 미시간 집까지 가는 데 필요한 기찻삯을 주는 게 보였다.

"네가 나라도 똑같이 했을 거야." 행크가 그에게 말했다. "떠날 준비가 다 됐는데 하필 이때 이런 일이 생기다니. 짐, 난 여행을 포기하기 싫어.

꼭 편지해. 어머님의 병세가 호전되면 여행을 계속할 수 있을지 모르잖아."

"그래, 그렇게 할게. 너도 돈이 필요할 텐데?"

"아니야, 어차피 항해야 다른 사람을 구할 때까진 틀렸으니 필요 없어. 신경쓰지 마."

"그래, 고맙다, 친구."

"형이 차에서 기다려."

헤밍웨이는 그들을 태우고 기차역으로 갔고 거기서 그들은 작별 인사를 나누었다. 행크는 승무원 없는 보트의 선장 신세로 키웨스트에서 오도 가도 못하게 되었다.

"짐이 식겁한 겁니다! 완전히 식겁했어요!" E. H.가 브라 선장에게 말했다. "전보를 받는 순간 딱 감이 오더라고요. 그래서 모친의 담당 의사한테 전보를 쳐서 병세를 확인해보라고 한 겁니다. 몇 번이나 비용을 대주겠다고 하는데도 아랑곳 않는 걸 보고 겁을 집어먹은 게 틀림없구나 하고 확신했어요. 그게 빠져나갈 수 있는 유일한 방법이기 때문에 그렇게 나올 줄 알았습니다. 그들이 만류 위에서 그놈의 파도를 보았을 때 다른 것을 본 겁니다. 그런 뱃길 145킬로미터를 횡단해야 한다는 사실 말입니다. 내배에 머물면서 날마다 낚시하며 태평하게 지낼 때에는 아무런 문제가 없었죠. 그게 좋았으니까. 그러다 내가 내주에 떠나라고 하니까 짐이 집으로 편지를 써 전보를 한 통 쳐달라고 한 겁니다. 아주 손쉬운 방법이죠."

"행크가 알고 있을까?"

"모를 겁니다. 행크는 짐이 신사라고 생각하니까."

"행크가 짐에게 여비까지 챙겨주던데요." 내가 거들었다.

"아무래도 짐의 사업 수완이 더 뛰어난 것 같군."

"이제 행크는 뭘 하죠?"

"대타를 구할 때까지 여기 있겠지."

"키웨스트에선 구하지 못할 거야." 브라 선장이 말했다. "이곳 콘치들은 배에 대해선 빠삭하니까."

세상에 못해먹을 짓
The World's Toughest Racket

"하루에 몇 단어나 쓰세요?" 바다로 나간 어느 날 오후 내가 E. H.에게 물었다.

"대중없다네." 그가 말했다. "많이 쓸 때도 있고 한 자도 못 쓰는 날도 있지."

"버나드 쇼는 작가가 되고 싶다면 적어도 하루에 1000단어는 써야 한다고 하더라고요."

"그건 너무 많아. 무지하게 잘 써지는 날에야 1000단어도 쓸 수는 있지. 하지만 그런 식으로 계속 자네를 펌프질 해대면 밑천이 바짝 말라 똥 같은 거나 쓰게 돼. 하루에 500단어를 쓴다고 해도 그걸 전부 실어줄 출판업자는 없어. 1년이면 18만 단어, 소설 두 권 분량이거든. 그리해보려고 시도해본 적 있나?"

"없습니다. 해보곤 싶은데 해보려고 할 때마나 불가능한 일이란 생각이 들어요."

"그건 아무것도 아니야. 난 말일세, 글을 쓰려고 앉을 때마다 지독한 무력감에 빠져든다네. 글을 쓰는 건 힘든 일이야. 세상에서 가장 힘든 일이지. 세상에 못해먹을 짓이야. 쉽다면 개나 소나 다 하겠지. 그냥 앉아서 한 편 써 보내면 돈이 굴러들어오는 게 아닐세. 그네들이 거액을 지불하는 이유는 딱 하나야. 그런 고된 짓을 해낼 수 있는 사람이 많지 않기 때문이지."

"이야기를 재미있게 만드는 가장 좋은 방법이 뭐죠?"

"신나는 얘깃거리를 갖고 재미있게 만드는 거야 누군들 못하겠나. 비결은 수수한 얘깃거리를 가지고 재미있게 만들 줄 알아야 한다는 거야. 그렇게만 할 수 있다면 신나는 얘깃거리를 다루는 것은 식은 죽 먹기지."

"최고의 이야기는 개인적인 경험이 바탕이 되나요?"

"아니야, 최고의 이야기는 꾸며내는 거라네. 액션을 꾸며낼 수 있어야 해. 소설이 될 만한 일을 실제 삶에서 벌일 수 있는 사람은 고작 열에 하나 정도야. 자네가 자네를 소재로 쓰면 그건 처음이자 마지막으로 죽는 거야. 하지만 다른 사람에 대해 쓰면 천 번을 죽고도 계속 쓸 수 있지. 자네가 아는 사람을 하나 골라 그의 나이와 전력을 바꾸고 그가 한 번도 가본 적 없는 나라로 그를 옮겨놓게. 그래도 그는 실존 인물인 거야. 그를 재미있는 상황에 던져놓고 액션을 만들어내. 꾸며내는 요령만 터득하면 소설은 얼마든지 쓸 수 있다네.

좋은 애깃거리다 싶으면 주저하지 말고 써. 가슴속에 있는 걸 전부 털어놔. 그게 한 번 자리잡고 앉았을 때 쓸 수 있는 분량이야. 그러고 보니 생각나네. 언젠가 하루에 단편 두 개를 쓴 적이 있지. 한 편을 쓰기 시작해 탈고하고 났는데도 여전히 기분이 좋아서 한 편을 더 썼어.

그렇게 한 편을 쓴 다음에는 원고를 두 주 정도 치워둬. 그러고 나서 다시 읽어보면 독자의 입장에서 보는 눈이 생긴다네. 싹수가 보이지 않는 건 포기해야 해. 쓴 걸 치워두었다가 다시 돌아가 독자의 관점에서 읽어보기 전까지는 알 수 없어."

"「살인자」를 다시 읽었어요. 대단한 작품입니다."

"맞아. 대학에서 학생들에게 읽히지."

"영문학 강의를 들을 때 읽었는데 선생님이 쓰셨다는 걸 깜빡했습니다. 이제껏 쓰신 것 중 최고로 손꼽을 만하지 않은가요?"

"어떤 4차원적인 것이 들어 있지. 인간 영혼에 가깝게 다가선 이야기라네. 그렇게 쓰는 게 가장 힘들어. 나는 어려운 것에 승부를 걸면 걸었지 쉬운 쪽을 택하고 싶진 않아."

"쓰는 법을 터득했으면 좋겠는데 잘 안 돼요."

"자네한테도 기회가 있어. 세상에서 가장 위대한 작가가 되겠다고 첫걸음을 내디딘 자에게는 누구든 기회가 있지. 내가 한 일 하나는 훌륭한 애깃거리가 있는 사람에게 문학으로 들어서는 문을 열어준 거야. 어떻게 쓰든 좋기만 하면 출판사는 구할 수 있어."

"글 쓰는 게 언제나 꿈이었나요?"

"그랬지. 지금 자네한테 필요한 건 눈을 이용해서 사물과 현상을 있는 그대로 보는 법을 배우는 거야. 그래야 쓸 때 그것들을 고스란히 나타낼 수 있어. 어떤 하나를 다른 것과 비교할 때는 주의해야 한다네. 같은 것은 없기 때문이지. 모든 것이 고유하다네. 내가 쓰는 방식을 자네한테 교습할 생각은 없어. 절대적인 글쓰기라는 게 있지. 그걸 가르쳐주면 나중에 자네 나름의 스타일을 계발할 수 있을 거야."

"스포츠 잡지에 낚시에 관한 기사를 써봐도 될까요?"

"그래 한번 써보게. 자네가 쓴 걸 훑어보고 힘닿는 데까지 도와줄 테니. 나한테 엄청난 크기의 돛새치 사진이 한 장 있는데 그걸 곁들여 보내도 좋아. 출판사가 군침 흘릴 만한 걸 갖고 있어야 한다네."

그날 오후, 마치 미끼가 작은 해초에 걸린 것처럼 톡톡 당겨지는 느낌이 줄을 타고 전해졌다. 느낌으로 무엇인지 확신할 수 없는 것이 걸렸을 때 하라고 배운 대로 나는 열까지 세면서 낚싯줄을 또르르 푼 다음 릴을 감아 해초를 떼어내기 위해 드래그를 걸었다. 그런데 갑자기 낚싯줄이 생기를 띠더니 스풀에서 질주하듯 내달려 낚싯대를 휘어놓고 세차게 흔들었다. 순간 보랏빛 등지느러미를 단 돛새치 한 마리가 꼬리의 힘으로 등을 곧추세워 물위로 몸뚱이를 완전히 내던졌다가 수면을 강타하며 물보라를 일으켰고, 다시 돌진해 도망치기 전 세 차례나 더 뛰어올랐다. 자기 낚싯줄에 걸린 돛새치가 도약하는 광경은 남의 낚싯줄에 걸린 돛새치가 보여주는 것보다 훨씬 더 흥미진진할뿐더러 이 스포츠에 대해 완전히 다른 느낌을 갖게 한다. 줄을 팽팽하게 유지한 채 나는 놈의 방향을 틀어놓고 끌어올리기 시작했다. 10분 후에 갑판 위에는 내가 낚은 최초의 돛새치가 놓여 있었다.

"놈을 잘 해치웠어." E. H.가 말했다.

"저런 놈 하나 잡아보겠다고 수천 달러를 쓴 친구들도 있어." 브라가 말했다. "지난 12년 동안 한 해도 빼먹지 않고 자기 요트를 타고 이곳에 내려오는 사람이 있다네. 그 사람은 여태 한 마리도 못 잡았어. 초대한 손님들은 잡았는데 막상 자기는 못 잡은 거야."

우리는 돛새치 깃발을 걸었다. 귀항하니 폴린이 선착장에 나와 있었다.

"놈을 잡은 주인공이 누구예요?" 그녀가 물었다.

"아널드." E. H.가 대답했다.

"멋져요! 눈치챘어야 했는데. 그래서 그렇게 흐뭇하군요."

내가 흐뭇했던 진짜 이유는 E. H.가 자기와 낚시한 얘기를 기사로 써도 좋다고 했기 때문이었다. 그다음 날로 나는 열흘 동안 썼다 지웠다를 반복하며 낚시 기사에 매달렸다. 수없이 손을 본 다음 모든 문장과 모든 단어가 자리를 잡고 더이상 손댈 데가 없다는 판단이 서자 나는 열두 쪽 분량의 원고를 E. H.에게 내밀었다. 그는 그걸 받아들고 작업실로 올라갔다. 몇 분 후 그가 창문에서 나를 부르더니 올라오라고 했다. 내가 들어섰을 때 그는 책상에 앉아 연필로 내 원고 위에 뭔가를 쓰고 있었다.

"글을 쭉 훑어봤어. 재미는 있는데 망할 놈의 '어니스트'가 너무 많아." 그가 말했다.

"어떻게 불러야 할지 애매해서요." 편치 않은 심정으로 내가 말했다. "줄곧 헤밍웨이 씨라고 부르는 게 왠지 어색하게 들릴 것 같았거든요."

"그랬겠지. 하지만 내가 자네에 관해 쓰면서 자네를 계속 아널드, 아널드, 아널드, 아널드, 아널드, 아널드라고 부르면 그게 어찌 자네일 수 있겠나."

나는 고개를 끄덕였다.

"부정확한 부분들이 좀 있어. 그걸 바로잡고 '어니스트'도 몇 개 삭제해
보려고 하네. 그래도 괜찮겠지?"

"아, 괜찮고말고요!"

"그럼 마치거든 다시 보세."

한 시간이 지나 그가 바깥 계단을 내려와 잔디밭을 가로질러 사포딜라
나무 아래서 애완용 너구리 우리를 만들고 있는 나를 찾아왔다. 한 손에
는 원고가 들려 있었고, 웃음 띤 얼굴이 누가 봐도 기분좋아 보였다.

"쓴 거 다 봤네." 그가 말했다.

"실망하셨나요?"

"천만에. 일전에 보여준 부랑생활에 대한 기사보다 300퍼센트는 훌륭
해. 견줄 수 없을 정도야. 솔직히 그때는 자네가 작가가 될 만한 그릇인지
확신이 서지 않았는데, 지금 보니 가망이 있어.

이 부분을 고쳤다네." 원고 첫 쪽의 여백과 행간에 연필로 표시한 곳들
을 가리키며 그가 말했다. "자네한테 내 방식대로 쓰게 하려는 건 아니야.
난 아무나 흉내낼 수 있어. 첨가한 내용은 자네가 한다 해도 그랬을 것처
럼 썼기 때문에 타자로 다시 친 다음 몇 차례 읽어봐도 모든 걸 전부 자네
가 썼다고 믿을 거야. 한 가지 짚고 넘어가자면, 헤밍웨이는 너무 많은 데
반해 물고기 얘기가 충분치 않아. 여기, 자네가 처음 날 찾아왔을 때를 쓰
는 부분에서 '오후에 찾아오길 잘했다'라고 했는데, 거기다 '아침나절이었
다면 문전박대를 당했을 것이다'라는 말을 덧붙였네. 사실이 그랬고, 사실
은 언제나 흥미로워. 그걸 꼭 끼워넣어야만 했어. 그러지 않았다간 독자
들이, 좋아, 이 헤밍웨이란 작자만 만나보면 되는구나 하고 무턱대고 짐
을 꾸릴 테니까. 이 나라의 부랑자란 부랑자는 다 이리로 내려올 거야. 보

다시피 '어니스트'는 대부분 지워버렸고, 일부는 그어버리고 E. H.로 대체했네. 그게 더 나아. 자네의 문단은 지나치게 짧아. 활자로 찍혀 나오면 정신 사나워 보여. 그리고 문장도 너무 짧아. 짧은 문장을 써야 할 때가 있지만 때를 가려 쓸 줄 알아야 해. 짧은 문장을 빈번하게 사용하는 건 단조로운 기계망치질 같아서 독자를 피곤하게 해. 또하나, 사제에 대해 언급한 부분에서 느낀 건데, 자네는 상대를 완전히 파악하기 전에 비난하는 버릇이 있어. 그 점을 경계해야 하네. 자네는 신이 아니야. 절대 사람을 판단해서는 안 돼. 있는 그대로 드러내고 판단은 독자에게 맡기게. 모름지기 작가는 상이한 두 성격이 있어야 해. 인간으로서 자네는 천하의 개망나니일 수도 있고 사람을 증오하고 비난하고 다음번 만났을 때 놈의 대갈통을 총알로 날려버릴 수 있겠지만, 작가로서 자네는 누구에 대해 쓰기 전에 그 사람을 철저하게 있는 그대로 보고 그 사람의 관점을 완벽하게 이해하고, 자네의 사사로운 반응을 섞지 않고 그 사람을 정확하게 드러내는 요령을 터득해야 해. 사제에 관한 얘기 중 일부는 사실과 달라. 그는 정말로 훌륭한 낚시꾼이야. 허리가 문제를 일으키기 전까지만 해도 잘 버텼어. 아무튼 그 사제는 내 친구야. 자네보다는 내가 사제를 더 좋아한 것 같군."

E. H.가 내게 원고를 돌려주었다.

"이것으로 뭐가 될까요?"

"되다마다. 가능성이 보여. 말끔하게 다시 쳐서 보내. 최악의 경우라고 해봤자 원고가 반송되는 것뿐이야. 안 받아준다고 해도 실망할 것 없어. 나중에 더 좋은 걸 쓰면 되니까."

"정말 고맙습니다."

"고맙긴 뭘. 그걸 곧바로 읽어본 이유는 내가 뭐라 할지 자네가 마음을 졸일 것 같아서였네. 자네가 점점 나아지는 모습을 보니 그리하는 게 기쁜 일이기도 했고. 사람들이 한번 읽어봐달라고 보내온 소설 원고들이 있는데 자네도 좀 볼 필요가 있어. 기회가 되면 몇 개 보여주지."

"정말 제가 작가의 재목이 된다고 생각하십니까?"

"그들보다 자네가 유망해 보여. 훨씬 유망해. 자네한테 지금 필요한 건 문장에 매달려 문장을 문단으로 쌓아올리는 요령을 터득하는 거야. 내가 어떻게 문장들을 뭉쳐놓았는지 보면 감이 올 걸세."

"작업을 하셨어야 할 텐데 이렇게 시간을 많이 빼앗아 죄송합니다."

"괜찮네. 이곳에 온 첫날부터 자네가 뭘 봐달라고 내밀었다면 이런 수고는 하지 않았겠지만, 이제는 아는 처지니 기꺼이 할 수 있네."

"그래도 정말 고맙습니다."

"고맙긴 뭘."

아바나

Havana

E. H.는 내게 아버지 같았다. 그는 나를 가족의 일원으로 대해주었고 보답으로 나는 보트를 최상의 상태로 유지하려고 애썼다. 비록 돈을 받고 하는 일이었지만 그는 내가 하는 모든 일을 고마워했다. 내 평생 일자리를 갖고 완전한 행복감을 느낀 것은 그때가 처음이었다. 유일한 걱정은 그 일자리를 잃는 것이었다. 그가 나를 쿠바에 데려가지 않겠다는 말을 꺼낸 적이 없고 나도 가는 것을 당연한 일로 여겼지만, 내심 그가 마음을 바꿀까 걱정했다. 그의 원래 계획은 새치가 많이 보이기 시작하는 때에 맞추어 5월 하순에 아바나로 떠나 철이 끝나는 가을까지 거기서 낚시를 하는

것이었다. 그러나 출발 무렵 새치가 아직도 아바나 어부들에게 목격되지 않았다는 전언을 받은데다, 마침 쓰고 있던 이야기가 순조롭게 진행되어 더 좋은 소식이 들릴 때까지 여행을 연기하기로 했다. 그는 새치가 몰려올 때까지 아바나에서 빈둥대기보다 키웨스트에서 글을 쓰는 편이 이익이라고 생각했다. 우리는 멕시코만류 지역에서 돛새치 낚시를 하며 한 달을 더 기다렸다. 그러다 7월 중순에 그의 쿠바인 선원 카를로스 구티에레스가, 새치가 이동을 시작했고 아바나에 사는 미국인 우드워드가 커다란 새치 두 마리를 연속으로 낚았다가 둘 다 놓쳤다는 편지를 보내왔다.

소식을 들은 그날로 우리는 준비를 시작했다. E. H.는 선원 명단에 자신은 선장, 나는 일등기관사로 서명하여 출항 허가 신청서를 제출했다. 고급선원이라고 해야 총과 탄약을 더 많이 소지하도록 허가를 받을 수 있기 때문이었다. 일찌감치 반 트럭분의 통조림 음식을 보트에 실어놓은 상태여서 남은 일이라고는 필라호를 몰고 톰프슨 부두로 가서 가솔린 탱크를 채우는 것뿐이었다. 저녁에는 E. H.가 자동차 후방 접이좌석에 가득 실은 묵직한 낚시 장구들을 내렸다. 510그램짜리 하디 낚싯대, 손잡이 부분의 경사각이 5도인 큼지막한 하디 릴, 스풀에 감긴 서른두 가닥으로 꼰 낚싯줄 460미터, 여러 철 쓸 수 있을 만큼 충분한 양의 플루거 낚싯바늘과 무거운 목줄용 피아노 줄이었다. 이제 떠날 준비는 다 끝났고, 내가 동행하는 것은 의심의 여지가 없었다. 나는 그날 밤을 거의 뜬눈으로 지새우면서 아바나에 가면 어떨까 생각하며, 일은 전부 쿠바인들에게 시키고 나는 손님 자격으로 낮에는 헤밍웨이와 큰 물고기를 잡고 밤에는 아바나의 야경을 구경하는 상상을 했다.

E. H.가 전에 말했다. "자네는 아직 아무것도 본 게 없어."

7월 18일 아침, 해가 뜨기도 전에 부두로 자동차들이 들어서는 소리가 들렸다. 동쪽으로 마을 위 하늘이 회색으로 변하고 있었다. 무더운 밤이 지나고 시원한 산들바람이 산호초에서 불어왔다. 보트가 양옆 잔교에 묶여 어느 편에서도 접근할 수 없는 중간 지점에 있었기 때문에 나는 보라인을 몇 미터 풀어 고물을 한쪽 잔교로 바짝 당겨 방향타가 닿을 정도로 보트를 꽉 고정했다. E. H.는 우리를 배웅하기 위해 일찍 일어난 몇몇 친구들과 더불어 폴린과 함께 부두에 서 있었다. 그는 무거운 낚시 릴, 크기가 새치만한 낚싯대 묶음, 참치 창자, 총을 넣은 양가죽 가방, 옷가지, 낚싯바늘과 목줄이 담긴 상자들을 내게 건넸다.

"그래, 어니스트, 자네가 쫓는 그 큰 새치 꼭 잡아." 보일러 기술자 설리가 말했다.

"고맙네, 설리."

"저 친구가 제인 그레이의 콧대를 납작하게 해주었으면 좋겠어."*

"정열적인 스페인 아가씨들을 조심하게." 노선장 브라가 내게 말했다. "세 가지 체위로! 트레스 베세세번." 그는 손가락 세 개를 들어올렸다.

"아가씨들한테 내 안부 좀 전해줘." 그가 말했다. "삼삼한 아가씨들이 있을 거야. 같이 갔으면 좋으련만."

"나중에라도 오실 거죠?"

"맘이야 굴뚝같지만 내 마나님이 가만있지 않을 거야."

브라 선장에게는 작년이 끔찍한 한 해였다. E. H.가 매일 밤 그의 성기

---

* 주로 서부물 작가로 알려진 제인 그레이(1875~1939)가 바로 얼마 전 대형 물고기 낚시에 관한 책 두 권 『낚시 이야기』와 『황새치와 참치 이야기』를 써 대단한 성공을 거두었다.

를 치료해주었다. 한 여자가 줄기차게 보트로 내려와 자기는 선장을 세 가지 체위로 사랑한다면서 결혼하고 싶다고 그를 구워삶은 것이다. 선장의 부인은 더이상 잠자코 있지 않았다.

바다 건너로 우리를 데려다줄 항해사로 E. H.가 고용한 찰스 룬드를 몇 분 기다려야 했다. 그는 동틀녘에 도착했다. 체구가 날씬했는데, 웃음을 지으며 늦은 것에 대해 사과했다. E. H.는 엔진 두 대에 시동을 걸었다. 부두에 있던 사람들은 밧줄을 풀고 우리가 방파제 반대편으로 모습을 감출 때까지 손을 흔들며 서 있었다.

E. H.와 룬드는 번갈아 조타륜을 잡으며 샌드키 좌측 남쪽 항로로 배를 몰았다. 키웨스트의 건물들은 우리의 항적 뒤로 모습을 감추었고, 한 시간이 지나자 송신탑들이, 다시 한 시간이 지나자 샌드키 등대마저 시야에서 사라져, 보이는 것이라곤 바닷물밖에 없었다. 나는 맥주 세 병을 땄고, E. H.와 룬드는 빈 병을 던져놓고 22구경 콜트 자동권총 사격 연습 표적으로 삼았다. 일렁이는 파도 위에 떠 있는 표적을 맞히는 건 여간 힘든 일이 아니었다. 보트가 심하게 흔들려 나는 입맛이 뚝 떨어졌고, 대부분의 시간을 조타륜 맞은편 침상에 누워 룬드와 E. H.가 얘기하는 소리를 들었다. E. H.는 날치와 새 들의 출현을 살피고 있었다. 두 다리를 넓게 벌린 채 조타륜을 잡고 서 있던 룬드는 자기는 아바나와 키웨스트를 왕래하는 연락선의 느릿한 움직임에 익숙하다고 했다. 그는 순항 보트를 몰고 대양을 횡단하는 것 같은 스릴을 만끽하고 있었다. 그들은 여행을 즐기고 있었다. E. H.는 낯선 어장을 탐험하는 낚시꾼으로서, 룬드는 뱃사람으로서. 나는 육지에 닿기만을 기다리는 멀미하는 승객이었다.

"바다를 좋아하세요?" 내가 룬드에게 물었다.

"두말하면 잔소리지." 그가 말했다. "결혼만 하지 않았다면 그놈의 빌어먹을 세계 일주에 나설 텐데."

"연락선 일은 맘에 드세요?"

"자나깨나 똑같은 일이라 지겨워 죽을 지경이야. 마누라만 없었어도 그런 일자리를 구하진 않았을 거야."

"요트 선장 자리를 구해보려고 한 적은 없나?" E. H.가 그에게 물었다.

"없어요."

"이제 결혼도 했으니 해볼 만할 거야. 자네는 인간관계가 좋아서 요트 주인들이 하느님처럼 떠받들 거야. 늘 그래. 그런 자들의 선장은 그네들의 돈으로 만들어낸 하느님이라서 자랑스럽게 여기고 왕처럼 대우하지. 한번 기항했다 하면 거기서 6개월을 죽치는 놈도 있으니까 그런 돈 많은 자식 하나 걸리면 매일 밤 집에서 지낼 수도 있어."

"기회가 되면 한번 구해봐야겠어요."

"임자만 만났다 하면 거저먹는 거야."

멀리 날치들이 보트 양쪽에서 날개를 펴고 물 밖으로 날아올랐다. 우리가 서식지를 지날 때에는 더 많은 날치들이 구름처럼 떼를 이루어 물 밖으로 끊임없이 날아올랐다.

"저걸 봐! 저걸 봐!" E. H.가 말했다. "이곳에 물고기가 있다는 증거야. 있잖나? 언젠가 보트를 만류 한가운데로 끌고 나오면 재밌겠는걸. 낮에는 낚시하고, 밤새 떠다니고, 우리가 잡을 걸 보는 것만으로도 신날 거야. 여기서 낚시하면 정말 죽여주겠는데. 어때?"

"그럴 수 있겠네요." 수년간 거의 매일같이 만류를 횡단한 룬드가 대답했다. "우습군요, 이제껏 그런 생각을 해본 적이 없다니."

"다음날 아침 돌아가고 싶으면 위치를 확인하고 출발하면 돼. 분명 여기에 고기가 있어. 깃털미끼 하나 던져보자고."

E. H.는 잠시 깃털미끼를 던져 트롤링해보았지만 보트가 너무 빨라 릴을 감았다.

룬드는 보트가 속력을 평균 시속 19킬로미터로 유지하고 항로만 정확하다면 이른 오후에 산이 보일 것을 알았다. 때가 되자 이물에 서서 쌍안경으로 전방을 주시하던 E. H.가 높은 위치 덕분에 먼저 산을 목격했다.

"딱 제자리에 있군." 자신의 항해술을 뽐내며 룬드가 말했다. "아바나는 정확히 12시 방향입니다."

"아바나 근방에 산이 있나요?" 내가 E. H.에게 물었다.

"해안에서 위쪽으로 48킬로미터 지점에 있다네." 그가 대답했다. "카바냐스 산이야."

"가까이 가서 볼 기회가 있을까요?"

"폴린이 당도하면. 해안 위쪽으로 소풍 가서 카바냐스 항구에서 하룻밤 묵을 걸세."

"거대한 산을 또 보고 싶습니다."

"그렇게 험준하지는 않아. 로키산맥 같지는 않다네."

오후가 되자 조그맣고 동글동글한 산꼭대기들이 폭을 넓히며 솟아올라 바다 위로 푸른 산등성이가 펼쳐졌다. 일몰 시간이 가까워지자 기다랗고 평탄한 쿠바의 해안선이 시야에 들어왔고, 보트가 비스듬히 항구로 접근할 무렵에는 바닷물이 남색에서 짙은 녹색으로 변했고 잿빛 도는 아바나의 건물들이 조그만 마을처럼 보였다.

"제시간에 입항 절차를 마칠 수 있을까?" E. H.가 물었다.

"마칠 수 있을 겁니다."

가속 레버를 앞으로 밀어 엔진의 회전을 높이며 룬드가 대답했다.

"살살 다루게나. 입항해야 한다는 것만 명심하고."

룬드는 엔진을 고속으로 유지했다. 밤을 아바나 해변에서 보내고 싶었는데, 6시 이후에는 너무 늦어 입항 허가를 받을 수 없고, 그렇게 되면 아침까지 꼼짝없이 배에 머물러야 한다는 걸 알기 때문이다. E. H.는 엔진에 무리가 갈까 염려했지만 더는 말하지 않았다.

"무슨 냄새가 나는데요." 멀미로 후각이 예민해진 내가 말했다.

"뭐가 타고 있어!" E. H.가 말했다. "주방을 살펴봐."

타는 냄새가 점점 강하게 진동했지만 불이 난 지점을 찾을 수 없었다. 우리는 불타는 배의 승객만이 느낄 수 있는 점점 커가는 긴박한 불안감 속에서 모든 곳을 살펴보았다. E. H.가 엔진실의 위쪽 문을 열었더니 큰 엔진이 과열하여 페인트가 실린더헤드에서 기름이 끓듯 녹아내려 냄새를 풍기고 있었다. 물을 순환시켜 엔진을 냉각하는 펌프가 작동을 멈춘 것이다. 우리는 엔진을 끄고 E. H.가 이런 비상사태를 대비해 설치해둔 40마력짜리 라이커밍 엔진의 힘으로만 입항을 시도해야 했다.

모로캐슬은 불과 5킬로미터 전방에 있었다. 통상적인 순항속력이라면 20분만 더 가면 도착할 거리였지만, 그 작은 엔진으로 보트가 멕시코만류를 감당한다는 건 역부족이었기 때문에, 우리는 두 시간 동안 느릿느릿 기다시피 하여 황혼 무렵에야 모로캐슬 석벽과 아래쪽 아바나 해안지구 사이의 항구로 들어섰다. 카키색 군복을 입은 군인들을 가득 태운 경비정 한 척이 검문을 위해 다가와 우리 보트와 나란히 달렸다. 열병식 복장에 소총을 든 병사 하나가 이물에 서서 E. H.에게 스페인어로 이것저것 물었다. 모로캐슬 망루에서 경계를 서던 초병들이 일몰 시간에 필라호가 육지에서 5킬로미터 지점까지 빠른 속도로 접근하는 걸 관찰했는데, 그게 멈추어 서더니 서서히 접근하자 혁명 세력들에 공급할 탄약을 밀반입하려는 배가 어둠을 기다렸다가 잠입하려는 것으로 판단한 것이다. E. H.는 군인들에게 자기는 요트를 애호하는 미국인 낚시꾼이며 아바나에는 새치 낚시를 하러 왔다고 말했다. 군인들은 얘기는 그럴듯하지만 아무튼 보트는 수색해야겠다고 대답했다. 그들이 갑판에 올라 수색할 태세를 갖추었을 무렵 또다른 경비정 한 척이 접근하더니 누가 들뜬 목소리로 외쳤다.

"엘 헤밍웨이!"

"케 탈^{잘 지냈어요}, 카를로스!" E. H.가 그의 쿠바 선원에게 인사를 건넸다.

그 이름을 듣자 군인들은 공손해지더니 미안하다고 했다. 그들에게 헤밍웨이는 지난여름 낚싯대와 릴로 새치 예순네 마리를 잡아 몇 톤이나 되는 새치 고기를 선착장에 있던 원주민들에게 거저 준 미국인 백만장자였다. 그들은 그가 새 요트를 타고 있어서 알아보지 못했고, 실수를 범해서 미안하며, 올해도 새치를 많이 잡기를 바란다는 말을 남기고 떠났다.

아바나 항의 바다는 고요하고 아늑했으며, 모든 것이 새롭고 흥미로웠다. 우리는 수로를 통과한 다음 요새와 아바나 쪽 해안 도로를 따라 늘어선 소형 어선들을 지나쳤다. 수로가 넓어졌고, E. H.는 소형 어선들이 생선들을 하역하곤 하는 부두 근처에 배를 멈추었다. 룬드는 커다란 닻을 뱃머리에서 던지고 닻이 진흙 속에 딱 박히자 밧줄을 계선주에 걸었다. 군인들과의 일도 정리되고 이제 닻을 내리고 하룻밤을 꼬박 배에서 머물러야 하는 처지가 되자 비로소 고장난 큰 엔진에 대해 생각할 여유가 생겼다. 수리될 때까지 얼마나 오래 지체해야 하는지, 새 부품을 구하기 위해 E. H.가 공장으로 사람을 보내야 하는 건지, 아바나에 그걸 고칠 만한 정비공이 있기나 한지, 비용은 얼마나 들지, 우리는 알 도리가 없었다. 룬드는 엔진을 지나치게 빨리 돌린 것에 대해 자책했다. E. H.가 암묵적으로 동의했을지 모르지만, 다른 일에 대해 얘기를 나누는 동안 둘 중 누구도 그 일을 입에 올리지 않았다.

25달러를 추가로 지불하면 6시 이후에도 입항 허가를 받을 수 있었다. E. H.는 룬드에게 아바나의 주거지역으로 들어가고 싶다면 입항 수속을 밟겠다고 했지만 룬드는 그 제안을 사양했다. 그들은 잠자리에 들기 전까지 선실에서 얘기를 나누었고, 잠은 모두 갑판 위에서 잤다.

세관 검색원들이 다음날 아침 배에 올랐다. 그들은 아래쪽에 있는 6인용 숙박 설비와 주방, 화장실 등등, 온통 배가 어떻게 제작되었는지에만 관심을 둘 뿐, 혹시 감추어두었을지도 모르는 탄약은 찾으려는 시늉도 하지 않았다. 선실들을 돌며 사물함 서랍을 몇 개 열어보기는 했지만 뭘 풀어보는 일도 없었고, 침상 뒤에 숨겨둔 소총도 발견하지 못했다. E. H.가 조타실 갑판 아래에 다이너마이트 1톤을 감춰두었더라도 발각되지 않았을 것이다. 검역관이 우리를 흘긋 쳐다보았다. 우리는 노란색 검역 깃발을 내렸다.

나이가 쉰여섯인 쿠바인 카를로스는 하얀 새 옷을 한 벌 차려입고 머리에는 고급선원 모자를 쓰고 가슴에는 한복판을 가로질러 '필라'라는 글자를 박음질해 붙인 모습으로, 측면에 '범비'라는 이름이 페인트로 쓰인 거룻배에서 대기하고 있었다. 노란 깃발이 내려가자 그는 보트로 올라와 감격스러운 듯 검은 두 눈을 반짝이며 E. H.와 악수를 한 후 흥분을 주체하지 못하며 스페인어를 쏟아냈고, 얘기를 하면서 어느새 자루걸레를 찾아 갑판을 훔치기 시작했다. 나는 키웨스트에서 갑판을 걸레질해본 적이 없었다. 그가 갑판을 걸레질하는 모습을 보고 있자니 나의 효용성에 대한 안이한 자신감을 잃기 시작했다. 나는 다른 사람이 일하는 걸 보고 도와야 할지 말아야 할지 고민하다가 가만있는 쪽으로 마음을 굳힌 초대된 손님의 거북함을 느꼈다. 내가 키웨스트에서 E. H.의 뱃사람 노릇을 할 때 그가 내게 보인 관심을 카를로스가 끌고 있었다. E. H.는 다른 일로 분주하기도 했고 키웨스트에서보다 말을 아끼는 듯했다. 그는 이제 배의 선장이었고 다시 군대의 장교였다. 긴 항해였고 그의 입장에선 기율이 필요했기 때문에 우리 관계에는 사적인 구석이 점점 없어졌다.

E. H.는 폴린한테 전보를 치기 위해 뭍에 오르고, 카를로스는 그를 도와 정비공을 찾겠다고 따라나서고, 찰스 룬드는 서둘러 연락선을 타러 가고, 결국 나만 외롭게 보트에 남았다.

"걱정 말게, 아바나 구경은 신물나게 하게 될 테니까." E. H.가 말했다. "자네가 해군에 있는 건 아니니까 현창을 통해 세상을 보는 일은 없을 거야."

혼자 있는 건 아무렇지 않았다. 구경거리는 수두룩했다. 옛 요새의 거대한 석벽이 좁은 수로를 따라 항구 초입에 위치한 모로캐슬의 첨탑까지 줄달음질치며 이른 아침의 햇살을 받아 고풍스러운 회색빛을 띠었다. 전 세계에서 찾아온 여객선과 화물선 들이 간간이 항구를 드나들었는데, 그 크기가 하도 커서 아주 느릿느릿 움직이는 것처럼 보였고, 그런 배들이 한 번 지나갔다 하면 뒤에 남은 파도에 필라호가 몇 분 동안이나 심하게 휘청거렸다. 그보다 작은 배들도 많았다. 쿠바 사람들을 가득 태운 크기가 제법 되는 모터보트들, 고물 위에 범포 차양막을 달아 승객들에게는 그늘을 제공하지만 뱃사공은 이물 쪽에 앉아 작열하는 태양 아래서 뒤로 노를 젓는 작고 느린 거룻배들이었다. 아바나 쪽으로 까무잡잡한 얼굴에 흰색 정장 차림의 쿠바인들이 소형 전차와 무개차를 타고 해안도로를 달려 회색 아파트 건물들을 지나쳤다. 다른 쿠바인들도 보였다. 그렇게 하얀 옷을 입지는 않았다. 그들은 근처 선착장에 서서, 사람들이 입질이 없자 손낚싯줄을 손가락 주위로 빙빙 돌리다가 따먹지 않은 미끼를 다시 멀리 내던지는 광경을 지켜보았다.

낡은 거룻배 한 척이 다가오더니 셔츠라기보다는 기워붙인 헝겊 조각을 걸친 사나이가 뱃머리에 놓인 파인애플과 자몽과 바나나를 가리켰다.

"스페인어 몰라요." 내가 말했다.

"호 케이." 그가 손을 흔들며 대답했다. "나 영어해. 이거 살래? 이거 살래? 이거 살래?"

"파인애플은 얼마죠?"

"몇 개 살래? 하나 5센트. 둘 10센트."

"두 개." 10세트짜리 동전을 주며 내가 말했다.

"포도주 살래?" 쿼트 병을 들어올리며 그가 물었다.

"얼마죠?"

"40센트"

"아니요, 됐어요."

"당신 미국 담배 있어?"

"있어요."

"바꾸자. 포도주와 미국 담배 한 갑."

"불법입니다."

"나 말 안 해." 그가 고개를 가로저으며 말했다.

"미안해요."

"포도주 두 병과 담배 한 갑."

"그렇게는 못해요."

"다음번엔 파인애플 더 많이?"

"그럼요, 또 와요."

E. H.에게 이 일을 얘기했더니 그가 말했다. "아무나 믿어선 안 돼. 그 친구 자네를 물 먹이려는 정부의 밀정일지도 몰라. 겉으로 봐서는 알 수 없다고."

E. H.가 쿠바인 몇 명과 함께 돌아왔다. 그들은 마치 새로운 혁명이라도 모의하듯 하나같이 팔과 어깨로 온갖 몸짓을 다 하며 열광적으로 떠들어댔고, E. H.도 그곳이 쿠바인지라 그 나라의 관습대로 누구 못지않게 큰 소리로 떠들며 손짓 발짓을 했다. 큰 엔진의 물펌프가 이 모든 흥분 상태를 초래한 주범이고, 발꿈치로 걷는 코호라고 불리는 통통한 사나이가 엔진이 작동하지 않는 이유를 찾아내기 위해 온 정비사라는 것만 빼놓고는 도통 뭔 소린지 알아들을 수 없었지만, 그래도 그들이 말하는 걸 지켜보는 게 재미있었다. 코호는 펌프를 분해해보더니 E. H.에게 놋쇠가 타버렸고 그걸 갈아끼워야 한다고 했다. 그는 아바나에서 그런 일을 할 수 있는 금속기술자들을 아니 엔진은 다음날 아침이면 신품이나 다름없이 될 것이며, 비용도 E. H.가 미국에서 새 펌프를 구하러 크라이슬러 공장으로 사람을 보내는 것보다 저렴할 것이라고 했다. 반가운 소식이었다. 이 소식에 모든 사람이 다시 기뻤고, 그날부터 코호는 우리의 가장 절친한 친구이

자 우리 보트에서 가장 환영하는 손님이 되었다. 원하기만 하면 매일같이 낚시에 따라나설 수도, 매일 밤 좋은 위스키를 마시며 한껏 취할 수도 있었다.

저녁에 E. H.는 연락선으로 폴린을 마중 나갈 채비를 했다. 그는 도선사들이 훌륭한 요리사라고 추천한 후안이라는 스페인 청년을 고용한 상태였다. 그는 길을 나서며 이렇게 우리에게 경고했다.

"우리는 암보스문도스 호텔에 있을 걸세. 그러니 오늘밤 배 지키는 일은 자네와 후안이 맡아줘야겠어. 깊이 잠들면 안 돼. 무슨 소리가 들리면 일어나서 뭔지 확인하게. 테리블레스 레글라노스[무시무시한 레글라 놈들]에 대해 우리가 하는 얘기 들었을 거야. 저기 있는 레글라라는 마을에 사는 직업적인 해적떼인데, 항구에 정박한 미국 요트를 도둑질해 먹고살아. 오밤중에 아무 소리도 내지 않고 항구를 가로질러 오니까 놈들이 오면 준비하고 있어야 해. 권총을 베개 밑에 두고 뱃머리 쪽에서 자게나. 닻줄을 타고 올라와 뱃머리 해치를 열려고 할지 모르니. 후안은 고물 쪽에서 곤봉을 곁에 두고 잘 거야. 놈들이 고물 쪽에서 먼저 올라오면 후안이 고함을 질러 자네를 깨우고 자네가 권총을 들고 나설 때까지 놈들의 대갈통을 곤봉으로 후려칠 거야. 자네는 저 아래쪽에 자리잡고 있게. 그래야 자네는 봐도 놈들은 자네를 볼 수 없을 테니까. 불가피한 상황이 아니면 쏴 죽여선 안 돼. 될 수 있으면 다리를 쏘되 배에 구멍이 나지 않도록 조심하게."

"알겠습니다. 무릎을 먼저 쏘고, 그래도 계속 오면 총구를 들겠습니다."

"선착장이 아주 가깝기 때문에 웬만하면 첫 발에 기겁하고 줄행랑을 칠 테지만 탄창에 실탄이 가득한지 확실히 해두게."

"장전되어 있습니다."

"달이 뜨니 아마 오늘밤은 놈들이 오지 않겠지만 빈틈을 보이지 않는 게 상책이야. 잠을 잘 자나?"

"업어 가도 모릅니다."

"선잠 자는 훈련을 해둬. 아무 소리도 들리지 않더라도 밤중에 습관처럼 몇 차례 일어나 뭐 이상한 게 없나 주위를 살펴보게."

"알겠습니다."

"뭍에서 뭐 필요한 거라도 있나?"

"없습니다."

"후안이 노를 저어 날 육지에 내려줄 거야. 내일 아침에 보세. 잘 있게나."

"부에노스 노체스안녕히 가세요."

"바로 그거야. 힘써 스페인어를 배우게. 후안이 선생 노릇을 잘해줄 거야. 정통 스페인어를 구사하거든."

후안은 도드라진 광대뼈, 움푹 들어간 볼, 속이 보이는 찢어진 신발 때문에 굶주린 사람처럼 보였고, 나이는 서른이었다. 그는 불을 뿜듯 입담이 대단했고, 자기는 스페인 사람이라 쿠바 사람과는 차원이 다른 본토 스페인어를 쓴다는 걸 자랑스럽게 여겼다. 그는 열여덟 살 때 스페인에서 건너와 수년간 쿠바의 소형 어선에서 요리사생활을 했고, 허리케인에 대한 아무런 방비도 없이 한 번에 몇 주 동안 바다에 나가 있기도 했다. 마지막으로 호된 폭풍우를 겪으면서 그는 살아 돌아가기만 하면 육지에서 굶어 죽는 한이 있어도 다시는 바다에 나가지 않겠다고 다짐했다. E. H.가 고용할 당시 그는 이태 동안 무직 상태였기 때문에 거의 아사 직전이었다. 이제 그는 하루아침에 월급 20달러에 숙식까지 해결되는 어엿한 일자리가 있는 남부러울 것 없는 몸이었다. 쿠바에서는 상당한 급여였다. 그날 밤 후갑판에 함께 앉아 있는데 그가 대화를 하려고 시도해왔다.

"요 후안^{난 후안}." 그가 자신을 가리키며 말했다. 그러고는 나를 가리켰다. "우스테드^{당신은}?

"아널드."

"코모^{뭐라고}?"

"아널드."

"아널드, 잉글리시, 무이 비엔^{아널드, 영어를 잘하는군}." 그가 고개를 끄덕이며 말했다. "페로 엔 에스파뇰^{하지만 스페인어로는} 아널드가 아냐. 에스 아르놀도^{아르놀도야}!"

"후안, 스페인어를 아주 잘하네요." 내가 대답했다. "하지만 영어로는 후안이 아니에요. 사과 소스예요."

"코모^{뭐라고}?"

"사과 소스."

후안은 자기 이름이 영어로 제대로 번역되면 큰 변화를 겪으리라는 걸 꿈에도 생각지 못했다. 그는 기억해두었다가 나중에 친구들에게 알려주려고 '사과 소스'의 발음을 익히려 애썼다. 그는 열성적인 선생과 학생 역할을 동시에 하며 스페인어와 영어를 맞바꾸었다. 그는 바닷물, 보트, 전차, 자동차, 달과 별과 눈에 띄는 모든 것을 손가락으로 가리키며 각각의 이름을 제 나라 말로 발음했고, 거기에 해당하는 영어 단어를 금세 까먹어버리고는 그것들을 다시 가리켰고, 우리가 그 가운데 얼마간을 외울 수 있을 때까지 낱말들을 반복했다. 그만하고 잠자리에 들기로 했을 때 후안은 우리의 진도에 아주 흡족한 것처럼 보였다.

"프론토 아르놀도 스피카 에스파뇰, 후안 스피카 잉글리시아넬드는 금방 스페인어를 하고, 후안은 영어를 한다." 그가 말했다.

"테리블레스 레글라노스를 조심해요."

후안은 씩 웃으며 곤봉을 휘둘렀다. '테리블레스'라는 말을 듣고 무슨 뜻인지 알아차린 것이다.

테리블레스는 그날 밤 오지 않았다. 동틀녘 카를로스가 맨발로 선실 지붕에서 페인트칠된 범포에 내려앉은 이슬을 닦아내는 소리에 잠을 깼다. 키웨스트에서 내가 아침마다 하던 일이었다. 나는 다시 잠이 들었고, 중천에 뜬 해가 이물 쪽 해치를 통해 들이쳐 열기를 이기지 못할 정도가 돼서야 자리에서 일어났다. 후안은 식료품을 사러 뭍에 나가 있었고, 카를로스는 성조기를 높이 걸고 배를 청소한 다음 고물에 앉아 대형 낚시 릴에 기름칠을 하고 있었다. 8시에 E. H.가 상황을 살피러 폴린과 함께 나타났다. 이미 코호를 만난 카를로스가 그에게 오전에는 펌프를 고칠 수 없다고 말했다. E. H.가 자기와 폴린이 번화가로 바람 쐬러 가는데 나도 같이 갔으면 좋겠다고 했다. 카를로스가 노를 저어 우리를 뭍에 내려주었다. 우리는 견고한 전면부가 인도를 마주보고 시멘트로 서로 붙어 있는 건물들이 쭉 늘어선 비좁고 그늘진 거리를 따라 걸었다. 폭이라고 해봤자 우리가 일렬종대로 걸을 수 있을 정도밖에 되지 않아, E. H.는 선두에서 큰 보폭으로, 그 뒤에서 폴린은 작은 보폭으로, 맨 뒤에서 나는 중간 보폭으로 걸었다. 하늘을 걷는 기분이었다. 나는 난생처음 도보로 외국 도시를 여행할 때 느끼는 걷잡을 수 없는 흥분에 사로잡혔다. 이전에 본 것은 모두 잊히고 지금 보고 듣는 것은 너무도 생소하여 마치 죽었다가 다른 세상으로 소생하여 인생을 또 한 번 사는 것만 같았다.

"다시 미합중국을 보지 못한다고 해도 여한이 없습니다." 내가 다짜고짜 공표했다.

"아바나가 그렇게 좋나요?" 폴린이 물었다.

"멋져요! 내 생애 최고의 순간입니다."

"그렇다니 기뻐요. 실망하는 사람들도 있거든요. 진가를 모르니까 그러겠죠."

쿠바 사람들은 우리가 지나가자 길을 터주려고 인도에서 내려서서 가던 길을 멈추고 우리를 빤히 쳐다보았다. 우리는 소총을 든 경찰과 군인들을 여럿 지나쳤다. 그들은 우리를 보고 고개를 끄덕였다. 우리가 미국인이기 때문이었다. 그들이 아는 미국인은 폭탄을 던진다거나 혁명을 일으키는 일 따위는 하지 않고 온통 미국 달러를 뿌리며 유쾌한 시간을 보낼 궁리만 하는 족속들이었다. 우리는 시원한 좁은 거리를 벗어나 탁 트인 프라도 거리의 뜨거운 태양 아래로 접어들었다. 우리는 길 양쪽으로는 널찍한 차도, 길 한가운데로는 대리석 보도가 깔린 프라도 거리를 차양목 그늘 아래로 걸었다. 한 미국인 거렁뱅이가 인도를 따라 늘어선 콘크리트 벤치에서 일어나 E. H.에게 10센트짜리 동전을 구걸했다. E. H.가 주머니에 손을 넣어 큰 동전을 하나 꺼내는 것이 보였다. 거지는 더 줄 거라고 기대했는지 영 달갑잖게 동전을 챙겼다. 우리는 계속 걷다가 길가 그늘에서 맥주를 파는, 국회의사당 쪽에서 프라도 거리 건너편에 있는 어느 카페로 갔다. 그곳에 앉아 산책의 피로를 달래며 아투에이 세르베사 맥주를 마시는데 거리의 사진사가 다가와 우리를 찍고 싶다고 했고 E. H.는 그러라고 했다. 참으로 근사한 삶이라는 생각이 들었다. 인생살이에 마땅히 있어야 하는 즐거움을 위해 사는 순간이었다. 나는 행복한 시간을 보내고 있었다.

E. H.는 우리를 다시 데려다줄 택시를 한 대 대절했다. 우리가 부두에서 한 구역 떨어진 암보스문도스 호텔에 멈추자 운전사가 정상 요금의 두 배를 요구했고, E. H.는 우리가 미국인들이라 바가지를 씌운다는 걸 알고 진저리를 치며 요금을 지불했다.

아내를 위한 청새치

A Marlin for Mummy

정오 무렵 수리를 마친 물펌프가 다시 제자리에 장착되었고 우리는 낚시 나갈 채비를 마쳤다. E. H.가 엔진 두 대에 시동을 걸고 만류를 향해 보트를 몰았다. 그동안 나는 고물에 서서 펌프가 펌프질을 제대로 하는지 지켜보며 큰 물줄기를 뿜어낼 때마다 보고했다.

화창한 날이었다. 물위였지만 햇볕을 쬐면 뜨겁고 그늘에 있으면 시원했다. 멕시코만류는 강한 해류를 끼고 조용히 흘렀다. 만류와 해안선을 따라 흐르는 반류의 틈에서 기름띠를 뒤집어쓰고 길게 늘어선 쓰레기를 보고 그걸 알 수 있었다. 쓰레기는 바지선이 매일 아침 아바나에서 견인되어 나와 만류에 내다버린 것이었다. E. H.는 쓰레기와 뒤범벅이 된 기름띠에 다다르기 전 부유하는 넝마와 해초 들이 프로펠러에 걸리는 일이 없도록 엔진을 끄고 관성으로 그곳을 가로질렀다. 카를로스는 얼음 조각 밑에 깔려 있던 900그램짜리 신선한 고등어를 꺼내 낚싯바늘을 놈의 입속 깊숙이 밀어넣어 옆구리로 뽑아낸 후 다시 입으로 집어넣어 바늘 끝만 삐져나오도록 한 다음 아가리가 벌어지지 않도록 바늘 축에 단단히 꿰고, 다른 줄로는 대가리와 몸통을 칭칭 휘감은 후, 그 위에 침을 뱉어 행운을 빌고는 뱃전 너머로 내던졌다. 녀석은 물속에서 회전하지 않고 살아 있는 것처럼 자연스럽게 끌려왔다. 그는 미끼 두 개를 더 달았다. 하나는 두번째 낚싯대를 위한 것이었고 다른 하나는 예비용이었다. E. H.가 그에게 조타륜을 넘겨주었다.

"야! 야! 새치다! 여보, 놈이 당신한테 따라붙고 있어! 덤벼들 거야!" E. H.가 소리쳤다. 우리가 미처 그림자도 보기 전에 그의 비범한 두 눈이 양옆으로 뻗은 새치의 가슴지느러미를 보았고, 그래서 놈이 덤벼들 것을 안 것이다. 아니나 다를까 놈이 수면으로 접근하더니 마치 돛새치처럼 먼저 부리로 미끼를 톡톡 건드렸다. 폴린은 모든 걸 제대로 했다. 줄을 늦추었다가 드래그를 조여 팔팔한 놈에게 바늘을 박았다. 그러자 녀석은 낚싯대를 휘어놓고 길게 경련을 일으키며 떨리는 낚싯줄을 스풀에서 마구 뽑아냈다. 잠시 후 우리는 고물에서 45미터쯤 떨어진 지점에서 줄무늬가 선명한 작은 청새치 한 마리가 중천에 뜬 태양 아래 물에 젖은 옆구리를 은빛으로 번뜩이며 검劍 같은 부리를 치켜들고 물위로 야무지게 뛰어올라 하늘 높이 공중제비를 돈 다음 부리를 수직으로 세워 물보라 없이 곤두박질치는 광경을 목격했다. 녀석은 같은 지점에서 도약과 공중제비와 다이빙을 연속으로 여섯 차례나 반복했다. 청새치가 뛰어오를 때마다 조타륜을 잡은 E. H.의 "야!" 하는 탄성이 들려왔다. 청새치가 도망치려고 잠수하자 폴린은 낚싯대의 손잡이 부분이 지나치게 길어 움직이기 쉽지 않았음에도 불구하고 놈을 차분히 저지한 후 놈이 방향을 틀도록 구슬리면서 녀석을 서서히 보트 쪽으로 유인했다.

"낚싯대에 힘을 줄 수가 없어요." 그녀가 하소연했다.

"잘하고 있어, 여보."

"하지만 이 낚싯대로는 너무 굼떠요. 좀처럼 힘을 뻗칠 수가 없다고요."

"다른 낚싯대를 마련해줄게. 이제 녀석을 제압한 거야."

그녀는 7분 만에 놈을 갈고리로 꿸 수 있게 만들었다. 무게 29킬로그램이 나가는 줄무늬가 선명한 청새치였다. 어지간한 돛새치에 비해 그리 큰 놈은 아니었지만 그래도 새치였기 때문에 녀석이 갑판 위에 올라오자 모두 행복했다.

"첫날치고는 좋은 출발이야, 그렇지 여보?"

"기뻐요."

"바다에 나온 지 고작 15분 정도밖에 안 됐는데 벌써 새치 한 마리를 잡아올린 거야. 진짜 잘 해치웠어, 여보."

"내가 해냈어요."

"카를로스가 다른 낚싯대를 준비해줄 거야. 놈이 뛰어오르는 거 봤지? 체조선수 같았어."

"제가 카메라를 들고 대기하고 있었으면 좋았을 뻔했어요." 내가 말했다.

"오늘밤 귀항하면 놈의 사진을 찍어둬야겠어."

"놈이 뛰어오르는 모습을 찍었어야 하는데."

"또 기회가 있을 걸세."

카를로스는 첫날 나오자마자 그렇게 눈 깜짝할 사이에 새치를 잡은 건 여름 내내 행운이 따를 것임을 보여주는 징조라고 믿는다고 했다. 그러나 그날 오후 물고기는 더이상 보이지 않았고, 우리는 폴린이 새치와 기념 촬영을 할 수 있도록 일몰 전에 귀항했다. 그것은 필라호에서 잡은 최초의 새치였다.

"우리 부부한테 딸이 하나 생겼더라면 이름을 필라라고 지을 계획이었답니다." 폴린이 내게 말했다. "그래서 우리 보트의 이름이 그런 거예요."

후안은 배 위에서 저녁식사를 준비했다. 음식이 다 되자 우리는 선실에서 식탁을 가운데에 두고 침상에 걸터앉았다. E. H.가 수입산 카스티야 포도주를 얼음 조각을 채운 유리잔에 따랐고 후안이 음식을 들여왔다. 후안은 식탁 옆에 꼿꼿하고 도도한 자세로 서서 E. H.에게 말을 건넸는데, 그 목소리가 얼마나 크고 남을 개의치 않던지 E. H.가 불쾌해하지 않고 얘기를 들어주면서 이따금씩은 똑같은 크기와 어조로 대답하는 것이 내게는 놀라울 따름이었다.

"후안에겐 내 맘에 안 드는 구석이 있어요." 폴린이 입을 열었다.

"후안의 유일한 문제는 처신을 어떻게 해야 하는지 배우지 못했다는 거야." E. H.가 대답했다. "훌륭한 요리사인데 말이야."

"너무 주제넘게 나서요."

"여보, 그런 걸 알 거라고 기대하는 게 무리야. 줄곧 작은 어선에서 요리를 한 사람이라 언제 말을 삼가야 하는지 못 배운 거라고. 제 딴에는 사교적으로 보이려고 한 거야."

"행동거지가 영 못마땅해요."

"여보, 이따가 목소리를 좀 낮추라고 타이르지 뭐. 하지만 감정을 상하게 하고 싶지는 않아."

"저 사람이 없었으면 좋겠어요."

"저 친구보다 나은 사람을 어디서 구할 수 있겠어. 음식 잘하겠다, 민첩하겠다. 오늘 카를로스가 갈고리로 고기를 끌어올릴 때 도와주려고 나서는 거 당신도 봤잖아. 머지않아 조타륜 다루는 법도 배울 거야. 내게는 그런 사람이 필요해. 여보, 당신이야 낚시 철 내내 배를 타는 것도 아니고 기껏해야 며칠이잖아. 그래도 후안을 데리고 있는 게 정 싫다면 내보낼게."

"아무튼, 오늘밤 배에서 잘 거라면 눈에 안 띄었으면 해요."

"알았어. 일 마치는 대로 오늘 야간 근무는 면제라고 일러둘게."

후안은 밤을 뭍에서 보내게 되어서 기뻤고 외박 허가를 특별한 호의로 받아들였다. 그는 개수대에 있는 접시들의 설거지를 내게 떠넘기고 카를로스와 함께 작은 보트에 탔다. 나는 노를 저어 그들을 뭍에 올려주고 보트를 타고 되돌아왔다.

그날 밤 배에는 우리 셋뿐이었다. 나는 앞쪽 침상에서, 어니스트와 폴린은 선실에서 잤다.

진저 로저스와 결혼하고픈 사나이

The Man Who Wanted to Marry Ginger Rogers

E. H.와 폴린은 어둠 속에서 후갑판에 앉아 어둠이 내린 항구에 정박해 있을 때 밀려드는 아늑한 고립감을 느끼며 바다 위의 청량한 밤공기를 만 끽하고 있었다. 그런 곳에 있으면 뭍에 있는 사람들이 가까이 다가오거나 이쪽을 볼 수는 없어도 이쪽에서는 그들이 가로등 불빛 아래를 걷고 모퉁이 카페 바에서 맥주를 마시는 모습이 보인다. 하얀 양복을 입은 체구가 작은 사나이 하나가 어떤 여자와 함께 선착장으로 나오는 게 보였다. 사나이가 가냘픈 목소리로 "헤밍웨이! 헤밍웨이!" 하고 불렀다.

"케 탈¹잘 있었나, 가토르노!" E. H.가 대답했다. 쿠바의 예술가 안토니오

가토르노와 그의 미모의 아내가 배 위에 올라 스페인어와 프랑스어를 섞어가며 찾아오게 된 이런저런 이유를 흥에 겨워 쏟아냈다. 음악을 듣는 듯 유쾌한 소리였다. 저녁시간 내내 그들은 크리스마스트리 주위에 모인 아이들처럼 마냥 즐겁게 떠들었다. E. H.에게는 아무리 많더라도 자기 주위에 있는 사람들을 행복하게 하는 놀라운 재주가 있었다. E. H.는 내게 칵테일을 좀 만들어달라고 부탁했다. 내 몫을 챙겨주는 것도 잊지 않았다. 우리가 칵테일로 목을 축이고 있는 동안 릴리안 가토르노가 헤밍웨이의 미제 궐련을 마치 무아지경에 빠진 듯 피웠다. 럭키스트라이크는 당시 할리우드 여배우들이 광고에 나와 피우던 인기 상표였다.

나는 후갑판에서 잠을 잤다. 카를로스가 선착장에서 "아르놀도!" 하고 내 새 이름을 부르는 소리가 들렸다. 일요일 아침이었다. 나는 범비호를 저어 카를로스에게 가서 그를 도와 얼음덩이와 맥주와 미끼를 실었다. 카를로스가 내가 잠에서 깰 때까지 반시간 동안 선착장에 서서 내 이름을 외쳤다고 말하는 것 같았다. 하지만 별 소용이 없었다. 나는 스페인어를 도무지 알아먹을 수 없었다. 항구는 벌써부터 배와 사람 들로 북적였다. 작은 보트 여러 대가 토요일 저녁을 뭍에서 보낸 병사들을 요새의 침상으로 돌려보내고 있었다. 다른 배들은 유람에 걸맞게 차려입은 남녀노소들로 가득했다. 카사블랑카에 떠 있던 소형 어선들조차도 돛을 높이 올리고 밝은 아침 햇살을 받으며 하얗게 빛나고 있었다. 일요일이라 맵시를 낸 것이다. E. H.와 폴린은 교회에 가고 나는 해변으로 산책을 나갔다. 거리에는 자동차들이 그리 많지 않았고, 행인들도 거의 없었으며, 선착장이나 카페 주변을 어슬렁거리는 사람들도 눈에 띄지 않았다. 가게들은 맹꽁

이자물쇠로 잠겨 있었다. 고요하고 인적 없는 거리에서 나는 적막한 일요일 아침의 감상에 젖었다. 그래서 나는 산책을 그리 즐기지 못했다.

배로 돌아와보니 분위기가 사뭇 달랐다. E. H.가 배 위에서 손님들과 더불어 출항 준비를 하고 있었으며, 배는 일상적인 움직임들, 엔진 시동을 거는 일, 닻을 끌어올리는 일, 낚싯대를 꺼내놓는 일로 활기를 띠었다. 일요일의 칙칙한 느낌은, 일상적인 활동이 정지하고 소란함과 부산함이 있기 마련인 곳에 장례식에나 어울리는 침묵을 강요하는 육지에나 존재했다. 그 느낌은 항구를 벗어나 우리를 따라오지 못했다. 바다 위에서는 날씨의 변화라든지 물고기떼의 이동 말고는 어제, 오늘, 내일이 같은 날이었다. 그날 아침 손님은 셋이었다. 가토르노와 그의 아내, 로페스 멘데스라는 또다른 예술가였다.

로페스 멘데스가 휴대용 축음기를 갖고 와 우리는 축음기를 조타륜 옆 선반 위에 모셔두었다. 항구를 빠져나가면서 그들은 흥겨운 스페인 노래를 부르기 시작했다. 아직 술을 입에 댄 사람이 아무도 없었지만 모두 만사 내팽개친 주정꾼마냥 신나게 노래를 불러댔고, E. H.도 농염한 베이스로 한몫 거들었다. 내가 그의 노래를 들어본 것은 그때가 처음이었고, 그 첫날이 그해 낚시에서 가장 행복한 날이었다.

가토르노는 정녕 훌륭한 예술가였고 실제로도 그렇게 보였다. 그는 준수한 얼굴, 맑고 차분한 푸른 눈, 검은 머리칼을 갖고 있었으며, 체구는 아주 가냘프고 어깨는 약간 구부정하고 둥그스름했다. E. H.는 그가 수년간 파리에서 공부했고 지금은 자신의 예술로만 생계를 꾸려가는데 영 고전을 면치 못한다고 했다. 로페스 멘데스는 훌륭한 예술가 축에는 못 끼지만 꽤 괜찮은 예술가였다. 그래도 돈은 가토르노보다 더 잘 벌었다. 제 그림을 백화점에 내다 팔았기 때문이다. 외모가 출중한 로페스는 가토르노처럼 많이 웃는다거나 얼굴에 감정을 내비치는 일이 없었다. 가토르노는 기분이 좋았다 하면 노래를 부르면서 주먹으로 생선저장고를 두드려 박자를 맞추지 않고는 못 배겼다. 누구도 그런 그를 막을 재간이 없었다. E. H.는 가토르노가 그와 친분이 두터운 사람 중에 가장 젊다고 했다. 그에게는 유년기를 넘기면 대개는 사라지고 마는 아이의 천진난만함이 있었고, 그의 유쾌함은 전염성이 강해 그가 노래를 불렀다 하면 동참하지 않을 수 없었다. 그들은 내가 본 최초의 예술가들이었고, 나는 호기심이 발동했다.

카를로스는 필라호를 멕시코 만의 보랏빛 바다로 곧장 몰고 나가, 해류를 끼고 우선회한 후 해류를 따라 해안에서 2킬로미터 정도를 유지한 채 육지와 평행선을 그으며 아침 태양 속으로 들어갔다. E. H.와 폴린은 조타실 지붕 밑 시원한 그늘에서 새치잡이에 쓸 미끼를 낚고 있었고, 로페스 멘데스는 둘 사이에 앉아 꼬치삼치용 깃털미끼를 단 낚싯대를 붙들고 있었고, 가토르노 부부는 생선저장고에 걸터앉아 그들을 바라보며 서로 얘기를 나누거나 노래를 부르거나 웃음을 터뜨렸다. 후안은 아래 주방에서 음식에 정성을 들이고 있었다. 그는 이따금씩 위로 올라와 출입구에 서서 싸구려 시가를 피우며 모인 사람들을 향해 빙긋이 웃었는데, 카를로스한테만 그가 쿠바인이라서 그랬는지 눈곱만큼도 신경을 쓰지 않았다. 카를로스는 감수성이 예민해서 후안의 태도에 분명 상처를 입었을 것이다. 한창 잘나갈 때는 27미터짜리 어선의 선장 노릇도 한 카를로스였다. 이에 비해 후안은 기껏해야 요리사 말고는 해본 일이 없는데다가 스페인 사람이었다.

무거운 낚싯대와 릴을 붙들고 물속에 잠긴 900그램짜리 미끼를 끌고 있느라 폴린의 팔에 차츰 피곤이 몰려왔다. 로페스 멘데스가 그녀의 낚싯대를 넘겨받았고, 나는 깃털미끼가 달린 그의 작은 낚싯대를 넘겨받았다.

"말 좀 붙여봐요." 폴린이 내게 권했다. "영어를 할 줄 알아요."

"영어 할 줄 아세요?" 그와 E. H. 사이에 놓인 의자에 앉으며 내가 로페스에게 물었다.

"아니. 아주 조금밖에. 아주 형편없다네. 잘은 못해."

스페인 사람의 영어가 생경한 터라 그 간단한 몇 단어조차 좀처럼 알아들을 수 없었다.

"아주 잘하시는데요." 내가 말했다.

"아니, 잘 못한다네. 하지만 배우고 싶어. 할리우드에 가본 적 있나?"

"있어요."

"진저 로저스도 본 적 있나?"

"영화에서만."

"진저 로저스와 결혼하고 싶네. 그 여자가 정말 맘에 들어."

"개인적으로 아세요?"

"아니. 영화에서만. 그래도 그 여자와 결혼하고 싶어. 좋은 아내가 될 거야. 그래서 할리우드에 가고 싶은 거지."

진담반 농담반이었지만 그 얘기를 할 때 로페스의 눈은 반짝였다.

"아바나에도 여자들이 넘쳐나지 않나요?"

"그럼, 넘쳐나지." 그는 이제 아주 진지했다. "하지만 난 미국 아가씨가 훨씬 좋아. 미국 여자들은, 그걸 뭐라고 하지? 남자한테 순정을 바쳐. 사랑이 중요한 걸 알아. 스페인 여자들은 다르다네. 사랑, 결혼, 가정, 그런 것들은 아무 의미가 없어. 오늘은 이 남자를 사랑했다가 내일은 저 남자를 사랑하는 게 스페인 여자라네. 그 속을 도무지 알 길이 없어. 가정이 있다고 쳐. 아내와 애정과 행복이 있다고 느끼겠지. 그런데 어느 날 아침 눈을 떠보니 그 여자가 딴 놈과 눈이 맞아 도망쳐버리고 없는 거야. 스페인 여자는 믿을 수가 없어. 그런 피를 타고난 거라고. 난 정말 미국 여자와 결혼하고 싶어."

"그거야 쉽죠."

"내가 결혼하고 싶은 여자는 진저 로저스라네." 그의 두 눈이 다시 반짝였다.

"보통 미국 여자보다 힘들 텐데요."

"알아. 할리우드가 마이애미보다야 여기서 훨씬 멀지."

"편지를 띄워보지 그래요?"

"편지에 성적 매력을 담아 보내는 건 아무래도 무리야. 언젠가 할리우드로 직접 가서 진저 로저스와 결혼할 걸세."

"그때쯤이면 그 여잔 결혼했을 텐데요."

"상관없어. 이혼하면 되니까."

어니스트는 내게 로페스 멘데스에게서 배울 교훈이 있다고 했다. 로페스는 진정 비극이 무언지 아는 사나이라고 했다. 베네수엘라에서 학생이었던 그는 열여섯의 나이에 혁명에 가담했다는 혐의로 체포, 구금되었다가 단지 어리다는 이유로 그 나라에서 추방되어 목숨을 부지했다. 독재자 고메스는 로페스의 아버지에게서 강제로 땅을 빼앗고 그를 지하 감옥에 처넣었는데, 로페스는 지난 20년 동안 아버지의 생사 여부를 알 수 없었다. 아버지가 아직도 생존하여 지하에서 고통을 당하고 있을지도 모른다고 생각하면 끔찍했다. 로페스에게는 언젠가 새로운 혁명이 일어나 현 정부를 전복해 모든 정치범들이 풀려나기만 하면 다시 아버지를 볼 수 있을 거라는 희망이 있었다. 그런 희망이 없었다면 아버지가 죽은 것으로 마음을 굳혔을 것이다. 그러나 새로운 혁명의 가능성은 희박했고 그런 기대는 상황만 악화시켰다. 그가 할 수 있는 일은 아무것도 없었다. 베네수엘라 정부로 아버지의 건강 상태를 묻는 편지를 수차례 보내보았지만 묵묵부답이었다.

아바나에서 로페스는 화가가 되었고 아름다운 집과 사랑하는 아내와 사랑하는 딸과 절친한 친구를 얻었다. 안토니오라는 그 친구는 돈 문제에서는 젬병이라 로페스는 그에게 자금을 대주기도 하고, 그가 집에 오면 친형제 못지않게 환대했다. 관직에 있는 사람들을 알고 지내던 로페스는 그들에게 줄을 대 안토니오가 새로운 경력을 쌓도록 멕시코시티의 외교 관련 기관에서 일할 수 있게 손을 써주었다. 안토니오는 매우 고맙기는 하지만 그 제안을 받아들여야 할지 선뜻 판단이 서지 않는다고 했다. 그렇게 위엄 있는 직책을 맡으려면 그에 걸맞은 옷도 필요하고 당장 멕시코행 증기선 뱃삯도 있어야 하는데 그럴 만한 돈이 없다는 게 이유였다. 그러자 로페스는 그에게 400달러를 꾸어주었다. 그런데 이놈이 후견인의 돈뿐만 아니라 그의 아내와 딸까지 챙겨 멕시코시티로 달아나는 바람에 로페스 멘데스의 가정은 풍비박산 나고 그의 인생은 갈가리 찢어졌다. 이 모든 일이 벌어진 게 채 한 달이 지나지 않았기 때문에 그가 입은 상처는 아직 아물지 않은 상태였다. 사정이 그렇다보니 로페스는 자신의 개인적인 불행을 떠올리기보다 앉아서 새치 미끼를 낚으며 진저 로저스와의 결혼을 농담거리로 삼는 편이 더 좋았던 것이다.

"영화만 보고 미국 아가씨를 판단해선 안 됩니다." 내가 말했다.

"그래도 난 미국 아가씨가 좋다네." 그가 대답했다. "아는 미국 여자가 많아. 노마 시어러도 개인적으로 잘 아는 친구지. 아바나에 올 때마다 매번 나한테 전화한다네. 내가 에스코트해주길 바라는 거지."

"그렇다면 노마 시어러와 결혼하지 그래요?"

"상어가 자네한테 따라붙었어, 로페스." E. H.가 대화를 가로막았다. "릴을 감아, 아널드."

누렇고 흉한 몰골, 바다에 서식하는 그 무엇보다 흉측하고, 땅에서 뱀을 보았을 때와 똑같은 느낌이 들게 하는 커다란 상어 한 마리가 물위로 등지느러미를 드러낸 채 고등어 미끼를 추격하고 있었다. 나는 깃털미끼를 감아 들이고 낚싯대를 치우고 티저를 끌어올렸다. 상어는 생선미끼에서 여전히 1미터 정도의 거리를 유지한 채 줄기차게 따라왔다.

"어떻게 하지?" 로페스가 물었다.

"놔둬. 그냥 삼키게 내버려둬." 상어를 보고도 전혀 흥분하지 않고 E. H.가 차분히 말했다.

"상어가 미끼를 물면?"

"그때 잡아채."

"놈이 왜 지금 물지 않는 거지?"

"소심해서 그래. 덥석 물어버릴 배짱이 없는 거지. 어찌할까 이리저리 재보는 거야."

"배가 안 고픈지도 몰라."

"상어는 늘 굶주려 있어."

그 90킬로그램짜리 상어는 900그램짜리 고등어를 몇 분 동안 뒤쫓더니 물보라와 함께 꼬리지느러미를 밖으로 세차게 펄떡였고, 마침내 로페스의 낚싯바늘에는 죽은 고등어 대신 상어 한 마리가 걸려 있었다. 카를로스는 엔진의 출력을 낮추고 보트를 전방으로 서서히 움직였다. 상어가 보트 후방에서 벗어나지 않을 정도의 속도였다. 상어가 잠시도 멈칫하지 않고 육중하게 줄을 끌어당기며 물밑으로 내려가자, 가냘픈 체격에 힘이 그리 세지도 않은데다 대어를 잡아본 경험이 전혀 없는 로페스 멘데스는 속수무책으로 물속으로 빨려들어가는 낚싯줄만 바라보았다.

"어떻게 하지?" 그가 물었다.

"잡아들여."

"놈이 방향을 틀고 있어."

"저지해."

"어떻게?"

천천히 움직이는 상어는 낚시를 배우는 데 살아 있는 교과서였다. E. H.는 충분히 여유를 갖고 상어의 도주를 너끈히 막을 수 있을 만큼 드래그를 단단히 조인 다음, 로페스에게 낚싯대를 펌프질하듯 움직이면서 녀석이 한풀 꺾였을 때 느슨해진 줄을 감아올리는 요령을 시범 보였다. 난생처음 큰 대어를 놓고 용을 쓰는, 아니 난생처음 걸린 대어가 자신을 놓고 용을 쓰게 하는 사람에게 뭘 가르친다는 건 역시 힘든 일이었다. 마음이 들떠 뭐가 뭔지 정신을 차릴 수 없어 가르침을 받아들일 형편이 아니었다. 처음 릴낚싯대를 잡아보면 이 장비가 여간 어색하게 느껴지지 않는다. 고기가 낚싯줄을 달고 도망칠 때는 특히 그렇다. 완전히 무기력해져 펌프질하듯 낚싯대를 움직여야 한다는 걸 잊고 그 힘겨운 일을 릴만 가지고 해보려고 하지만 될 턱이 없다. 그렇게 하는 게 아주 불가능한 일처럼 보일뿐더러 기억해야 할 게 너무 많아 남이 해주는 충고는 오히려 혼란만 부추긴다. 배운 것 어느 하나 실제로 적용하지 못하고, 그런 사실에 자신의 무기력함을 더욱 사무치게 느끼게 될 뿐이다. 로페스는 안간힘을 썼지만 줄은 계속 끌려나갔고, 잃은 줄을 회수하려고 해보았지만 오히려 줄만 더 내주는 꼴이 되었다. 힘은 힘대로 쓰면서도 상어를 어쩌지 못했다. 결국 팔의 힘이 빠지자 로페스는 단념하고 낚싯대를 어니스트에게 넘겨주어야 했다. E. H.는 마치 녹초가 된 미끼를 상대하듯 손쉽게 릴을 감아 놈을 고물 쪽 수면으로 유도했다. 카를로스가 고양이처럼 날렵한 자세로 생선저장고 위에 서서 갈고리를 물속으로 들이밀었다. E. H.는 상어가 도망쳐 놈을 다시 보트에 갖다붙여야 상황이 벌어질 경우를 대비해 드래그를 풀고 줄의 긴장감을 제거한 채 낚싯대를 붙들고 옆에서 대기했다.

"권총 좀 가져오게." 그가 말했다.

나는 고무가방 안에 든 권총집에서 자동권총을 꺼내 E. H.에게 건네주고 그의 낚싯대를 대신 붙들었다. 그는 우선 상어의 정수리에 몇 방을 쏘았다. 그래도 상어는 꼬리지느러미를 휘두르고 턱으로 딱딱 소리를 내며 날카롭고 허연 이빨이 잔뜩 박힌 커다란 아가리를 드러냈다. 후안과 카를로스가 갈고리 손잡이를 함께 움켜잡고 놈을 고물 쪽 물 밖으로 거반 다 들어올려 녀석의 납작한 대가리가 생선저장고 위쪽에 이르자, 카를로스가 팔을 뻗어 어시장 상인들이 상어를 처치하는 식으로 콧잔등을 곤봉으로 후려쳐 놈의 정신을 빼면서 퍼덕이던 꼬리를 잠재웠고, 갑판으로 올려 바늘을 제거하기 전 혹시 몰라 몇 대를 더 후려갈겼다. 쿠바에서는 갈라노라고 알려진 흔한 상어였다. 녀석이 미끼를 꿀꺽 삼켜버리는 바람에 바늘이 목구멍 아래 깊숙이 박혀 카를로스가 옆구리를 갈라 바늘을 꺼내야 했다. 볼썽사납게 피가 홍건했다. 우리가 끙끙대며 상어를 뱃전 너머로 내버리고 놈이 가라앉는 걸 보고 나자 카를로스가 부산하게 양동이로 바닷물을 길어 갑판 위에 남은 피를 씻어냈다.

가토르노가 슬퍼 보였다. 그는 도살과 유혈이 낭자한 광경에 충격을 받았고 상어를 가엾게 여겼다. 스페인어를 알아들을 수 없어서 장담할 수는 없지만 그가 상어 편에서 E. H.에게 따지는 것 같았다. 아무튼 그는 매우 슬퍼 보였고, 그 일을 극복하는 데 오랜 시간이 걸렸다. E. H.에게 상어를 죽이는 건 그리 아름다운 구경거리는 아니었지만, 여차하면 사람을 죽이는 땅 위의 뱀을 죽이는 것처럼 한시름 놓게 하는 일이었다. 로페스는 줄곧 기분이 좋았다. E. H.가 상어를 낚아 올리는 데 기여한 몫을 망각하고 로페스 자신이 놈을 잡았다고 믿었다.

상어가 남긴 지저분한 흔적을 깨끗이 청소하고 우리는 얼음처럼 차가운 아투에이 맥주로 심신을 상쾌하게 추스르고 해류를 타고 쿠바 해안을 따라 트롤링을 이어갔다. 로페스의 휴대용 축음기의 레코드를 돌리는 건 내 일이 되었다. 사람들이 음악을 듣고 싶어하면 E. H.가 내게 "마에스트로! 무시카음악!" 하고 말했다. 정오쯤 되자 우리는 초록빛 해안을 따라 수 킬로미터 내려와 있었고, 모로캐슬의 탑이 우리가 볼 수 있는 유일한 아바나의 풍경이 되었다. 코히마르라는 작은 어촌을 지나 아담한 바쿠라나오 만 맞은편에 다다르자 E. H.가 카를로스에게 해변 쪽으로 배를 돌리라고 했다.

"저기가 되놈들을 내려놓은 만이라네." E. H.가 「횡단여행」과 관련된 이야기를 내게 했다.

그 단편을 읽은 게 아득하게 느껴졌다. 미니애폴리스에서 살던 때였다.

작가가 되어보겠다고 아침에 눈을 뜨고부터 저녁에 녹초가 될 때가지 써 댔는데 이야기에서 열기가 빠진 다음 읽어보면 악취가 풍겼다. 우울증이 발작처럼 엄습할 때면 주섬주섬 책을 읽었다. 대부분 성에 차지 않았다. 현대 작가들에게서 뭘 배울 게 있으려나 하고 잡지를 뒤적여 보았지만 그들은 더 형편없었다. 그러던 와중에 어니스트 헤밍웨이의 이 단편을 맞닥뜨리게 된 것이다. 그것과 다른 것들의 차이는 낮과 밤의 차이만큼이나 컸다. 나는 우아한 문구들과 억지로 짜맞춘 플롯에 신물이 나 있었는데, 마침내 억센 고기잡이의 말투로 쓰인, 내가 그때까지 읽어본 것들 중 가장 수긍이 가는 이야기를 발견한 것이다. 뭘 어떻게 했기에 이야기가 그토록 멋있는지 알 수는 없었지만, 그게 바로 내가 쓰고 싶은 방식이었다! 나 말고도 같은 걸 원하는 사람이 수천 명 더 있다는 사실을 깨닫지 못한 채 말이다. 나는 그가 현존 작가라는 걸 알았고, 그가 내게 이야기를 쓸 때 어떻게 시작해야 하는지 귀띔이라도 해주었으면 했다. 만일 그 단편 밑에 깔린 예술적인 그 무엇을 그에게서 배워 깨우칠 수만 있다면 내게도 아직 가망이 있다고 생각했다. 그게 불과 석 달 전의 일이었다. 그러던 내가 지금 그의 요트에서 그와 낚시를 하면서 그가 쓴 단편소설 속의 어부가 되놈의 목을 으드득 소리가 날 때까지 졸랐다는 그 작은 만을 향하고 있었다.

"이 해안을 꽤 잘 아시겠어요." 내가 말했다.

"무얼 쓰려거든 사전에 그것에 대해 알아둬야 해." E. H.가 말했다. "이야기를 쓰려면 배경과 등장인물이 있어야 하지. 그것들을 완전히 꿰고 그것들이 벌일 만한 일을 생각해둬야 해. 우선 흥미로운 상황을 설정하고 그런 다음 액션을 만들어내. 그러면 이야기는 저절로 써지게 돼 있어."

"쓰기 시작할 때 플롯은 아예 생각하지 않는다는 말입니까?"

"그렇다네. 배경과 인물만 있으면 돼."

"아무 플롯이 없는데 쓰는 게 소설이 될지 어떻게 알죠?"

"알다마다. 아는 소재만 있으면 이야기는 나오는 걸세. 하지만 바다는 이야기를 끄집어내기 가장 힘든 곳이지. 10년을 나와 있어도 아무 일도 생기지 않는 게 바다야. 육지에서 전쟁이 터지면 달라. 전쟁터에 석 달만 나가 있으면 장편소설을 하나 건질 수 있지."

우리는 미끼를 갈아 들였다. E. H.는 왼편으로 수심이 아주 깊고 바위가 울퉁불퉁한 지점을 지나 작은 만 안으로 필라호를 몰았다. 카를로스가 닻을 내렸다. 인근의 하천이 만으로 흘러들어 물은 흙탕이었고, 육지 쪽으로 어느 어부의 배 한 척이 모래사장 위에 얹혀 있었다. 어부의 초라한 오두막은 푸른 관목림 속, 그 옛날 파수꾼들이 해적선을 망보다가 눈에 뜨이면 연기를 피워 아바나로 신호를 보내던 낡은 망대 가까이에 있었다. 어부의 이 오두막은 이제 감시초소로 쓰이면서 바다에 밀수선이 보이면 빨랫줄에 옷가지를 거는 방식으로 그 지역을 순찰중인 루랄레스라고 불리는 기병대에 신호를 보냈다. E. H.는 훗날 이것을 소설에 써먹게 될지도 모른다고 했다.

우리는 수영복으로 갈아입고 고물에서 물로 뛰어들어 해변을 향해 헤엄쳤다. 어두운 물속에 상어나 바라쿠다가 있을 것 같아 겁이 났고, 언제라도 상어가 덤벼들어 내 다리를 끊어버릴지 모른다는 생각에 나는 있는 힘껏 재빨리 손발을 움직였다. 상어가 앞에서 덤벼들어 내 머리를 물어뜯는 건 하나도 걱정되지 않았다. 예측할 수 있는 물속에서의 위험은 언제나 뒤에서 접근한다. 돌로 지어진 정방형의 요새를 향해 해변을 걸을 때는 기분이 한결 좋아졌다. 어부가 사다리를 빌려주어 우리는 집 안 천장 한가운데에 뚫린 조그만 사각형 구멍을 통해 위쪽으로 올라갔다. 그 구멍 은 파수꾼들이 올라간 다음 사다리를 끌어올려 적의 공격으로부터 자신 들을 지키는 데 유용했다. 망대 꼭대기에서 우리는 400년 전 쿠바의 파수 꾼들이 그러던 것처럼 멕시코만류를 바라보았다. 유조선 한 척과 어선 몇 척만 보일 뿐 해적선은 없었다. 우리는 해변으로 돌아와 모래사장을 거닐 다가 후안이 오찬이 준비됐다는 신호로 돛대에 하얀 수건을 걸자 다시 헤 엄쳐 보트로 돌아왔다.

후안이 차린 음식은 호평을 받았다. 폴린이 잡은 청새치를 각기 다른 방법으로 조리한 다섯 가지 요리를 내놓았는데 각각의 맛이 일품이었다. 식객들은 조타실 주변에 흩어져 접시를 무릎에 올려놓고 앉아 훌륭한 음 식과 후안의 요리 솜씨에 대해 입을 모았다. 감격스러워 말문이 막힌 후 안은 희색이 만면한 채 우리를 지켜보며 문가에 서 있었다. 그는 자기 분 야에서 예술가였고, 대중들이 자기 작품의 진가를 인정하는 걸 보고 예술 가다운 만족감을 느꼈다. E. H.는 후안에게 음식맛이 아주 좋다고 말했다. 새치 고기가 필요량보다 많다고 해서 그것에 곁들일 만한 음식을 사는 걸 사치라고 여길 것까지는 없다는 말은 나중에, 그의 기분이 상하지 않을 만한 때를 골라 해주기로 했다.

"후안이 대단한 히트를 치니까 카를로스가 시샘하는군." E. H.가 폴린에 게 말했다. "너무 치켜세우지 않는 게 좋겠어."

우리는 후안이 먹거나 설거지하는 모습을 한 번도 보지 못했다. 아주 민주적으로 자라 요리사가 선주와 선주의 손님들과 음식물을 함께 먹는 걸 그가 불손한 행위로 여긴다는 건 있을 수 없는 일이었다. 따라서 사람들의 눈에 띄지 않게 선실 주방에서 혼자 식사를 하는 데에는 분명 더 복잡한 이유가 있는 듯했다. 예술가다운 기질이 강해 자기 작품에 대한 자신의 생각을 대중의 눈앞에 노출하는 걸 꺼리는 것일 수도 있었다. 후안은 후갑판에 머물며 식객들의 얼굴에 흐르는 흡족한 표정을 즐기면서, 스스로 선장이라고 생각하는 카를로스가 바다에서 길어올린 양동이 물에 접시며 냄비 들을 설거지하는 모습을 지켜보았다.

만찬을 끝낸 뒤에도 우리는 한 시간을 더 만에 머물렀다. 휴식을 취하고 얘기를 나누고 로페스 멘데스가 마이애미 헤럴드의 사회면 기사를 읽으며 자신의 영어 실력을 과시하는 걸 보고 웃음을 터뜨렸다. 감정을 잔뜩 실어 읽었는데 여간 재미있는 게 아니었다. 하지만 가토르노는 영어를 알아들을 수 없었고, 상어에 대한 측은한 마음이 아직도 가시지 않았는지 슬퍼 보였다. 그래서 대화는 스페인어로 바뀌었고, 나는 빠지고 가토르노가 끼게 되었다. E. H.는 그들에게 그의 친구인 미국인 투우사 시드니 프랭클린이 마지막 투우 경기에서 입은 코르나다_{황소의 뿔에 입은 관통상}로 고생한 일에 대해 얘기했다. 황소가 휙 지나가자 시드니가 허리를 낮게 굽혀 관중들에게 예의를 갖추고 있었는데, 황소가 돌연 방향을 바꾸더니 뒤쪽에서 돌진해 들어와 뿔을 시드니의 항문에 찔러 창자까지 치켜 올렸다는 것이다. 이 얘기로 가토르노는 상어에 대한 생각을 잊어버리고 기분이 풀리기 시작했다.

오후에 아바나로 귀환을 시작한 우리는 다시 태양을 향해 달리며 그늘에서 낚시질을 했다. 여름철 쿠바 연안이라도 멕시코만류를 타고 그늘에 있으면 언제나 시원했다. 만류 쪽으로는 소형 어류들이 많지 않았다. 우리는 자리를 잡고 앉아 보랏빛 바닷물 속에서 길게 끌려오는 미끼들을 바라보며 큰 놈이 걸리기를 기다렸지만 아무런 반응도 없었다. '아주 큰 놈'이 란 680킬로그램짜리 새치를 뜻했다. 헤밍웨이는 어시장에서 시장 어부들이 손낚싯줄로 잡은 새치 한 마리를 본 적이 있었다. 손질해놓은 놈의 무게가 567킬로그램이었다. 대가리와 꼬리를 떼고 내장을 들어냈는데도 스테이크 덩어리로 잘려나갈 살코기 무게가 567킬로그램이었다. 운만 따라주면 그도 언젠가는 그런 놈을 만날 것이고, 놈을 낚아올려 새치 낚시꾼들이 그때까지 릴낚싯대로 세운 모든 기록을 갈아치우고 그들에게 도전거리를 남길 수 있을 것이다. 사는 목적이 그런 것이다. 평생을 바다에서 보내도 그런 물고기를 구경도 못하는 팔자가 있기는 해도 우리가 가토르노와 로페스의 노래를 듣고 있는 동안 그런 놈이 당장 나타나지 말라는 법도 없었다. 그래서 E. H.는 낚시질중에는 절대 술을 입에 대지 않았다. 몇 년을 기다려야 하는 일일 수도 있었지만 그는 거대한 놈이 나타날 때를 대비해 빈틈없는 준비 태세를 갖추고자 했다. 키웨스트 앞바다에서 만새기와 돛새치를 낚는 것은 마음에 휴식을 주는 여흥거리였다. 반면 이것은 진지한 일이었고, 그 진지함을 이해할 수 있는 사람은 E. H.와 카를로스뿐이었다. 배에 탄 사람들 중 진짜 낚시꾼은 그 둘밖에 없었다. 나머지는 유흥을 목적으로 해안을 오르내리는 유람선의 관광객에 불과했다. 진한 잔에 심신이 상쾌해진 가토르노가 생선저장고에 앉아 다시 들뜬 기분에 빈약한 목청으로 목이 터져라 노래를 부르며 들고 있던 빈 잔이 깨질 때까지 마호가니 판을 두드려 박자를 맞추었다. 그는 행복하면 노래를 꼭 불러야 했고, 노래를 부르면 더 행복했고, 결국에는 목이 쉬었다. 가토르노가 멈추자 그의 아내가 뒤를 이었다. 그녀는 미국 대중가요 악보를 들고 외국어로 된 가사를 힘겹게 읽으며 큰 감흥 없이 몇 곡을 불렀다.

"스페인어로 된 옛 노래를 좀 불러주시죠?" 내가 그녀에게 부탁했다. "그게 훨씬 아름다워요."

E. H.가 고개를 돌렸다. 보통은 그런 기색을 보이지 않지만 그는 배 위에서 오가는 모든 얘기를 늘 귀담아들었다. 내 발언이 그의 관심을 자극한 것이다. 내 제안을 기발하게 생각한 모양이었다.

"오, 난 미국 노래가 정말 좋아요." 가토르노 부인이 말했다.

"왜죠?"

"뭐든 미국에 있는 건 맘에 쏙 들어요. 난 미국 담배, 미국말, 미국 영화가 좋아요. 모든 게 정말 다 좋아요. 언젠가는 미국에 가보고 싶어요."

"미국 어디를 가보고 싶으세요?"

"할리우드!"

"할리우드는 그렇게 멋진 곳이 아닙니다. 아바나가 훨씬 멋져요."

릴리안 가토르노는 영화계에 진출하는 게 호락호락한 일이 아닐 수 있다는 생각을 해본 적이 없었다. 그녀는 자신이 영화배우가 되는 길에 놓인 유일한 장애물은 할리우드까지 가는 기찻삯일 뿐, 일단 그곳에 도착만 하면 나머지는 식은 죽 먹기라고 생각했다. 주위에 사진사들이 카메라를 들고 서 있을 때 클라크 게이블이나 다른 남자 배우들한테 자기에게 구애해도 좋다고 허락만 해주면 바로 극장에 가서 자기 모습을 보게 될 거라는 식이었다. 그리만 되면 멋진 인생일 테지만.

그녀의 자신감에는 그만한 이유가 있었다. 실제로 그녀는 미모가 출중했고, 이를 모를 리 없는 훌륭한 예술가 남편이 그런 소리를 아내의 귀에 못이 박히도록 했을 것이다. 수려한 외모 말고도 그녀는 햇볕에 그을린 매끈한 피부, 해맑은 푸른 눈, 윤기 나는 갈색 머리칼 등, 옆에 앉은 여자가 갖추었으면 하는 호감 가는 특징들을 두루 구비했지만, 그렇다고 사진발을 남달리 잘 받을 정도는 아니었다. 영화를 찍기에는 얼굴이 너무 갸름하고 미간이 너무 좁았으며 연기를 할 줄도 몰랐다.

"미국에 있는 여자들도 전부 너 나 할 것 없이 영화배우가 되고 싶어합니다." 내가 그녀에게 말했다. "경쟁이 보통 치열한 게 아닙니다. 실제로 꿈을 이루는 사람은 드물어요."

마음을 이미 굳힌 터라 내 말이 아무런 효과가 없다는 게 눈에 보였다.

"언젠가, 훗날, 할리우드로 진출하게 될 거예요." 그녀가 꿈꾸듯 대답했다.

로페스와 저녁식사

Dinner with Lopez

오후에 바람이 앞바다로 몰아쳐 하늘에 드리운 비구름을 흩어놓아 바다
는 저무는 태양빛을 받아 아름다운 색깔들을 펼쳐냈다. 우리는 온종일 새
치는 구경도 못한 채 모로캐슬에 접근했다. 미끼는 감아 들이고 타폰^{풀잉엇}
_{과의 바닷물고기}을 낚기 위한 깃털미끼만 항만에 남겨두었다. 나는 사람들에
게 마실 것을 대접하고 태양이 바다에 몸을 적셨다가 가라앉는 광경을 지
켜보던 로페스 멘데스 곁에 앉았다.

"오늘 저녁에 식사나 같이 하지그래?" 그가 말했다.

"고맙긴 한데 배에 남아 있어야 할지 몰라서요."

"내가 어니스트한테 말해뒀다네. 아홉시까지만 돌아오면 된다고 했어."

"고맙습니다. 그런데 입고 갈 만한 옷이 없어요."

"옷 따윈 필요 없어. 지금 입고 있는 거면 충분해."

"정말 고맙습니다. 그럼 가겠습니다."

"언제 다음번 저녁엔 진짜 쿠바식 파티를 구경시켜주지. 이곳 쿠바 아가씨들 맘에 드나?"

"괜찮던데요."

"아니! 그저 '괜찮던데요' 정도로 말하면 안 돼지. '굉장해요! 놀라워요! 끝내줘요!'라고 해야지. 자네 맘에 들 만한 아가씨를 하나 알고 있다네. 이름이 마르가리타인데 미국 남자라면 깜박 죽어."

나는 잠자코 있었다.

E. H.는 나더러 가라고 했다. 나는 로페스와 함께, 아내가 도망친 후 살던 집을 정리하고 세를 얻어 옮긴 번화가에 있는 그의 아파트로 갔다. 바닥에 타일이 깔린 방이 둘이었고, 큰 방에는 그가 그린 어머니의 작은 초상화가 벽에 걸려 있었다. 나지막한 나무침대 옆에 라디오 한 대와 위스키를 넣어두는 수납장이 있었다. 다른 침실에서 안색이 거무튀튀한 청년이 나왔다. 로페스는 그가 자기 사촌이며, 이름은 엔리케, 추방된 또다른 혁명단원이라고 소개했다.

"엔리케는 비행사라네." 로페스가 말했다. "여태 미국에서 살았지. 그래서 나보다 영어를 훨씬 잘해. 시카고 억양이 심하긴 하지만."

로페스는 유리잔 셋에 위스키를 따르고는 얼음과 소다수로 잔을 채우면서 스페인 말로 몇 마디 중얼거렸다.

"예의를 갖춰." 엔리케가 로페스에게 말했다. "스페인 말을 모르는 손님이 있을 때는 영어를 써야지."

"네가 예의를 갖추는 편이 더 쉽겠어. 자. 들지." 로페스가 말했다. "이건 자네를 위한 거야, 마에스트로. 마셔. 단숨에 털어넣어. 이게 미국인들이 쓰는 표현 맞나?"

"즐겨 쓰는 표현이지요."

"아주 좋아. 단숨에 털어넣어. 어서 마셔. 취하는 건 걱정 말고."

로페스는 토요일 밤 파티에서 얻은 숙취가 아직 풀리지 않은 상태였다. 위스키 두 잔으로 몸을 추스른 그는 욕실로 들어가 면도를 한 후 먼지 한 톨 묻지 않은 크림색 정장을 입고 나왔다. 신수가 한결 훤해 보였고 스스로도 신사가 된 듯했다. 누가 뭐래도 그는 신사였다. 움직임에 활기찬 여유로움과 갈아입은 복장에 걸맞은 위엄이 묻어났다. 그는 우리를 데리고 계단을 내려와 길 건너 모퉁이 가게로 갔다. 우리는 카운터 앞 회전의자에 앉았다. 로페스가 포도주와, 라임을 곁들인 굴 한 접시를 주문했다.

"나는 사랑, 결혼, 우정, 만사에 환멸을 느꼈다네." 로페스가 라임을 손으로 짜 굴에 뿌리며 말했다. "잠시 자살할 맘도 품었고. 그러다가 생각했지, 자살하면 나만 손해라고. 홀홀 털어버리고 친구도 새로 사귀고 모든 걸 다시 시작해야겠더라고. 지난밤 엄청 취했어. 난 과음을 한다거나 여자 꽁무니를 따라다녀본 적이 없어. 그저 잊으려고 하는 것뿐이야. 사람은 혼자 잊을 수 없어. 오늘 보트에서 자네를 보았을 때 혼잣말을 했지. 저 청년을 친구로 삼아야겠다고. 어니스트에게 자네에 대해 물었더니 작가라고 말해주더군. 자네한테 예술가의 영혼이 있다고 했어."

"작가가 되고 싶긴 한데 될 수 있을지 모르겠어요."

"나도 쓰기는 한다네. 익살스러운 작고 짧은 소품들을, 이따금씩. 하지만 난 먼지 같아. 난 바람 같아."

"내 고민도 바로 그겁니다."

"무얼 하든 절대 두뇌 노동자는 되지 말게. 사나이가 되어야 해! 항상 그걸 명심하게. 그게 내가 어니스트를 좋아하는 이유고, 어니스트가 날 좋아하는 이유라네. 항상 그걸 명심하게. 절대 두뇌 노동자가 돼서는 안 돼. 그건 자네한테 닥칠 수 있는 최악의 사태야. 사나이가 되어야 해!"

어떤 여자가 들어와 로페스의 맞은편에 앉았다. 로페스는 그 여자를 마루카라고 소개하며 과거를 잊도록 도와주는 새로 사귄 친구들 중 하나라고 했다. 우리 셋은 한 스페인 식당으로 갔다. 접시가 난로 뚜껑같이 두껍고 무거웠으며 큼직큼직하게 자른 쿠바 빵과 아투에이 병맥주가 음식에 딸려 나왔다. 여자는 영어를 못했고 스페인어로는 할 말이 없었다. 로페스와 나는 계속 대화를 이어갔고 그는 계속 맥주를 따랐다. 내가 "고맙지만 많이 마셨어요"라고 하면 그는 "'많이'라는 말 말게. 마셔! 더 들어갈 구석은 늘 있는 법이니까"라고 대답했다. 식사는 작은 잔에 담긴 블랙커피와 시가로 끝났다. 로페스는 나를 택시에 태웠고 우리가 선착장에 당도하자 어디선가 시간을 알리는 종소리가 들렸다. 정확히 아홉시였다.

쇠돌고래
The Porpoises

E. H.와 폴린이 월요일 아침 단둘이 배에 올랐다. 만류를 향해 나아가는데 유난히 고요하고 평화롭게 느껴졌다. 손님도, 노랫소리나 떠들썩한 웃음 소리도, 얘기도 없었다. 우리는 할 일을 알았고, 서로 이해했으며, E. H.는 누굴 접대해야 한다는 부담감에서 자유로웠다. 평일에 필라호를 탈 시간 이 있는 쿠바인들은 아무도 없었다. 그들에게 보트를 타고 나가는 것은 일요일에나 하는 일이었다. 그들은 일상에 바빴고, 우리는 파티가 끝나고 손님들이 가버린 뒤 집에 남아 휴식을 취하는 가족 같았다. 축음기조차 저 아래 눈에 띄지 않는 곳에 있었다.

낚시하기에 좋은 날은 아니었다. 구름이 끼고 어두컴컴하고 고요한데다 해류는 약하고 바다는 낮게 엎드려 있었다. E. H.는 새치가 멀리서도 미끼를 볼 수 있게 밝은 태양이 뜨고 거센 해류에 맞서 바닷물을 차올려 파도를 일으켜줄 북동풍이 불어주었으면 했다. 그는 놈들이 파도의 움직임을 좋아하기 때문에 거친 바다라야 녀석들을 수면으로 불러낼 수 있는데, 지금처럼 바다가 잔잔하면 비록 새치가 있다 해도 깊은 물속에서만 이동할 것이기에 오후에 바람이 한바탕 불어주지 않는 한 놈의 코빼기도 구경 못할 것이 뻔하고, 혹 보게 된다면 그건 요행이라고 했다.

만류로 800미터가량 들어선 우리는 티저를 던지고 생선미끼를 내놓았다. 어니스트와 내가 각각 낚싯대를 잡았다. 모든 징조로 보아 낚시하기에는 글러먹은 날이었다. 폴린은 깃털미끼를 단 가벼운 낚싯대를 들고 있었다. 그렇게 우중충한 날 우리는 조용히 무료하게 보트를 타고 있었다. 그때 조타륜을 잡은 카를로스가 잔뜩 흥분해서 소리를 질렀다. "미라 봐! 미라! 전방을 봐!"

앞을 내다봤더니 해류를 거슬러 이동하는 엄청난 쇠돌고래떼의 굽이치는 등 때문에 바다가 온통 검게 변해 있었다. 보트와 보트에서 2킬로미터 정도 떨어진 해변 사이의 바닷물이 온통 쇠돌고래로 뒤덮여 있었다. 놈들은 우리의 시야가 닿는 맞은편 끝까지 만류를 향해 굽이쳐 내닫고 있었다. 이동하는 쇠돌고래떼의 너비는 족히 3킬로미터는 됐고 선두가 어딘지는 끝이 있나 싶을 정도로 아득했다. 눈에 보이는 쇠돌고래만 사방에 수천 마리였고, 한번 눈길을 주었을 때 보이는, 숨을 쉬기 위해 올라왔다 서서히 수레바퀴 회전하듯 앞으로 몸을 구르는 놈들은 수면 근처에 있는 일부에 불과했다. 놈들은 보트 밑으로 네 겹을 이루어 빠르게 지나갔는데,

어디를 보나 앞다투어 몰려가는 소떼처럼 빽빽하게 들러붙어 있었다. 우리는 그 거대한 이동 한가운데에서 그 흐름을 거슬러, 놈들과 닿지 않으며 그 속과 위를 쐐기 모양으로 가르며 나아갔다.

"릴을 감아." E. H.가 말했다. "코닥 카메라를 가져와. 녀석들이 뛰어오르기 시작할지 모르니까."

녀석들은 갈수록 생동감이 넘쳤다. 몇몇은 물에서 솟구쳐올라 느긋하게 아치를 그리며 떨어졌고, 어떤 놈은 큰 파도 위로 거의 1미터나 뛰어올랐다. 개중에는 위에서 우리를 내려다보며 혹시 우리 중에 자기네가 아는 사람이 있는지 확인이라도 하려는 듯 보트를 따라 달리며 점프를 해대는 놈들도 있었다.

"와! 저거 보셨어요?" 내가 물었다.

"필름을 아껴. 시간은 넉넉해."

"저기 또 있어요. 녀석이 뛰어오르는 것 좀 보세요!"

"놈들이 가까이 접근하기 전까지는 찍지 말게."

녀석들은 커다랗고 통통한 몸과 납작한 수평 꼬리지느러미를 이용해 물 위로 길게 우아한 곡선을 그리며 점점 더 높이 뛰어오르고 있었다. 쇠돌고래 한 마리가 점프하는 모습은 가슴을 설레게 할 정도는 아니더라도 분명 아름다운 광경이다. 그러나 열댓 마리 쇠돌고래가 하늘로 날아오르고 나머지 수천 마리가 등을 보이며 앞으로 구르는 장면은 실로 장관이 아닐 수 없다. 바로 그런 장관이 나로 하여금 소리를 지르게 한 것이다. 나는 쇠돌고래 한 마리를 볼 때마다, 그리고 놈들을 보는 동안 내내, 광란의 황홀감에 도취되어 고성을 지르며 갑판 위에서 껑충껑충 뛰었다.

"야! 야! 야! 세 마리가 동시에! 보세요! 아니, 저럴 수가! 아니, 저럴 수가! 와! 우아! 야!"

E. H.가 차분히 "봐, 여보" 하고 말하는 소리가 들렸다. "정말 대단하지 않아요?" 폴린이 말을 받았다. E. H.는 낚시꾼이었고, 그래서 이것보다 새치가 뛰어오르는 광경에 더 큰 감정적인 반응을 보이는 거라고 나는 생각했다. 새치의 점프에는 인간과 물고기 사이의 투쟁이 있었지만 쇠돌고래가 뛰노는 이 장면에는 싸움이 빠졌기 때문이다. 나는 투쟁이 아니라 물고기가 뛰어오르는 장관에 감정이 끓었다. 물고기가 마음껏 활개치건 낚싯바늘을 입에 물고 있건 내가 경험하는 흥분은 서로 한 치도 다르지 않았다. 고작 황새치 한 마리의 모습이 어떻게 다 자란 놈의 크기가 이제껏 잡힌 그 어떤 새치보다 큰 수천 마리 쇠돌고래와 비교될 수 있는지 이해할 수 없었다. 그중 열댓 마리는 우리를 에워싼 채 일시에 뛰어오르고, 그것도 대여섯 번으로 그치는 것이 아니라 우리가 눈길을 주는 도처에서 쉴 새없이 뛰어오르는 것과 말이다.

길이가 3미터는 됨직한 검은 쇠돌고래 한 마리가 배 옆에서 갑자기 튀어올랐는데, 거리가 얼마나 가깝던지 갈고리를 움켜쥔 손을 내뻗으면 닿을 정도였고, 놈이 그리는 곡선의 정점은 또 얼마나 높던지 조타실 갑판 위에 서 있던 우리의 머리와 평행을 이루었다. 우리는 녀석이 훌쩍 뛰어올라 한참을 공중에 머물며 느긋하게 항해하는 모습을 바라보면서 선실 지붕쯤은 우습게 넘어버릴 수 있을 거라 생각했다.

"저놈 찍었나?" E. H.가 물었다.

"찍었어요! 찍었어요! 찍었어요! 아, 세상에! 찍었어요!" 내가 대답했다.

"잘했어." E. H.가 말했다.

"아, 세상에! 꼭대기에 다다랐을 때 찍었어요. 곤두박질하기 직전에 눌렸어요!"

"잘했어." E. H.가 말했다.

점프가 막 시작되었다. 그 큰 쇠돌고래가 보여준 것은 마치 시범이었다는 듯 나머지 녀석들이 그걸 흉내내고 개선改善하면서 물 위로 3미터를 뛰어올라 기다란 수평선을 긋기 시작했다. 카를로스는 너무 감격해 거의 울음을 터뜨릴 지경이었고, 후안의 야윈 얼굴은 대통령의 연회를 위한 요리라도 해놓은 것처럼 함박웃음으로 반으로 나뉘었다. E. H.와 폴린은 뱃머리에 올라섰다. E. H.는 촬영기를 돌렸고, 나는 그들 뒤에 앉아 흥분에 복받쳐 고함을 지르며 코닥 카메라의 셔터를 연방 눌러댔다. 정녕 내 인생에서 가장 행복한 순간이었다. 물고기와 싸움을 벌일 때처럼 감정을 억누를 필요가 없었다. 꼭 해야 한다거나 생각할 일도 없었다. 그저 하늘을 나는 쇠돌고래들의 장관을 마음껏 즐기면 그만이었다. 비행 시합이 개시되었다. 쇠돌고래들은 누가 가장 높이 점프하는지 결판을 내려는 것처럼 보였다. 쇠돌고래 한 마리가 믿을 수 없는 높이까지 수직으로 치솟아올랐다가 방향을 틀어 도약할 때 생긴 비등하는 물구멍 속으로 곤두박질쳤다. 물에서 10미터나 12미터는 족히 벗어났을 것이다. 그건 참으로 경이로운 비상이어서 놈이 아득한 창공으로 뛰어올라 아예 내려오지 않는 일이 벌어졌다 해도 이보다 더 놀랍지는 않았을 것이다. 나는 녀석을 향해 코닥 카메라를 겨누고 있었지만 녀석이 사라질 때가지 셔터 누르는 걸 까맣게 잊었다. 이어서 해안 쪽으로 400미터가량 떨어진 지점에서 여섯 마리가 함께 물위로 모습을 드러내더니 나란히 하늘을 향해 치솟아올랐다. 도약이 꼭짓점을 찍었을 때, 그러니까 방향을 바꿔 하강하기 직전, 녀석들은 보이지 않는 줄에 매달려 있는 것처럼 머리를 곧추세우고 공중에 미동도 없이 멈추어 있었다. 이내 수백 마리가 도약하여 길게 수평선을 그리기 시작하자 하늘이 온통 녀석들로 가득찼고, 멀리서 보면 마치 물위를 저공 비행하다 먹이를 덮친 후 다시 날아올랐다가 다시 급강하를 반복하는 새 떼같이 보였다.

돌연 모든 도약이 뚝 그쳤다. 수천 마리의 쇠돌고래들은 애초에 그러던 것처럼 수면 위를 한가로이 굽이쳤다. 또 뛰어오를지 모른다는 희망을 품고 녀석들을 수 킬로미터 뒤쫓았지만 공연은 끝났고 우리는 방금 목격한 광경을 과연 믿어야 할지 어안이 벙벙했다.

E. H.가 뱃머리 앞에서 노는 쇠돌고래 수를 세어보니 모두 마흔여덟 마리였다. 우리가 방향을 바꾸어 해류를 타자 놈들도 같이 방향을 틀어 앞장을 섰고, 그렇게 2킬로미터 가량을 동행하더니 다시 방향을 틀어 원래 제 무리로 돌아갔다. 우리는 카메라를 치워버리고 새치 미끼를 내놓고 트롤링을 하며 그 조그만 만을 향했다.

공연이 막을 내리고 나자 나는 내가 빠져든 그 모든 흥분에 대해 의식하게 되었다. 내가 본 것은 나를 완전히 뒤흔들어놓았다. 어니스트가 아무런 반응을 보이지 않은 게 의아스러웠다.

"이런 광경을 전에도 본 적 있으세요?" 내가 물었다.

"없지." 그가 대답했다.

"카를로스는요?"

"없지."

"놀라웠어요! 대단한 장면이었죠? 아직도 가슴이 떨립니다."

"그걸 써볼 생각일랑 아예 말게. 묘사가 불가능해. 그런 감격은 세상의 어떤 작가라도 독자들에게 전달할 수 없어."

그제야 나는 E. H.도 나 못지않게 감동했다는 걸 알았다. 차이가 있다면 그건 그가 자신의 감정을 다스리고 있었다는 점이다.

"아까 그 여섯 마리가 얼마나 높이 뛰어올랐을까요?"

"9미터쯤. 몸길이가 3미터고 제 몸길이의 세 배를 수직으로 뛰어오를 수 있으니까."

"몇 마리나 되었을까요?"

"한 만 마리. 3킬로미터 너비로 적어도 10킬로미터는 뻗어 있었고, 자네가 본 대로 발 디딜 틈도 없었으니까."

"이런 장면을 또 볼 날이 있을까요?"

"없을 거야. 아마 누구에게도 그런 날은 없을 거야. 잊기 전에 항해일지에 기록해두도록 하지."

E. H.는 그 일을 잊지 않았다. 몇 년 후 그날의 쇠돌고래들은 『노인과 바다』에 나오는 어부의 꿈속에 등장했다. "노인은 사자 꿈을 꾸지 않았다. 그 대신 십오륙 킬로미터나 길게 뻗어 있는 엄청난 쇠돌고래떼의 꿈을 꾸었다. 짝짓기 때였고 쇠돌고래들은 공중으로 높이 뛰어올랐다가는 뛰어오를 때 수면에 생긴 바로 그 구멍 속으로 도로 떨어지곤 했다."

있는 그대로 본다는 건···
To See It As It Is···

다음날 우리는 또다시 나갔다. 낚시가 우리의 업業, 우리의 삶의 방식이 되어버렸다. 우리는 새치 철 내내 하루도 빠짐없이 그곳으로 낚시를 나갔다. E. H.는 낚시의자에 앉아 미끼들을 지켜보며 우리가 본 것을 상세하게 구술했고 나는 그걸 받아 적었다.

"항해일지 쓰는 게 재밌습니다." 구술이 끝났을 때 내가 말했다. "배운다는 느낌이 들거든요."

"좋은 연습이야. 자네나 나나 똑같은 걸 보지. 무엇을 본다는 것과 그것에 대해 쓴다는 건 완전히 별개의 문제라네. 누군들 못 보겠나. 그러나 있는 그대로 보고 벌어진 그대로 쓸 수 있어야 모름지기 작가라고 할 수 있지. 항해일지를 쓰다보면 내가 어떻게 기록하는지 보게 되고, 무얼 주의 깊게 봐야 하는지 배울 거야. 치밀해지는 법을 배우고, 문장을 다루는 요령 같은 것도 배우게 될 걸세. 내게도 도움이 되고 말이야. 구술 연습이 되니까."

"그 사진들이 나오면 제가 쓴 스포츠 잡지 기사에 써먹을 수 있을까요?"

"여부가 있나."

"키웨스트에 관해 쓴 걸 고쳐 썼습니다. 아바나에서는 우표를 어디서 구하죠?"

"집사람한테 키웨스트 갈 때 원고를 챙겨가라고 일러두겠네. 거기서 부치면 되니까."

"그럼 좋겠네요."

"혹시 퇴짜를 맞더라도 실망하지 말게. 전혀 신경쓸 일이 아니야. 내 딴에는 잘 썼다고 생각했는데도 수년간 보내는 족족 원고들이 되돌아온 적도 있었으니까."

"어젯밤 무얼 좀 써보려고 했는데 안 되더라고요."

"온종일 바다에 나갔다 돌아와서 쓸 수 있는 사람은 없어."

"그렇다면 여기 있는 동안 무얼 쓰긴 틀렸네요."

"그런 일로 걱정 말게. 배가 하루 쉬어야 할 일이 생기면 시간이 날 거야. 쓰고 싶은 건 나도 마찬가지라네. 그게 내가 사는 이유니까. 그러나 우리가 낚시하는 동안에는 나도 별수 없어. 시간을 허비하는 게 아니야. 글쓰기를 직업으로 여기고 매달릴 거라면 나중을 위해 둘도 없이 귀중한 자료를 얻게 될 걸세. 이런 경우가 아니면 결코 만나볼 수 없는 흥미로운 사람들도 만나게 될 테고. 자네가 여기서 만나는 사람들은 미국에서 만나는 사람들과 확연히 달라. 여기선 누가 자네 친구라면 진짜 친구인 거야."

"이곳 사람들을 소설에 등장시키나요?"

"일부는."

"소설을 쓰기 위해 인간이 경험할 수 있는 최고의 경험은 무엇이죠?"

"전쟁. 전쟁은 많은 위대한 작가들을 탄생시켰지. 혹은 불행한 유년 시절. 실연. 남에게 벌어지는 나쁜 일이 작가에겐 거반 다 좋은 일이야. 그리고 마흔이면 사람들은 실수하기 시작하지만 작가의 정신은 명료해진다네. 음악이나 좀 들을까, 마에스트로?"

"어떤 걸로요?"

"지미 듀랜트."

"〈핫 파타타Hot Patatta〉로 할까요?"

"바로 그거야."

카를로스는 보트를 그 작은 만을 향해 몰았다. 우리는 수영을 한 다음, 가재 샐러드, 아보카도, 얇게 썬 파인애플을 카스티야 포도주와 곁들여 먹었고, 식사 후 한 시간여 정박해 있으면서 침상에서 휴식을 취하거나 시원한 그늘에서 글을 읽었다. 읽을거리는 항상 풍성했다. E. H.는 아바나와 뉴욕의 신문들은 매일같이, 『타임』『뉴요커』『에스콰이어』 같은 잡지들은 발간될 때마다 챙겨왔다. 또한 사물함마다 선반 네 칸을 책들이 채우고 있었다. 그리고 나서 오후에 우리는 물고기는 구경도 못한 채 아침에 카를로스가 달아준 미끼를 그대로 달고 트롤링을 하며 아바나 항으로 귀환했다.

다음날도 운이 없기는 마찬가지여서 물고기는 코빼기도 구경 못하고 텅 빈 보랏빛 물속에 똑같은 미끼들만 마냥 끌고 다녔다. E. H.는 해류의 움직임이 빨라지는 듯하며, 바람이 계속 불어 새치를 수면으로 불러올리기만 한다면 오후에 풍향이 북동쪽으로 바뀌는 것은 좋은 징조라고 했다. E. H.는 새치가 만류 속에 꼭 있을 거라고 했다. 7월 중순이었고, 새치가 가장 대규모로 이동하는 시기였기 때문이다. 카를로스는 소년 시절부터 아바나 앞바다에서 새치 낚시를 했고, 카를로스 전에는 그의 아버지와 할아버지가 그랬다. 그들의 기억 속에 남아 있는 모든 여름에는 쿠바 해안에서 가까운 해류를 거슬러 이동하는 새치가 있었다. 녀석들이 어디서 오는지 어디로 가는지 아는 사람은 없었지만 해가 바뀔 때마다 어김없이 돌아왔다. 이동은 통상 5월 하순부터 시작되는데, 올해는 한 달 넘게 늦어지고 있었다. 놈들이 어차피 온다면 그건 7월 하순이 될 것이고, 그렇게만 되면 아무 날이고 나가도 만류에 새치가 그득할 것이다.

"한 번에 가장 많이 본 게 몇 마리였습니까?" 내가 E. H.에게 물었다.

"예순 마리쯤."

"혹시 우리가 본 쇠돌고래만큼이나 많은 새치를 볼 수 있을까요?"

"만류에서는 뭐든 가능하지."

"쇠돌고래 사진 찍은 거 언제쯤 나올까요?"

"어쩌면 오늘밤."

매일 저녁 해질녘 우리가 항구로 들어설 때면 헤밍웨이의 친구 몇몇이 선착장에서 우리를 기다리고는 했다. 내가 사람들을 범비호에 태워 데려오면 그들은 후갑판에서 침상과 낚시의자에 앉아 E. H.와 스페인어로 얘기를 나누었고, 그동안 나는 칵테일을 준비해 그들이 더는 못 마시겠다고 팔을 들어 사양할 때까지 잔을 채웠다. 가토르노와 그의 아내, 로페스 멘데스 말고도 훌리오, 코호, 알리엔데를 비롯해 정기적으로 헤밍웨이를 찾아오는 사람들이 여럿 있었다. 그 사람들이 한꺼번에 오는 밤도 가끔 있었다. 그것이 E. H.가 손님들을 접대하는 시간과 장소였다. 그가 혼자 암보스문도스 호텔 방으로 가야 비로소 파티가 끝났다.

훌리오는 도선사였다. 우렁차고 걸걸한 목소리에 몸짓이 과격하고 체구가 우람한 사나이였다. 그는 선박이 들어오면 나가 승선하여, 잠시 선장의 권한을 위임받아 배를 항구로 몰고 들어왔다가 떠날 때면 다시 올라타 항구 밖으로 빼주었다. 좋은 일자리였고 보수도 좋았다. 훌리오는 아바나의 한 개업의와 공동으로 작은 요트도 한 척 소유하고 있었다. 그 요트는 필라호 부근에 정박하고 있었다. 카를로스는 훌리오를 무척 좋아해서 그가 꼬마였을 때부터 새치 낚시에 데리고 나가 바다에 대해 자기가 아는 지식을 모두 전수해주었고, 크거든 도선사 시험을 보라고 격려해주었다. 현재의 훌리오를 만든 것은 카를로스였고, 그는 그런 훌리오를 자랑스럽게 여겼다. 그가 이따금씩 골치를 썩이기는 했지만 금지된 물품을 밀반입할 일이 있을 때에는 도움이 되었다.

코호는 나라의 녹을 먹고 사는 정비사였는데, 사고로 두 발의 발가락이 전부 절단되어 발꿈치로 걸었다. 그는 우리 배에 있는 큰 모터의 물펌프를 고쳐주고는, 뭐 대단한 일도 아니고 그런 일쯤은 친구로서 기꺼이 해줄 수 있다며 돈 받기를 극구 사양했다. 그는 인정 많은 중년의 독신남이었다. 그는 먹는 걸 좋아했고, 걷는 게 불편도 했지만 불구가 된 다리로 굳이 운동까지 하고픈 생각이 없던 터라 살이 포동포동 오르고 있었다. 그 역시 좋은 술이라면 사족을 못 썼다. 그래서 그가 배에 탈 때마다 나는 그가 두번째 잔을 거절하리라는 걸 알고 그의 칵테일에는 특별히 위스키를 듬뿍 탔다.

알리엔데는 헤밍웨이의 구매 담당 대리인이었다. E. H.와 폴린이 번화가에서 구할 물품이 있으면 직접 가지 않고 그에게 부탁했다.

"알리엔데가 왜 저렇게 말랐을까 생각해본 적 없나?" 한번은 E. H.가 내게 물었다.

"체질이 그런 거 아닌가요?"

"아니야."

"결핵 때문인가요?"

"아니야. 굶어서 그래. 제대로 먹지를 않아."

"자식들은 살졌던데요."

"그야 그렇지. 무슨 일이 있어도 자식들은 잘 먹이니까."

"입성은 좋던데요."

"안 그랬다간 자존심이 상할 테니까. 이 나라에선 옷이 무척 중요해."

껑충하고 수척한 알리엔데는 반쯤 자란 건강한 두 아들 곁에 서서, E. H.가 번화가에서 필요한 것이 없나 알아보기 위해 선착장에서 우리를 기다리고는 했다. 그는 사람들을 번거롭게 하고 싶지 않았다. 그는 유창한 영어로 사람들이 이미 많기 때문에 보트에는 타지 않겠다고 말했다. 그저 E. H.에게 필요한 게 없을까 궁금한 것이다. 있다고 했던가? 아니, 못 들었는데. 그러면서 내가 E. H.에게 직접 물어보는 게 좋겠다고 하면 알리엔데는 갑판에 올라 그렇잖아도 비좁은데 자리를 차지해 보트를 붐비게 해서 미안하다는 표정을 지으며 앉을 곳을 찾았고, 아무리 활기찬 대화가 오가더라도 딱히 관심을 보이지 않은 채 자기의 용건으로 대화가 중단되는 일이 없도록 조용히 앉아 E. H.가 필요한 물품을 얘기해주기만을 기다렸다.

E. H.는 내게 알리엔데한테도 마실 걸 한 잔 타주라고 부탁하곤 했는데 그 때마다 그는 사양했다. 그래도 내가 막무가내로 술잔을 내밀면 사람들의 시선을 끌지 않기 위해 마지못해 술잔을 받아들었다. 그에게 생기가 보일 때는 선착장에서 아버지를 기다리는 그의 두 아들에 대해 폴린이 얘기를 꺼낼 때뿐이었다.

그날 저녁 우리가 귀항하자 이내 이 사람들이 전부 승선하여 배를 가득 메웠다. 그때 작은 사내 하나가 선착장에 나타나 팔을 흔들며 스페인 말로 소리를 질렀다.

"가예고군." E. H.가 말했다. "저 친구한테 가보게. 자네가 찍은 사진들을 가져온 거야."

나는 신나게 선착장으로 노를 저었다. 팔을 뻗어 가예고의 손에 들린 사진 봉투를 건네받아 인화된 사진을 꺼내자니 흥분되어 몸이 떨렸다. 사진 하나는 물 위로 3미터 뛰어오른 쇠돌고래의 옆모습과 놈이 뛰어오른 곳에 남겨놓은 비등하는 물구멍을 포착한 것이었다. 내 생각에 그것은 유례를 찾아볼 수 없는 빼어난 쇠돌고래 사진이었다. 아니면 적어도 제인 그레이가 그의 책에 실은 그 어떤 사진보다 우월했다. 그런 사진을 찍을 수 있다면 새치라고 못 찍으라는 법이 없잖은가? 나는 멕시코만류에서 작품 사진을 찍는 사진가가 된 내 원대한 미래를 눈앞에 그렸다. E. H.는 새치를 낚고, 나는 상상할 수 있는 모든 위치에서 바닷물 밖으로 뛰어오른 새치를 사진에 담아 놈들이 영원히 살아 움직이도록 만드는 것이다. 그렇잖아도 평소에 사진 찍는 걸 좋아한 터라 곧 내 앞에 나타날 새치에 대한 기대감과 이미 거둔 한 번의 성공에 도취하여 나는 제정신이 아니었다. 물론 내가 미처 깨닫지 못한 것은 쇠돌고래와는 달리 새치는 보트를 내려다볼 수 있을 만큼 높이 뛰어오르지 못한다는 사실이었다.

E. H.에게 사진을 보여주고 싶은 다급한 마음에 나는 가예고를 보트에 태우는 것도 잊은 채 거룻배를 부두에서 밀어냈다. 그 순간 가예고가 펄쩍 뛰어 배 꽁무니에 착지했다. 불규칙적으로 먹기는 그도 마찬가지여서 겨울철에는 살이 빠졌다가 E. H.가 아바나 연안에서 낚시하는 여름철 몇 달 동안은 살이 올랐다. 그는 운전할 택시가 있을 때에는 택시를 운전했다. 하지만 E. H.가 아바나로 돌아올 즈음에는 택시 회사에 예치할 돈이 없어 운전할 차를 배정받지 못하는 경우가 많았다. 그러면 E. H.가 일자리를 다시 잡아주고 후견인마냥 돌보아주었다.

가예고는 보트에 발을 들여놓고는 몇 번이나 고개를 조아리며 "아주 멋진 오후입니다, 신사 숙녀 여러분, 코모 에스타안녕들 하시죠? 코모 에스타? 코모 에스타?" 하고 인사했다. 그러고 나서 내게 "비노 파라 메 좀 있어요?" 하고 물었다.

"뭐요?"

"비노! 비노!"

"뭐라고 하는 거죠?"

"포도주를 마시고 싶대." E. H.가 말했다. "한 잔 주게나."

가예고는 나를 따라 주방으로 들어와 그 자리에서 포도주 한 잔을 단숨에 들이켜고 한 잔을 더 채워 느긋하게 입을 축이며 잔을 들고 조타실로 나갔다. 친구들과 어울리고 적어도 앞으로 석 달 동안은 멋진 날들이 지속될 거라는 생각에 기분이 무척 좋았다.

"사진이 어떻게 나왔지?" E. H.가 물었다.

"잘 나왔어요. 여기 있어요. 굉장하지 않습니까?"

"좋은 게 하나 있군. 몇 장 찍었지?"

"열여섯 장이요."

"저녁에 그라플렉스 카메라용 필름 팩을 구해야겠어. 사용법은 금방 배우게 될 거야. 아주 간단해."

호전적인 청새치
The Fighting Marlin

이튿날 아침 E. H.가 혼자 승선했다. 폴린은 나머지 가족과 지내기 위해 키웨스트로 돌아갔다. 애초의 계획은 가족이 전부 쿠바에 와 여름을 나는 것이었지만 갑자기 소아마비가 도는 바람에 계획에 차질이 생겼다. 오후로 접어들면 속도가 붙을 가벼운 북동풍이 일정하게 불어주고 해류의 움직임이 빨라지자 E. H.는 새치 낚시에 좋은 날이라고 했다. 그는 저녁 전에 새치 한 마리를 갑판에 올려놓을 거라며 2대 1의 내기를 제안했다. 내가 내기를 좋아하는 사람이었다면 눈먼 돈을 꽤나 챙겼을 것이다. E. H.는 자기한테 승산이 있는 쪽에 거는 법이 절대 없었기 때문이다.

E. H.와 나는 우리가 아바나에 온 후 그가 손수 만들어 갑판에 고정한 새 회전 낚시의자에 앉아 트롤링을 했다. 의자에는 낚싯대를 끼워놓을 수 있는 구멍이 달려 있어 이제 한쪽 손으로 대충 스풀을 잡고 있으면 다른 손은 할 일이 없었다. 이 새 의자는 안락하면서도 튼실해서 부서질 위험이 없었다. 전에 쓰던 고리버들 의자들은 앉았을 때 낚싯대를 무릎 사이에 끼고 양손으로 붙들고 있어야 했다. 갑판 위에서 이리저리 미끄러지고 거친 파도에 이따금 뒤집히기도 했다. 내가 옛 의자를 날뛰는 브롱크 야생마에 비유하자 E. H.가 말했다.

　"내가 와이오밍에 있었을 때 사람들이 직업이 뭐냐고 묻길래 작가writer라고 했지. 그랬더니 그 말을 카우보이rider라고 알아듣더라고. 말은 아예 탈 줄도 모르는데."

　우리는 낚시모자의 긴 챙으로 눈부신 햇빛을 차단하고 코에는 올리브유를 바른 채 맨발을 생선저장고 위에 얹고 앉아 낚싯대를 뱃전을 향해 두고 생선미끼가 티저 뒤에서 유유히 끌려오는 걸 지켜보았다.

　"내 평생 남에게 부탁을 해본 적이 딱 한 번 있다네." E. H.가 생각에 잠겼다. "그런데 거절당했지. 와이오밍으로 사냥여행을 갔을 때였어. 우리한테 술이 떨어졌는데 때마침 떠나는 사람한테 위스키가 두 병 있길래 한 병 팔라고 했더니 못 팔겠다고 하더군."

　나는 노상 듣고 싶었지만 E. H.는 더이상 말하고 싶어하지 않았다. 우리는 오전 내내 그리고 오후의 대부분을 신나는 일 없이 겨우 몇 마디 말만 주고받으며 트롤링을 했다. 우리는 오후 늦게 코히마르 맞은편에서 아바나로 향했다. 바람이 바다를 들쑤셔 파도를 일으키고 있었다. 그때 이 철 최초로 커다란 새치 한 마리가 수면에 모습을 드러냈다. 보랏빛 가슴지느러미를 거대한 새의 날개처럼 펼치고 우현 쪽 티저를 추격했다. 소리도, 텀벙거림도, 물보라도, 급격한 움직임도 없이 113킬로그램짜리 새치의 기다란 보라색 등이 파도의 한쪽을 타고 우리를 향해 미끄러져 오는 게 보였다.

"아델란테전방으로! 아델란테! 마스 마키나속도를 높여요!" E. H.가 조타륜을 잡은 카를로스에게 소리쳤고 엔진은 굉음을 내며 전방으로 전속력을 냈다. E. H.는 자기 미끼를 부리나케 감아 들이며 스페인 말로 명령을 외쳤고, 후안이 티저들을 끌어당기자 새치는 그것들을 뒤쫓아 고물까지 바짝 따라붙었다. 티저들을 배 위로 끌어올리자 새치가 보트를 공격하기 시작했다. 티저들을 배 밑으로 몸을 숨긴 가다랑어로 생각한 것이 분명했다. E. H.가 미끼를 감아 들였다가 놈의 부리 끝이 프로펠러가 일으키는 포말 속에서 고물에 거의 닿을 순간 미끼를 다시 녀석의 주둥이 위에 떨구지 않았다면 새치는 프로펠러를 향해 계속 돌진했을 것이다. 새치는 주둥이와 대가리와 양어깨를 물 밖으로 드러내며 미끼를 비스듬히 날카롭게 물어 뜯으려 했다. 놈의 위쪽에서 생선저장고를 딛고 서 있던 E. H.는 놈이 미끼를 입속 깊숙이 삼키고 턱을 다문 걸 확인하고는 놈이 날뛰며 바늘을 토해낼 겨를도 없이 득달같이 녀석을 낚아챘다. 새치는 폭발적인 고속 회전체에 브레이크가 걸릴 때 나는 찢어지는 금속성 제동음과 함께 릴에서 줄을 뜯어내며 낚싯대를 마부의 채찍처럼 휘어놓고 순식간에 자취를 감추었다. 그리고는 고물에서 3미터도 안 되는 지점에서 솟아올라 물 밖으로 몸뚱이를 완전히 내던져 꼬리의 힘으로 곧추선 채 춤을 추면서 뾰족한 주둥이를 크게 벌려 대가리를 흔들며 바늘을 토해내려고 안간힘을 썼다. 줄무늬가 박힌 놈의 옆구리가 늦은 오후의 햇빛을 받아 은빛으로 반짝였다. 놈은 공중제비를 한 바퀴 돈 후 물보라를 일으키며 텀벙 곤두박질쳤다가 다시 몇 번이고 솟아올라 하얀 물보라를 뿌리며 민첩하게 잇따라 재주를 넘었다. 사진기는 매번 놈의 점프를 놓쳤다. 녀석의 동작에 내 온 몸이 마비되었다. 내 미끼는 여전히 물속에 있었고, 내가 릴을 감고 그라플렉스 카메라를 열 때쯤에는 새치가 릴에 째지는 비명을 남기며 깊이 잠수해 아바나 쪽으로 달아나기 시작했다. E. H.는 낚시의자에 앉아 양발을 야무지게 뱃전에 지탱한 채 줄을 잡아채지 않고 드래그를 가능한 한 팽팽하게 조이면서 놈을 저지하려고 했다.

"하네스대형 어류를 잡을 때 낚싯대에 힘을 효과적으로 전달하기 위해 사람 몸에 매어 사용하는 장비를 갖다줘! 하네스!" 그가 말했다.

"어디 있죠?"

"어디긴 어디야, 사물함에 있지!" 그러고는 카를로스에게 스페인어로 말했다. "돌려요! 돌려요! 코히마르로 몰아요!"

모터보트의 조타륜이 손에 익지 않은 카를로스는 보트를 돌리지 않았다. 그는 놈이 큰 물고기가 으레 줄행랑치는 수심이 700길 되는 만류로 방향을 잡을 거라 생각하고 뱃머리를 바다 쪽으로 고정했다. 그는 왜 E. H.가 육지 쪽으로 기수를 틀라고 하는지 이해할 수 없었다.

"돌려요! 보트를 돌리라고요!" E. H.가 되풀이했다.

카를로스는 여전히 이해할 수 없었고, 이해할 수 없어 명령을 따를 수 없었다. 자기 나름대로 판단한 것이다.

"보트를 돌려요, 아니면 낚싯대를 잡든지, 내가 조타륜을 잡을 테니." E. H.는 영어로 옮기기 힘든 스페인어 욕설을 내뱉으며 말했다.

카를로스는 청새치가 90미터 직후방에서 수면으로 상승해 다섯 차례나 길게 펄쩍 뛰어오르며 코히마르 쪽 해안으로 내닫는 걸 목격하고서야 비로소 감을 잡았다. 보트는 시속 25킬로미터로 놈과 정반대 편을 향하고 있었다. E. H.는 낚싯줄이 느슨하게 떠오르는 것을 보고 이 녀석이 별스럽게 해변을 향해 달리고 있다는 사실을 간파한 것이다. 보트와 고기를 상대로 동시에 싸움을 벌일 수 없는 상황에서 카를로스가 제멋대로 판단하는 통에 그는 460미터 낚싯줄을 거의 다 내주어야 했다.

"돌려! 돌려! 돌려! 놈을 쫓아!" E. H.가 필사적으로 외쳤다. "빌어먹을, 이놈의 의자 좀 잡아줄 사람 없나?"

카를로스는 보트를 선회시킨 후 비스듬한 각도에서 새치를 추격했다. 나는 헤밍웨이의 어깨 위로 하네스를 씌우고 그의 뒤에서 의자가 회전하지 않도록 꽉 붙들었다. 그는 사력을 다했다. 느슨하게 떠오른 줄을 당겨 펠트 천이 감긴 손잡이에 단단히 밀착시켜 줄이 더이상 풀려나가는 것을 막고, 휘어버린 낚싯대를 양손으로 서서히 들어올렸다가 낮추면서 신속하게 릴을 감아, 카를로스가 새치와 반대 방향으로 보트를 모는 바람에 풀려나간 줄을 회수하려고 했다.

처음 도망칠 때 너무 많은 줄이 풀려나갔기 때문에 승산은 어느 모로 보나 고기 쪽에 있었다. 엎친 데 덮친 격으로 바다는 거칠었고 태양은 서녘에 낮게 떠 있었다. 곧 어둠이 내릴 것 같았다. 일몰 직전이라 서늘했는데도 E. H.는 셔츠를 땀으로 흠뻑 적셨고, 내가 모직 스웨터를 갖다주자 그것마저 흠뻑 적셨다. 그의 안경에 김이 서려 화장지로 닦아주었다. 점프가 그치고 놈이 물속 깊은 곳에서 싸움을 벌여 눈에 뜨이는 움직임이라고는 물속을 겨냥한 낚싯줄을 끌어올리느라 애쓰는 보트 위 낚시꾼의 분투밖에 없었다. 나머지 우리한테 그것은 팽팽한 긴장의 시간이었다. 조타륜을 잡고 선 카를로스는 흥분해 제 자신에게 악담을 퍼부었고, 후안은 E. H.가 입을 헹구도록 얼음물을 가져왔고, 나는 그의 뒤에서 의자를 붙들고 있었다. 우리가 할 수 있는 일은 E. H.와 물고기가 결판을 볼 때까지 기다리는 것뿐이었다. 그는 꼬박 한 시간 동안 낚싯대가 부러지지 않고 견딜 수 있는 극한까지 낚싯대를 휘어가며 싸움을 벌였고, 일몰 직후 어두워지기 시작할 무렵 이윽고 릴 꼭대기까지 스풀을 다시 채웠다. 이중으로 꼰 매듭이 물 밖으로 올라오고 녹초가 된 113킬로그램짜리 줄무늬가 선명한 청새치가 수면에 모습을 드러내자 E. H.는 놈을 고물 쪽으로 유도했고, 카를로스는 커다란 갈고리를 든 채 생선저장고 위에 서서 녀석이 사정권 안으로 들어오기를 기다렸다.

"상어다!" E. H.의 고함이 터져 나왔다. "만리허 소총을 가져와!"

커다란 상어 두 마리가 아래서 올라와 청새치 밑을 서서히 선회하며 거리를 좁혀왔고, 기진맥진한 청새치는 도망치려고 몸부림을 쳤다. E. H.는 녀석이 또다시 내빼는 일이 없도록 줄을 팽팽히 당겨 놈을 제압했지만 보트 안으로 끌어올리지는 못했다. 내가 총을 가져와 건네주자 E. H.는 물속에 있는 상어들을 향해 방아쇠를 당겼다. 깊이 있어 맞히지는 못했지만 폭발음에 놈들은 더 깊이 잠수했다. E. H.가 낚싯대를 잡고 녀석을 다시 고물로 유도하기 시작하자 상어들이 두번째로 밑에서 솟아올라 청새치 주변을 맴돌았다. 그 와중에 낚싯줄이 선회하던 상어의 지느러미에 끊겨 느슨해졌고, 새치는 이때를 놓칠 세라 바늘을 입에 문 채 철사 목줄을 매달고 상어들의 추격을 받으며 물밑으로 사라졌다.

E. H.는 욕설을 내뱉고는 조용히 릴을 감았다. 카를로스가 아바나의 불빛을 향해 배를 모는 동안 그는 아래로 내려가 스펀지에 물을 묻혀 몸을

썼고 알코올 마사지를 한 후 마른 옷으로 갈아입었다. 귀항하는 도중 누구도 입을 열지 않았다. 조타륜을 잡은 카를로스는 지시를 따르지 않아 망신살이 뻗쳤고, 나는 점프 장면을 하나도 찍지 못했고, E. H.는 상어 두 마리한테 청새치를 잃었다. 누구도 말할 기분이 아니었다.

나는 물고기 한 마리를 놓고 생긴 그 숱한 욕설과 흥분에 대해 차분히 생각해보았다. 도무지 이해가 되지 않았다. 고기가 줄을 다 끌고 갔다가 줄을 끊고 도망친다고 그게 뭐 대수로운 일인가? 엄청난 재산을 잃은 것도 아닌데! 고깃값으로 치면 15달러도 채 되지 않는다. 보트에 투자한 돈을 생각하면 심심풀이 땅콩 정도의 푼돈이다. 이렇게 불쾌하고 화가 날 거면 무엇 하러 이 짓을 한단 말인가? 재미로? 그 청새치가 누굴 해치지도 않을 텐데. 브롱크 야생마를 타는 것과는 다르다. 그건 위험을 무릅쓰는 일이다. 말잔등에 붙어 있든 내동댕이쳐지든 말한테 지기는 매한가지다.

"물고기와 씨름을 벌이는 도중 내가 자네한테 욕지거리를 하거나 심한 말을 하더라도 절대 기분 상할 것 없네. 아무 뜻 없이 그냥 내뱉는 거니까." E. H.가 다음날 아침 말했다. "스페인어 공부를 해두게. 그래야 내가 카를로스와 후안에게 뭐라고 하는지 알아들을 수 있지. 욕을 해야 할 땐 해줘야 해. 그러지 않으면 자넬 어렵게 여기지 않아."

"전 기분 상하지 않았어요."

"호시에*가 조타륜을 잡고 있었다면 어제 그놈을 낚아올렸을 거야. 보트를 끔찍하게 몰았어. 처음 놈이 도망칠 때 줄이 전부 풀려나가는 바람에 상어들이 냄새를 맡고 따라붙은 거야. 이런 선원들을 데리고 있으면 고기와 씨름하고 보트 조종하는 일을 둘 다 동시에 해야 한다고."

"카를로스가 예전에는 어떤 일을 했죠?"

"미끼를 달고 갈고리를 잡았지."

"호시에란 사람은 배를 잘 몰았나보죠?"

"단연 최고지. 호시에한테는 이 쿠바 친구들을 대하는 식으로 말할 필요가 전혀 없었어. 고기가 다니는 물길을 알고 있을 뿐만 아니라 보트를 어떻게 대야 하는지 빠삭했으니까. 나는 물고기와 씨름만 하면 됐지. 지금은 내가 보트를 몰아야 할 판이야. 이들에게 쌍소리를 엔간히 크게 해주지 않으면 나를 만만하게 여겨."

"왜 올해는 호시에가 따라나서지 않았지요?"

"그럴 여유가 없어서. 키웨스트의 선원들에게 맥주를 팔아 돈을 긁고 있거든. 그 친구가 없어서 일이 이렇게 될 줄 알았지. 카를로스는 실전에서 조타륜을 다뤄본 경험이 없기 때문에 흥분을 주체하지 못하고 지시를 따르지 않은 거야. 올해 우리가 정말 큰 놈을 펜다 해도 놈을 놓칠 건 불을 보듯 훤해."

---

* 여기서 언급되는 '호시에'는 헤밍웨이가 필라호를 구입하기 전 낚시여행을 위해 보트를 임대하곤 하던 키웨스트의 어부 조 러셀을 가리킨다. 조 러셀의 주류 밀수에 얽힌 모험담은 E. H.의 『가진 자와 못 가진 자』에 등장하는 주인공 헨리 모건의 모험담의 일부가 되었다. 이 소설의 첫 부분은 『코즈모폴리턴』지에 「횡단여행」이란 이름으로 발표되었는데, 그걸 처음 읽은 청년 아널드 새뮤얼슨이 이 이야기에 완전히 매료되어 E. H.를 만나보기 위해 키웨스트로 여행을 떠나게 된 것이다.

알폰소
Alphonso

정비사 코호가 자기한테 알폰소라는 사촌이 있는데 나를 만나보고 싶어한다고 했다. 내가 미국인이라 제 영어 실력을 키우고 싶어한다는 것이다. 코호의 말로는 알폰소가 카스티야 스페인어를 쓴다고 했으니 사귀어두는 것이 서로 득이 될 성싶었다.

알폰소는 열아홉 살이었고 체중이 113킬로그램이나 되었다. 작은 입, 작고 까만 눈, 작은 귀, 커다란 둥근 얼굴에 박힌 조막만한 코, 게다가 가는 머리칼을 너무 짧게 쳐 허연 머리가죽이 보일 지경이었다. 어느 날 저녁 그를 모퉁이 카페에서 만났다. 그는 나를 자기가 사는 건물 2층으로 데려가 자기 어머니와 아버지에게 인사시켰다. 어머니는 아들만큼이나 거구였고, 아버지는 도선사였다. 손님을 살갑게 대하는 스페인 가정이었으며 먹성이 대단했다. 알폰소는 늦은 점심으로 빵 900그램을 볼로냐소시지와 코코아를 곁들여 먹은 후에도 저녁을 생각하면 입맛이 당긴다고 했다. 빵 900그램으로는 간에 기별도 가지 않는다고 했다.

"형은 내가 지나치게 많이 먹는다고 하는데, 그건 모르는 소리예요. 속이 거북해본 적이 없거든요." 알폰소가 말했다.

그들은 한낮에 햇볕이 드는 정사각형 뜰이 한가운데 자리한 커다란 아파트 2층에 살았다. 타일이 깔린 그 뜰에서 아이들은 뛰놀았고 아낙네들은 빨래를 했다. 알폰소의 방은 항구가 내다보이는 도로 쪽에 면했다. 그는 인도 위로 돌출한 발코니로 나를 데리고 나갔다. 돛대에 초롱불을 매단 채 정박중인 필라호와 고물에 앉아 시가를 피우는 후안의 모습이 보였다. 알폰소는 학생이었고, 따라서 혁명단원이었다. 그는 내게 콘크리트 벽에 남은 움푹 팬 총탄 자국들을 보여주며 마차도 정권을 타도하는 데 자신이 기여한 몫에 대해 얘기하기 시작했다.

"내가 몇 명을 죽였는지는 나도 몰라요. 아무튼 쏘기는 엄청 쐈어요." 그가 말했다. "난 ABC 쿠바의 혁명 비밀결사 단체 단원입니다. 우리는 아주 드세고 막강하고 탄약도 풍부하고 총도 많아요. 저기 길 건너 보이죠? 저기에 군인들이 쫙 깔려 있었고 기관총이 일곱 정 있었죠. 그렇지 않았겠어요? ABC 단원이 전차 선로에 폭발물을 설치할 거라는 정보를 듣고 모래주머니 뒤에서 대기하고 있었던 겁니다. 혁명 기간이었거든요. 내겐 톰프슨 소총이 있었어요. 아주 좋은 총이죠. 안 그래요? 성능이 끝내줘요. 연발이고요. 지령을 받았습니다. 지붕 꼭대기로 올라갔죠. 담 너머 아래로 군인들이 보였어요. 하지만 그들에겐 내가 보이지 않았죠. 놈들을 향해 탕, 탕, 탕, 여러 발을 쐈고 둘을 맞혔다는 걸 알았어요. 도망치는 놈들을 보니까 한 놈은 절뚝거리고 또 한 놈은 고꾸라졌거든요. 놈들은 늘 그 모양입니다. 누가 쐈다 하면 도망쳐버리죠. 기관총 일곱 정을 내팽개치고 지원을 요청한답시고 걸음아 날 살려라 줄행랑을 쳤어요. 지붕 위에 물 저장 탱크가 있었죠. 난 톰프슨 소총을 물속에 떨구었어요. 계단을 통해 안뜰로 내려올 때는 총소리를 들은 사람들이 모두 등을 돌리고 황급히 방으로 들어가버렸기 때문에 내가 내려오는 걸 아무도 못 봤어요. 난 방으로 돌아와 손을 깨끗이 씻고 자리에 앉아 책 읽는 시늉을 했습니다. 잠시 후, 지붕에서 총격을 가한 자를 잡겠다고 소총을 든 군인들이 떼로 2층에 들이닥치더군요. 나 말고 지붕에 있던 사람도, 내가 지붕에서 내려오는 걸 본 사람도 없었죠. 군인들이 방마다 뒤지고 돌아다니며 나더러 손을 보자고 하더라고요. 손이야 아주 깨끗했죠. 비누로 씻었으니까 화약 흔적이나 냄새가 날 리 만무했죠. 총소리가 났을 때 책을 읽고 있었다고 둘러댔어요. 아파트에 사는 사람들이 워낙 많아서 군인들은 범인을 색출할 수도, 총을 찾아낼 수도, 그렇다고 우리를 전부 교도소로 끌고 갈 수도 없었어요. 그러니 그냥 떠날 수밖에요. 잘됐죠. 안 그래요?"

"총은 어떻게 했지?"

"나중에 10달러 받고 팔아버렸어요. 아무래도 갖고 있는 건 위험해서."

"그때가 몇 살이었지?"

"열일곱 살이요."

"한창 어린 나이인데?"

"그렇지 않아요. 난 ABC의 행동대장이었거든요. 혁명단원들 중엔 나보다 훨씬 어린 동지들이 많습니다. 혁명에 관한 얘기라면 한도 끝도 없지요. 아주 재밌죠. 안 그래요?"

엄청난 비만에다 마음씨 착한 알폰소는 어느 모로 보나 암살자같이 보이지 않았다. 그가 지붕에서 있었던 일을 그렇게 열을 올리며 말한 것은 자기한테 여성스러운 면이 많아 자기가 사내대장부라는 걸 내세우고 싶어서 그런 거라고 나는 생각했다.

"저 보트는 몇 킬로로 달릴 수 있죠?" 필라호를 내려다보며 그가 물었다.

"26킬로 정도."

"모험하기엔 제격인데요. 안 그래요? 미국에서 무기를 많이 실어올 수 있겠어요. 안 그래요?"

"그런 생각은 해본 적 없는데."

"그렇고말고요. 정부 쪽 보트보다 월등하게 빠를 겁니다. 그러면 식은 죽 먹기죠. 저런 보트만 있으면 돈을 쓸어 담을 수 있겠어요."

"상당히 위험한 사업이 아닐까?"

"나한테는 아니죠. 놈들이 날 잡으면 이렇게 말해주면 돼요. '내가 누군지 알아? ABC 단원이야. 날 죽이면 당신도 죽어.' 아니, 사실이 그래요. 우리는 아주 거칠고 아주 막강한 조직입니다. 감히 날 죽이지 못해요. 하지만 난 안 잡힐 거예요. 아바나는 맘에 드나요?"

"아주."

"다음 혁명 때까지 있으면 좋겠어요."

"우리 일행은 이곳에 석 달 동안 머물 거야."

"그럼 많은 걸 보게 될 거예요."

"도심에서 들려오는 폭발음을 보트에서 벌써 몇 차례 들었어."

"그건 아무것도 아녜요. 그저 공산주의자들의 장난이죠. 그자들은 자금이 바닥나 폭탄 살 돈이 없어요. ABC 단원들이 일을 벌였다 하면 정말 볼만할 겁니다."

"ABC의 우두머리는 누구지?"

"아무도 몰라요. 단원들조차도. 극비 조직이거든요. 그래도 막강해요. 그렇고말고요. 우리는 막강해요."

"늘 혁명이 일어나나?"

"거리에는 늘 폭발물이 있죠. 큰 싸움은 없어요. 미국에서 다이너마이트와 소총을 반입하려면 시간이 이만저만 걸리는 게 아닌데다 군인들이 우리 쪽에 동조하도록 구워삶아야 하거든요. 그러다가 때가 되면 치는 겁니다."

"왜?"

"정부 관리들이 가난한 사람들을 착취해 제 배만 불리기 때문에 놈들을 몰아내고 새로운 인물들을 세우고 싶은 겁니다."

"새로운 관리들을 세워놓은 다음엔 왜 가만 놔두지 않는 거지?"

"왜냐하면 그자들도 이내 전임자처럼 가난한 사람들을 착취하기 시작하니까요."

"정직한 관리들은 없나?"

"관직에 들어설 때는 좀 있을 거예요. 그전에는 착취할 기회가 없었으니까. 하지만 권력을 쥐고 나면 너 나 할 것 없이 부패하여 돈만 챙기려 혈안이 됩니다."

"그렇다면 혁명은 해서 뭐해?"

"글쎄요. 우린 미국이 개입해주길 바라죠. 우린 통치는 못해요, 반란은 일으킬 수 있어도."

바로 그때 열을 내며 티격태격하는 세 사람의 목소리가 부엌에서 들려왔다. 나는 가족 간의 말다툼을 엿들어 알폰소를 난처하게 하고 싶지 않았다. 알폰소는 그 말싸움에 끼려고 나를 다른 방으로 데리고 갔다. 엘 코호와 알폰소의 아버지가 한편이 되어 알폰소의 어머니와 언쟁을 벌였는데, 목소리들이 얼마나 크고 격한지 저러다가 말싸움이 주먹싸움이 되겠다 싶었다.

"버스 노선에 관한 거예요." 알폰소가 해명했다. "어머니 말인데요, 어머니는 버스가 어떤 길로 다닌다고 하고 우리는 다른 길로 다닌다고 하는 겁니다. 예전에는 어머니가 말하는 길로 다녔지만 지금은 아니거든요. 노선이 바뀌었어요. 우리가 매일 봐서 아는 건데 도무지 믿으려 들지 않으세요."

"직접 확인해보시면 될 텐데?"

"어머니는 밖에 나가는 걸 두려워해요. 바깥출입 안 하신 지 2년이 됐어요. 뭐라 해도 집 안에서 꼼짝달싹 않으세요. 길거리에서 총질을 해대니 무서운 거죠. 이만저만한 혁명이 아니니까요."

남자들이 대화를 포기하자 알폰소의 어머니는 자신이 말싸움에서 이겼다고 만족스러워하며 다시 조용하고 마음씨 착한 늙은 어머니로 돌아갔다.

"우리 산책이나 갈까?" 내가 알폰소에게 물었다.

"오케이, 자, 갑시다." 그가 대답했다. "가고 싶은 곳이라도 있나요? 아가씨들 구경하러 갈래요?"

알폰소는 짧은 머리를 가리기 위해 모자를 덮어쓰고 앞장을 서더니 한 걸음에 네 계단씩 성큼성큼 딛고 뛰어내려갔다.

"그러다가 목 부러지겠어!"

"한 번밖에 안 넘어졌어요." 거리로 나왔을 때 그가 말했다. "부상이야 많이 입었죠. 오죽했겠어요? 하지만 부러진 데는 없어요."

"그래도 조심해야지."

"아, 다시는 넘어지지 않을 겁니다. 어디 가고 싶어요? 아가씨들 구경 갈까요?"

"프라도 거리로 가지."

"내가 아는 곳이 많아요. 사람들은 날 다 알아봐요. 혁명 때 행동대장이 었으니까. 사창가에 숨어 있던 마차도 군대의 장교 놈들을 잡으러 간 적이 있었죠. 재미가 쏠쏠했어요. 아주 웃겼어요. 내가 혁명단원 동지들과 들이닥쳤죠. 모두 중무장을 하고서. 방을 전부 뒤져야 했어요. 우물쭈물하다간 장교 놈들한테 도주할 기회를 주고 마니까."

"장교들은 찾았나?"

"못 찾았어요. 손님들이 많더군요. 재미가 쏠쏠했어요. 대규모로 영업을 하는 집도 있어요. 안 믿기죠? 아가씨가 100명도 넘어요. 포주들이 엄청 화가 났어요. 우리가 버티고 있으니까 손님들이 나가지도 들어오지도 못한 거죠. 장사를 망치게 된 거예요. 포주들이 내게 '부하들만 빼주면 알아서 모시겠다'고 하더라고요. 하지만 어림도 없는 소리죠. 우린 혁명단원들이니까. 장교 놈들을 쫓는 거지 돈을 쫓는 게 아니었거든요. 방을 전부 수색했어요. 결국 손님들만 찾아냈지만."

"아바나에 그런 가게들이 많아?"

"아주 많아요. 장사가 아주 잘되죠. 그렇잖겠어요?"

"요금은 얼마나 하지?"

"손에 잡히는 대로 주면 돼요. 25센트 이상. 50센트면 맘에 드는 깨끗한 아가씨와 할 수 있어요. 댁은 미국인이니까 곱은 더 달라고 할 겁니다. 무려 25달러나 내는 미국인들도 개중에 있어요. 그들은 아주 좋은 옷, 아주 좋은 아파트, 뭐든 아주 좋은 것만 갖고 있지만, 그래봤자 데리고 노는 건 다 똑같아요."

"창문마다 왜 이렇게 판자를 댄 거지?"

"어떤 놈이 폭탄을 던졌거든요."

우리는 암보스문도스 호텔을 지나 프라도 거리로 향했다. 상가 건물 진열장 유리들이 박살나 합판으로 가려놓은 곳이 많았다.

"그래도 이건 좀 심한데. 지진이 난 줄 알겠어."

"아니에요, 전부 폭탄입니다. 그래서 상인들이 미국의 개입을 원하는 거고요. 혁명단원들에겐 돈이 필요한데 못 내겠다고 하면 그 상인은 폭탄을 받는 거죠."

"경찰은 가만있나?"

"경찰들도 폭탄을 던져요, 그것도 많이. 많은 수는 공산주의자들이죠. 그들에겐 일도 아니에요. 보는 사람이 없을 때 폭탄을 던져놓고 길거리에 총질을 해댑니다. 그러고 나선 본부에 전화를 걸어 큰 차가 지나가며 폭탄을 던졌다고 보고해요. 대응사격은 했지만 번호판을 확인하기도 전에 달아나버렸다고 말입니다. 잘 먹혀들어요. 그렇잖겠어요?"

"그렇겠네."

"밤거리를 걷는 건 진짜 위험해요. 언제 폭탄이 날아올지 모릅니다. 당신이 표적이 아니더라도 상관없어요. 많은 사람들이 한 방에 목숨을 잃습니다. 그런 장면을 여러 번 목격했어요. 난 억세게 운이 좋았던 거죠. 아무래도 오늘밤 총격전이 벌어질 것 같아요. 느낌이 그래요. 거리에 사람들이 별로 없잖아요. 불길한 징조예요. 총소리가 났다고 무턱대고 뛰면 안 돼요. 그건 가장 어리석은 짓입니다. 뛰면 도망치려는 걸로 알고 정조준해 고꾸라뜨려버려요. 총소리가 나도 몸을 숨길 만한 곳을 발견할 때까진 그냥 지금처럼 이렇게 걸어야 해요."

"두려워?"

"내가요? 천만에! 군인들이 날 잡으면 놈들에게 말할 겁니다. '내가 누군지 몰라? ABC 단원이라고.' 그럼 자기들 목숨이 걱정돼 날 놓아주겠죠."

우리는 프라도 거리를 따라 환한 가로등 불빛 아래를 걸었다. 내가 미국인이란 걸 눈치챈 쿠바인 하나가 내 곁에 따라붙더니 예쁘고 실한 열여섯 살 아가씨들이 많은 곳을 안다며 말을 걸어왔다. 나는 그에게, 너무 피곤하다, 기혼이다, 아내한테 헌신적이고 충실한 남편이다, 그걸 할 기분이 아니다, 특히 당신 같은 사람과 어울리고 싶지 않다, 그렇지 않아도 지금 우리가 집사람을 만나려는 참인데 뚜쟁이와 함께 있는 걸 눈에 띄지 않는 게 좋겠다고 말했다. 하지만 아무리 모진 소릴 해도 그자는 떨어지지 않았다. 아바나에서 그런 부류의 인간을 하도 많이 만난 터라, 어지간히 이해할 만한 영어를 구사할 줄 아는 쿠바인이 뚜쟁이 노릇을 하는 것은 당연한 일처럼 보이기 시작했다. 그런 녀석 여럿이 열 구역 넘게 따라온 적도 있었지만 이자는 내 심기를 정말 불편하게 했다. 기분 같아서는 한 방 먹이고 싶었지만 지금 있는 곳이 외국이라 차마 그럴 수는 없었다.

"이 친구 진절머리 나죠?" 알폰소가 말했다.

"진절머리가 딱 맞는 말이야."

알폰소가 스페인 말로 몇 마디 했더니 뚜쟁이가 물러났다.

"무슨 말을 한 거지?"

"거긴 내가 아주 잘 알거든요. 젊은 아가씨들이 없어요. 전부 다 우리 할머니 나이예요. 손님을 취하게 만들고 돈을 후려낸 다음 길바닥에 내버리죠. 위험천만한 곳입니다. 놈들의 꿍꿍이속을 내가 다 알아요."

알폰소는 내게 여러 곳을 구경시켜주었다. 매춘업은 다른 가게들이 문을 닫는 밤중에 문을 여는 장사였다. 우리는 한 구역이나 뻗은 어느 건물 옆을 지나갔는데, 문과 문 사이의 간격이 고작 3미터에 불과했고, 반쯤 열린 문은 안쪽으로 쇠사슬이 걸려 있었으며, 문마다 어슴푸레한 조명 아래 여자가 하나씩 앉아 있었다. 개중에 몇몇은 우리가 지나가자 "이봐요! 놀다 가, 총각" 하고 말을 걸어왔다. 그 구획에는 젊은 아가씨들이 많았고 일부는 외모가 꽤 받쳐준다 싶었는데 알폰소는 모두 싸구려들이라고 했다. 그는 다른 거리에서 영업하는 어떤 멕시코 아가씨를 좋아했다. 우리는 그녀가 있는 곳으로 갔지만 문이 잠겨 있었다. 그래서 다른 집으로 갔다. 거기서 알폰소는 키가 크고 머리색이 짙은 아가씨를 골라 자리를 떴다. 나는 로비에서 그를 기다렸다. 그 로비 출입구에 아가씨 하나가 양다리를 헤프게 벌리고 앉아 거리를 내다보며 인도를 지나가는 사내가 보일 때마다 "이봐요!" 하고 불렀다. 나 말고 대기실에 사내 둘이 더 있었다. 하나는 군인이었고 다른 하나는 잘 차려입은 젊은이였다. 젊은이는 예의 그 아가씨한테서 시선을 떼지 않았다. 잠시 후 그는 그 여자를 데리고 어디론가 사라졌고 문가의 그 자리는 다른 아가씨가 차지했다.

"아가씨를 하나 고르지 그랬어요?" 다시 길로 나서면서 알폰소가 물었다. "아가씨들이 맘에 들지 않던가요?"

"성병에 걸릴까봐서."

"염려 붙들어 매요. 난 여기 단골인데 임질 한 번 걸린 것 말고는 멀쩡하다고요."

"아바나엔 왜 이리 창녀가 많은 거지?"

"장사가 잘되니까. 안 그렇겠어요?"

"아니 왜 아가씨들이 몸을 파냐고?"

"굶주리는 것보다야 나으니까."

"배를 곯지 않기 위해선 어쩔 수 없단 소린가?"

"그래요. 아바나에선 사는 게 아주 팍팍해요."

나는 그가 점심으로 먹는다는 빵 900그램과 볼로냐소시지에 대해 생각했다.

"정말 힘겹겠군." 내가 말했다.

"힘겹죠. 난 그 멕시코 아가씨가 측은해요. 내가 주로 그 아가씨를 찾는 이유죠. 그 여자 말로는 지금도 며칠씩 굶을 때가 있답니다. 난 그 말을 믿어요. 진짜 말랐거든요. 부양하는 딸이 하나 있는데 다른 사람들과 지내고 있어요. 아이는 엄마가 뭘 하는지도 모르죠. 인생이 몹시 고달픈 여잡니다."

우리는 모퉁이를 돌았다. 알폰소는 멕시코 아가씨네 문이 열려 있는 걸 보았다.

"그 아가씨가 저기 있어요." 그가 말했다. "참 아쉽네. 기다릴걸. 돈이 필요할 텐데."

"그 아가씨한테 얼마나 주지?"

"50센트요. 50센트 이상은 절대 못 줘요. 그게 제값이니까."

사이비 낚시꾼
The Phony Fisherman

낚시꾼이라면 알 만한 조짐들이 하나같이 좋았는데도 우리는 열흘 동안 고기 한 마리 구경 못하고 트롤링만 했다. 해류는 해안 가까이로 강하게 흐르고, 바람은 북동쪽에서 불고, 달도 제 모양이고, 때도 1년 중 놈들이 가장 대규모로 이동할 시기였지만, 바다는 분명 빈 것만 같았다. 시장 어부들은, 손낚싯줄로 200길 바닷속에 있는 놈들을 몇 마리 잡기는 했어도 수면을 타고 이동하는 새치는 못 봤다고 했고, 용선 요트의 선장인 리코나 낚시 요트 시보니호의 주인도 녀석들을 목격하지 못하긴 마찬가지였다. 우리는 아침마다 일찍 바다로 나갔지만 쓰레기 더미 속 상어들 말고

202

는 다른 어종은 코빼기도 구경 못한 채 온종일 텅 빈 짙푸른 파도 속에 속절없이 미끼만 드리웠다가 밤이 되면 지치고 낙심하여 돌아왔다. E. H.는 프린시페, 즉 '낚시꾼의 제왕'이란 별명을 가진 사나이가 기념 촬영을 위해 아바나 요트클럽으로 새치 한 마리를 또 싣고 왔다는 소식을 들었다. 부유한 미국인 담배 제조업자의 아들인 프린시페는 어느 모로 보나 새치 낚시꾼이 아니었다. 약골인데다 비만이었으며, 창녀촌에서 아가씨에게 손찌검을 했다가 다른 손님이 간섭하려 들자 바닥에 널브러져 "때리지 마세요. 전 불구자예요"라고 말했다는 위인이었다. 아침마다 우리는 항구에서 제 모터보트의 속력을 과시하는 프린시페를 보곤 했다. 그 보트의 고물은 그의 낚시의자보다 훨씬 높게 건조되어 만일 고기가 보트 가까이 깊은 곳에서 싸움을 벌였다면 낚싯대를 부러뜨렸을 것이다. 그런데도 그는 이른 오전에 항상 큼지막한 새치를 싣고 돌아왔다. 막상 온종일 바다에 나가 있던 우리는 아무것도 보지 못했다. 프린시페는 밤이면 비싼 카페에서 술을 마시며 고기 잡는 건 자기한테 일도 아니라고 떠벌리는 걸 낙으로 삼았다. E. H.에게 계속 운이 따라주지 않는다는 소리에 그는 놀라움을 표시했다.

"어떤 사이즈의 장비를 씁니까?" 어느 날 저녁 E. H.가 그에게 물었다.

"낚싯대는 510그램짜리. 줄은 16합사를 써요."

"그건 쓰라고 해도 못 써요. 난 36합사를 씁니다."

"얼마 전까지는 24합사를 썼죠."

"그것도 나 같으면 안 씁니다." E. H.가 말했다. "그런 수심에선 어림도 없어요."

"그보다 가벼운 장비로는 다소 무리이긴 합니다." 프린시페가 말했다. "그래도 내 운은 평균을 웃돌았어요. 아바나 요트클럽에 가면 지난 2주 동안 내가 열다섯 마리를 잡아왔고 90킬로그램이 안 되는 놈은 하나도 없었다고 얘기해줄 겁니다. 그중 하나는 145킬로그램이었어요. 여기 사진들이 있습니다."

"아주 대단하군요." E. H.가 말했다. "우린 구경도 못했는데."

다음날 아침 만류로 나가는 길에 우리는 159킬로그램짜리 새치를 뱃머리에 가로로 얹고 어느새 귀항하는 프린시페를 만났다.

"이놈 어때요?" 두 보트가 서로 정면으로 접근하다 스치듯 비켜가는 순간 그가 고함쳤다.

"근사한데! 어디서 샀소?" E. H.가 맞고함을 쳤다.

프린시페는 입을 다물지 못하고 당황한 표정을 지으며 아무런 대꾸도 하지 않았다. 그의 보트는 우리 배가 뒤에 남긴 항적을 타고 아바나를 향해 멀어져갔다. 그는 아름다운 여자들에게 둘러싸인 채 낚시의자에 앉아 릴을 고정한 무거운 하네스를 걸치고 낚싯대를 붙들고 있었다. 깨끗한 흰색 셔츠 차림이었고, 햇볕을 차단한답시고 얼굴에 하얀 파우더를 덮어쓰고 있었다. 처음에는 어디서 샀냐는 E. H.의 질문에 얼굴이 하얗게 질린 줄 알았다.

"그냥 해본 소리였어." E. H.가 말했다. "내막은 잘 모르겠지만 돌아가는 꼴이 꼭 사기 같단 말씀이야. 이런 태양 아래서 놈을 낚았다면 파우더가 땀에 씻겨나가고 흰 셔츠가 짜내야 할 정도로 젖었어야 하거든. 저 후끈후끈한 가죽 하네스를 꼭 필요할 때 말고 걸고 있을 낚시꾼은 없지. 그가 부리는 선원들이 고기를 끌어올렸다면 녀석을 갑판 위에 남겨두었을 거야. 무슨 힘이 남아돌아 놈을 들어 뱃머리에 가로누이겠어. 이런 뻔뻔한 사기극은 처음이야."

카를로스는 증거도 없이 스포츠 낚시꾼더러 고기를 샀다고 비난하는 것은 심한 일이라고 했다.

"좋아, 그렇다면 증거를 찾아보지. 못 찾으면 사과를 해야겠지만 장담컨 대 내가 사과할 일은 없을 거야. 이건 분명 조사해봐야 할 문제야. 지금은 잔챙이를 사고 있지만 돈 많은 자식이니까 큰 게 잡히면 큰 놈들을 사오 겠지. 켕기는 게 있으니까 릴낚시로 잡은 걸로는 세계 신기록감이라고 주 장하지 못하는 게 아니겠어?"

사기극의 전모가 밝혀져야 했다.

시장 어부들은 바다가 잔잔한 날이면 이른 아침 동트기 전 아바나를 떠나 노를 저어 만류로 나가곤 했는데, 해류를 타고 떠다니다 바람이 불 어 어부들의 작은 보트가 감당하기 벅찰 정도로 바다가 거칠어지면 뱃머 리에 돛을 올리고 해변 가까이 흐르는 역류를 타고 귀항했다. 시장 어부 들 중 가장 연장자인 카를로스가 그들의 우두머리였다. E. H.가 카를로 스를 만난 것은 그가 키웨스트 부근 드라이토르투가스 연안에서 소형 쿠 바 어선의 선장 노릇을 하던 어느 겨울이었다. 카를로스는 그에게 청새치 에 대해 말해주었고, E. H.는 이듬해 여름 카를로스를 안내인으로 대동하 고 쿠바 바다에서 릴낚싯대로 새치를 잡는 최초의 스포츠 낚시꾼이 되었 다. 처음에는 코웃음을 치며 그렇게 가벼운 장비로는 어림도 없다고 생각 한 어부들은 자기들이 열 마리 죽인 걸 만족할 때 E. H.가 한 철에 무려 예 순 마리를 낚아올리자 깜짝 놀랐다. 그들에게 E. H.는 경쟁 상대가 아니었 다. 어부들은 깊은 물속에서 배를 채우는 새치한테만 관심이 있을 뿐이었 다. 잡은 상어를 자기들한테 주었기 때문에 어부들은 E. H.를 좋아했다. E. H.는 근처에 작은 배가 떠 있으면 언제나 고함이 닿을 만한 거리까지 달려가 낚시 정보를 교환했다.

그날 아침 우리는 만류에 나와 있는 그 시장 어부들을 보았다. 배마다 두 명씩 타고 있었고, 해안에서 5킬로미터 떨어진 지점에서 파도 마루를 타고 퉁겨져 올랐다가 파도 골로 떨어져 시야에서 사라지기를 반복했다. 노를 붙든 사람은 보트의 방향을 바다 쪽으로 유지하고, 동료는 뱃머리에서 손낚싯줄을 잡고 있었다. E. H.는 필라호를 전속력으로 몰아 작은 배들을 일일이 찾아다니며 어부들에게 그날 아침 새치와 싸움을 벌이는 모터보트를 본 적 있냐고 물었다. 그들은 모터보트가 지나가면서 혹시 고기가 있냐고 묻기는 했어도 실제로 고기와 실랑이를 벌이는 광경은 보지 못했다고 했다. 죽임을 당한 새치가 딱 한 마리 있었는데 그건 코히마르 어부가 해치운 것이었고, 그는 돛을 올리고 돌아갔다고 했다. E. H.는 엔진 두 대에 전부 시동을 걸고 코히마르로 향했다. 거기서 그는 159킬로그램짜리 새치를 프린시페에게 22달러에 팔아넘겼다고 털어놓은 시장 어부 둘을 찾아내 그들의 사진을 찍었다.

한편, 프린시페는 아바나 요트클럽으로 돌아와 예의 그 새치를 매달아 놓고 경탄해 마지않는 청중들 앞에서 고기와 더불어 수차례 기념 촬영을 했다. 나중에 그의 숭배자들은 밤새 그에게 쉴새없이 전화를 걸어 새치 값으로 솔직히 얼마를 줬느냐고 물었다. 이 일이 있은 후 우리는 프린시페의 보트가 바다에 나와 있는 걸 보지 못했다. 그의 친인척들은 헤밍웨이가 이 사건을 『에스콰이어』 기고용으로 써먹지 않을까 염려했다. 하지만 E. H.가 말했다. "그걸 왜 한낱 잡지 기사에 허비하겠나? 언젠가 소설에 써먹으면 모를까."

"뭐라고요! 나이가 스물둘인데 폭탄 하나 만들 줄 모른다고요?" 어느 날 저녁 알폰소가 내게 말했다. "미합중국에선 도대체 뭘 가르치는 거죠?"

"거기선 폭탄을 많이 쓰지 않아." 내가 대답했다.

"진짜 아주 쉽고, 아주 간단해요. 여기 사람들은 모두 폭탄 제조법을 알아요. 내가 가르쳐줄게요."

"고맙긴 한데, 딱히 써먹을 데가 없을 것 같아."

"혹시 모르죠." 그가 말했다. "미국에 돌아가면 아주 유용할 수 있어요. 정말 쉬워요. 파이프 하나와 다이너마이트 한 개만 있으면 모든 준비 끝. 뭐든 날려버릴 수 있어요."

"그걸 갖고 뭘 날려버리지?"

"뭐든 거슬리는 거."

"뭘 날려봤지?"

"한번은 마차도 군대의 장군 한 놈을 날려버렸죠."

알폰소의 어머니는 핫초콜릿을 끓이고 얇게 썬 바나나를 달걀 여섯 개를 푼 물에 섞어 소금과 후추로 간을 한 후 올리브유에 튀겨 토르티야를 만들고 있었다. 식탁 위에는 길이 90센티미터, 너비 8센티미터짜리 쿠바식 빵 세 덩어리 외에 병아리콩 한 냄비와 새치 고기가 큰 쟁반으로 하나 가득 담겨 있었다. 알폰소는 번화가 산책에서 돌아온 해질녘에 늦은 점심 먹기를 즐겼다. 그 집 사람들은 걸핏하면 식사를 했기 때문에 음식물이 식탁에서 깨끗이 치워질 날이 없었다.

"난 ABC 단원입니다." 알폰소가 말했다. "아주 막강한 조직이죠. 지시를 거역하면 바로 죽음입니다. 자기 집에 폭탄을 던지라고 해도 해야 해요. 그러지 않았다간 총을 맞아요. 그래서 우리가 막강한 겁니다. 안 그렇겠어요?

그 장군이 졸개들을 시켜 우리 ABC 단원 하나를 쐈어요. 이튿날 우리는 그자가 공장에 부츠 한 켤레를 주문했다는 사실을 알아냈어요. 그래서 뚜껑이 열리면 배선이 맞닿도록 회중전등 배터리를 부착한 폭탄 상자를 만들었습니다. 공장에서 배달 나온 심부름꾼을 만나 내가 물었죠. '장군님한테 가는 부츠가 있습니까?' 그가 '있는데요' 하더군요. '아주 잘됐습니다' 하고 내가 말했죠. '장군님이 보내서 왔습니다. 얼마입니까?' 난 30달러를 주고 물건을 인수한 다음 폭탄 상자를 들고 호텔로 가서 직원한테 '여기 장군님 부츠를 가져왔습니다' 하고 건네주었죠. 벨보이가 상자를 들고 장군의 방으로 올라간 지 몇 분 후, 꽝! 하는 굉음과 함께 건물 전체가 휘청거렸지요. 사람들이 가보니 장군이 산산조각 나 천장에 너저분하게 들러붙어 있었답니다. 아주 잘했죠. 안 그래요?"

"어머니께서 우리가 하는 말을 알아들으셔?"

"아니요. 어머니는 영어를 몰라요."

"그래서 어떻게 됐지?"

"ABC가 참 분주하게 됐죠. 아바나 사람들은 다 아는 얘깁니다. 우린 마차도가 죽은 장군을 위해 장례를 군장으로 성대하게 치를 거라는 걸 알아냈어요. 거물들이 다 모일 거라서 한꺼번에 쓸어버릴 수 있는 기회였어요. 밤이 아주 바빠졌죠. 장군을 위해 파놓은 공동묘지 무덤 가까이에 굴을 뚫어 다이너마이트 수백 킬로그램을 잔뜩 채워넣고 장례식 시간에 터지도록 시간을 맞춰놓았습니다. 문제는 그 지역에 공동묘지 두 곳이 인접해 있었다는 겁니다. 마지막 순간에 마차도가 장군을 다른 편 공동묘지에 묻기로 결정했거든요. 일이 전부 수포로 돌아가버린 거죠. 마차도와 그의

미네소타 대학에서 언론학을 전공한 아널드 새뮤얼슨의 4학년 때 모습. 아래는 필라호 갑판에서 헤밍웨이와 함께 찍은 사진.

"조타륜을 잡은 E. H.는 행복했다. 아름답고 쾌청한 날에 자기가 애호하는 스포츠를 위해 자기 소유 보트의 조타륜을 잡고 세계 최고의 어장으로 나가고 있었기 때문이다. 그의 구미에 맞게 제작된 보트는……"

"후안이 차린 음식은 호평을 받았다. 폴린이 잡은 청새치를 각기 다른 방법으로 조리한 다섯 가지 요리를 내놓았는데 각각의 맛이 일품이었다."

"내게 가장 인상 깊었던 것은 헤밍웨이의 믿기지 않는 시력이었다. 이따금씩 그는 고기가 미끼를 무는 걸 보고 낚싯대를 잡고 있는 사람이 알기도 전에 그게 뭔지 알려주었다. 혹은 전방을 주시하다가 고기가 바늘을 덥석 물고 물속 깊이 내려가면 놈이 당기는 힘만으로도 어종과 크기를 분간할 수 있었다."

아바나 항구에서 바다로 출항하는 필라호.

"가토르노는 기분이 좋았다 하면 노래를 부르면서 주먹으로 생선저장고를 두드려 박자를 맞추지 않고는 못 배겼다. 누구도 그런 그를 막을 재간이 없었다. E. H.는 가토르노가 그와 친분이 두터운 사람 중에 가장 젊다고 했다."

"E. H.가 누구를 보고 그렇게 기뻐하는 걸 본 적이 없었다." 밤색 정장에 검정 베레모를 비껴 쓴, "혈색 좋은 유대인 얼굴에 몸가짐이 공격적인 이 투우사가 그가 그토록 숭배해마지않는 사람인 듯했다."

"릴리안 가토르노는 영화계에 진출하는 게 호락호락한 일이 아닐 수 있다는 생각을 해본 적이 없었다. 그녀는 자신이 영화배우가 되는 길에 놓인 유일한 장애물은 할리우드까지 가는 기찻삯일 뿐, 일단 그곳에 도착만 하면 나머지는 식은 죽 먹기라고 생각했다."

"그들은 흥겨운 스페인 노래를 부르기 시작했다. 아직 술을 입에 댄 사람이 아무도 없었지만 모두 만사 내팽개친 주정꾼마냥 신나게 노래를 불러댔고, E. H.도 농염한 베이스로 한몫 거들었다."

"뱃머리에서 작살을 든 E. H.는 한껏 고무되었다. 우리는 해류를 거슬러 천천히 움직이며……그는 풍문을 들어 부상 입은 고래가 필라호를 들이받아 바다로 내동댕이치면 어떤 위험이 초래될지……알고 있었다. 허리케인 밧줄과 거기에 매달아놓은 구명환들이 전부 끌려나간다면, 그건 녀석이 매일같이 상어떼가 쓰레기를 뒤져 먹는 잔잔한 해역을 가로질러 해안 쪽으로 5킬로미터를 헤엄쳐 갈 것임을 뜻했다……"

"몇 년 후 그날의 쇠돌고래들은 『노인과 바다』에 나오는 어부의 꿈속에 등장했다. "노인은 사자 꿈을 꾸지 않았다. 그 대신 십오륙 킬로미터나 길게 뻗어있는 엄청난 쇠돌고래떼의 꿈을 꾸었다. 짝짓기 때였고 쇠돌고래들은 공중으로 높이 뛰어올랐다가는 뛰어오를 때 수면에 생긴 바로 그 구멍 속으로 도로 떨어지곤 했다.""

어니스트 헤밍웨이, 로페스 멘데스, 카를로스, 아널드가 카바냐스 요새에서 무게를 재려고 달아맨 113킬로그램짜리 은새치와 함께 있는 모습. 위는 근접 촬영, 아래는 멀리서 찍은 장면.

아널드, 카를로스, 폴린, 후안, 캐드월러더, E. H.가 147킬로그램짜리 청새치의 머리와 주둥이를 보이고 있다.

"전에 쓰던 고리버들 의자들은……갑판 위에서 이리저리 미끄러지고 거친 파도에 이따금 뒤집히기도 했다. 내가 옛 의자를 날뛰는 브롱크 야생마에 비유하자 E. H.가 말했다. '내가 와이오밍에 있었을 때 사람들이 직업이 뭐냐고 묻길래 작가(writer)라고 했지. 그랬더니 그 말을 카우보이(rider)라고 알아듣더라고. 말은 아예 탈 줄도 모르는데.'"

거물급 고급장교들이 무덤가에 서서 병사들이 장군의 관 위로 예총을 발사하길 기다리다가 난데없이 폭발음과 함께 저쪽 공동묘지에서 비석들이 공중으로 날아오르는 걸 본 겁니다. 놈들이 마음만 고쳐먹지 않았던들 마차도 정권을 한 방에 청소해버릴 수 있었을 텐데.

핫초콜릿이 준비됐어요. 우리 먹죠. 이 토르티야는 당신이 들어요. 내 몫은 어머니가 또 만들어주실 겁니다. 병아리콩 좀 먹어봐요. 고기도 좀 드시고요. 빵도 좀더 들어요. 먹은 게 없네. 더 먹어요. 푸짐하게. 먹어요!"

카바냐스에 들어 서다
Coming in at Cabañas

⌒

폴린이 다시 오자 우리는 얼음과 맥주와 먹거리 들을 잔뜩 싣고 아침 일찍 항구를 떠나 아바나 해변 가까이 흐르는 해류를 거슬러 쿠바 해안 위쪽으로 유람에 나섰다. 아침이면 평상시 경로를 따라 만류에서 낚시를 하다 밤이면 귀환하는 여느 날과는 달리 배 위에는 휴일 같은 들뜬 분위기가 감돌았다. 그날 우리는 새로운 어장, 내가 이제껏 본 적 없는 곳으로 가고 있었고, 그날 밤은 돌아오지 않을 예정이었다. 엔진 두 대가 윙윙거리는 가운데 보트는 잔잔한 바다 위로 날렵하게 움직이고, 축음기는 유행가 음반을 돌리고, 티저는 음악에 맞춰 물위에서 우아하게 춤을 추었다. 폴린과 로페스와 나는 낚싯대를 잡고 있었다. E. H.가 조타륜을 잡았는데 거기에 있으면 변화하는 풍경이 한결 눈에 잘 들어왔다. 우리는 아바나의 큰 건물들을 지나 외딴 바닷가를 따라 늘어선 오두막에 다다랐고, 몇 분 후에는 겉으로 봐서는 사람이 거주할 것 같지 않은, 그의 말에 따르면 아프리카 해안을 그대로 빼다박은, 관목으로 뒤덮인 푸른 해안에 당도했다. 그는 아프리카 해안으로 돌아가고 싶어했다. 글쟁이 노릇을 때려치운다 해도 그는 거기서 안내인 노릇을 하며 생계를 꾸려갈 수 있을 것이다. 이 보트를 아프리카 해안에 띄운다면 사람들을 황새치 낚시에 태워다주기만 해도 짭짤한 수입을 올릴 것이다. 글쓰기에 비하면 거저먹기다.

해안선을 따라 올라가니 하얀 모래사장 뒤로 고르게 펼쳐진 녹음이 높이를 더해갔고, 정오 무렵에는 대왕야자수 몇 그루를 시작으로 언덕 위로 관목의 수는 차츰 줄고 야자수의 수가 늘어났다. 우리는 돛새치 한 마리가 여덟 차례나 뛰어올라 대빨판이를 떨쳐내려 몸부림치는 장면을 목격했다. 작은 새치 한 마리가 잠깐 미끼를 따라오더니 입질 한 번 없이 아래로 내려가버렸다. 배고픈 게 아니라 장난삼아 그런 거라고 E. H.가 말했다. 로페스가 2킬로그램짜리 참치를 한 마리 잡았다. 후안은 점심으로 그걸 튀겨 아보카도, 바닷가재 샐러드, 스파게티, 얇게 썬 파인애플, 카스티야 포도주와 함께 내놓았다. 식사 도중 로페스 멘데스가, 자기 아내와 아내를 데리고 도망친 그의 친구 안토니오에 대해 말을 꺼냈다.

"세상에 하고많은 여자들 가운데 왜 하필 그 여자냔 말이야." 그가 말했다. "놈이 달아나지 않았다면 아마 내 손으로 죽여버렸을 거야. 그리고 2년 동안 감옥살이를 했겠지. 그 이상일 수도 있고."

"그런 개자식은 뒈져 마땅해." E. H.가 말했다.

"그래봤자 나만 골치가 아프지."

"내가 놈을 대신 죽여주겠어." E. H.가 호의를 베풀 듯 제안했다. "죄책감 느낄 일이 아니야. 난 사람을 많이 죽여봤어. 그런 놈쯤은 식은 죽 먹기지. 놈은 날 두려워하지 않으니까 놈을 보트로 유인해낼 수만 있다면 놈이 배 밖으로 실족한 게 아니라고 누가 무슨 수로 입증하겠어? 하지만 지금 이 선원들로는 안 돼. 호시에가 있어야 해. 그 친구는 입을 함부로 놀리지 않으니까."

"하지만 안토니오는 지금 멕시코에 있다고."

"돌아올 수도 있지."

"부인이 그자의 뭘 보고 그랬는지 모르겠어요." 폴린이 말했다.

"모르긴 해도 조만간 그 녀석이 지겨워질 겁니다." 로페스가 대답했다. "6개월이 지나면 아마 돌아오고 싶어질 거예요."

"돌아오면 받아주실 건가요?"

"어림없는 소리. 이혼할 겁니다. 난 꼭 미국 아가씨와 결혼하고 싶어요. 진저 로저스가 참 맘에 듭니다."

오후 일찌감치 구름이 하늘을 가렸다. 먹구름을 꿰뚫은 우중충한 빛 속에서 카바냐스 항구의 초입을 알리는 탁 트인 땅덩이가 보였다. 우리는 멕시코 만의 푸른 물이 가득한 굽은 수로를 타고 항구로 들어서기 시작했다. 수로가 폭을 넓히더니 커다란 진흙탕 호수로 변했다. 가장자리 얕은 물가와 섬에는 맹그로브 나무가 서식했다. 호수는 대왕야자수로 뒤덮인 전방의 둥근 산 발치까지 뻗어 있었다. 아바나 부근에서 본 그 어떤 풍경과도 달랐다. 우리는 열대의 정취를 느끼기 위해 앞으로 나아갔다. 푸른 맹그로브 나무로 빽빽이 들어찬 들쭉날쭉한 해안선, 관목들, 산비탈에 박힌 채 회색 하늘을 배경으로 비스듬히 선 야자나무 숲, 맹그로브 나무의 싱그러운 냄새, 너무나 매끈하여 그 무엇도 닿아본 적 없을 거라는 생각이 드는 미동조차 없는 물은 열대의 정취를 더욱 물씬 느끼게 했다. 보트는 부드럽게 앞으로 미끄러졌다. 프로펠러의 힘찬 고동과 그것이 파쇄하는 물결과 느긋하게 움직이는 큰 엔진의 진동과 소음을 몸으로 느끼고 귀로 들을 수 있었다. 우리는 뱃머리에 앉아 거의 아무 말 없이 열대지방을 보고 듣고 맡고 감각했다.

우리는 5, 6킬로미터쯤 호수를 가로질러 산기슭에 있는 카바냐스의 조그만 마을에 도착해 보트를 낮은 잔교에 묶었다. 맨발의 사내들과 벌거벗은 아이들이 보트를 구경하러 벌써부터 모여 있었다. 물으로 오른 우리는 언덕 위로 난 오솔길을 따라가다 야자수 잎으로 지은 초막을 지나쳤다. 문과 창문은 죄다 열려 있었고 안에는 가구 비슷한 어떤 물건도 눈에 띄지 않았다. 우리는 언덕 꼭대기에 있는, 창문마다 쇠창살이 쳐진 낡은 콘크리트 건물 앞에서 걸음을 멈췄다. 촌락 대표의 집이었다. E. H.는 보트 관련 서류를 내밀었다. 촌락 대표의 아들은 시장 어부였는데, 잡아 죽이기 전 자신의 조그만 배를 바다 멀리 2킬로미터나 끌고 나갔다는 363킬로그램짜리 새치의 부리를 E. H.에게 선물로 주었다. E. H.는 그 청년을 배로 초대했다. 우리는 그를 조타륜 옆에 태우고 흡사 흐름이 멈춰버린 강 같은 구불구불한 수로를 따라 맹그로브 습지 안으로 구경을 나섰다. 수로 양옆 얕은 물에는 비집고 들어갈 틈 없이 촘촘히 자란 높다랗고 푸른 맹그로브 나무들이 여러 갈래 뿌리에 굴들을 다닥다닥 매단 채 둑을 이루고 있었다. 축 늘어진 가지를 피하기 위해 우리는 수차례 몸을 숙여야 했고, 수로가 굽는 지점에서는 보트가 관목을 스치며 지나갔다. 수로는 뛰어오르는 작은 물고기, 악어, 다양한 종의 여러 새 들로 생동감이 넘쳤다. 수로는 늪 한가운데에 있는 탁 트인 석호로 이어졌다. 일단 그곳에 들어서니 꼭 수로처럼 보이는 막다른 통로가 하도 많아 만약 안내자가 없었다면 빠져나오는 길을 찾지 못했을 것이다. 하나같이 똑같아 보였다.

해가 뉘엿뉘엿 지고 구름이 걷힐 무렵 우리는 뱃머리를 다시 카바냐스로 돌렸다. 카를로스가 젊은 어부를 뭍에 내려놓고 필라호를 석호 방향으로 몰다가 그만 보트를 모래톱 위에 얹혀놓고 말았다. 보트를 뒤로 밀어내기 위해 너 나 할 것 없이 어둠 속에서 뱃전 너머로 뛰어내려 허리까지 차는 따뜻한 물속에 선 채로 보트 옆구리에 매달려 안간힘을 썼다. 보트가 그렇게 커 보인 적이 없었다. 그동안 E. H.는 프로펠러를 역회전시켰다. 보트는 마침내 모래톱에서 헤어났고, 우리는 모기가 없는 석호 한가운데로 달려가 거기서 하룻밤을 지내려고 닻을 내렸다.

저녁식사 후 조타실에 모여 앉아 코냑을 마시며 축음기에 귀를 기울이고 있는데, 거룻배 한 척이 뱃머리에 초롱을 달고 해변에서 출발하는 게 보였다. 초롱불빛이 어둠을 뚫고 다가오는 걸 지켜보고 있자니 뱃머리에서 노를 젓는 원주민과 가슴께에서 소총을 가로질러 든 군인 둘이 앉아 있는 걸 분간할 수 있었다. 군인들이 소총을 들고 보트에 올랐다. 하나는 중국인의 눈을 가졌고, 그보다 키 큰 다른 하나는 납작한 코에 입술이 두툼했다. 군인들은 우리가 버려진 요새라고 생각한 항구 초입의 옛 요새에 주둔하며 혁명 세력을 위해 무기를 밀반입하는 선박을 감시하고 있다고 했다. E. H.는 그들에게 선박 서류를 보여주었는데 글을 못 읽는 눈치였다. E. H.는 선박 수색도 좋지만 일단 술을 한잔해야 하지 않겠냐고 말했다. 그는 군인들에게 프랑스 코냑을 각각 한 잔씩 건네주었고, 그들이 그걸 단숨에 들이켜자 다시 카스티야 포도주와 위스키 칵테일을 연거푸 따라주었다. 군인들은 화기애애한 분위기에 빠져 뭘 캐묻거나 보트를 수색하고 싶은 기분이 아니었다. 그들은 굳이 서둘러 쓸쓸한 초소로 돌아가려 하지 않았다. 그곳에서는 1주일에 한 번 원주민을 보는 게 고작이었고 외지인은 1년에 한 번 볼까 말까였다. 그들은 생선저장고에 앉아 E. H.가 들려주는 아프리카 이야기를 듣는 편이 더 좋았다. E. H.는 두 시간 동안 그들을 즐겁게 해주었고, 그들이 마지못해 보트로 발걸음을 돌리고 사공이 뭍으로 노를 저을 즈음에는 군인들을 완전히 구워삶아놓은 상태였다. 그들이 다시 배를 찾을 수는 있겠지만 배를 수색하는 일은 절대 없을 것이다. E. H.가 다량의 다이너마이트를 밀반입하려면 카바냐스 항구를 통하는 게 안전한 방법이었을 것이다.

로페스는 조종실 밖 지붕 위에서 잤고 일행 중 제일 먼저 일어났다. 카를로스가 지붕 위에 맺힌 이슬을 훔치고 후안이 커피를 내리는 동안 로페스는 뱃전 너머로 손낚싯줄을 드리워 보트 밑에서 정어리 미끼를 염탐하러 꾸역꾸역 모여든 고기떼 속에서 전갱이 열세 마리를 낚았다. 언덕과 석호 위로 햇살이 비치는 화창한 아침이었다. 우리는 물로 뛰어들어 한바탕 헤엄을 치고 싶었지만 보트에서 멀지 않은 곳에서 상어 등지느러미가 천천히 움직이는 걸 보고는 단념했다. 아침을 먹은 후 우리는 닻을 끌어올리고 밝은 아침 햇살을 받으며 바다를 향해 나아갔다. 투명한 멕시코만의 물이 멀리 수로까지 들어와 우리는 고기들이 물속 깊이, 바닥에 서식하는 거무스름한 해양 식물 군락을 헤엄쳐 지나가는 걸 볼 수 있었다. 그 군락들은 우리가 수심이 깊은 쪽으로 이동함에 따라 점점 어둠을 보태며 흐릿해지더니 마침내 보랏빛 속으로 자취를 감추었다. 카를로스는 해류의 힘을 십분 활용하기 위해 보트를 바다 쪽으로 충분히 뺀 후 아바나를 향해 직선 항로를 설정했다. 로페스는 4킬로그램짜리 개상어 한 마리, 폴린은 꼬치삼치 한 마리, 나는 바라쿠다 한 마리를 잡았다. 우리는 새치는 구경도 못한 채 오후 일찍 아바나 항구로 귀항해 뭍에 올랐다.

헤밍웨이가 다시 배에 올랐을 때 겉봉에 내 필체가 선명한 원고 봉투를 손에 들고 있었다. 『들판과 시내』지에서 반송되어온 것이었다.

"빌어먹을, 이까짓 일로 낙담할 것 없네." E. H.가 말했다. "흔히 있는 일이지. 원고가 반송되는 건 대수로운 일이 아니야. 잡지사들이 몇 달 치 분량의 글을 미리 사두기도 하니까 사고 싶어도 못 사는 경우가 있다네. 그것 말고도 다른 여러 가지 요인들이 있기 때문에 보낸 원고가 채택되지 않는다고 해서 꼭 글쓴이가 형편없다는 뜻은 아니라네. 투우에 관한 기사 몇 편을 알 만한 잡지사란 잡지사에 다 보낸 적이 있었는데 하나같이 되돌아온 적이 있었지. 그러던 자들이 이제 와서는 원고료를 섭섭하지 않게 지불할 테니 그 원고들을 보내달라고 안달이라네. 그러니 기죽을 거 없어. 나중에 더 좋은 걸 건질 수 있을 걸세. 제대로 된 쓸거리는 나타나지도 않았어. 고기다운 고기를 아직 만난 적도 없잖나. 올해는 저 북부지방의 흉년만큼이나 낚시하기엔 불운한 해야. 놈들이 이동을 시작할 때가 됐는데 소식이 없어. 난 우리가 사상 최고의 청새치를 낚을 거라는 희망을 품고 있네. 그 희망이 이루어지는 날엔 잡지사들이 사지 않고는 못 배길 걸 건질 수 있을 걸세."

범비와 이야기꾼

Bumby and the Storyteller

우리는 E. H.가 그의 친구인 위대한 투우사 시드니 프랭클린에 대해 얘기하는 걸 귀에 못이 박히도록 들었고 아주 오랫동안 그를 기다려왔기 때문에 거의 목이 빠질 지경이었다. 8월 초하루, 그가 오기로 한 날, 우리는 아바나로 들어오는 쿠바호를 마중 나가 그 큰 배 옆에 보트를 갖다 댔다. E. H.는 난간에 쪽 늘어선 승객들 속에서 시드니를 찾다가 밤색 정장 차림에 검정 베레모를 비껴 쓴 사내를 보자 두 손을 입에 대고 소리쳤다. "잘 있었나, 시드!"

"잘 있었나, 어니스트!" 사내가 맞고함을 쳤다.

"어선 부두에 정박해 있겠네."

"어선 부두!" 시드니가 고개를 끄덕이며 알아들었다는 시늉을 했다.

우리가 닻을 내리기가 무섭게 시드니가 소형 모터보트를 타고 와 배에 올랐다. 그는 자신감이 넘쳐흘렀고 E. H.와 정열적으로 악수를 했다. E. H.가 누구를 보고 그렇게 기뻐하는 걸 본 적이 없었다. 혈색 좋은 유대인 얼굴에 몸가짐이 공격적인 이 투우사가 그가 그토록 숭배해마지않는 사람인 듯했다. 나는 그런 숭배를 이해할 수 없었다. 시드니가 황소 앞에 선 모습을 한 번도 못 봤기 때문이다. E. H.는 스페인 전역을 순회하며 싸움을 벌이는 그와 동행하며 투우 경기를 관람했다. 시드니가 한창 잘나갈 때였다. 그는 마지막 경기에서 황소가 시드니를 찍어 올려 양 뿔에 달고 다니다 공중으로 내동댕이치는 광경을 목격했고, 시드니가 비명을 지르며 투우장에서 병원으로 들려 나가는 현장에도 있었다.

"신수가 아주 훤하구먼." E. H.가 시드니에게 말했다.

"아무렴, 너무 좋아 탈이야, 어니스트."

"지난번 봤을 때보다 300퍼센트는 좋아 보여. 바로 황천길로 가는 줄 알았는데 신수가 훤해. 엉덩이가 더럽게 튀어나온 건 여전하네."

"어지간히 튀어나왔지. 조앤 크로퍼드가 그러는데 내 몸매가 죽여준데. 그 여자 입에서 나온 말이니 헛소리는 아닐 거야."

"정말, 이렇게 아주 멀쩡한 모습을 보니 반갑네, 시드. 할리우드 쪽 사람들은 모두 어때?"

"찰리 채플린은 무지하게 멋진 친구야. 자네도 좋아할 거야, 어니스트. 나처럼 상종가로 그 세계에 발을 들여놓으면 영화배우들이 굉장히 근사하게 보인다네. 그네들과 사귈 수도 있고 말이야. 기막히게 멋진 시간을 보냈어."

"그 영화는 어떻게 됐어?"E. H.가 물었다.

"제목을 〈스페인에서 온 소년〉이라고 붙였어. 난 투우 장면에서 에디 캔터의 대역으로 황소를 갖고 놀았지. 같은 장면을 찍는데 황소를 네 마리나 갈아치우더라고."

E. H.가 카를로스와 후안을 위해 시드니가 한 말을 스페인어로 되풀이하자 자기들은 안중에 없는 그들의 영웅, 그 위대한 투우사의 일거수일투족을 유심히 지켜보며 속 감정을 분출할 기회만 엿보던 카를로스와 후안은 큰 소리로 웃음을 터뜨렸다. 시드니가 이번에는 스페인어로 얘기했다. 코호와 후안이 말하는 예의 그 성량 풍부한 윙윙대는 스페인어였다. 상황이 그리되자 나는 외톨이가 되어 그들의 목소리밖에 들을 수 없었다. 오가는 얘기를 귀동냥하던 카를로스와 후안의 까만 눈이 기쁨으로 빛났다. 후안이 입가에 헤픈 웃음을 머금고 시드니에게 무슨 질문을 했다. 시드니는 매몰찬 대꾸로 그의 말을 잘랐고 그의 입가에서 웃음을 앗았다. 후안이 분수를 지키게 하려는 의도였고 실제로 그렇게 만들었다.

"할리우드란 동네는 마음에 드시던가요?"내가 시드니에게 물었다.

"들든 말든 그게 자네와 무슨 상관인가?"내 분수를 지키라는 그의 대꾸였다.

다음날 시드니가 우리와 함께 낚시를 나갔을 때 그의 태도가 바뀐 걸 보고 나는 E. H.가 한소리 했구나 하고 생각했다. 시드니는 황소와 여자에 얽힌 자신의 흥미진진한 경험담을 들려주었고 우리는 아주 유쾌했다.

폴린이 아버지의 감독 아래 권투장갑과 낚싯대를 가지고 사나이로 커가는 아들 범비와 그녀의 사촌인 그리스어를 전공한 키 작은 젊은 대학

졸업생 워드 메리너와 함께 와 있었다. 그는 펠로폰네소스전쟁 당시 아테네의 장군이던 알키비아데스의 모험에 대해 조만간 얘기해줄 친구였다. 범비는 유행성 소아마비가 돌아 뭍에 오르는 것이 허락되지 않았기 때문에 줄곧 배에 머물러야 했고, 그래서 워드와 나는 범비가 잠자리에 들 때까지 조타실에서 그를 즐겁게 해주곤 했다.

범비는 어니스트가 사준 사냥용 칼로 선글라스를 쑤셔 구멍을 내는 일에 싫증이 나면 "이야기 하나 해주세요" 하고 조르곤 했다.

"옛날에 대니얼 분이란 사나이가 있었지." 워드가 입을 연다고 하자.

"그 사람 얘기는 다 알아요. 그것 말고 다른 이야기 해주세요." 범비의 반응이다.

"자, 그럼, 버펄로 빌 얘기 해줄까?"

"그 사람 얘기도 다 알아요. 색다른 이야기 좀 들려주세요."

"무인도에서 살았다는 로빈슨 크루소라는 사람 이야기는 들어봤니?"

"네. 책에서 읽었어요."

"아빠 책은 읽어봤어?"

"아니요. 그건 어른들이나 읽는 거잖아요. 이야기 좀 해주세요."

"제시 제임스라는 사람에 대한 이야기를 아는데."

"나도 알아요."

"그리스 사람 중에 하나 골라 얘기해주지 그래요?" 내가 제안했다.

"너 알키비아데스란 사람에 대해 들어본 적 있니?" 워드가 물었다.

"들어본 적 없는데요. 그 사람 얘기 해주세요."

워드가 그 그리스 영웅의 일대기를 연애사건은 빼고 이야기해주자 범비는 마침내 흡족해했다. 워드의 고전적인 배경이 아주 쓸모가 있었다.

아홉시에 우리는 범비를 잠자리에 들게 하고 후안이 배에 오르자 시내로 들어가 국회의사당 쪽 길 건너 프라도 거리 노변 테이블에서 맥주를 마시며 쿠바 관현악단의 미국 재즈 연주를 들었다. 셔츠 위에 아무것도 걸치지 않은 사람들은 우리밖에 없었다. 우리가 미국인이라는 사실을 알지 못했다면 웨이터들이 시중들려 하지 않았을 것이다. 우리는 앉아서 맥주를 마시며 다른 테이블에 있는 쫙 빼입은 쿠바인들을 쳐다보았다. 미국인이었기 때문에 우리는 셔츠 차림으로도 거북할 게 없었다.

"어니스트가 저에 대해 어떻게 생각하는지 말하지 않던가요?" 내가 워드에게 물었다.

"아니요, 그런데 그거 참 우연의 일치군요." 워드가 말했다.

"뭐가요?"

"어니스트도 댁에 관해 똑같은 걸 물었어요."

"그래서 뭐라 했나요?"

"댁이 그런 것에 대해 말한 적이 없다고 했지요."

"그랬더니 뭐라 하던가요?"

"댁이 자기와 절친한 친구가 되고 싶어하는 것 같은데, 자기한테는 절친한 친구가 필요 없다고 했어요. 예전엔 절친한 친구들이 있었지만 실망할 때가 너무 많았다는 겁니다."

"그것 말고 다른 말은 없었나요?"

"인간은 두 두류로 나뉠 수 있다고 했어요. 후레자식들과 개새끼들."

"그게 전부인가요?"

"아니요. 나더러 다음에 올 때는 돈을 더 가져오라고 했어요."

과학자들을 위한 물고기
A Fish for the Scientificos

우리는 과학자들을 기다리고 있었다. 새치는 이제껏 과학적으로 분류된 적이 없었고, E. H.는 끊임없이 새로운 종을 발견하고 새로운 이름을 붙이는 어부들의 보고에 진저리를 쳤다. E. H.는 이른바 백새치, 줄무늬새치, 은새치, 청새치, 흑새치, 거대한 타히티 흑새치 등을 서로 다른 종이라고 생각하지 않았다 새치는 현재 백새치, 줄무늬새치, 청새치, 흑새치의 4종으로 분류된다. 여기서 언급되는 은새치는 흑새치의 새끼를 가리키는 것으로 짐작된다. 그는 그것들이 동일 어종의 성장 단계와 암수 차이와 색깔의 변이를 보여주는 것이라고 믿었다. 놈들의 색깔이 이미 사라져버린 시점, 그러니까 숨이 끊겨 부두에 올려진

222

후에야 어류학자들이 녀석들을 연구했기 때문에 그 색깔들이 과학적으로 기술되지 못했다는 것이다. E. H.는 필라델피아 박물학회장인 C. M. B. 캐드월러더에게 서한을 보내 어류학자를 아바나로 파견하여 필라호에서 새치를 연구하면서 살아 있는 바닷속 물고기의 색깔을 관찰하게 할 것을 제안했다. 그는 새치가 과학적으로 기술되고 분류되어 어부들이 자신이 잡은 놈들을 식별하고 무얼 제대로 알고 얘기할 수 있기를 원했다. 캐드월러더는 자기 휘하의 사람 하나를 파견하는 데 동의했을 뿐만 아니라 자신도 오고 싶다고 하면서 기름값의 절반을 부담하겠다고 의사를 타진해왔다. E. H.는 자비량 방문객은 사양하지만 내려와서 열흘 동안 낚시를 하겠다면 환영하겠으며, 내겠다는 기름값은 어류학자가 한 달 동안 아바나에 머무르며 각양각색의 어류를 확실하게 관찰하는 데 필요한 경비로 쓰였으면 좋겠다고 제안했다. E. H.는 그에게 올해 가장 대규모의 이동이 예상되는 시기인 7월 하순경에 오라고 했다.

  E. H.는 과학자들을 도착 당일 저녁 호텔에서 만났고 우리는 이튿날 아침에야 그들을 볼 수 있었다. 그들이 E. H.를 사이에 두고 선창가로 걸어오는데, E. H.의 체구가 워낙 우람해 그 모습이 마치 두 아들을 데리고 오는 아버지 같았다. 그중 한 명은 머리가 허옇게 세고 노년기로 접어들기 시작한 사람마냥 관절이 굳어버린 걸음걸이였고, 다른 한 명은 중년의 나이에 키가 더 작고 커다란 낚싯대를 든 채 머리를 뒤로 젖히고 양팔을 팔꿈치 부근에서 뻣뻣하게 흔들며 걸었다. 선창가에 도착한 그들은 가장자리에 서서 카를로스의 범비호가 다가오기를 기다렸다. 그들은 카를로스가 배를 잔교에 바짝 갖다 대고 양쪽 뱃전을 꽉 붙들고 앉아 있는 동안 조심스럽게 발걸음을 보트 안으로 내디뎠다. 카를로스는 범비호를 선착장

에서 떠밀어내고 선 채로 노를 가슴 앞쪽에서 힘차게 저었다.

"섣부른 얘기일지도 모르겠지만 오늘 새치 한 놈과 맞닥뜨릴 것 같소."
배가 필라호의 뱃전에 서서히 접근하자 키 작은 사내가 말했다.

"아무렴, 그렇고말고요." E. H.가 말했다. "한 놈 잡을 겁니다."

"이 일이 내게 진짜 어떤 의미가 있는지 모를 거요. 여태까지 새치 낚시
를 해볼 기회가 없었소. 이만저만 재밌지 않을 거라 기대하오."

"아무렴, 그렇고말고요." E. H.가 말했다. "놈들이 이동만 시작했다 하면
신물날 정도로 잡을 겁니다."

머리가 허연 사람은 아무 말이 없었다. 그가 어류학자인 헨리 파울러였
고, 키 작은 사람이 그의 상관 찰스 캐드월러더였다. 파울러는 예의상 캐
드월러더가 먼저 E. H.에게 말을 걸도록 했다.

짧은 다리에다 약간은 올챙이배인 캐드월러더의 주근깨투성이 얼굴에
는 클럽에서 활개치는 입담가의 틀에 박힌 표정이 항상 있었다. 그는 어
느 한 사람한테 얘기할 때에도 마치 군중을 향해 연설하거나 청중의 질문
에 대답하는 강연자처럼 귀동냥하려는 사람들을 배려하는 투로 말했다.
만류로 나가면서 그들은 해안 지대의 풍광에 대해 얘기를 나누었다. 뱃전
너머로 미끼가 던져지고 낚시가 시작되면서 E. H.가 캐드월러더에게 손
으로 스풀을 느슨하게 잡는 요령을 일러주었다.

"아프리카로 사냥여행을 떠날 계획이었는데 사업 형편 때문에 일이 어
렵게 됐소." 캐드월러더가 말했다.

"무슨 일이라도 있나요?" 내가 물었다. "박물관에서 받는 봉급으론 부족
한가보죠?"

캐드월러더는 자존심이 상했다. "말 같지 않은 소리! 난 보수 같은 건

224

받지 않아. 완전 무료 봉사야. 말이 나왔으니 하는 얘긴데, 그 기관이 존속하는 건 주로 내 기부금 덕분이라네. 내가 짓고 키운 걸세, 얘기가 나왔으니 하는 말이지만."

"그렇다면 뭐가 걱정이세요?"

"경제 전망이 지금처럼 이 모양이면 아무것도 장담할 수 없지."

나는 이 독신의 자선사업가가 돈벌이와 축재로 명성을 떨친 캐드월러더가의 마지막 핏줄이라는 사실을 아직 전해 듣지 못한 상태였다. 얼마 안 있어 나는 그가 집에 하인을 스물일곱 명 두고 있으며, 어떤 늙은 하녀가 이제 일을 그만두고 싶다고 하자 마치 원활하게 돌아가던 기계의 부속 하나를 잃는 것처럼 아주 언짢아했다는 얘기를 들었다. 내가 그렇게 조상이 많고 그렇게 돈이 많은 사람을 만나본 것은 그때가 처음이었고, 그래서 나는 그를 이해하기가 무척 어려웠다. 그는 오찬 전에 우리와 더불어 베르무트를 마시는 일도, 음식에 곁들여 포도주를 마시는 일도, 저녁마다 위스키를 마시는 일도 없이 오로지 병에 든 광천수만 마셨다. 그런데 하루 건너 아침마다 광천수 챙겨오는 걸 잊어버렸기 때문에 E. H.는 출항하기 전 후안을 뭍으로 심부름 보내곤 했다. 캐드월러더는 후안에게 수고비 한푼 주지 않았다. 내 생각에 그는 자신이 투자한 돈에 대해 노심초사했다. 박물관 운영비로 수천 달러를 지출해야 했기 때문에 절약의 일환으로 E. H.가 광천수 값을 치르게 한 것이다.

백발의 어류학자는 조립 뜰채의 부품들을 꺼내놓고 손잡이의 각 부분을 조였다. 그는 뜰채로 헝클어진 해초를 떠올린 후 망을 흔들어 길이가 1센티미터쯤 되는 작은 물고기를 떨어내 알코올이 담긴 병속에 떨어뜨렸다. 후안은 그게 무척 재미있어 보인 모양이었다. 그는 한번 해보면 안 되겠냐고 청했고, 딱히 할 일이 따로 없는 오후마다 해초 밑에 숨어 있는 조그만 해양 생물체를 잡겠다고 뜰채를 들고 몇 시간씩 뱃머리에 앉아 있었다. 그러다가 뭘 잡았다고 하면서 폴딱폴딱 뛰는 0.6센티미터 크기의 물고기를 손바닥에 올려놓고 달려와 이렇게 외치고는 했다. "미라 봐요! 이 과학적인 물고기 좀 보라고요! 새치 새끼일 수도 있다고요. 혹시 모르잖아요?"

E. H.는 과학자들을 접대하려고 애썼다. 그는 자신을 다그쳐야 할 상황이면 내는 큰 목소리로 쿠바 연안 낚시, 아프리카 사냥여행, 세계대전 참전담을 줄줄이 엮어나갔다. 이런 걸 보면 그들이 그의 손님이지 친구가 아님을 알 수 있었다. 그는 특별히 내키는 경우가 아니면 친구들을 접대하는 법이 없었다. 그는 일과를 끝냈을 때보다 과학자들과 억지 대화를 끝냈을 때 더 녹초가 되었지만, 그들로 하여금 그가 교제를 나누고 싶어서 자신들을 초대했고 자신들이 즐거운 시간을 보내고 있다고 느끼도록 만들었다. 그들은 암보스문도스 호텔에 투숙했고 아침이면 가장 늦게 승선하고 밤이면 가장 먼저 하선했다. 그들은 호텔방으로 돌아가는 길에 달라붙는 여자들의 숫자에 깜짝 놀랐다. 그들은 애써 아바나 구경을 하려 들지 않았다.

"캐드월러더에게 좀더 다정하게 대해주게나." 어느 날 밤 그들이 호텔로 떠난 후 E. H.가 내게 말했다.

"그분한테 아무 말도 하지 않았는데요."

"그게 문제야. 말을 좀 붙여서 환영받는다는 느낌이 들게 해주라고. 저 잘난 맛에 사는 사람이라 속수무책이야. 그렇게 자란 걸 어찌하겠나. 별난 족속들이지. 어떤 때는 더럽게 매정하다가도 또 어떤 때는 관대하거든. 종잡을 수가 없어. 아프리카 원정 자금을 대게 할 수 있을지도 몰라."

바늘에 걸려드는 놈 하나 없이 1주일이 흘렀고, 짙푸른 바다는 날이 갈수록 더 비어만 보였다.

"기다려야 합니다." E. H.가 캐드월러더에게 말했다. "몇 주를 기다려야 할 때도 있어요. 그러다가 순식간에 바다가 놈들로 꽉 찹니다."

"그러면 좋겠소!"

"이맘때가 항상 최적기입니다. 그래서 7월 하순에 오셨으면 한 겁니다."

"아, 난 아무래도 괜찮소! 이게 나한테 어떤 의미인지 모를 거요. 이렇게 나와 있는 거 말이오."

"계획하신 일정을 좀 조정해서 며칠 더 머무셨으면 좋겠습니다. 새치 한 마리 잡고 가셔야죠."

"갖고 있는 게 열흘짜리 왕복표이긴 하지만 아마 연장할 수 있을 것 같소."

"작년 이맘때는 하루에 일곱 마리 잡았습니다. 낚싯대를 잡은 사람이 또 있었다면 그보다 더 잡았을 테지만 호세와 카를로스 말고는 나밖에 없었지요. 그렇게 연거푸 잡아대도 다른 사람들의 몫은 차고 넘칩니다."

"들어보니 정말 신났겠소."

"지금 모든 조짐들이 딱 좋습니다. 가볍게 북동풍도 불어주고 해류도 이 정도면 적당한데 도대체 녀석들이 왜 올라오지 않는지 모르겠군요. 카를로스의 말로는 어제 일곱 마리가 시장에 나왔다던데."

우리는 정오에 작은 만으로 달려가 헤엄치고 수영복 차림으로 몸을 말리며 점심을 먹었다. 만류로 돌아오는 길에 푸짐한 식사로 식곤증이 몰려온 캐드월러더가 아래로 내려가 눈을 좀 붙일 테니 그동안 자기 낚싯대를 맡아달라고 부탁했다. 우리는 울퉁불퉁 이는 파도 속에서 트롤링을 하며 아바나로 돌아가고 있었다. 놀을 헤치며 따라오던 내 미끼가 아래로 내려가 시야에서 사라졌다. 그 순간 느닷없이 낚싯대가 손에서 거의 튕겨나갈 정도로 홱 당겨지더니 느슨하던 스풀이 내 손끝 아래서 회전하기 시작했다. 나는 흥분한 나머지 줄을 늦추는 대신 드래그를 바짝 조이고 낚싯대를 잡아챘다. 놈한테 미끼를 삼킬 기회를 주지 않고 짓뭉개진 미끼를 아가리에서 끄집어낸 것이다.

"도대체 왜 늦추지 않고……" 하며 E. H.가 입을 여는데 주둥이 하나가 순식간에 미끼 뒤에서 물 밖으로 세차게 삐져나오면서 엄청난 기세로 바늘을 물어버렸다.

"코르텔로멈춰요!" 그가 카를로스에게 외치자 카를로스가 가속기를 멈추었다.

E. H.는 앉아 있는 의자와 생선저장고 사이에 양발을 크게 벌리고 서서 줄이 술술 풀려나가도록 낚싯대 끝으로 고기를 겨냥한 채 회전하는 스풀을 손끝으로 살짝 눌러 줄이 뒤엉키는 걸 방지하며 낚아챌 준비가 되기 전까지 줄을 46미터 내주었다.

"아델란테앞으로! 앞으로!" 그가 카를로스에게 소리쳤다.

그는 드래그를 조이고 낚싯대를 세 차례나 비스듬한 각도로 잡아챘지만 고기는 미끼를 뱉어냈다. E. H.가 가벼운 욕을 내뱉으며 릴을 감는데 또 신호가 왔다. 이번에는 늦추는데도 줄이 살아 움직이며 작은 파열음과 함께 느슨해진 스풀에서 획 뽑혀나갔다. 드래그를 조이고 잡아채자 낚싯대가 곱절이나 더 휘었다.

남빛과 은빛을 지닌 거대한 청새치 한 마리가 놀을 뚫고 하얀 물보라를 거창하게 일으키며 물 밖으로 튀어나와 비말을 뒤에 남긴 채 전방으로 멀

228

리뛰기를 했다. 놈은 꼬리 쪽으로 떨어지며 수면에서 더 많은 물보라 고 랑을 파냈고, 다시 두 차례 연이어 고물에서 46미터 떨어진 지점에서 물 을 박차고 뛰어올라 아가리를 쫙 벌리고 긴 주둥이로 북동쪽을 가리키며 더 멋진 장관을 연출했다. 그런 다음 놈은 낚싯줄을 달고 물속으로 줄행 랑을 쳤고, 그 와중에 E. H.는 새치가 걸린 줄에 엉킨 로페스 멘데스의 줄 을 제거하려고 애썼다. 내가 내 낚싯대의 미끼를 감아 들이고 메이폴 댄 스를 추듯 뒤엉킨 줄들을 푸는 동안 후안은 티저들을 끌어당겼다.

"하네스!" E. H.가 말했다.

그는 회전의자에 앉아 낚싯대 손잡이의 굵은 끝을 양다리 사이 의자 구 멍에 꽂고 드래그를 단단히 조여 릴이 비명을 지르는 가운데 달아나려는 청새치를 저지하려 애쓰며 휜 낚싯대가 부러지거나 팽팽한 줄이 끊기지 않고 버틸 수 있는 최대 장력을 유지했다. 그사이 카를로스는 청새치가 움직이는 방향과 평행하도록 보트를 선회시켰다. E. H.는 하네스를 어깨 에 착용하고 릴을 고정한 다음 불룩해진 줄을 끌어당기기 시작했다. 하네 스를 어깨에 차고 재갈처럼 릴을 붙들어 허리 힘으로 당길 수 있었다.

청새치가 다시 우현 90미터 전방에서 자기가 일으킨 물보라를 뚫고 나 타나 파도 위를 드문드문 스치며 질주하는 고속 모터보트처럼 잇달아 여 섯 차례 바닷물을 흩날리며 날쌔게 튀어올랐다. 그리고 깊은 곳으로 종적 을 감추고 E. H.와 몸싸움을 벌였다.

E. H.는 릴이 반쯤 빈 상태에서 드래그를 조인 후 왼쪽 손가락으로 회 전하는 스풀을 움켜잡은 채 자신이 견딜 수 있는 압력을 모두 가해, 줄이 점차 속도를 떨어뜨려 마침내 움직임을 멈출 때까지 손가락에 화상을 입 어가며 질주하는 낚싯줄을 짓눌렀다. 그는 맨발을 뱃전에 지탱하고 두 손

으로 낚싯대의 릴 위쪽 부분을 부여잡고 양 엄지손가락으로 낚싯줄을 펠트 천에 짓누르며 휜 낚싯대를 천천히 들어올렸다가 내리면서 릴을 반 바퀴 감았고, 녀석이 다시 도주하는 걸 막기 위해 낚싯대를 또다시 거칠게 펌프질했다. 놈이 북동쪽으로 도망치려 하자 카를로스가 놈의 앞쪽으로 보트를 절반가량 돌려놓고 조타륜을 후안에게 넘겨주었다. 후안은 물고기가 가려는 쪽으로 뱃머리를 잡고 보트를 서서히 전방으로 움직였고, 그동안 E. H.는 놈을 수면으로 갖다붙이려고 낚싯대를 펌프질했다. E. H.는 놈을 거의 고물 아래 깊은 곳에 끌어다놓고 "포코 마스 마키나엔진을 좀더!" 하고 외쳤다. 후안이 가속 레버를 살짝 건드려 보트를 앞으로 움직이자 놈은 약간 주춤하는가 싶더니 보트의 고물을 막 들이받으려는 잠수함만 하게 보일 때까지 점점 수면 근처로 접근했다. 후안이 엔진의 출력을 줄이고 E. H.가 놈을 다시 가까이 붙여보려고 했지만 놈이 해저로 내려가려고 안간힘을 쓰는데다 갈고리가 미치지 않는 깊이였다. 보랏빛 바닷물 속에 비친 놈은 믿기지 않을 만큼 거대하고 시커멓게 보였다.

나는 무거운 그라플렉스 카메라를 손에 들고 사용할 기회를 엿보았다. 싸움이 벌어지고 30분이 지나서 놈이 뛰어올라 지느러미와 꼬리를 완전히 드러낸 채 정점에 다다랐을 때 나는 셔터를 눌렀고, 그것이 필름 팩에 남아 있던 마지막 한 방이었다는 걸 알아차렸다. 필름을 갈아끼우러 아래로 내려갔을 때 E. H.의 고함소리가 들려왔다. "마에스트로는 도대체 어디 간 거야?" 흥미진진한 일이 벌어지고 있다는 건 알았지만 다시 올라갔을 때는 상황이 종료된 상태였다. 기운이 꺾이지 않은 청새치가 고물 가까이에서 수차례 뛰어올랐고, 카를로스가 뱃전 너머로 몸을 기울여 갈고리로 옆구리를 찍자 놈이 비행하듯 공중으로 뛰어올라 갈고리를 매단 채 또다시 격렬하게 도망쳤다. 갈고리는 몸에서 떨어져나와 담장 말뚝처럼 꼿꼿하게 제멋대로 물위를 떠다녔다. 작은 보트를 타고 근처에서 구경하던 시장 어부 둘이 갈고리를 건져 전투가 계속되는 도중에 노를 저어 와 우리에게 전해주었다. 청새치는 여전히 억세고 거칠게 저항했다. 갈고리 맛을 본 터라 이제 보트가 두려웠다. 놈은 물속 깊이 잠수하려 했지만 E. H.가 줄을 짧게 틀어잡고 놈을 지근거리에 묶어두었고 전진하는 보트의 움직임이 놈이 대가리를 숙이는 걸 막아주었다. E. H.는 철사 목줄을 여섯 차례나 물 밖으로 나오게 만들었지만 놈을 수면까지 들어올리지는 못했다. 그때 상어 한 마리가 밑에서 올라와 청새치의 옆구리를 공격했고, 청새치는 상어를 뒤에 달고 아주 높고 멀리 세 차례나 뛰어올랐다가 제자리를 맴돌며 싸움을 벌이기 시작했다. E. H.는 총을 몇 발 쏴 상어를 쫓아버렸고, 청새치가 이제 해류를 타고 움직이려 한다는 걸 간파하고는 후안한테 보트를 급선회하게 했다. 청새치는 몇 번 강력하게 돌진을 시도하더니 언제 그랬냐는 듯이 갑자기 싸움을 멈추고 마치 발버둥질하다 스스로 목숨을 끊은 것처럼 몸을 쭉 뻗었다. 놈은 배를 위로 드러낸 채 통나무마냥 떠올라 고물 쪽으로 끌려왔다. 갈고리에 꿰이고 대가리를 두드려 맞아도 아무런 저항을 하지 않았다. 우리 넷이 커다란 갈고리 손잡이를 함께 잡고 청새치를 있는 힘을 다해 끌어당겨 고물에 장착된 롤러 위에 우선 놈의 머리를 얹고 어깨를 넘기고 놈이 그 위에서 얼추 균형을 잡을 정도로 나머지 부분도 올려놓았을 찰나, 당기는 기세에 놈이 세찬 속력으로 앞으로 날아와 하마터면 검 같은 놈의 주둥이가 내 복부를 관통할 뻔했다. 놈은 조타실 갑판을 강타한 후 모로 누웠다. 나무 술통처럼 둥근 몸통에다 부리가 선실 출입구에 놓이고 꼬리가 생선저장고에 거의 닿는 걸 보니 조타실 길이는 족히 되는, 거대한 푸른 괴물이었다. 금속면을 적나라하게 드러 낸 낚싯바늘이 놈의 턱 한쪽 구석에 단단히 박혀 있었다. 주둥이에서 몸 뚱이의 중간을 거쳐 꼬리까지 길게 그어진 뚜렷한 직선을 경계로 위쪽은 남빛, 아래쪽은 은빛이던 색깔이 놈이 갑판에 올려지기가 무섭게 광채를 잃고 선명하던 남빛은 거의 검은색으로, 은빛이던 배는 납덩이 색으로 어 두워졌다. 카를로스는 청새치의 머리 옆에 무릎을 꿇고 그 머리에 쩍 소 리가 나게 입을 맞추었다. 로페스 멘데스와 다른 사람들은 E. H.와 악수를 나누며 축하했다. 모두 기뻤다. 점프 장면을 사진에 담지 못한 나는 기분 이 좋지 않았다.

"기운 내, 마에스트로." E. H.가 내게 말했다. "이제야 쓸거리가 생긴 거 야."

뜨거운 태양 아래서 1시간 15분 동안 벌인 싸움으로 땀범벅이 된 E. H.는 아래로 내려가 스펀지를 물에 적셔 몸을 씻고 알코올 마사지를 한 후 마른 옷으로 갈아입고 아주 산뜻한 기분으로 갑판으로 올라왔다. 나 는 마시기를 사양한 과학자들을 뺀 나머지를 위해 위스키 하이볼 칵테일 을 만들었다. 우리는 티저와 생선미끼를 바다에 던져놓고 트롤링을 하며 아바나로 향했다. 헨리 파울러는 청새치를 스케치했고, E. H.는 그를 도 와 줄자로 최소한 스무 차례 녀석의 길이를 쟀다. 청새치는 주둥이 끝에 서 꼬리 끝까지 3미터 67센티미터였고, 몸통의 둘레는 1미터 42센티미터 였다. 카를로스가 청새치를 젖은 범포로 덮었고, 나머지 오후 내내 우리는 놈의 무게가 얼마나 나갈지 어림해보았다.

비가 부슬부슬 내리는 가운데 우리는 카사블랑카로 들어섰다. 아바나 항구 맞은편 카바냐스 요새 아래에 있는 조그만 마을이었다. 작은 어선들이 나란히 정박해 있었다. 호기심에 찬 원주민들, 발가벗은 갈색 피부의 아이들과 맨발의 사내들이 청새치를 구경하러 잔뜩 모여들어 우리를 도와 녀석을 선창가로 끌어올렸다. 그들이 놈을 저울 위에 올려놓자 바늘이 191킬로그램을 가리켰다. 그러고는 꼬리에 밧줄을 묶어 도르래를 이용해 놈을 들어올렸다. 놈이 머리를 아래로 향한 채 가로대에 매달려 육중하게 흔들렸다.

E. H.는 허스트 신문의 통신원 딕 암스트롱을 데리고 오라고 사람을 보냈다. 딕은 도착해서 그라플렉스 카메라를 드럼통에 올려놓고 사람들한테 모두 가만있으라고 주문하고 조무래기들을 쫓아버린 다음 사진을 찍기 시작했다. E. H.는 낚싯대를 들고 고기 옆에 서고, 손님들과 승무원들은 그를 반원으로 에워싸고, 원주민들은 어떻게든 사진에 찍혀보려고 사방에서 떼로 모여들었다. 첫번째 촬영에서 E. H.는 안경과 모자를 쓴 채 청새치의 꼬리를 올려다보는 자세를 취했다. 두번째 촬영에서는 안경과 모자를 벗고 카메라를 직시했다. 이어서 E. H.가 시드니 프랭클린과 고기 앞에서 악수하는 장면을 찍었다. 딕은 합해서 적어도 스무 장은 찍었을 것이다. 필름 팩을 다 써버려 촬영을 끝낼 수밖에 없게 돼서야 우리는 청새치를 내려 고물에 가로로 싣고 아바나 쪽 단골 정박지로 보트를 몰았다. 헤밍웨이의 많은 친구들이 보트에 오르려고 진을 치고 있었다.

E. H.는 모자랄지 몰라 여분으로 위스키 1리터를 사오라고 내게 뭍으로 심부름을 보냈는데, 갔다 돌아와보니 보트가 만원이었다. 우리가 아는 사람들은 죄다 배에 올라 술을 마시며 생선저장고 위에 놓인 청새치에 감탄사를 쏟아냈다. 어둠이 내리자 사람들이 계속 청새치를 구경할 수 있도록 조타실 실내등을 켰다. 축하의 밤이었다. 밤이 깊어지자 카를로스는 E.

H.의 전리품으로 청새치 부리와 꼬리를 톱으로 절단하고, 그의 친구들을 위해 살코기를 몇 점 잘라내고, 베어낸 고기 한 조각과 어란 5킬로그램을 아이스박스에 저장했다. 나머지는 거룻배로 뭍에 싣고 가 수레를 이용해 어시장으로 운반하기 적당한 크기로 토막을 냈다. 카를로스는 고깃값으로 킬로그램당 20센트를 받을 생각이었다. 그렇게 받은 돈의 일부는 미끼용 고등어를 사는 데 쓰고 나머지는 E. H.와 승선원들이 똑같이 나누어 갖기로 했다.

아구하 그란데!

¡Aguja Grande!

로페스 멘데스가 사촌 엔리케, 가토르노와 릴리안과 함께 뭍에 오르면서
모퉁이 카페에서 같이 맥주나 한잔 하자고 나를 초대했다. 엔리케는 위스
키를 여러 잔 마셔 취기가 있는 상태였다. 우리 일행이 대리석을 위에 덧
댄 정사각형 테이블에 자리를 잡자 그가 허기가 진다고 하소연했다.

"밀짚모자라도 씹어 먹을 수 있을 것 같아." 엔리케가 말했다.

우리는 웃었고 엔리케는 그 웃음이 못마땅했다. 우리가 자기 말을 진지
하게 받아들이지 않았기 때문이었다.

"농담이 아냐." 그가 말했다. "지금 무지무지하게 배가 고프다고. 밀짚모

자를 먹고 싶어."

두툼한 허릿살 아래로 하얀 앞치마를 동여맨 카페 주인이 맥주 다섯 병과 유리잔 다섯 개를 가져왔다. 엔리케가 맥주병의 라벨들을 뜯어내 입에 넣고 질겅질겅 씹어 곤죽 뭉치를 만들고는 울대뼈를 위아래로 움직였고, 전부 삼켰다는 걸 증명하기 위해 입까지 벌렸다.

"미쳤구나! 많이 취했어." 로페스가 말했다.

"이 몸이 몹시 배가 고프다니까. 밀짚모자가 아주 구미에 당겨."

"웨이터! 이 사람한테 밀짚모자 하나 갖다줘요. 밀짚모자를 드시고 싶답니다." 로페스가 스페인어로 말했다.

"그건 없는데요." 주인이 머뭇거리며 웃음 지었다.

"배고파 죽겠어." 다른 맥주병의 라벨을 뜯어먹으며 엔리케가 말했다.

"저희 식당 음식맛이 일품입니다."

"그런 건 배가 너무 잘 꺼져." 엔리케가 말했다. "이 요리를 먹을 테야."

"안 돼요! 안 돼! 로코실성했어요! 말려요!" 릴리안이 말했다.

엔리케는 두꺼운 접시의 가장자리를 입으로 가져가 이빨로 꽉 물고 지렛대마냥 움직여 접시의 한쪽 모퉁이를 큼지막하게 부러뜨리고는 그 조각을 씹기 시작했다. 금방이라도 삼킬 기세였다. 로페스 멘데스가 벌떡 일어나 재갈을 물리는 말의 입을 벌리듯 엔리케의 입을 강제로 벌리고 도자기 파편들을 뱉게 했다.

"이건 많이 취한 정도가 아니야." 다시 자리에 앉으며 로페스가 말했다. "웨이터, 이 접시들 좀 치워줘요. 있으면 다치겠어요."

"내가 바라는 건 밀짚모자야." 주인이 접시들을 회수하는 동안 엔리케가 말했다. "웨이터! 통옥수수 주문이요. 한 개만."

주인은 통옥수수 하나를 손에 들고 왔다. 접시에 받쳐 올 만큼 엔리케를 신뢰할 수 없었기 때문이다. 엔리케는 옥수수 알갱이뿐만 아니라 속대까지 전부 먹었고, 다 해치우고 나서도 성이 차지 않는다며 구석 양동이에서 자라는 아름다운 카르테라스 화초를 먹고 싶다고 했다. 로페스는 그를 말려야 했다. 불안한 심정을 웃음으로 가린 채 곁에 서 있던 주인이 난처한 기색을 보이기 시작했다. 엔리케는 담배 한 개비와 성냥 두 개비를 씹어서 맥주와 함께 삼켰다. 그는 벽에 붙어 있던 무솔리니의 사진도 떼어내 먹어버렸다. 그러고는 갑자기 테이블에서 벌떡 일어났다. 덩치가 커다란 흑인 하나가 밀짚모자를 쓰고 카페로 들고 오는 걸 본 것이다.

"아하! 이제야 먹을 게 오는군!" 밀짚모자를 쓴 흑인을 향해 걸음을 떼며 그가 외쳤다.

로페스는 엔리케의 두 다리를 붙잡고서 가토르노가 가세하여 한쪽 팔을 붙들 때까지 그를 저지했고, 둘이 힘을 합치자 그를 통제할 수 있었다. 로페스는 엔리케를 그냥 놔두었다간 흑인의 머리에서 밀짚모자를 벗겨내 먹으려고 했을 것이고 그렇게 되면 싸움이 벌어지리라는 걸 알았다. 엔리케는 계속 그 모자를 먹겠다고 보챘고, 로페스는 이 형국을 타개하는 유일한 방법은 그를 집으로 데리고 가는 거라고 판단했다. 사람들과 함께 그를 집에 데려다놓고 로페스는 의사를 불렀다. 사촌이 위장 장애를 일으킬까 염려한 것이다. 하지만 엔리케는 방문을 걸어 잠그고 의사를 들이지 않았다. 그는 그냥 자고 싶다고 했다.

다음날 그들은 우리와 함께 다시 낚시에 나섰다. 엔리케는 그 어느 때보다 피부가 짙고 멋져 보였다.

"무솔리니의 사진은 입맛에 맞던가요?" E. H.가 그에게 물었다.

"포코 페사도좀 느끼하더군요." 그가 말했다. "그건 아무것도 아녜요. 한번은 엄청 취해 펜치를 집어들고 내 엄지발톱을 뽑았다니까요. 보면 알 겁니다. 발톱이 절반 정도 다시 돋았어요."

"왜 그런 짓들을 하는 거죠?"

"모르겠어요. 아무튼 취했다 하면 그 모양입니다."

우리가 엔리케를 꺼린 유일한 이유는 그에게 낀 액운 때문이었다. 하여간 그가 배에 타는 날이면 무슨 고기든 한 마리도 낚이지 않았다. 꼬치삼치가 엔리케의 깃털미끼를 몇 차례 물기는 했지만 그가 낚싯줄을 팽팽히 유지하지 않고 헐겁게 하는 통에 놈들이 옳다구나 하고 바늘을 뱉어내고 전부 달아났다. 엔리케가 승선만 했다 하면 누구도 잡지 못했다.

이따금씩 우리는 카를로스가 물을 가르며 파도 속으로 파고드는 새치 꼬리를 목격하고 "아구하! 아구하!" 하고 귀청이 떨어져라 질러대는 고함소리를 들었다.

그러면 E. H.는 "돈데어디요?" 하고 물으며 몸을 돌려 자리에서 일어나 조타실 창문을 통해 카를로스가 가리키는 곳을 내다보았다. 그동안 카를로스는 엔진 두 대의 속도를 최대로 높이고 보트를 돌려 미끼를 놈의 전방에 갖다놓으려고 시도했다.

"아구하 그란데! 그란데!새치 큰 놈! 큰 놈!"

"얼마만해요?"

"10아로바arroba스페인과 포르투갈의 질량 단위로 1아로바는 12킬로그램에 해당한다."

"지금도 보여요?"

"아니. 가버렸어."

"다시 선회해요."

"가버렸어." 수확 없이 보트를 다시 선회시키는 동안 카를로스가 애처로이 되뇌었다.

그러면 E. H.는 다시 높다란 회전 낚시의자에 앉으며 "아무튼 녀석들이 수면에 나타난 건 반가운 일이야"라고 말하곤 했다. "아마 놈들이 이동을 시작할 겁니다. 때가 됐어요. 해류 쪽으로 더 나갑시다."

"카를로스가 본 게 뭔지 물어봐도 되겠소?" 캐드월러더는 궁금했다.

"새치 꼬리를 본 겁니다."

"아주 큰 새치인가요, 혹시?"

"120킬로그램짜리랍니다."

"저 친구가 그 무게를 어떻게 짐작한 거요?"

"녀석의 꼬리 크기를 보고 가늠한 겁니다."

"오, 그렇군요."

우리는 모두 눈에 불을 켜고 새치의 출현을 감시했지만 놈들을 제일 먼저 목격해서 그 위치를 가리킨 것은 언제나 E. H. 아니면 카를로스였다. 놈들이 보트의 전방이나 좌우 어느 한쪽에 치우쳐 이동하면 조타륜을 잡은 카를로스가, 고물에서 세번째나 네번째 파도에서 미끼를 추격하고 있으면 E. H.가 먼저 보았다. 나는 한 번 말고는 그들을 도무지 이길 수 없었다. 하지만 그 한 번도 확실한 건 아니었다. 캐드월러더의 낚싯대를 잡고 있을 때 우현에서 약간 떨어진 곳에서 파도 깊숙이 침투한 햇빛을 반사하는, 흡사 나무 술통의 강철테처럼 빛나는 줄무늬를 몸에 두른 거대하고 거무스름한 것을 본 것이다. 잠깐 눈에 띄었고 푸른 파도의 언덕이 지나가자 이내 사라져버렸다.

"새치다!" 내가 소리쳤다.

"어디?" E. H.가 물어왔다.

"저기요." 내가 손가락으로 가리키며 말했다. "금방 봤는데 가버렸어요."

"난 아무것도 못 봤는데."

"믿기지 않을 만큼 큰 놈이었어요. 전에 잡으신 190킬로그램짜리보다 세 배는 컸습니다. 어마어마했어요."

"그럴 수 있지. 카를로스, 교대해요. 뭐 좀 봤나요?"

"아니, 아무것도 못 봤어." 카를로스가 대답했다.

"줄무늬를 봤어요. 가지런히 나 있는 걸요. 제가 헛것을 본 건가요?"

"탐지하고 식별하는 법을 익히기 전까진 때로 없는 물고기가 보이지." E. H.가 대답했다. "눈여겨봐야 할 건 움직임이야."

이동 시기만 잘 맞아떨어지면 하루 순항에서 마흔 마리를 보고, 열 번 정도 놈들이 바늘을 물 거라고 E. H.는 내다보았다. 당장은 하루에 새치 여섯 마리 보는 게 고작이고, 그나마 미끼를 무는 놈은 아예 없었지만, 그래도 우리는 기대감에 충만했다. 카를로스는 조타륜 뒤에서 여러 마리를 목격했지만 막상 내달려 놈들을 앞지르려 하면 사라져버리기 일쑤였다. 의지할 것이라곤 한 번 흘끗 눈에 띈 지느러미나 꼬리밖에 없는 상황에서 고기 한 마리의 정확한 진로와 속도를 판단하여 보트로 녀석을 가로막는다는 건 어려운 일이었다. 새치 한 마리가 보트 후미에서 세번째나 네번째 파도에 모습을 드러내고, 어두운 그림자 하나가 물마루를 탔다가 파도의 벽을 타고 미끄러져 내려오면, 도대체 그게 미끼를 추격하는 건지 아니면 우연히 같은 방향으로 여행을 하게 된 건지 확신할 수 없었다. 그러면 카를로스는 고기가 트롤링으로 끌고 오는 미끼를 놓치지 않고 따라올 수 있을 정도로 보트의 속도를 늦추었고, 나는 활극이 펼쳐질 걸 대비해 그라플렉스 카메라를 가지러 아래로 달려가고는 했다.

　이동중인 청새치는 미끼에는 일절 신경쓰지 않고 가던 길을 갔다. 카를로스가 놈의 앞쪽에서 보트를 몰고, E. H.가 미끼를 놈의 코앞에 수시로 갖다놓고서 낚싯대를 높이 쳐들어 미끼를 마치 도망치는 참치나 날치처럼 물결 위를 스치게 하여 놈이 희롱을 못 참고 미끼를 물게 하려 해도 부질없는 짓이었다. 장난기가 발동했다 하면 청새치는 2킬로미터 이상 미끼를 따라오면서 물지는 않은 채 한 미끼에서 다른 미끼로 쏜살같이 움직이다 잠수를 하거나 한쪽으로 방향을 틀어 여행을 계속했다. E. H.가 약을 올려 미끼를 물게 해도 바늘을 입에서 느끼는 순간 새치는 수직으로 뛰어올라 꼬리 힘으로 곧추선 채 춤을 추면서 대가리를 세차게 흔들어 미끼를 6미터 멀리 내동댕이쳤고 정어리와 날치를 입에서 소나기처럼 쏟아냈다. 새치 중에는 배고픈 게 아니라 그냥 죽이려는 목적으로 미끼를 덮치는 놈들도 있었다. 놈들은 아주 빠른 속도로 미끼를 공격했기 때문에 쇄도의 마지막 순간 방향을 바꾸는 걸 볼 수는 없었지만, 아래쪽이나 측면에서 아가리를 벌리고 미끼를 향해 덤벼들며 주둥이와 대가리와 어깨를 차례차례 드러냈다. 살육자는 미끼를 주둥이에 물고 어뢰처럼 돌진하다가 막상 E. H.가 잡아채려 하면 험하게 헤진 미끼를 뱉고, E. H.가 릴을 감을라치면 다시 미끼를 물었다가 뱉어내고는 했다. 한번은 얼마나 강력하게 물었던지 900그램짜리 고등어 미끼가 바늘 밑에서 절반으로 찢어졌다. 우리는 놈이 물었던 곳에 남은 이빨 자국을 확인할 수 있었다. 그런 살육자들은 부리 같은 긴 주둥이로 미끼만 따갔기 때문에 놈들을 바늘에 꿴다는 건 불가능한 일이었다. 우리가 원하는 건 날뛰기 전 바늘이 확실히 박히게 입속 깊숙이 미끼를 물어줄 굶주린 놈이었다.

E. H.가 우현 침상에서 낮잠을 자는 동안 워드가 줄무늬가 선명한 110 킬로그램짜리 청새치를 바늘에 걸었다. E. H.가 잠에서 깨어나 살펴보니 놈이 난폭하게 물보라를 일으키며 줄을 달고 기막힌 점프를 이어가며 북서쪽으로 도망치고 있었다. 사람들은 여느 때보다 더 흥분했다. 낚싯대를 잡은 친구가 새치를 잡아본 적 없는 신출내기였기 때문이었다. 모두 놈을 놓칠 게 뻔하다는 절망감에 휩싸였다. 놈이 마구 뛰어오르는데도 워드는 낚싯대를 붙든 채 뭘 어찌해야 낚싯줄이 쏜살같이 빨려나가는 걸 막을 수 있을지 속수무책이었다. 캐드월러더는 생선미끼를 감아올리고, 후안은 티저를 배 안으로 끌어당기고, 카를로스는 새치를 따라잡기 위해 보트를 선회시켰다. 내가 우선 할 일은 조타실 부근에서 실랑이가 벌어지는 동안 여분의 낚싯대들이 걸리적거리거나 손상을 입지 않도록 그것들을 선실로 옮겨놓는 것이었다. 그런데 그 와중에 폴린의 낚싯대를 의자 구멍에서 빼내다가 그만 낚싯대 끝을 부러뜨리는 사고를 치고 말았다. 낚싯바늘이 릴이 아니라 조타실 지붕 가새에 붙어 있는 걸 알아차리지 못한 것이다. 낚싯대를 뽑아올리자 낚싯줄이 곧장 아래로 장력을 받아 끝에서 15센티미터 지점에서 낚싯대가 꺾여버린 것이다. 폴린이 아끼는 낚싯대였다. 주인 외에는 누구도 사용한 적 없고, 폴린이 승선하지 않을 때에는 선실 지붕에 매달아두고 항상 조심조심 관리하던 낚싯대였다.

녀석은 열두 번을 뛰어오른 후에도 다른 놈들과는 달리 잠수하지 않고 북서쪽으로 일렬로 물보라를 일으키며 점프를 이어갔고, 400미터 떨어진 지점에 다다르자 정어리 크기 정도로밖에 보이지 않았다. 워드의 스풀은 거의 빈 상태였고 나머지 줄도 녹아내릴 듯 빠르게 풀리고 있어 결국 어떻게 될지는 불을 보듯 뻔했다. 스풀이 텅 비게 되면 20달러짜리 낚싯줄이 팽팽하게 당겨지고 가장 약한 부분에서 끊어지는 것이다. E. H.는 드래그를 단단히 조인 후 워드에게 고기를 저지하는 요령을 시범 보이려 했지만 그 순간 줄이 헐거워지더니 녀석이 또 뛰어올랐다. 놈은 물밑으로 향하기 전 총 마흔일곱 차례나 점프를 했다.

"어떻게 된 거죠?" 워드가 물었다.

"바늘을 뱉어낸 거야." E. H.가 말했다.

"놈이 다시 와 미끼를 물까요?"

"절대 오지 않아. 릴 감아."

"내가 뭘 잘못한 거죠?"

"자네 잘못이 아냐. 놈들의 아가리가 어떻게 생겼는지를 보면 새치가 바늘을 물 때마다 그게 엄청난 기적이라는 걸 실감하게 될 거야."

폴린이 내게 다가와 말했다. "내가 당신이라면 그 낚싯대에 대해 미안하게 생각하지 않을 거예요. 살다보면 생기는 일이에요. 몇 년을 써도 끄떡없을 수도 있는 거고요. 어차피 내겐 너무 길었어요. 카를로스가 고쳐줄 겁니다."

생애 최고의 짜릿함
Thrill of a Lifetime

캐드월러더는 날이면 날마다 낚싯대를 무릎 사이에 놓고 앉아 있었지만 걸려드는 물고기가 없었다. 그는 미끼를 보트 가까이 붙여둘수록 물살을 헤치고 끌어당길 줄이 짧아질 뿐만 아니라 낚싯대를 붙들고 있기도 수월하다는 사실을 알았다. 그는 물과의 마찰을 줄이려고 줄을 짧게 내어 트롤링을 했고, 결과적으로 그의 미끼를 무는 놈은 하나도 없었다. 새치는 후미에서 접근하든 측면에서 접근하든 처음에 맞닥뜨리는 미끼에 달려들기 때문에 놈이 덤벼드는 최초의 미끼는 고물에서 가장 멀리 떨어진 것이다. 캐드월러더가 겪은 유일한 흥분은 고기가 다른 낚싯대에 걸렸을 때

방해가 되지 않도록 제 낚싯줄을 감아 들이는 일이었다.

E. H.는 캐드월러더가 미국으로 돌아가기 전 새치 한 마리를 꼭 잡길 원한 터라 초청 기간을 열흘에서 보름으로, 다시 스무 날로 연장했고, 결국 그 기간은 8월 하순까지 늘어났다. 그들이 배에 동승한 지 한 달이 되었고, 이제 그 마지막 날이었다. 그들이 타기로 한 배가 그날 저녁 떠날 예정이었다. 캐드월러더는 아직 한 마리도 낚지 못했다. 서른 날 동안 그가 낚싯대를 통해 느낀 감각은 파도를 육중하게 가르는 죽은 고등어의 무덤덤한 무게와, 수면 위로 튈 때 와락 당겨지는 힘과, 수면에 안착하여 헤밍웨이의 생선미끼와 티저 사이에서 순조롭게 끌려오며 전하는 묵직한 장력이 전부였다. 지난 한 달 동안 나는 캐드월러더의 표정에서나, 모름지기 스포츠맨은 주어진 상황을 흔쾌히 받아들여야 한다고 미 동부지역 클럽에서 그가 익혔음직한 그 억지스러운 쾌활함에서, 그 어떤 감정의 변화도 읽을 수 없었다.

이제 마지막 날 아침이었다. 그는 여느 때보다 온종일 900그램짜리 고등어를 낚싯대에 매달고 시속 16킬로미터의 속도로 드넓은 바다를 누비는 재미를 만끽하고 싶었다. 고요한 흙탕물 항구를 출발해 모로캐슬의 우뚝 치솟은 갈색 방벽을 지나 푸른 물결 치는 만류로 들어서자 캐드월러더는 낚싯대를 받침대에 딱 고정해놓고 신선한 미끼를 뱃전 너머로 내려 고물 뒤로 흘러가게 하다가 트롤링하기 수월한 거리가 되자 줄 풀기를 멈추고 낚싯대를 무릎 사이에 끼운 채 온종일 앉아 있을 태세로 의자에 앉았다. 그는 자신이 인내심이 많다는 걸 발견하고는 대견스러워하는 듯했다.

"오늘 만류가 정말 멋집니다." E. H.가 말했다.

"오, 기가 막히오!" 캐드월러더가 호탕하게 대답했다.

"해류는 거세고, 보랏빛 멕시코만류는 해안으로 바짝 달려들고, 바람도 벌써부터 적당히 불어주고 있습니다."

"정말 그렇소!"

"오늘 같은 날 놈들을 못 만나면 그건 말이 안 됩니다."

"섣부른 얘기지만 저녁 전에 우리가 한 마리 낚을 것 같소이다."

"떠나시기 전에 한 마리 잡는 걸 꼭 보고 싶습니다." E. H.가 말했다. "놈들이 이렇게 변변찮게 나타나서 참 송구스럽습니다."

"아, 천만의 말씀이오." 사과가 가당찮다는 듯 캐드월러더가 말했다. "이게 내게 어떤 의미였는지 모를 거요. 이렇게 여기 나와 있는 거 말이오."

"놈들이 설치기 완벽한 날입니다. 뭐든 걸렸다 하면 제 낚싯대를 넘겨드리겠습니다. 줄을 더 풀어보죠. 그게 좋을 듯합니다."

E. H.는 그날따라 유달리 말이 많았다. 지난 한 달 동안 이 두 손님을 대접해온 터라 떠나는 마당까지 기분좋게 해주고 싶었다. 그들은 지난날을 회고하며 미국 북부의 사슴과 메추라기와 초원 뇌조, 클레이사격과 오리 사냥에 대해 얘기를 나누었다. 캐드월러더는 여러 총기 클럽의 회원이었고, 대형 엽조 말고는 모든 걸 쏴보았고, 대형 어류 말고는 모든 걸 낚아보았다. 그는 E. H.가 자신의 아프리카 원정여행에 참가해 박물관 소장품으로 쓸 고릴라와 원숭이를 사냥해주길 바란다고 했다. E. H.가 어떻게 나올까? 두말하면 잔소리죠, 뭐든 닥치는 대로 쏴버리겠다고 E. H.가 말했다. 하지만 캐드월러더는 원정여행의 전망을 낙관하지 않았다. 현재 같은 경제 위기 상황에선 뭐든 장담할 수 없기 때문이었다.

우리는 해안에서 3킬로미터 떨어진 해류 아래쪽으로 이동하며 트롤링을 했다. 벌써부터 시장 어부들의 작은 어선들이 여기저기 꿰맨 돛을 올리고 장대 끝에서 이물까지 잔뜩 바람을 받으며 해안을 끼고 흐르는 역류를 타고 모여드는 게 보였다. 일찌감치 불기 시작한 바람이 어부들의 작은 배가 감당하기에 벅찬 파도를 일으켰다. 그런 바다로 아랑곳하지 않고 나올 수 있는 어부는 여든 시간 쉬지 않고 노를 저어 마라톤 노젓기 대회에서 우승한 경력이 있는 배짱 두둑한 젊은 어부 치쿠엘로와 그의 동생뿐이었다. 그들은 시장 어부들의 선두에 섰다. 형제는 자신들의 아버지가 다른 보트를 타고 마흔닷새 동안 단 한 마리도 잡지 못하고 바다를 떠다닐 때 새치를 일곱 마리나 잡아 아바나 어시장으로 싣고 온 이력이 있었다. 그중 세 마리는 113킬로그램이 훌쩍 넘는 것들이었다.

거칠게 부서지는 푸른 바다에 이제 홀로 남은 치쿠엘로의 보트가 물위에 앉은 한 마리 새처럼 홀가분하게 파도를 타고 있었다. 바다가 보트를 집어 올려 높다란 파도 꼭대기에 잠시 붙들어두는 순간 보트에서 균형을 잡고 있는 형제들의 모습이 보였다. 치쿠엘로는 맨머리로 이물에서 손낚싯줄을 붙들고 있었고, 아우는 볼품없는 밀짚모자를 쓰고 흰 손수건을 얼굴에 드리운 채 앉아 양손에 노를 잡고 이물이 바다 쪽을 향하도록 노를 저었다. 곧이어 파도가 아래로 굽이쳐 보트가 사라지고 파도 골로 내려앉은 형제만 보이는가 싶더니 형제마저 시야에서 사라졌고, 금세 이어지는 파도의 꼭대기로 던져올려져 보트에 앉아 있는 모습이 나타났다.

"뭐 좀 봤나?" 그들 옆을 지나치며 E. H.가 물었다.

"못 봤어요." 손을 가로저으며 치쿠엘로가 대답했다. "봤어요?"

"못 봤어." E. H.가 대답했다.

E. H.와 치쿠엘로는 서로 손을 흔들었다. 치쿠엘로의 보트가 꼿꼿한 자태로 파도의 움직임 하나하나에 자신을 내맡긴 채 뒤쪽으로 멀어져가는

동안, 필라호는 파도를 깊이 가르면서 이물 양옆으로 물보라를 뿌리고 뒤로 V자 항적을 남기며 세차게 앞으로 나아갔다. 형제가 탄 보트는 파도 위로 솟았다가 파도 골로 완전히 사라지기를 거듭했으며, 우리와 거리가 멀어질수록 눈에 띄는 빈도가 줄어들었다. 보트는 대부분 파도 뒤에 내려앉아 있었고, 파도가 너무 높고 가팔라 우리는 배가 다시 올라오지 못하는 건 아닐까 염려했다.

"저런 배를 타고 나오다니 보통 담력이 아니네요." 내가 말했다.

"배짱이 두둑해." E. H.가 대답했다.

"파도에 배가 뒤집힐 수도 있겠어요." 내가 말했다.

"지금은 그렇게 위험하지 않아. 파도만 정면으로 받으면 되니까. 이런 바다에선 고기를 낚아올릴 때가 위험해. 보트를 마음대로 통제할 수 없거든."

"그럼 왜 돌아가지 않는 거죠?"

"돈 벌자고 하는 새치 낚시가 아니야. 그거 갖고 큰돈은 못 벌어. 그냥 좋아서 하는 짓이지."

"새치를 잡아 생계를 꾸리는 게 아닌가요?"

"그런 경우도 있긴 하지만 훨씬 편하고 안전하게 먹고살 수 있는 길은 수두룩해. 하루도 빠짐없이 두 달 연거푸 나와도 새치가 입질 한번 안 할 때도 있어. 그래도 날마다 신선한 미끼를 사지 않고는 못 배겨. 짜릿함을 느끼기 때문에 하는 거야. 그렇게 타고난 거라고."

"치쿠엘로가 왜 돌아가지 않는 거죠? 어떻게 해볼 고기도 없는데 왜 버티고 있는 거죠?"

"두렵지 않다는 걸 보여주고 싶은 거지. 저 친군 악천후에도 늘 맨 마지막에 귀항해."

"아구하새치! 아구하!" 카를로스가 외쳤다.

"돈데어디?"

"치쿠엘로! 아구하 그란데큰 새치야!"

치쿠엘로의 보트가 파도 꼭지에서 홱 돌더니 육지를 향해 달음질쳤다. 보트 전방 45미터 지점에서 160킬로그램짜리 청새치가 파도를 부수고 젖은 옆구리를 태양 아래 은빛으로 반짝이며 세 번 길게 점프하여 앞으로 돌진하고 있었다. 놈은 낙하할 때마다 폭발물이 터지듯 물보라를 사방으로 흩뿌렸다. 모터보트의 속도로 보트를 해안을 향해 끌고 가는 놈의 크기가 그 보트만했다. 보트가 기울어 파도 골에 박히는 와중에도 치쿠엘로는 뱃머리에서 몸을 굽히고 도르래 줄로 된 손낚싯줄을 죽기 살기로 붙들고 있었다. 보트가 파도에 가리자 치쿠엘로는 썰매 탄 동생을 뒤에 달고 스키를 타고 언덕을 하강하는 사람처럼 보였다. 형제들이 사라지자 보이는 거라곤 또 솟아오른 파도 마루에서 하늘로 솟구쳐오르는 청새치뿐이었다.

"카람바아이고!" 카를로스가 탄식을 했다.

"저런! 저 친구 이제 쉽지 않겠어." E. H.가 말했다. "배를 돌리죠, 카를로스. 구해줘야 할지도 모르니까."

새치가 방향을 바꾸어 세차게 커다란 원을 그리며 하얀 물마루 위로 난폭하게 뛰어올랐고, 이어지는 파도 언덕 위에 올라 속도가 떨어진 보트는 그리 많은 물보라를 일으키지 않고 원의 중심에서 맴돌았다. 치쿠엘로가 이물에서 손낚싯줄을 끌어당겨 보트를 놈에게 갖다붙일수록 원의 크기가 줄어들었다. 새치와 함께 계속 맴돌며 비스듬히 파도 골 속으로 빠져드는 보트를 보고 있자니 물마루가 위로 부서져내려 보트를 침몰시킬 것만 같았다. 보트가 매번 떠오르는 것이 기적처럼 여겨졌다. 치쿠엘로의 아우가 두 노로 재주를 부려 파도를 감당할 수 있는 정확한 각도로 보트를 기울여 배가 물에 잠기는 걸 막았다. 치쿠엘로가 줄을 꾸준히 끌어당겨 원의 크기를 차츰 줄여가다 마침내 보트와 새치를 맞붙여놓자 동생이 놈의 대가리에 갈고리를 박고 곤봉으로 눈두덩을 후려쳤다. 숨이 끊어지자 그들은 놈을 뱃전으로 끌어올렸다. 놈의 몸뚱이가 배의 밑바닥을 가득 채우고도 꼬리가 고물 밖으로 튀어나왔다. 30달러 상당의 새치를 배에 실은 형제는 이제 위험에서 벗어나 파도를 정면으로 받든 직접 후면으로 받든 내키는 대로 할 수 있었다. 치쿠엘로는 짧은 장대를 뱃머리에 만들어놓은 구멍에 꽂아 세우고 밀가루 포대를 꿰매 붙인 삼각돛을 펼쳤다. 바람이 돛을 가득 채워 형제를 해변으로 출발시켰다.

"저 형제야말로 진짜 스포츠맨이야." E. H.가 말했다. "아바나 요트클럽 회원은 아니지만. 어, 그렇지 않습니까, 캐드월러더 선생님?"

"내 형제들이지!" 카를로스는 큼직한 이를 잇몸까지 드러내며 씩 웃었다.

"티저를 내 보냅시다." E. H.가 말했다. 우리는 동쪽을 향하며 트롤링을 계속했다.

"시장 어부들에 관한 소설을 쓰신 적 있나요?" 내가 물었다.

"없어."

"재미난 얘깃거리가 많을 거란 생각이 들어서요."

"많지. 언젠가는 시장 어부들에 대한 이야기를 쓰려고 해. 훌륭한 이야기가 될 거야."

"보통 배짱으로는 어림도 없는 일 같아요."

"어림도 없지. 어부들한테만 있는 배포라네."

"왜 많은 어부들이 얼굴에 너도나도 손수건을 쓰고 있죠?"

"햇빛을 차단하려고."

"그러면 정치범들이 저런 식으로 탈출할 수 있는 거 아닌가요? 시장 어부의 배를 얻어 타고 바다로 나와 롱비치 아래서 배를 갈아타는 거죠. 아무도 눈치채지 못할 테니까요."

"진척이 좋군, 마에스트로."

"네?"

"자네가 신문 잡지에 써먹을 거리를 축적하고 있다는 소리야. 그렇지만 나와 소설로 겨루려면 몇 년은 더 있어야 할걸. 잡지 기삿거리로는 지금으로도 충분하지만 그걸 갖고 소설을 쓰려면 쿠바에 대해 더 알아야 해. 이곳 말을 알기 때문에 내가 유리하지. 나는 식당이나 호텔이나 그 밖의 다른 장소에서 사람들과 만나 얘기하고 신문을 읽으면서 얘깃거리를 구한다네. 자네가 쿠바에 관한 소설을 쓸 수 있길 원한다면 우선 말을 배워야 해. 자넨 지금까지 잘해왔어. 한 단어 한 단어 배우다보면 조만간 그것들을 끼워맞출 수 있을 걸세. 사람들이 하는 말은 모조리 귀기울여 듣고 미국 소식은 쿠바 신문으로 읽도록 하게."

"노력하고 있습니다. 항해일지 가져올까요?"

"좋아. 가져와."

나는 두 고등어미끼 사이 뒤로 한참 처져 있던 깃털미끼 달린 내 낚싯대를 E. H.에게 건네주었다. 그가 자기 낚싯대와 내 것을 양손에 들고 있는 사이 나는 책갈피로 은색 연필을 끼워놓은 묵직한 공책을 가지러 갔다. 나는 날마다 몇 분을 할애하여 그가 구술하는 내용을 항해일지에 받아 적었다. 그것은 승선한 누구보다 내가 잘할 수 있는 일이었다. 카를로스와 후안은 영어를 쓸 줄 몰랐다. 나는 항해일지와 연필을 들고 E. H.와 캐드월러더 사이에 앉았다.

"어제 어디에서 멈췄지?" E. H.가 물었다.

"점심 먹으러 후미진 만으로 갔음." 나는 항해일지의 마지막 문장으로 대답을 갈음했다.

"수영, 새치에게 또다시 티저를 잃은 러더포드네 사람들과 대화.'" E. H.가 구술했다. "'아무것도 못 보고, 아니 모로캐슬로 들어서면서 마에스트로가 깃털미끼로 낚은 작은 바라쿠다 말고는 미끼 무는 놈 하나 없이 트롤링하며 귀항.' 그리고 오늘. '승선자. 캐드월러더, 파울러, E. H., A. S., 카를로스, 후안. 어시장에 새치 네 마리. 각각 11, 12, 12, 14아로바. 이중 세 마리 암컷, 나머지 한 마리 수컷. 9시 20분 출항. 동풍, 차츰 거세짐. 해변 가까이 해류. 400미터 안쪽으로 아름다운 짙은 멕시코 만의 바다.' 아 구하새치다! 코르텔로그만!" 그가 고함을 지르며 벌떡 일어나 내게 낚싯대를 돌려주었다. "줄 늦춰요! 줄 늦춰요! 낚아채라고 할 때 낚아채세요. 지금입니다, 낚아채요! 힘껏 잡아채요! 한 번 더!"

어마어마한 청새치 한 마리가 물밑에서 올라와 캐드월러더의 미끼를 향해 입을 벌리고 달려들면서 창 같은 부리와 대가리와 어깨를 물 밖으로 완전히 드러낸 채 거대한 몸뚱이를 선보였다가 미끼를 물고 잠수했다. 캐드월러더가 앉은 자세로 낚싯대를 잡아채자 줄이 쌩쌩 소리를 내며 뜯기듯 스풀에서 마구 풀려나갔다. 드디어 한 놈이 걸려들자 그는 흥분에 사로잡혀 몸을 떨었다. 그해에 우리가 본 가장 큰 새치였다. E. H.와 나는 최대한 신속하게 릴을 감았고 후안은 티저들을 거두어들였다. 하네스를 가져와 캐드월러더에게 입히는데 여간 애를 먹은 게 아니었다. 몸을 마구 떨고 두 무릎이 오르락내리락했기 때문이다. 낚싯대가 새치의 경련보다 그의 손 떨림 때문에 더 요동쳤다. 줄이 헐거워지자 우리는 놈이 뛰어오르기를 기다렸다.

"카브론빌어먹을!" 두 주먹을 공중에 휘두르며 E. H.가 말했다. "아, 카나카염병할! 메르데제기랄! 쯔쯧!"

캐드월러더는 아무 말이 없었다. 그는 탄력 잃은 줄을 감으면서도 여전히 몸을 격렬하게 떨었다. 낚싯줄이 목줄 없이 올라왔다. 새치가 낚싯바늘을 입에 물고 보트와 정반대 방향으로 달려 4미터짜리 케이블 목줄을 지나친 후 이중으로 꼰 줄을 꼬리로 날카롭게 절단한 것이다. 그건 부리를 제외하고도 놈의 길이가 4미터가 넘는다는 뜻이었다. 그 정도 길이의 고기라면 무게가 족히 370킬로그램은 나갔을 것이다. 그 정도 크기의 고기가 E. H.에게 걸려들었다면 그건 낚시 철 전부와 맞바꿀 만한 사건이었을 것이다. E. H. 같았으면 놈이 몸부림치는 동시에 싸움을 개시하여, 충분한 힘을 가해 청새치가 머리를 돌려 곧장 줄행랑치는 걸 저지하고 강제로 놈의 각도를 틀어 꼬리가 줄에 닿지 않도록 처리했을 것이다.

"이제 새치란 놈이 어떤 고기인지 아실 겁니다." 그가 캐드월러더에게 말했다.

캐드월러더는 마치 고기와 막판까지 싸움을 벌이기라도 한 듯 녹초가 되었다. 그는 낚싯대를 내려놓고 의자에 맥없이 철퍼덕 주저앉았다. 그의 격렬한 흔들림이 불안한 떨림으로 잦아들었다. 그는 충격에서 헤어나려고 애를 썼다.

"놈을 놓친 게 진짜 아쉽습니다." E. H.가 캐드월러더보다 열 배는 더 아쉬워하며 말했다. 캐드월러더는 아직도 정신이 멍해 아쉬워하고 말고 할 형편이 아니었다.

"난 정말 괜찮소!" 입을 열 수 있게 되자 캐드월러더가 말했다. "내 잘못이오."

"아주 잘 싸우신 겁니다." E. H.가 거짓말을 했다.

"정확히 무슨 일이 벌어진 거요?"

"놈이 꼬리로 줄을 자른 겁니다. 얼마나 길던지 목줄보다 긴 놈이었습니다."

"상상도 못할 스릴을 느꼈소."

"그랬을 겁니다."

"그럴 만한 가치가 있었소." 캐드월러더가 말했다. 뉴욕에서 내려와 고기 한 마리 낚지 못하고 보낸 서른 날을 뜻하는 것이었다. "정말이오. 그럴 만한 가치가 있었소."

"두어 시간에 걸쳐 저런 놈 하나를 낚아올린다는 게 어떤 건지 이젠 감을 잡으셨을 겁니다."

"생애 최고의 짜릿함이었소. 정말이오. 생애 최고의 짜릿함."

"다 잡은 새치였는데 진짜 아쉽습니다." 그들 일행을 태우고 떠날 보트 시간에 맞추기 위해 일찌감치 귀환하면서 E. H.가 캐드월러더에게 말했다.

"난 정말 괜찮소." 캐드월러더가 말했다. "그럴 만한 가치가 있는 일이었소. 이렇게 바다에 나온다는 게 나한테 어떤 의미인지 상상도 못할 거요."

허리케인
Hurricane

행크는 두 달 동안 키웨스트에서 오도 가도 못한 채 자신의 5미터짜리 보트를 타고 함께 남아메리카 항해를 감행할 동료를 수소문했다. 그는 시간을 쏟아 자기가 아는 청년들에게 죄다 편지를 써 키웨스트로 내려오는 기찻삯을 포함하여 모든 비용을 부담하겠다고 제안했지만, 그러겠다고 나서는 사람이 없었다. 그들은 하나같이 그의 모든 친구들 중에 자기가 선택된 것을 영광으로 생각하며, 예전부터 줄곧 여행을 떠나 세상 구경을 하고 싶었으며, 이 기회를 놓치는 게 매우 안타깝고, 초대를 얼마나 고맙게 여기는지 알아주었으면 하며, 멋진 여행이 되기를 빈다고 했다. 못 가겠다는 소리였다. 콘치들은 보트라면 빠삭했기 때문에 키웨스트에서 사람을 구하는 건 어림도 없는 일이었다. 행크는 키웨스트에 보트는 보트대로 버리고 더불어 거기에 투자한 600달러와 6개월 동안의 노동을 단념하고 보트를 박물관에 팔려는 생각마저 접어야 할지 모른다는 현실을 깨닫기 시작했다. 그는 초반에 보낸 편지에 대한 답장 한 통을 받고는 기분이 우울했다. 수신인이 대륙 횡단 화물열차를 타고 있었기 때문에 편지를 받지 못해 제때 회신을 못한 것이다. 밥 윌리엄스란 친구였다. 그는 편지를 일찌감치 받지 못했고, 받았더라면 금방 답장을 보냈을 거라고 유감을 표시했다. 밥은 행크가 다른 사람을 구해 지금쯤이면 아마 남아메리카에서 아가씨들과 노닥거리고 있을 거라 생각한다고 썼다. 염병할 일이지만 그게 그의 팔자였다. 좋은 기회가 와도 때를 놓치고 나서야 그게 좋은 기회였다는 걸 아는 것이다. 그래도 밥은 진심으로 행크한테 감사하고 싶어했고, 행크가 또다른 항해를 계획한다면 그때는 자신도 도전해볼 수 있기를 바랐다. 뭐든 한 번은 해보려는 친구였다. 행크는 밥에게 50달러를 부치며 오라고 했다. 밥은 그 돈을 아끼는 대신 들키지 않고 시카고에서 우편열차를 타고 내려왔다. 그는 짝으로 함께 일하기 괜찮은 친구였다. 행크는 밥이 행여 마음을 고쳐먹고 뒷걸음질칠 틈을 주지 않기 위해 곧바로 떠날 채비를 했다.

그들은 깜깜한 밤 자정에 키웨스트를 떠났다. 행크와 그의 친구가 키웨스트와 쿠바 사이 어디에서 파도를 타게 되리라는 걸 알았기 때문에 우리는 평소보다 더 많은 관심을 기울여 기상 상황을 주시했다. 행크는 145킬로미터 항해라면 날씨에 따라 이틀이나 사흘 정도 걸릴 거라고 말했다. 더할 나위 없이 좋은 날씨였다. 그들이 떠난 후로 사흘 동안 항해하기 좋은 미풍이 북동쪽에서 불어왔다. 시장 어부들을 고생시킬 거친 파도도 일으키지 않았다. 딱 행크가 원하던 대로였다. 하지만 어찌된 일인지 그는 나흘이 되고, 닷새가 되고, 일주일이 지나도록 나타나지 않았다. 우리는 푸른 바다 멀리에서 들어오는 하얀 작은 돛배를 보지 못했다. E. H.는 행크가 해류를 충분히 감안하지 않아 쿠바 해안 어딘가로 떠내려갔을 거라고 추정했다. 그의 서류에 입국 장소가 아바나로 되어 있었기 때문에 아바나 항구에서 입항 허가를 받기 전에는 다른 곳을 통해 뭍에 오를 수 없었다.

여드레째 되는 날 하얀 작은 돛배 한 척이 해안에서 2킬로미터가량 떨어진 지점에서 애써 해류를 거스르고 있는 모습이 보였다. 시장 어부들이 아닌 게 확실했다. 시장 어부들은 역류를 이용하기 위해 항상 해안에 붙어 들어왔기 때문이다. E. H.는 행크라고 단정했고, 실제로 행크였다. 바다는 사흘 만에 횡단했는데 도착 지점이 아바나에서 113킬로미터 아래 지점이어서 해류를 거스르느라 닷새를 또 보낸 것이다. 하얀 돛 뒤 조그만 조타실에 있던 두 청년은 필라호의 뾰족한 까만 뱃머리가 자기들한테 다가오는 걸 보고 손을 흔들며 목이 쉴 때까지 소리를 질렀다. 담배는 떨어지고, 성냥은 물에 젖고, 마실 것 하나 남지 않은 상태였다. 우리는 그들에게 쿠바 담배와 성냥을 던지고 맥주 몇 병을 뱃전 너머로 전해주었다. 맥주병을 받아든 밥이 그걸 이로 땄다. 밥은 성실하고 강인한 젊은이처럼 보였다. 그는 우람한 체구에 건장했으며, 연이은 난투극에서 승자로 등극하고도 몇 명을 더 상대하길 기대하는 사나이의 자신만만하고 서글서글한 얼굴을 하고 있었다.

E. H.는 그들에게 해안 쪽으로 이동해 역류를 이용하라고 일렀고, 그들

이 시키는 대로 하자 일이 한결 수월해졌다. 해질녘 그들은 모로캐슬 옆까지 왔다. E. H.는 밧줄을 던져 그들이 탄 보트를 필라호에 연결하여 항구로 예인했고, 정박할 장소를 알려준 후 입항 허가를 받기에는 너무 늦었으니 아침까지 배에 머물러 있으라고 했다.

다음날 아침 입항 허가가 떨어졌다. 아바나의 신문 기자들과 사진사들이 당도하여 신문 한 면을 채울 기사를 위해 보트에 있는 그들을 인터뷰하고 사진을 찍었다. 저녁에는 아리따운 쿠바 아가씨들이 작은 보트들을 타고 나타나 청년들에게 미국 담배가 있냐고 묻고는 언제 한번 놀러오라고 유혹했다. 청년들은 아바나가 마음에 쏙 들었다. 사실 너무나 마음에 들어 떠날 생각을 하지 않았고, 그래서 E. H.는 행크에게 남아메리카로 계속 여행을 할 의향이라면 날씨가 항해하기 딱 좋은 바로 지금 떠나야 한다고 일깨워주어야 했다. 조만간 북풍이 들이닥칠 것이고, 그렇게 되면 그의 보트로는 바람에 맞설 길이 없어 결국 해변으로 떠밀려갈 거라는 이유에서였다. 행크는 출발을 두 주나 미루다가 하필 세찬 북동풍과 한통속이되어 지난 넉 달 중 가장 험악한 파도를 일으킨 카리브 해 허리케인의 여파가 큰 놀로 밀려와 굽이칠 때 떠나기로 작정했다.

그들은 이른 아침 우리가 잠든 사이 출발했다. 몇몇 어부들이 호크쇼호가 곧장 바다로 나가더니 모습을 감추었다고 알려주었다. 모로캐슬 망대에서 경계를 서던 파수꾼들도 보트의 종적을 놓쳤다. 그들은 청년들이 탄배가 뱃전에 파도를 맞고 밀려드는 바닷물에 수장되었거나 바람이 배를뒤집어버렸을 거라고 생각했다.

바람이 최악인 날이었다. 카리브 해 허리케인의 영향으로 바다가 언덕처럼 부풀어올랐다. 파도 언덕 꼭대기에 다다르자 필라호가 뱃머리를 공중에 추켜올리더니 엄청난 기세로 파도 골 속으로 추락하듯 활주한 후 이어지는 파도 밑으로 깊숙이 코를 들이밀었다. 물보라가 보트를 덮쳐 시야를 가리는 물난리를 일으키며 조타실 창문의 소금기를 씻어내는가 싶더니 바닷물이 흘러내리자 더 많은 소금기를 그 자리에 남겼고, 그다음 파도 꼭대기를 탔을 즈음에는 다시 창문을 닦아냈다. 파도 꼭대기에 올라섰을 때마다 사방을 두루 살펴보았지만 5미터짜리 보트의 흔적은 어디에도 없었다. 그들이 아직 바다 위에 떠 있다면 틀림없이 배의 돛을 목격할 수 있었을 것이다.

정오에 우리는 점심을 먹기 위해 아바나에서 5, 6킬로미터 아래 있는 조그만 어촌 코히마르로 갔다. 그런데 그곳 포구에 성조기와 여러 요트클럽 깃발을 휘날리며 정박해 있는 호크쇼호가 보였다. 행크와 빌은, 보트 두 대에 나눠 타고 그들을 구경하러 나온 어린애들과 아가씨들에게서 흥겨운 환대를 받고 있었다. 그날 저녁 촌장이 그의 집에서 베풀겠다는 환영 잔치에 초대도 받아둔 상태였다.

그들은 사흘 동안 코히마르에 닻을 내리고 있으면서 낮에는 호크쇼호에서 잠을 자고 밤에는 그들을 위한 환영 잔치에 참석했다. 나흘째 되는 날 포구를 지나가며 보니 그들이 떠나고 없었다.

카를로스와 후안
Carlos and Juan

9월 4일쯤 되자 손님들은 전부 미국으로 돌아가버렸고, 새치 철은 끝물로 접어들었고, 해류는 기력을 잃어갔고, 약한 바람이 남쪽에서 불어왔다. 모든 조짐이 낚시하기에는 영 좋아 보이지 않았다. E. H.는 보트를 아바나에 남겨두고 연락선을 타고 키웨스트로 건너가 해류에 속도가 붙을 때까지 거기 머물면서 책 작업에 매달리기로 했다. 그는 2주일간 가 있을 예정이니 그 정도면 카를로스와 후안이 보트를 깨끗이 돌보는 동안 내가 낚시기사를 너끈히 쓸 수 있을 거라고 했다.

카를로스와 후안은 영 사이좋게 지내질 못했다. 카를로스는 명령을 내리는 게 몸에 배었고, 지금은 자신이 필라호의 선장이라고 여겼다. 그의 울화를 치밀게 한 것은 후안이 스페인 혈통을 빼기며 그를 E. H.가 보트나 몰라고 고용한 한낱 무식한 쿠바 어부로밖에 취급하지 않는 것이었다. 후안의 입장은 이랬다. 왜 카를로스한테 명령을 받아야 하는 거지? E. H.가 요리사로 채용한 것이니 음식맛만 좋으면 맡은 임무를 다한 것이고, 오후 시간에 낮잠을 자든 말든 누구도 참견할 일이 아니었다. 그는 해 뜨기 전에 일어나 시장으로 장을 보러 갔다가 오전에는 주방으로 내려가 오찬을 요리했다. 파도가 상당히 거칠 때는 냄비들을 전부 스토브에 묶어놓고 일했다. 저녁에는 그저 한두 시간 사귀는 여자와 노닥거리다가 9시면 배로 돌아왔다. 그러고 나면 내가 뭍에 올랐다. 그는 후갑판 침상에서 곤봉을 베개 밑에 두고 테리블레스가 오면 싸울 태세를 갖추고 잠을 잤다. 그는 이 정도면 제 할 일은 다 하는 거라 여겼다. 게다가 아침에 항구를 나설 때나 한낮에 작은 만을 떠날 때나 닻 올리는 걸 도와주지 않는가? 물고기가 바늘에 꿰었을 때는 조타륜을 잡고 도와주지 않는가? 일전에 과학자들을 위해선 해초 속 잔챙이 고기들을 수십 마리 잡아주지 않았던가? 그는 그런 일들을 하려고 고용된 게 아니었다. 오로지 요리를 위해 채용된 것이다. 그런 일들은 좋은 게 좋다는 생각에서 하는 것뿐이었다. 누가 읽을 줄도 쓸 줄도 모르는 시장 어부 카를로스한테 자기가 선장이라는 착각을 심어주었단 말인가? 없다. 헤밍웨이는 그를 일꾼으로 고용한 것이다. 후안은 그렇게 생각했다. 헤밍웨이가 보스였다. 후안의 논리는 타당했지만 카를로스는 그가 탐탁지 않았다. 후안은 항상 자신이 배운 사람이란 걸 과시했다. 보트에 손님들이 타고 있을 때는 특히 그랬다. 그는 노란색 연필을 귀에 꽂고 다니며 오후마다 침상 하나를 차지하고 앉아 스페인어 신문을 무릎 위에 올려놓고 스페인어 십자말풀이 놀이를 했다. 그것만으로는 사람들의 주의를 제대로 끌지 못한다 싶으면 낱말의 철자를 소리 내어 읽었고, 우리가 뭘 하는지 보려고 고개를 돌려 자신이 십자말풀이 놀이에 심취했다는 걸 발견해줄 때까지 목소리를 높여갔다. 그러고 나선 카를로스에게 스페인어 잡지에 실린 만화를 보여주며 그 밑에 쓰인 대사를 읽어주곤 했다. 자신이 읽지 못한다는 사실을 우리가 아는 걸 원치 않는 카를로스는 만화를 보기 싫다고 거절했지만 후안은 끈질기게 읽어주며 그의 짜증을 돋우었다. 카를로스는 후안한테 불만이 많았다. 자기를 도와 보트 일을 하는 법이 없고, 게으르기 짝이 없어 오후마다 뱃머리에서 낮잠을 자고, 주방을 더럽게 방치해 바퀴벌레가 들끓게 하고, 걸핏하면 몰래 포도주를 마셔댔다. 카를로스는 후안보다 요리도 잘하고 보트에 도움이 되는 일손은 쎄고 쎘다고 말했다. E. H.는 후안이 요리에 재능이 있고, 지금은 조타륜을 다루는 요령을 익히고 있으며, 자기로서는 철이 끝나가는 시점에서 키잡이를 새로 훈련하느라 물고기를 더이상 놓치고 싶지 않다고 대답했다. 후안은 맡은 일을 했고, 그들은 좋으나 싫으나 함께 지내야 했다. 둘 중 하나가 불평을 하면 E. H.는 그 상대편의 방패막이가 되어주었고, 그러면 둘 다 잠잠해졌다. 그는 키웨스트로 떠나면서 후안과 나한테 카를로스가 선장 노릇을 할 테니 혹시 불만거리가 생기거든 갖고 있다가 자기가 돌아온 다음 직접 자기한테 토로하라고 했다.

그가 떠난 후 첫날 오전, 나는 정박한 보트 아래 선실 책상에 자리를 잡고 앉아 종이 뭉치와 연필 몇 자루를 놓고 글을 써보려고 했지만 그럴 수가 없었다. 맨발로 선실 지붕을 딛고 다니는 카를로스의 발소리, 그다음엔 쿠바의 룸바 곡조를 불러대는 후안의 노랫소리, 나중엔 카를로스와 후

안이 구명보트를 타고 필라호 주위를 돌며 흘수선 바로 아래 선체에 달라
붙은 퍼런 이끼를 솔로 푹푹 문지면서 스페인 말로 떠드는 소리가 쉴새없
이 귓전을 울렸다. 나는 오전 내내 텅 빈 종이를 바라보며 어떡하든 기사
에 집중하려고 애썼지만 마음은 온통 뒤죽박죽, 딴생각만 났다. 그래서 후
안이 선실로 내려오는 걸 보자 또 방해하는가 싶어 짜증이 났다. 그런데
그가 손으로 배를 움켜잡고 허리를 굽힌 채 "아이고, 어머니! 아이고, 어머
니!" 하며 고통스레 신음하는 게 보였다. 그는 주방으로 들어가 병에서 올
리브유를 손에 따른 다음 침상에 벌렁 드러누워 통증에서 헤어나지 못한
채 신음 섞인 소리로 "오이, 미 마드레아이고, 어머니!"를 되뇌며 갈색으로 그
을린 자신의 배를 올리브유로 문질렀다.

　"저기요, 카를로스!" 내가 불렀다. "후안을 의사한테 데려가야 하지 않
을까요?"

　카를로스로는 대답이 없었다. 후안이 꾀병치레로 뱃일을 전부 자기에
게 떠맡기려는 수작이라고 생각한 것이다.

　"시, 메디코그래, 의사." 의사한테 가야겠다는 생각이 처음 들었던지 후안
이 신음 사이로 중얼거렸다.

　"함께 의사한테 가봐요, 빨리." 내가 카를로스한테 말했다.

　"그럼 가자고 해." 카를로스가 대답했다.

　후안은 그 상태로 신발을 신거나 셔츠를 걸칠 경황도 없이 길을 나섰
다. 카를로스는 후안을 태우고 뭍으로 노를 저었고, 나는 그들이 느릿느릿
거리로 올라서는 모습을 지켜보았다. 후안은 양팔로 배를 끌어안고 몸을
앞으로 굽히고 있었다. 둘은 온종일 나가 있었고, 저녁이 돼서야 카를로스
만 혼자 돌아왔다.

"후안은 어때요?" 내가 물었다.

"의사가 스물한 명 달라붙어 배를 갈랐어!" 그런 큰 사건에 관련된 것에 흥분을 감추지 못하며 카를로스가 말했다. "큰 수술을 세 번이나 했어!"

"후안은 어때요?" 내가 재차 물었다.

"뱃속이 온통 터져버렸어. 큰 수술을 세 번이나 했다니까. 창자에 구멍이 뻥뻥 뚫리고 위 곳곳이 궤양인데다 맹장은 찢어지고. 한 번에 세 가지 큰 수술을 했어. 의사 스물한 명이 배를 갈랐다니까."

"후안은 지금 어떤 상태죠? 살 수는 있답니까?"

"누군들 알겠어? 엄청난 수술이었으니까. 하지만 장담컨대 올해를 넘기지 못하고 끝장날 거야. 필라호에 후안은 더이상 없게 됐어."

"간호는 잘 받고 있나요?"

"백만장자 부럽잖게! 최고의 대우야! 후안이 미국인 요트에서 일한다고 했거든. 병원에선 미국인이 치료비를 댈 거라 생각하고 극진하게 대접하고 있어. 의사 스물한 명이 배를 갈랐다니까! 가난뱅이 쿠바인이라면 득달같이 쫓아냈을 거야."

"치료비는 어떡하죠?"

"그건 병원에서 걱정할 일이지. 우린 재주껏 속여 가능한 한 시간을 끌어야 해. 헤밍웨이가 책임질 일은 아니야. 후안은 일용직으로 고용된 거니까. 부상이나 상처를 입은 것도 아니고. 의사 말로는 오래된 병이래. 뱃속이 그렇게 터졌으니 무지하게 아팠을 거야."

"몸이 그 지경인데 왜 일찌감치 말하지 않았을까요?"

"일자리 때문에 두려웠던 거야. 아프다고 말하면 해고될 거라 생각한 거지. 허구한 날 먹지도 못하고 쏘다녔다고 하더라고. 그래서 맹장이 터질 때까지 이를 악물고 참으면서 잠자코 있었던 거야. 후안이 쿠바인이라는 걸 알아채지 못했으면 좋겠어."

"왜죠?"

"그랬다간 바로 죽은 목숨일 테니까."

"왜요?"

"그건 후안이 가난뱅이란 뜻이고 결국 치료비를 못 받는다는 소리니까."

"돈 없는 사람들을 위해 정부에서 운영하는 병원이 있잖아요?"

"하루에 8센트야! 경우와 상관없이 딱 그 금액! 그걸로 침대보며 음식이며 약이며 의사와 간호사 비용 일체를 해결하지. 정부는 군마軍馬 한 마리를 먹이는 데 하루에 40센트나 쓰면서도 병원에 있는 불쌍한 환자를 위해선 고작 하루에 8센트를 쓴다니까. 그래서 쿠바인들은 죽음을 무서워하듯 병원을 무서워 해. 인간의 목숨이 파리 목숨보다 못한 게 이곳 병원이지. 병 때문에 안 죽으면 굶어서 죽는 거야. 후안은 아주 운이 좋은 거라고."

카를로스는 병원 사람들을 속인 걸 뿌듯하게 여겼다. 그는 필시 후안의 목숨을 구한 것이다. 그는 후안이 좋아지기 시작했다. 후안이 더는 보트를 타지 못할 테니.

다음날 병원에서 돌아온 카를로스는 웃음을 멈추지 못했다.

"후안이 사귀는 여자! 검둥이야! 검둥이야! 검둥이야! 검둥이야!" 그가 허리가 휘도록 웃으며 양손을 위아래로 내저었다.

나는 후안이 자기 여자가 얼마나 일을 잘하는지 말한 걸 기억했다. 자기가 돈을 벌어 사다준 옷감으로 그 여자가 만들어준 튼튼한 셔츠와 바지를 내게 보여준 적도 있었다. 그는 틈만 나면 제 여자 얘기를 꺼냈지만 한 번도 친구들을 집으로 초대해 그녀를 보여준 적이 없었기 때문에 친구들은 그녀가 어떤 여자일까 궁금했다.

"어디서 봤는데요?" 내가 물었다.

"병원에서. 후안을 병문안 왔더라고. 얼굴이 석탄처럼 까매. 후안의 애인이 말이야! 검둥이야, 검둥이, 검둥이라고. 하! 하! 하! 하! 친구를 집에 데려오지 않을 만해."

"예쁜가요?"

"형편없어. 아주 형편없어. 검둥이 할망구야. 방에서 그 여자 냄새가 풍기더라고. 궁둥이를 삐죽 내밀고 절뚝이는 게 가관이었어." 카를로스가 그녀의 걸음걸이를 흉내내며 말했다. 카를로스는 기분이 무척 좋아 거리낌 없이 웃었다. 그의 적수가 완패한 것이다. 혹 후안이 회복되더라도 그의 십자말풀이와 스페인 혈통은 아무짝에도 쓸모없어져버린 것이다. 카를로스는 후안이 나이들고 절뚝이고 궁둥이를 삐죽 내밀고 걷는 흑인 정부를 데리고 산다는 걸 노상 기억할 것이기 때문이다.

카를로스는 아침마다 시장에 나가 새치가 얼마나 잡혔는지 확인했다. E. H.가 집으로 돌아가고 모든 징후가 최악이었음에도 불구하고 만류 지역이 느닷없이 새치로 활기를 띠었다. 시장 어부들이 수면을 타고 이동중인 거대한 새치 무리를 목격했다고 알려왔다. 엔진이 있는 작은 보트들이 바다로 나가 온종일 새치를 꿰었지만 낚싯대만 전부 부러뜨렸다. 시장 어부들은 하루에 스물다섯에서 마흔 마리를 잡아 왔는데, 어떤 놈들은 400 킬로그램이 넘었다. 카를로스는 매일 밤 E. H.에게 전보를 쳤다. 카를로스의 생각으로는 이동이 지속될 것 같지 않았다. 해류가 조용한데다가 달의 모양이 영 아니었다. 그는 매일 아침 이동이 멈췄을 거라 예측했지만 전보다 더 큰 녀석들이 시장 바닥에 쌓여 있는 걸 발견했다. 새치 고기 값은 예전의 상어 값으로 떨어졌다. 그렇게 열흘이 지나자 카를로스는 더이상 참지 못하고 E. H.에게 돌아오는 게 좋겠다고 연락했다. 10월 14일 아침 E. H.가 건너왔다. 하지만 바람이 남쪽으로 방향을 틀더니 새치가 온데간데없이 사라져버렸다. 대규모 이동을 놓친 것이다.

E. H.는 양다리가 활처럼 휘고 얼굴이 길고 홀쭉한 볼로라는 이름의 체구가 작은 쿠바인을 고용했다. 요리사 후안의 자리를 메우기엔 아쉬운 구석이 많은 사내였다. 볼로는 카를로스가 원한, 굽실거리는 게 몸에 밴 어부였다. 누가 지시를 내리든 전전긍긍하며 "시, 시뇨르네, 나리" 하고 대답했고, 카를로스가 혼자서도 할 수 있는 일을 거들었다. 하지만 그는 요리를 할 줄 몰라서 우리는 이내 후안이 돌아오기만을 고대했다.

내가 마지막으로 들은 소식은 후안의 상태가 좋아지고 있다는 것과 E. H.가 후안을 위해 코호에게 200달러를 맡겨 매달 병원 비용을 지불하고 후안의 인척들이 돈을 빼가는 일이 없도록 해두었다는 것이다. 그 정도면 1년 동안 후안이 두 발로 다시 걸을 수 있을 때까지 필요한 치료비로 부족함이 없을 금액이었다. 알폰소에게게서 들은 이야기였다.

만류 속 바다는 물고기가 나타났을 때처럼 갑자기 텅 비었고, 새치 한 마리 꿰지 못하고 우리는 두 주 동안 트롤링만 했다. E. H.는 두 달 동안 매일같이 눈이 빠지게 고기를 기다리며 트롤링을 하다가 막상 놈들이 떼로 몰려들었을 때는 기회를 깡그리 놓치게 되자 기분이 말이 아니었다. 이제 후안도 없는 터라 볼로가 조타륜을 다루는 법을 익히기 전까지는 설사 열두 마리가 바늘을 문다 해도 절반은 놓치고 말 형편이었다. 운이 따

라주어 얼마 남지 않은 낚시 철에 그만큼이라도 물어준다면 말이다. 아무
래도 고기들이 전부 떠나버린 듯했다. 우리가 놓친 것 같은 이동이 다시
는 없을 것이 분명했다. E. H.는 거센 북풍이 몰아치기 전, 다른 놈들을 따
라 올라오는 커다란 흑새치라도 한 마리 낚아볼 요량으로 버티고 있을 참
이었다. 보트를 몰며 요행수를 바라는 수밖에 없었다.

뱀상어

Tiger Shark

미국 본토에서 오는 손님은 더이상 없었고, 로페스 멘데스와 가토르노 부부도 처음처럼 그리 자주 찾아오지 않았다. E. H.와 나는 낚싯대를 교대로 잡아줄 사람 하나 없이 어떤 때는 한 번에 몇 날을 고물에 놓인 낚시의자에 외로이 앉아 있었다. 얘기도 별로 없었다. 온종일 서로 아무 말 없이 나란히 앉아 있기도 했다. 더없이 자연스러웠다. 트롤링을 하며 시선은 바다 위에 둔 채, 마구 요동치는 목제 티저 뒤에서 유유히 끌려오는 생선미끼를 바라보며 떠나서 돌아오지 않는 새치의 그림자를 기다렸다.

"무슨 생각 하세요?" 어느 날 아침 내가 E. H.에게 물었다.

"사람들." 그가 대답했다.

"줄곧 그러시나요?"

"이따금씩 물고기 생각을 하긴 해도 주로 사람들이지. 그 과학자들이 어떤 이들인지는 자네도 알 거야. 단순한 사람들이지. 하지만 후안은 이해해줘야 해. 속이 깊어."

"쓰고 계신 책에 대해서도 생각하시나요?"

"될 수 있으면 안 하려고 해. 혹 생각이 들면 일부러 다른 생각을 하려고 하고. 그마저도 안 될 때면, 눈치챘을지 모르겠지만, 좀 이른 시간에 자네한테 위스키를 갖다달라고 부탁하는 거라네. 위스키가 잊게 해주고 마음을 다른 차원에 올려놓거든."

"책이 어떻게 끝날지 아시나요?"

"지금은 알지, 불행히도. 모르는 편이 나을 텐데 말이야."

"처음 시작할 때는 전혀 감이 없었나요?"

"없었지."

E. H.가 더는 말하고 싶지 않은 눈치여서 나는 말을 멈추었다.

표층에 물고기가 한 마리도 없는 판에 트롤링을 하느라 보트를 움직여 연료를 소모한다는 건 낭비였기 때문에 E. H.는 보트를 그냥 물에 내맡기기로 했다. 다음날 아침 바다가 잔잔할 때 우리는 해류가 흐르는 곳으로 달려나가 엔진을 껐다. 아주 조용해졌다. 보트가 흔들리자 문이 삐걱대고 주방에 있는 접시들이 움직이는 소리만 들렸다. 카를로스가 묵직한 납 봉돌을 목줄에 달았고 우리는 미끼 세 개를 내렸다. 고물에 두 개, 이물 쪽에 한 개였는데, 75길, 100길, 125길로 깊이를 달리했다. 표층에는 고기가 없었다. 카를로스는 놈들이 깊은 곳에서 배를 채우고 있다고 생각했다. 물위에 둥둥 떠 있는 동안 우리는 소형 보트에 몸을 싣고 고기를 낚던 시장 어부들과 다를 바 없는 처지였다.

"정말 언제 잡아채야 하는지 분간할 수 있겠어요?" E. H.가 물었다.

"물론이지." 카를로스가 대답했다. 이런 낚시에 40년 세월을 보낸 터라 그는 대가처럼 말했다.

"창자에 바늘을 박는 건 질색이죠. 그건 재미없어요." E. H.는 미끼를 집어삼킨 새치를 낚은 적이 있었는데, 녀석은 점프를 한다거나 그 어떤 저항도 없이 3분 만에 보트로 끌려왔다.

"염려 붙들어 매. 놈이 삼키기 전에 잡아챌 테니까. 난 새치가 언제 미끼를 아가리에 처넣는지 알 수 있다고."

"그렇다면 좋아요. 낚싯대를 넘겨주죠."

카를로스는 낚싯대를 고물 쪽 뱃전에 기대놓은 채 낚시의자에 앉아 있었다. 낚싯줄 두 개를 양손에 각각 붙들고 있는 게 싫증나면 그것들을 양발 엄지발가락에 칭칭 감고 의자에 편히 기대앉아 햇볕을 받으며 잠들었다. 낚싯줄은 납 봉돌의 무게가 주는 보통의 장력에는 괜찮지만 무엇이 물었다 하면 벗겨져 그를 깨우게끔 감겨 있었다. E. H.는 그늘에 놓인 인조가죽 침상 위에 몸을 쭉 뻗고 누워 프랑스 소설을 읽고 있었고, 나는 큼지막한 밀짚모자를 쓰고 책 하나를 챙겨 이물로 가서 볼로가 식사를 준비할 수 있도록 교대해주었다. 나는 잠시 책을 읽다가 꾸벅꾸벅 졸다가 낚싯줄을 손에 쥔 채 잠이 들었다. 보트가 낚싯줄을 드리운 반대편으로 기우뚱할 때마다 무거운 봉돌의 무게가 느껴졌고, 보트가 다시 줄 쪽으로 기우뚱하면 줄이 느슨해졌다. 줄이 천천히 당겨지는 느낌이 들자 정신을 차리고 손을 꽉 움켜쥐었다. 줄은 변함없이 천천히 묵직한 장력을 전하며 계속 풀려나갔지만, 나는 그게 납 봉돌의 무게 이상이라는 걸 알았다.

"뭐가 줄을 당겨요!" 내가 소리쳤다.

"낚아채!" 카를로스가 조언했다.

"가버렸어요."

"놈에게 여유를 줘야 했어." E. H.가 말했다. "감아올려 미끼를 보자고."

고등어미끼를 살펴보니 새치가 아가리로 바이스처럼 단단히 죄었던 모양인데, 내 손의 압력을 감지하고는 수상쩍게 여겨 놓아버린 것이다. 새치가 물었는데도 내가 느낀 것은 납 봉돌에 더해진 일정한 무게와 한결같이 완만하게 당기는 힘뿐이었다. 미끼를 향해 돌진하는 물위의 거대한 그림자도, 미끼를 입에 물고 물 밖으로 나오는 물고기도 보지 못했고, 뜯어내듯 줄을 끌고 내려가며 낚싯대를 손에서 거반 강탈해가는 것 같은 느낌도 없었다. 그저 느리고 묵직한 장력만 느꼈을 뿐 아무것도 보지 못했다. 그것이 새치가 움직이는 보트에서 트롤링으로 끌려오는 미끼를 무는 것과 동력 없이 둥실 떠 있는 보트에서 물속 깊이 내린 미끼를 무는 것의 차이였다.

그냥 떠 있는 배에서 지내는 건 훨씬 수월했다. 오전 내내 아무 소동 없이 마냥 떠 있는가 하면, 보트가 우리를 흔들흔들 토닥여 잠을 재우기도 했다. 볼로가 식사를 준비하면 우리는 잠에서 깨어 그의 기름기 많은 요리를 먹어치우고 다시 자러 갔다. 우리는 낮 시간을 대부분 뙤약볕 속에서 커다란 밀짚모자로 얼굴을 가린 채 땀을 흘리며 낮잠을 잤고, 밤에는 항구에서 양모담요 두 장을 덮고 시원하게 잠을 청하고는 했다.

몇 시간 동안 평화로운 잠에 빠져 있을 무렵, 낚싯줄이 당겨져 카를로스의 한쪽 발가락에서 벗겨졌고 그가 소름 끼치는 괴성을 지르며 잠에서 깼다. "아구하새치! 아구하!" 볼로와 나는 비몽사몽간에 나머지 두 낚싯대를 움켜잡고 맹렬하게 릴을 감아올려 놈의 점프가 시작되기 전 방해가 되지 않도록 100길짜리 낚싯줄을 치우려고 했다. 카를로스가 서서 집게손가락 위로 줄을 붙들었다.

"느껴지는 거라도 있나요?" 낚싯대를 집어들며 E. H.가 물었다.

"없어, 지금은."

"갔나요?"

"다시 왔어. 미끼를 무는 느낌이야."

"낚아채야 하는 거 아닌가요?"

"아직. 놈한테 시간이 필요해." 갑판에 헐겁게 놓여 있는 낚싯줄 더미에서 줄을 천천히 내어주며 카를로스가 말했다.

"저 자식의 창자에 바늘을 박고 싶진 않아요."

"언제 잡아채야 할지는 내가 알아. 줄을 늦춰."

카를로스는 계속해서 "줄을 늦춰. 줄을 늦춰. 놈이 미끼를 입속에 넣도록 말이야" 하고 말했다. 그 순간 보트 전방 46미터 지점에서 작은 백새치 한 마리가 뛰어오르는 게 보였다.

"늦추라니, 젠장." E. H.는 이렇게 말하고 기다란 곡선을 그린 낚싯줄을 처리하기 시작했다.

E. H.는 8분 만에 고기를 갈고리로 유도했다. 무게라야 고작 36킬로그램. 아주 크거나 신날 만한 정도는 아니었지만 아무튼 새치였기 때문에 녀석을 배에 올리고 나니 우리는 기분이 좋아졌다.

동력을 끈 채 물위에 떠서 미끼를 물속 깊이 드리우고 있는 매력은 뭐가 잡혀도 눈으로 보기 전까지는 그 정체를 알 수 없다는 데 있다. 처음

줄에서 느껴지는 가벼운 당김의 주인공이 미끼를 이빨로 난도질하는 작은 바라쿠다일 수도, 꼬치삼치일 수도, 바다에서 가장 큰 새치일 수도 있다.

카를로스가 또다시 우리를 잠에서 깨웠을 때는 낚싯줄이 그의 손에서 천천히 중량감 있게 경련을 일으키며 당겨지는 게 보였다.

"큰 새치야!" 그가 말했다. "엄청나게 큰 새치야! 당기는 힘을 보니 보통 놈이 아니야. 낚아채!"

E. H.는 낚싯대를 부여잡고 아랫배에 힘을 주어 가능한 한 신속하게 펌프질을 했다가 릴을 감았다, 펌프질을 했다가 릴을 감으며, 놈이 뛰어올라 미끼를 뱉어내기 전에 바늘을 아가리 속에 단단히 박아놓기 위해 놈이 문 줄을 팽팽히 유지했다.

"엄청난 새치야!" 카를로스는 실성한 사람처럼 계속 소리를 질러댔다.

고요한 잠의 평화가 깨지고 느닷없이 활동이 개시된 것이다. E. H.는 이미 물고기를 느끼고 있었다. 볼로는 뱃머리에서 75길짜리 줄을 감고 나는 고물에서 다른 낚싯대를 잡고서 누가 먼저 미끼를 배 위로 올려놓는지 결판 짓는 필사의 시합을 벌였다. E. H.가 릴을 감아 느슨하던 줄을 일직선으로 펴놓았지만, 이제 그 줄이 길고 육중한 장력으로 바닷속으로 되돌아가는 중이었고, 그가 510그램짜리 낚싯대와 91킬로그램 하중을 지탱하는 낚싯줄을 팽팽히 당겨 놈을 저지하자 낚싯대가 반으로 접히듯 휘었다. 줄이 다시 헐거워지자 그는 줄을 펌프질해 올리기 시작했다. 그러다가 그 무엇으로도 막을 수 없는 완만하고 일정한 장력으로 줄이 다시 풀려나가기 시작했다. E. H.가 낚싯대와 릴을 가지고 애썼지만 녀석의 진행 방향을 바꾸는 데 아무런 영향을 주지 못하는 듯했다. 놈은 줄을 제멋대로 끌고 갔다. 잠시 느릿느릿 당기다가 멈춰 서는가 싶더니 여전히 수심 깊은 곳

에서 먹이를 포식하고 있는 듯 다시 계속해서 줄을 끌어갔다

"거대한 새치다! 몬스터 그란디시모아주 엄청난 괴물이다!" 카를로스가 외쳤
다. 그는 놈이 뛰어오르는 걸 보기 전까지 보트를 어느 방향으로 틀어야
할지 모른 채 조타륜을 잡고 있었다.

E. H.는 놈이 해류를 따라 해안 쪽으로 움직이길 원한다고 예측하여 카
를로스에게 보트의 뱃머리를 그쪽으로 돌리라고 이르고는 발을 생선저
장고 위에 딱 고정할 수 있도록 낚싯줄을 고물 뒤쪽에서 비스듬히 유지했
다. 온 힘을 휜 낚싯대에 쏟아부으면서 그는 녀석과 5분 동안 줄다리기를
했고 결국 줄을 거둬들이기 시작했다. 누가 자기를 수면으로 끌어올리는
지 녀석이 궁금했던 모양이다. 우리는 계속 점프를 기다렸으며 E. H.가 누
런빛이 어른거리는 걸 목격했을 때 긴박감은 최고조에 다다랐다.

"티부론상어다!" 그가 혐오감을 드러내며 고함을 질렀다. "메르데제기랄!
메르데! 카나카염병할! 네놈의 빌어먹을 왕 새치가 여기 있다."

사정이 이쯤 되자 그는 새치를 잃는 건 개의치 않고 상어를 거칠게 끌
어당겼다. 누런 반점이 태양에 번뜩일 때마다 점점 커지면서 거대한 뱀상
어 한 마리가 수면에 모습을 드러냈다. 볼로가 손을 뻗어 케이블 목줄을
잡고 놈을 고물 쪽으로 끌어오자 카를로스가 갈고리로 놈의 목구멍을 꿰
었다. 나는 E. H.에게 권총을 집어주었다. 그는 생선저장고 위에 서서 처
음 몇 발을 양미간에, 총 맞은 구멍에서 작은 핏줄기가 솟구쳐오를 때까
지 쏘았다. 그들은 새치 대신 물위로 올라온 그 추악한 자식에게 한껏 복
수를 했다. 상어는 탄창 하나 가득 채운 총알을 대가리에 맞고서도 여전
히 꼬리로 물을 도리깨질하며 이빨을 딱딱 맞부딪었다. 그 와중에 카를로
스와 볼로는 놈의 대가리를 생선저장고 높이만큼 끌어올렸고, 카를로스

가 놈의 콧잔등을 곤봉으로 후려쳤다. 우리가 놈을 롤러 위에 얹어 갑판으로 미끄러지게 해 보내는 도중에도 녀석은 계속해서 꼬리를 휘둘렀다. 그때까지 내가 본 가장 흉측하게 생긴 상어였다. 배는 유달리 튀어나오고 대가리는 아주 넓고 아가리가 무지막지했으며, 등뼈는 잔뜩 굶주린 암소의 등뼈마냥 돌출했고 꼬리는 길고 앙상했다. 달아보니 무게가 227킬로그램이었는데 크기만큼이나 악취가 심했고 갑판 위에 역겨운 오물을 토해냈다. 아직 힘이 남았던지 꼬리를 몇 차례 퍼떡이자 카를로스가 가서 곤봉으로 잠잠하게 만들었다. 우리는 놈이 삼킨 미끼의 낚싯바늘을 제거해야 했다. 카를로스가 곤봉을 놈의 입에 들이밀어 아가리를 벌리려고 했지만 죽은 상어가 입을 닫아 이빨을 곤봉에 박아버리는 바람에 있는 힘을 다해 다시 곤봉을 빼내야만 했다. 카를로스는 콧잔등을 몇 번 더 내려친 후 재차 시도했다. 그는 곤봉을 지렛대 삼아 사람이 기어들어갈 수 있을 정도로 놈의 아가리를 벌려놓고 볼로더러 곤봉을 붙들고 있게 한 다음, 칼을 훔켜쥔 손을 위아래로 길게 늘어선 뾰족하고 허연 이빨들 사이로 뻗어 상어의 목구멍에서 바늘을 베어냈다. 우리는 죽은 상어를 뱃전 너머로 내던졌고, 놈이 가라앉으면서 재주를 넘듯 몸이 천천히 돌며 배가 위를 향할 때마다 허옇게 번뜩이는 걸 지켜 보았다.

카를로스는 피가 마르기 전에 바닷물을 여러 양동이 길어 갑판에 들이부었다. 북동쪽에서 상쾌한 바람이 불어오자 E. H.는 트롤링에 알맞은 속도로 배를 몰기 시작했다.

고래

The Whales

로페스 멘데스와 엔리케가 선실 주방에서 요리한 스파게티를 내올 참이
라 우리 모두 음식에 대해 상상하고 있을 즈음, 갑자기 카를로스가 자리
를 박차고 일어나 맹렬히 소리를 질렀다.

"대포를 쏜다!"

"어디요?"

그가 북서쪽을 가리켰다. "있을 수 없는 일이야. 목표 지점을 벗어났어."

"본 게 뭡니까?"

"포탄이 일으킨 물보라. 있을 수 없는 일이야. 목표 지점을 벗어났어. 포

격 연습이 있을 거란 연락은 못 받았는데."

"물보라가 어떻던가요?"

"포탄 물보라 같았지만 아무래도 거대한 바다 괴물의 소행인 것 같아."

그게 다시 보였다. 북서쪽으로 3킬로미터 지점에서 물속에서 폭탄이 터진 듯 간헐천 물보라 같은 것이 솟구쳐올랐다.

"악마다!" 카를로스가 소리쳤다.

"릴을 감아. 빨리 릴을 감아." E. H.가 다그쳤다. 우리가 펌프질 하듯 미끼를 거둬들이는 사이 그가 엔진 두 대에 굉음의 시동을 걸고 물이 뿜어져 올라오는 곳을 향해 달렸다.

"바닷속에 저런 물보라를 일으킬 만한 고기는 없다고. 저건 악마야." 카를로스가 말했다.

"그렇다면 우리가 잡아야지요."

첫번째 지점에서 좌측으로 2킬로미터가량 떨어진 곳에서 뿜어져 나오는 물줄기가 또 보였다.

"고래다!" E. H.가 고함을 쳤다.

"이럴 수가!"

"고래 두 마리!"

"믿기지가 않아."

"악마를 믿는 편이 더 쉽지 않겠어요?"

"이곳 바다에서 일평생 낚시를 했지만 고래를 본 적은 없다고."

"악마를 본 적은 있나요?"

"없어. 하지만 바다에선 많이 느꼈지, 그게 가까이 있다고."

"고래는 악마가 아니죠."

보트가 너무 빨리 달리는 통에 우리는 고물 멀리서 무겁게 끌려오는 미끼를 감아올리는 데 애를 먹었다. E. H.는 전속력으로 그가 본 가장 가까운 분출 지점으로 내달았다. 몇 분이 지나 우리는 서로 불과 몇 미터 떨어지지 않은 두 지점에서 물이 동시에 뿜어져 나오는 걸 보았다. 하나는 높이 힘차게 솟는 가는 물줄기였고, 다른 하나는 1내지 2미터밖에 되지 않는 낮은 물보라였는데 꼭대기 부분이 버섯처럼 둥글었다. 곧이어 우리는 거무스름한 두 반점이 나란히 파도를 미끄러져 내려가는 걸 목격했다.

"고래 세 마리!" E. H.가 말했다.

"카람바아이고!" 카를로스가 탄식했다. "저것들을 잡을 수 있으면 좋으련만. 고래 한 마리면 아바나에서 완전히 팔자를 고친다고."

"해봅시다. 누가 작살총 좀 갖다줘."

카를로스가 헤밍웨이의 작살 장비를 가져왔다. 총신을 짧게 자른 녹슨 410구경 산탄총 한 자루, 공포탄 여럿, 둥근 작살대 열두 개, 작살촉 얼마와 둥글게 감긴 도르래 줄 몇 뭉치였다. 이 정도면 작살로 쥐가오리나 바다거북은 잡을 만했지만 고래 사냥에는 부실했다. E. H.는 쓸모없어 보이는 도르래 줄을 사용하는 대신 5미터짜리 철사 케이블 목줄을 작살촉에 단단히 동여매고 케이블 반대쪽 끝은 뱃머리에 있는 60길 길이에 8센티미터 굵기인 허리케인 동아줄에 묶었다. E. H.는 총이 밧줄은 놔두고 철사 케이블만 날려 보내리라는 걸 알았다. 유효사거리가 딱 케이블의 길이였기 때문에 고래들이 물을 뿜으러 올라올 즈음 그것들 위로 보트를 몰아 작살을 발사해야 할 판이었다. 그는 밧줄 끝에 구명환을 잔뜩 달았다. 그래야 작살을 맞은 고래가 밧줄을 전부 끌고 잠수해도 구명 장비를 따라가며 녀석이 숨 쉬러 올라올 때마다 만리허 소총으로 숨이 끊길 때까지 머리에 총알을 먹일 수 있고, 또한 놈을 큰 갈고리로 찍어 아바나로 끌고 가기도 수월할 터였다. E. H.는 이 모든 걸 머릿속에 두고 있었다. 이제 그에게 필요한 것은 가까이 다가가 작살을 쏘는 일이었다. 그러면 일이 재미있어지는 것이다.

E. H.와 볼로는 뱃머리에 섰다. E. H.는 작살총을 들고 있었고, 볼로는 밧줄이 잘 풀려나가도록 줄을 똬리 모양으로 가지런히 정리했다. 조타륜을 잡은 카를로스만이 혼자 조타실에 남았다. 나머지 사람들은 선실 지붕에 흩어져 있었다. 엔리케는 여분의 작살대와 만리허 소총을, 로페스는 그가 배심원이었을 때 피고에게 받은 소형 카메라를, 나는 그라플렉스 카메라를 들고 있었다.

고래들은 눈에 띄게 꼬리를 흔드는 동작 없이 해류를 거슬러 서서히 움직였는데, 마치 완전히 정지해 있는 듯했고, 녀석들이 부상할 때는 통나무가 떠다니는 것처럼 보였다. 녀석들은 수면 근처에 잠시 머물다가 다시 가라앉아 시야에서 사라졌다. 우리가 점점 가까이 다가가자 녀석들이 만들어낸 어두운 그림자가 떠오르는 것과, 아직 몇 미터 수면 아래 있는데도 간헐천처럼 수면 위에 뿌연 안개를 뿜어내는 것과, 하강하기 전 정수리 호흡공으로 수월하게 들숨을 쉬기 위해 거대하고 둥근 몸뚱이를 물 밖으로 내밀어 물살을 양옆으로 가르는 모습이 보였다. 모든 동작이 느긋했다.

고래들은 보트를 두려워하지 않는 듯했다. 녀석들은 우리가 저들 사이를 달리도록 내버려두었다. 뱃머리에서 둘 중 한 놈의 등짝에 큰 닻을 내려도 될 정도였다. 그래도 작살을 쏠 만큼 가깝지는 않았다. 녀석들은 여전히 얼추 1미터 아래 있었고, 우리는 자리에 앉아 햇빛이 밝게 비치는 투명한 물속으로 녀석들을 지켜보았다. 그동안 E. H.는 녀석들이 수면으로 올라오기를 기다리며 작살총을 붙들고 있었고, 볼로는 옆에 서서 흥분을 주체하지 못하고 양팔을 들어올려 손으로 제 머리칼을 쥐어뜯으면서 E. H.에게 "발사! 발사! 성모여 도우소서, 발사!" 하고 외쳤다.

느릿느릿 움직이던, 길이로 보나 너비로 보나 12미터짜리 보트만한 그 두 거대한 거무스름한 몸뚱이가 부상을 시작하더니 약간 반대편으로 방향을 틀었다. E. H.는 카를로스에게 손짓해 제일 큰 녀석을 따라 오른쪽으로 선회하라고 지시했다. 우리가 그놈을 따라 달리는 동안 마치 소방 호스가 뿜어내는 것 같은 물줄기가 수직으로 솟구쳤고, 코가 뭉툭하고 위쪽에 호흡공이 달린 거대한 머리가 공기를 빨아들이기 위해 물 밖으로 올라왔다.

"성모여 도우소서, 발사! 발사!" 제 머리칼을 여러 움큼 뜯어내며 볼로가 소리쳤다.

"아직 거리가 있어." E. H.가 말했다.

"발사! 발사!"

"사정거리 밖이야."

"그냥 해봐요, 이판사판. 오, 성모여 도우소서, 발사!"

E. H.는 짧게 자른 총신 밖으로 작살촉과 작살대가 삐져나온 총을 들어올렸고, 이어 산탄총이 발사되는 폭발음이 울렸다. 철사 케이블이 일직선으로 뻗어 나아가다 고래 머리에서 30센티미터 못 미치는 지점에서 작살촉을 잡아챘다.

"봤지, 못 미칠 거라고 했잖아." E. H.가 말했다.

"성모여 도우소서, 다시 쏴요!"

고래가 물 밖으로 머리와 등을 곧추세웠고 덕분에 우리는 녀석을 잘 관찰할 수 있었다. 그러고 나자 녀석의 머리가 서서히 회전하며 물속에 잠기기 시작했다. 한쪽 끝부터 물이 차올라 침몰하는 선박처럼 가라앉으면서 꼬리지느러미가 가파른 기울기로 솟았다가 천천히 우아하게 바닷속으로 미끄러져 들어갔다.

볼로는 철사 케이블과 작살촉을 끌어들였고, E. H.는 총에 다시 공포탄을 장전하고 총신에 작살대를 끼워넣었다.

"뭐가 문제였지?" 조타륜을 잡은 카를로스가 물었다.

"사정거리를 벗어났어요." E. H.가 대답했다. "보트를 놈들 바로 위에 갖다붙이고 거기서 쏴야겠어요."

"그건 절대 안 돼."

"맞아요. 녀석이 겁먹었으니까. 다른 방법을 씁시다. 바로 뒤를 따라가다가 녀석이 물을 뿜으러 올라오면 신호를 줄 테니 그때 앞으로 전속력을 내요."

"시, 시뇨르네, 나리. 오이, 카람바아이, 이런!"

뱃머리에서 작살을 든 E. H.는 한껏 고무되었다. 우리는 해류를 거슬러 천천히 움직이며 다른 고래가 다시 올라와 물을 뿜기를 기다렸다. 그는 풍문을 들어 부상 입은 고래가 필라호를 들이받아 바다로 내동댕이치면 어떤 위험이 초래될지, 녀석이 너비가 6미터나 되는 그 거대한 꼬리지느러미를 휘두르면 그 파괴력이 얼마나 될지 알고 있었다. 허리케인 밧줄과 거기에 매달아놓은 구명환들이 전부 끌려나간다면, 그건 녀석이 매일같이 상어떼가 쓰레기를 뒤져 먹는 잔잔한 해역을 가로질러 해안 쪽으로 5킬로미터를 헤엄쳐 갈 것임을 뜻했다. 그는 그 상황의 위험을 알고 있었고 그래서 기분이 좋았다. 아주 신나는 일이었다. 그가 이제껏 만류에서 겪은 일 중에 믿기지 않을 만큼 가장 흥미진진한 일이었다. 게다가 고래 한 마리를 아바나로 끌고 갈 수만 있다면 더할 나위가 없었다.

고래의 그림자가 수면으로 올라오며 점점 짙어졌고 우리는 녀석의 꼬리를 뒤따랐다. 물을 뿜으려 부상하는 녀석이 보이자 E. H.가 카를로스에게 "마키나엔진! 아델란테 데레초곧장 앞으로!" 하고 소리쳤다. 엔진이 굉음을 내며 보트를 전방으로 힘차게 밀어붙이자 고래는 엔진의 소음 때문인지 프로펠러의 진동 때문인지 화들짝 놀란 것처럼 왼쪽으로 방향을 틀었다. 우리는 계속 따라붙었다. 우리는 여러 차례 녀석을 앞질러 놈을 고물 뒤쪽에 두려고 시도했지만 고래는 우리를 제 꽁무니 바로 뒤에 따라붙게 했다가 카를로스가 엔진의 출력을 올릴 때마다 물밑으로 자취를 감췄다.

30분이 지나도록 녀석이 물밑에서 올라오지 않는 걸 보고 우리는 이제 틀렸구나 하고 생각했다.

"저기!" 볼로가 전방을 가리키며 고함쳤다.

"저기서 물을 뿜는군!" 엔리케가 우현 쪽을 가리키며 말했다.

"나도 한 마리 보여!" 고물 쪽을 보며 로페스가 말했다.

"여기 또 있어!" E. H.가 전방을 주시하며 말했다.

"미라보라고!" 좌현 쪽을 가리키며 카를로스가 소리쳤다.

우리는 각자 서로 다른 고래를 보고 소리를 질렀다. 주위를 둘러보고 다른 사람들이 가리키는 걸 세어보니 전부 여섯 마리였지만 뿜어져 나오는 물줄기의 수가 더 많아 정확히 몇 마리인지 도무지 가늠할 수 없었다. E. H.는 스무 마리를 보았다고 했다. 놈들 중 얼마는 2킬로미터나 3킬로미터 정도 떨어진 만류 쪽에 있었는데 녀석들이 내뿜는 물줄기의 끄트머리만 간신히 보일 정도였고, 고물 쪽에 몇 마리, 전방으로 그리 멀지 않은 곳에 여러 마리가 있었다. 카를로스가 앞으로 보트의 속도를 높였다. 고래들은 계속해서 천천히 오르내렸고, 수면에는 항상 다른 녀석들이 있었다.

E. H.는 놈들에게 후방에서 접근해서는 충분히 가까운 거리에서 쏠 수 없다는 걸 알아차리고 측면에서 접근을 시도해보았지만, 고래들이 너무 가까이 있어 카를로스가 녀석들을 고물 너머로 확인할 수 없었던 까닭에 제대로 쏠 수 있는 기회를 매번 아슬아슬하게 놓쳤다. 큰 고래 세 마리가 우리 뒤 1킬로미터 지점에서 나란히 다가오는 것이 보였다. 그중 가운데 것은 나머지 둘에 비해 덩치가 절반 정도였다. E. H.는 카를로스에게 보트를 돌려 가운데 놈을 향해 돌진하라고 지시했다. 녀석들은 아직 물을 뿜으려고 올라오지는 않았지만 때만 맞으면 제대로 한 방 먹일 여지가 있었다. 카를로스는 엔진의 출력을 최대로 높여 보트를 선회시킨 다음 수면을 튕기며 파도 속을 헤쳐 나아갔고, E. H.와 볼로는 뱃머리에서 무릎을 굽히고 서 있었다.

파도를 미끄러져 내려가던 그 고래들이 물을 내뿜고 숨을 쉬러 올라왔을 때 우리는 불과 몇 미터밖에 떨어져 있지 않았다. 카를로스가 가운데 놈을 포착하고 두 가속 레버를 최대한 내렸다. 우리는 받아버릴 기세로 녀석에게 내려갈 겨를을 주지 않고 굉음과 함께 정면으로 돌진했다. 이윽고 녀석의 머리가 뱃머리 바로 밑에 놓이자 E. H.가 총구를 내려 놈의 호흡공 속으로 작살을 발사했다. 똬리 모양으로 감아둔 밧줄이 풀려나갔고, E. H.와 볼로는 줄에 발이 엉켜들지 않도록 뒤로 물러섰다. 고래는 잠입하면서 8센티미터짜리 밧줄을 새치가 릴에서 낚싯줄을 뜯어가듯 끌고 갔다. 그러다 박힌 작살이 빠져버렸다. 놈을 놓친 후 오후 내내 아바나를 지나 위쪽 해안까지 놈들을 쫓아 쏘다녔지만 그렇게 코앞에서 발사할 기회는 더이상 얻지 못했다. 결국 바다 위에 번쩍이는 늦은 오후의 햇빛으로 녀석들을 육안으로 확인하는 게 불가능해졌다. 고래들은 뿔뿔이 흩어졌고 우리는 녀석들의 흔적을 놓치고 말았다. E. H.가 작살총을 총집에 다시 넣고 우리가 자리를 잡고 앉아 저녁으로 차가운 스파게티를 먹었을 때는 5시였다.

우리가 만류에서 향유고래떼를 보았고 부두에서도 녀석들이 뿜어내는 물줄기가 보였을 만했다고 하자 아바나 사람 누구도 그 말을 믿지 않았다. 그들은 아주 근사한 이야기이긴 하지만 멕시코만류에는 고래가 있어 본 적이 없다고 했다. 당연했다. 그들이 믿어줄 거라 기대할 수 없는 일이었다.

트로카데로 거리에서

Around Trocadero Street

안색이 몹시 창백한 생면부지의 한 젊은이가 어느 날 저녁 우리가 닻을 내린 직후에 소형 보트를 타고 찾아왔다. 열대지방에서 선거船柴 짓는 일을 해온 잠수부였는데, 해양 생태에 관한 책을 내기 위해 필요한 자료와 사진들을 수집했고 이제 쓰는 일만 남았다고 했다. 그는 그런 책을 쓰는 게 좋을지 어떨지 E. H.의 생각을 물었다. 그는 우리한테 자신이 찍은 흐릿한 해양 사진을 여러 장 보여주었다. 책이 호평을 받기 위해 꼭 있어야 하는 사진들이라고 했다. E. H.는 그가 십중팔구 첫 장을 끝내기도 전에 스스로 포기할 것이기 때문에 굳이 지금 낙심시킬 필요가 없다고 생각했다. 젊은이는 교제를 나누기에 편안한 친구였다. 붙임성 있고 고지식하고 말이 많지 않았다. 그는 자기가 어느 배의 승객이며, 그 배가 부두에서 화물을 적재하고 있어 다음날 새벽 3시까지는 마이애미로 떠나지 않을 거라고 했다. 그는 혼자였고 외로웠다. 그가 아바나 구경을 같이 가지 않겠냐고 내게 의향을 물어왔다.

어두컴컴한 길을 따라 프라도 거리를 향해 함께 발걸음을 떼면서 나이가 서른쯤 됐을 그 젊은이가 임질에 걸린 지 3개월이 됐는데 열대지방이라 나을 기미가 보이지 않는다고 하며 그 때문에 자신의 얼굴이 여위고 창백한 거라고 말했다. 수개월 동안 관계한 여자가 임질 감염자란 사실을 다른 사내들이 말해줘서 줄곧 알고 있었으면서도 자신이 부주의해 걸렸다고 했다. 자신을 탓할 뿐 그 여자를 탓하지 않았다. 나는 그런 얘기를 해달라고 부탁한 적이 없었다. 그는 그런 게 재미있었고 우리의 대화에 나름 감칠맛을 더한다고 그런 얘기들을 꺼낸 것이다. 내가 번화가에서 하고 싶은 게 뭐냐고 물었더니, 제일 먼저 하고 싶은 건 엉덩이가 죽이는 아가씨를 구하는 거라고 했다. 마이애미에서는 '엉덩이' 가격이 여기보다 비쌀 테니 지금이 구매 적기였다. 그는 전에 아바나 시장에서 사본 경험이 있었다. 그가 마지막으로 품은 여자는 한창 물오른 미모의 아가씨였는데, 그는 그 여자가 생각나서 그 가게를 다시 찾을 수 있기를 바랐다. 트로카데로 거리 부근이었다. 아가씨가 그에게 명함을 주었지만 그걸 잃어버리고 말았다. 주는 명함을 다 보관할 수도 없는 노릇이고, 나중에 그녀가 기억나 다시 찾게 될 줄도 몰랐다. 그는 그후로 결혼도 했지만 5개월 만에 잠자리의 절반 이상을 딴 데서 하는 바람에 아내와 이혼했다. 트로카데로 거리의 창녀가 그의 인생에서 가장 만족스러운 여자였다.

우리는 부둣가 쪽에서 트로카데로 거리를 찾았고, 그 젊은이는 찾는 곳이 프라도 거리 반대편 어디쯤일 거라고 추측했다. 우리는 건물들의 견고한 전면부가 좁은 보도를 담처럼 두른 좁고 어두운 길을 따라 걸으며 쇠창살이 쳐진 창문과 육중한 문들을 지나쳤고, 창문들을 통해 불 켜진 방에서 점잖게 보이는 쿠바인들이 의자에 앉아 얘기를 주고받는 모습을 보았다. 나는 우리가 지나친 곳이 전부 몸을 파는 집인 양 느껴져 우리를 호객하는 여자의 목소리를 노상 들을 거라 생각했지만, 내 팔을 붙잡고 돈을 구걸하는 노파 말고는 아무도 우리를 아랑곳하지 않았다. 우리더러 멋들어진 백만장자라고 한 그 노파의 심정을 이해할 만도 했다. 젊었을 때 미국 손님들을 정성껏 모셨던 아가씨가 이제 늙어 굶주리고 있었다. 노파가 원한 것은 우리 같은 미국인들이 젊은 아가씨들한테 봉사료에 얹어주는 팁 정도의 액수였다. 그런데 생긴 게 하도 추하여 우리는 땡전 한푼 주지 않고 그녀를 뿌리쳤다.

우리는 뚜쟁이를 만나는 일 없이 가로등 불빛 환한 프라도 거리를 건너 어둠침침한 트로카데로 거리로 접어들었다. 문들이 하나같이 똑같아 보였고 우리는 그중 어느 문 뒤에나 여자들이 있을 거라고 생각했다. 하지만 들어가기 전 확실한 곳을 골라야 했다. 우리는 발길을 옮기면서 조금 열린 문 뒤 어디선가 젊은 여자가 서서 "저기! 놀다 가, 총각!" 하고 속삭일 만한 가게를 찾았다.

기껏해야 열둘이나 열셋밖에 안 돼 보이는 호리호리한 흑인 여자애 하나가 우리 뒤쪽에서 나타나 젊은이의 곁에 따라붙으며 뉴욕식 영어로 말을 붙였다.

"도와드릴까요, 손님?"

"꺼져!" 젊은이가 말했다. "지겨워, '칙칙한 고기'는. 오늘밤엔 산뜻한 걸로 할 거야."

그녀는 엉덩이를 좌우로 흔들며 우리를 앞질러 걸어가더니 어깨 너머로 고개를 돌려 우리를 쳐다보았다.

"놀다 가요. 내 일은 손님만 모셔오는 거예요. 댁들이 원하는 걸 찾을 수 있는 곳으로 데려가드리죠. 골라잡을 수 있는 예쁜 아가씨가 스무 명 있어요."

어차피 그쪽으로 가는 길이어서 우리는 흑인 여자애를 따라갔다. 그녀는 반쯤 열린 문 앞에 멈추더니 문을 밀고 들어가 우리를 안으로 안내한 후 우리가 올려준 실적을 인정받기 위해 문가에 있는 여자에게 "두 명, 마리아" 하고는 우리를 그곳에 남겨둔 채 또다른 손님을 찾아 다시 거리로 나섰다.

"바로 여기야. 딱 보니 알겠어." 젊은이가 내게 말했다. 그가 문가의 여자에게 "무이 부에노스 노체스아주 멋진 밤이야" 하고 인사말을 건네자 여자가 그의 팔을 잡고 우리를 방 한가운데로 데려갔다.

"오늘밤 기분 어때, 총각?" 여자가 스페인어로 말을 받았다.

"못 알아듣겠어." 젊은이가 머리를 가로저으며 말했다.

"기분이 어떠냐고 물었어요."

"못 알아듣겠어."

"흠, 잘 못 알아들었군요."

"그래."

"'부에노스 노체스'라고 아주 잘하던데."

"못 알아듣겠어."

289

"여기 있는 당신 친구도 미국 사람인가요?" 그녀가 나를 보고 웃음을 지었다.

나는 고개를 흔들고 어깨를 으쓱였다. 그들이 하는 얘기를 못 알아듣는 척하면 난감한 입장에 처할 가능성이 덜할 거라고 생각했다.

"맞아. 미국 사람이야."

"아하!"

조명이 흐릿한 대기실 테이블 옆 라운지 소파와 의자에 앉아 있던 여자들이 우리가 들어가자 자동으로 자리에서 일어났다. 기둥들이 떠받친 아치를 통해 여자들이 옆방의 밝은 불빛 속으로 들어가며 내는 기다란 실크 드레스의 마찰음과 대리석 바닥에 하이힐이 또각거리는 소리가 들렸다. 그 옆방에는 춤추고 싶어하는 손님들이 있을 경우를 대비해 커다란 라디오 한 대가 벽을 등지고 놓여 있었고, 바닥은 춤추는 데 걸리적거리는 게 없도록 깨끗이 치워져 있었다. 우리는 아치를 통해 그 여자들을 따라갔다. 그들은 먼 구석으로 가 몸을 돌려 우리를 쳐다보면서 벽을 따라 길게 늘어선 의자에 앉았다. 모두 열여섯 명이었는데 아리땁고 어렸다. 스무 살이 넘어 보이는 여자는 하나도 없었고 하나같이 무척 예뻤다. 내 고향 노스다코타 주 화이트어스의 여자들은 이런 곳에서 일자리를 구하지 못할 거란 생각이 들었다. 미모가 떨어지기 때문이다.

"그 여잔 여기 없어." 젊은이가 내게 말했다. "빌어먹을, 여기 없어. 내가 보면 몰라볼 리 없는 여자거든."

그는 방 맞은편에 있는 젊은 여자들의 얼굴과 몸매를 살펴보며 예전에 잠자리를 같이한 그 여자가 거기 있는지 확인하려고 했다. 여자들은 빤히 쳐다보는 우리의 눈길에 각기 다른 표정으로 반응했다. 둘은 첫눈에 반했다는 듯 우리한테 시선을 고정했고, 몇몇은 우리를 번갈아 훑어보며 순진한 눈빛을 보이려고 했고, 몇몇은 무덤덤한 표정을 지었고, 또 몇몇은 자신들의 몸매를 의식하는지 뭘 기대하는 웃음을 머금고 바닥을 내려다보았고, 가장 어리게 뵈는 여자는 얼굴에 가식 없는 홍조를 띠고 있었다. 초저녁이라 여자들은 생기가 넘쳤고, 남들보다 예쁘게 보이려고 침묵의 경쟁을 벌이며 앉아 있었다. 하지만 그것 말고는 젊은이들이 들어와 춤을 추자고 청하길 기다리던 다른 줄의 여자들과 별반 다를 게 없었다.

"없어, 빌어먹을, 그 여잔 여기 없어. 분명히 이 가게인데."

"매독에 걸려 쫓아버렸을지도 모르죠."

"아니, 그럴 순 없어. 그 여자와 재미를 본 지 1년도 안 됐거든."

"지금 일하고 있는지도 모르잖아요."

"젠장, 저네들의 말을 할 줄 알면 좋으련만."

안내를 맡은 여자가 알아듣지도 못할 우리의 얘기에 귀를 기울이며 우리를 향해 웃음을 머금고 서 있었다. 그녀는 우리가 마음에 드는 아가씨를 고르지 않을 뿐만 아니라, 화대를 놓고 자기와 실랑이를 벌이기는커녕 자기네끼리 티격태격하는 이유가 궁금한 모양이었다.

"이 사람 말이 원하는 아가씨가 따로 있답니다." 내가 그녀에게 말했다.

"흠, 미국 양반 말이 그거군요."

"다른 아가씨들이 있나요?"

"없어요. 이게 전부입니다."

"이 사람 말로는 1년 전에 다른 아가씨가 있었다던데."

"흠, 1년이면 긴 세월이에요, 자기야."

"떠난 여자들이 있나요?"

291

"많죠. 우리는 전부 새로 왔어요. 마음에 드는 아가씨가 없답니까?"

"옛날 그 아가씨에 꽂혔어요."

"흠, 자기야, 우리한테도 꽂힐 거야."

"그 아가씨를 찾고 싶은데 이름을 모른데요."

"그래봤자 소용없어요. 새로운 곳에 갈 때마다 이름을 바꾸니까."

"그 여잔 떠났답니다. 어디로 갔는지 알 수도 없고요." 내가 젊은이에게 말을 전했다.

"그 정도는 나도 알아." 그가 말했다.

"우리 아가씨들도 아주 예쁘잖아요?" 그 여자가 말했다.

"얼마지?" 젊은이가 스페인어로 말했다.

"1달러." 여자가 영어로 대답했다.

"저 아가씨로 하지." 무리 중 피부가 가장 뽀얗고 머리칼은 흰색에 가까운 옅은 노란색이고 눈이 잿빛인 여자를 가리키며 그가 말했다. 빼어난 미모는 아니었지만 이골이 나버린 '칙칙한 고기'와 사뭇 다르다는 이유로 그 여자를 골랐다. 그녀는 자리에서 일어나 웃음을 지으며 우리한테 다가왔다. 나머지 여자들이 내게 시선을 돌렸다. 이제 나만 남았기 때문이다.

"난 괜찮아요." 예의 그 여자에게 내가 말했다. "기다리겠어요."

"돈은 내가 대줄게." 젊은이가 제안했다.

"아니, 기다리겠어요."

"1달러는 돈도 아니야. 별난 친구군."

"돈 때문이 아니에요."

"왜, 생각이 없어요?" 그녀가 물었다.

"그놈의 매독 때문에."

늘어선 의자에 앉아 있던 여자들이 낄낄대다가 폭소를 터뜨렸다. 그중 하나가 말하는 소리가 들렸다. "저 미국 양반이 매독이 걱정된대." 그게 마치 우스운 미국 사람들의 미신이라는 투였고 더 시끌벅적한 웃음이 이어졌다.

"자, 나야 안 걸려본 게 없으니 날 어쩐진 못해." 그는 뽀얀 피부의 여자를 따라 뒤쪽에 있는 방으로 가면서 허풍을 떨었다.

여자들은 자리에서 일어나 대기실 여기저기로 흩어져 그런 삶이 제공하는 부드러운 라운지 소파와 의자의 편안함을 누렸다. 악착같이 장사 수완을 발휘하는 건 자존심 상하는 일이기 때문에 기다리는 동안 그들은 나를 귀찮게 하지 않았다.

다시 인도로 나와 프라도 거리의 가로등을 향하면서 젊은이는 방금 자기와 시간을 보낸 아가씨에 대해 생각했다.

"예전의 그 아가씨만 못하지만 그런대로 괜찮았어." 그가 말했다. "힘 좀 쓰게 하더라고."

"그 새파란 아가씨 말인데요, 열다섯도 안 됐을 것 같죠?"

"그쯤 됐을 거야."

"내 눈엔 새파랗게 어려 보이던데."

"남쪽에선 여자들이 일찍 무르익지."

"그래요. 사창가에선 특히나."

"누구든 해야 할 일이야."

"이런 곳에서 일하는 여자들이 어리다는 거 눈치챘어요?"

"물론이지, 어리고말고."

"나이가 들면 어떡할까요, 저들도 나이를 먹을 텐데?"

"난들 알 리가 있나."

그의 마음은 온통 이제껏 겪은 아가씨들을 상대로 자기가 어떻게 힘을 썼는지에 사로잡혀 있었다. 이후에 그네들의 인생이 어찌될지에 대해선 눈곱만큼도 생각지 않았다.

우리는 프라도 거리로 돌아와 극장가로 접어들었고, 첫번째 극장 건물의 밝은 조명 아래 멈추어 영화 장면을 찍은 사진들을 보았다. 그러나 들어가지 않기로 했다. 조명을 벗어나 발길을 옮기는데 덩치가 큰 사나이 하나가 벽 쪽에서 걸어오더니 우리 앞에 멈춰 섰다. 큰 키에 어깨가 딱 벌어지고 우람한 체격에 걸맞게 복부가 약간 둥그렇게 튀어나와 있었다. 나이는 서른쯤 되어 보였고 짙은 회색 정장 차림이었다. 그는 자신의 고객임을 확신하는 자신만만한 판매원의 관록을 과시하며 우리에게 다가왔다.

"멋쟁이 양반들, 안녕하세요." 보스턴에서 배운 듯한 영어 말투였다. "근사한 아가씨들을 소개해드릴까요?"

"됐소, 지금 거기서 오는 길이오." 젊은이가 발걸음을 멈추고 대답했다.

"기가 막힌 아가씨들이 있는 곳을 아는데. 아주 삼삼하고 아주 매력적이고 친절하고 깨끗하고 어린 아가씨들입니다."

"거짓말하는 게 아니오. 방금 거기서 나왔소."

"그러시다면 멋진 쇼 한번 구경하지 않겠습니까? 화끈한 걸로. 실오라기 하나 안 걸치고 추는 벨리댄스."

"진짜 아무것도 안 걸친다는 말이오?"

"물론이죠."

"그렇다면 좋겠군. 그게 어디요?"

"택시를 타야 합니다. 내가 같이 가서 안내를 해드려야 할 겁니다."

"비용은 어떻게 됩니까?"

"택시비는 사람당 20센트. 입장료는 40센트."

"정말 실오라기 하나 걸치지 않는다는 말이오?"

"그렇다니까요."

"그거 재밌겠는데. 갑시다."

우리는 택시 영업을 하는 낡은 셰보레 관광 자동차를 탔다. 젊은이와 나는 뒷좌석에 탔고, 그 뚱쟁이는 앞좌석에서 운전사에게 어디로 갈지 일러주었다. 택시는 프라도 거리 서쪽을 달렸다. 도로가 워낙 울퉁불퉁하고 팬 곳이 많아 고물차가 덜컹거리기 시작했고 땅이 솟은 곳에서는 요동치다 산산조각이 날 것만 같았다. 거리는 점점 좁아지고 어두워졌다.

"이러다가 우리를 못 내리게 하고 강도질을 할 것 같군." 젊은이가 말했다.

뚱쟁이는 그의 두툼한 팔을 운전사 등받이 쿠션에 걸쳤고, 말을 하려고 몸을 뒤로 돌리자 팔이 아래로 떨어져 어깨에 대롱대롱 매달렸다. 팔꿈치가 내 무릎에 부딪힌 것이다. 너무 어두워 우리는 그의 얼굴에 드리운 그림자만 볼 수 있었다.

"솔직히 말하는데." 그가 장사꾼의 목소리로 입을 열었다. "꺼림칙하면 운전사한테 차를 돌려 왔던 길로 돌아가라고 하겠습니다."

"겁날 건 없지만 대체 왜 이리 멀리 나오는 거요?"

"그런 쇼를 프라도 거리에서 할 순 없지요. 그렇지 않습니까?"

"그건 그렇다 치고, 대관절 어디로 가는 거요?"

"이제 목적지에 다 왔습니다."

차가 멈추자 우리는 낡고 남루하게 보이는 작은 극장 앞에 내렸다. 매표소에서 불빛이 새어 나왔고, 빨간 전구 몇 개가 콘크리트 벽에 박혀 있었다.

"운전사한테 60센트 지불하세요." 뚱쟁이가 말했다.

"사람당 20센트라고 한 걸로 기억하는데."

"맞아요, 전부 세 명. 운전사가 날 공짜로 태워줄 거라 생각했습니까?"

젊은이가 택시비를 지불했다.

"운전사한테 번화가로 다시 데려다줄 차편이 필요하다고 하면 기다려줄 겁니다. 이 동네에서 다른 택시를 잡는 건 여간 힘든 일이 아니거든요."

"좋소. 기다리라고 해주시오."

뚱쟁이가 앞장서서 매표소로 다가가 작은 구멍을 통해 유리 뒤에 앉아 있는 사내에게 스페인어로 말했다.

"쿠아렌타 센타보스⁴⁰센트." 그가 말했다. "합해서 1달러 20센트 되겠습니다."

"여기엔 10센트와 20센트라고 돼 있는데." 젊은이가 한마디 했다.

"그건 발코니석 가격이고요. 앞줄에서 일어나서 봐야 제대로 보이죠."

"이번에도 당신 몫을 사야 하는 거요?"

"내가 밖에서 기다리고 있으면 좋겠습니까?"

"그건 아니지만……"

"댁들만 여기 남겨두고 꺼져주길 원한다면 그렇다고 하세요. 흥겨운 시간을 보내게 해드리려고 애쓰는데 달갑지 않다면 가겠습니다."

젊은이는 1달러 20센트를 내고 표 세 장을 샀고, 다 같이 어두컴컴한 극장 안으로 들어가면서 표를 유리 상자 안에 떨구었다. 우리는 시멘트 바닥 복도를 걸어 삼삼오오 모여 있는 흡연자와 애송이 들을 지나 조명이 내리비치는 무대 쪽으로 나아갔다. 무대 위에서는 젊은 사내 둘이, 헐렁한 바지를 입은 뚱뚱이와 속옷마냥 꽉 끼는 정장을 차려입은 홀쭉이가, 서로 따귀를 갈기며 스페인 말로 익살을 떨고 있었다. 그게 저질 코미디라는 걸 알기 위해 그 언어까지 알아들어야 할 필요는 없었다. 우리는 무대 앞쪽, 등받이 없는 무거운 목판 장의자가 놓인 곳으로 갔다. 가운데가 처진 판자가 엉덩이를 붙이자 스프링보드처럼 출렁거렸다.

"벨리댄스는 언제쯤 하는 거지?" 젊은이가 유쾌한 기분으로 물었다.

"금방이요. 괜찮다면 잠깐 실례하겠습니다." 뚱쟁이는 입장료에서 제몫을 챙기기 위해 자리를 비우고 사무실에 갔다가 시가를 피우며 돌아왔다. "자, 신사 양반들, 아가씨 춤 솜씨가 어때요?"

"벨리댄스 같은 건 아직 구경도 못했소."

"줄곧 같은 것만 할 수는 없는 노릇이죠. 이 보드빌도 좋아요."

"무슨 소린지 알아들을 수 있어야지."

"야한 얘깁니다. 하, 하, 하, 하!"

파란색 야회복을 입은 여자가 등장하자 무대 뒤편에 서 있던 남자들이 그들 앞에서 궁둥이를 요란스레 흔들며 왔다갔다하는 여자의 모습을 보며 농지거리를 했다.

"하나도 화끈하지 않아."

"저 사내가 여자에게 자기 항문에 키스해달라고 하는 겁니다." 뚱쟁이가 거짓말을 했다.

"뭐, 알아들을 수만 있다면야 이것도 재밌겠네." 젊은이가 내게 말했다.

기왕에 입장료까지 지불한 마당이라 나는 그에게 이건 더러운 협잡이라고 말하지 않았다. 보드빌이 계속되자 뚱쟁이는 지저분한 대사들을 제멋대로 엉터리로 옮기면서 한동안 우리를 즐겁게 했지만, 그 한동안이 지나자 젊은이가 싫증을 내기 시작했다.

"이것 보쇼." 그가 말했다. "우린 여기 벨리댄스를 보러 왔어. 벨리댄스를 구경하러 돈을 낸 건데, 그건 어디 있는 거요?"

"곧 나온다니까요. 무희도 쉴 시간이 필요합니다. 하루종일 출 수는 없는 거죠. 이제 나오는군요."

꽉 끼는 야회복을 입은 여자가 다시 등장했다. 그녀는 양손을 실룩거리는 궁둥이에 살짝 얹고 치맛자락을 발꿈치 뒤로 끌면서 양철판을 씌운 각광 조명 장치들을 지나 걸어 나왔다.

"젠장, 이게 벨리댄스란 말이오?"

"어떻게 하나 한번 봅시다."

피아노가 맑고 경쾌하게 쿠바 음악을 연주하기 시작하자 그 여자가 한 손으로 치맛자락 끝을 들어올린 채 짧은 스텝과 바닥을 쓰는 듯 멀리 딛는 우아한 발동작을 섞어가며 무대를 가로질러 항해했다. 그녀가 발가락 끝으로 회전하자 치마가 열리면서 우산처럼 부풀어올랐고, 그녀의 맨다리가 보였다. 그녀는 춤을 추면서 옷을 한 조각 한 조각 벗었다. 기다란 실에 꿴 구슬 몇 줄과 풀잎 치마만 남자 관람석에 있던 사내들이 환호성을 질렀다. 음악이 차츰 빨라지자 그녀는 치마를 붙잡고 바닥을 쓰는 듯 멀리 딛는 발동작 대신 이제 파도가 굽이치듯, 펌프질을 하듯, 엉덩이를 격렬하게 움직이며 마치 물 밖으로 나온 개처럼 몸을 좌우로 마구 흔들어댔다. 무대를 떠나는 순간에도 그녀는 여전히 풀잎 치마를 걸치고 있었다.

"젠장, 실오라기 하나 안 걸치고 벨리댄스를 춘다고 해서 왔는데 뭐야 이게." 젊은이가 투덜댔다. 무희가 풀잎 치마마저 벗었다면 돈값을 했다고 흐뭇해했겠지만 미국의 여느 스트립쇼와 별반 다를 게 없는 걸 보고 나자 그는 사기를 당했다고 느꼈다.

"무얼 더 바라는 겁니까?" 뚱쟁이가 물었다. "화끈하지 않았나요?"

"완전히 발가벗고 나온다고 하지 않았소?"

"40센트 받자고 저기 서서 자기 항문을 보여줄 아가씨가 어디 있겠습니까?"

"아무튼, 당신이 말한 건 그거였소. 그래서 우리가 여기 온 거고."

"유감입니다, 신사 양반들. 맘에 들지 않았다면 내 주머니를 털어서라도 환불해드리죠. 하지만 난들 어쩌겠어요? 번화가에서 만난 생면부지의 사람이 화끈한 쇼를 하는 곳으로 데려가달라 부탁하니, 난들 어쩌겠어요? 설령 그런 쇼를 하는 곳으로 데려간다 해도 막상 보고 나서 불쾌해할지 어쩔지 난들 알 도리가 없지 않겠어요? 그렇지 않습니까?"

"그걸 볼 수 있는 곳으로 데려갈 수 있다고 했잖소?"

"물론이죠, 신사 양반들. 하지만 비용이 좀더 듭니다."

"얼마요?"

"15달러면 보고 싶은 건 뭐든 볼 수 있습니다."

"지랄 염병."

"진정해요, 신사 양반들."

"이 지긋지긋한 곳에서 나가자고." 젊은이가 넌더리를 치며 말했다.

"진정해요, 신사 양반들. 이해합니다."

돌아오는 길에 뚱쟁이는 자기가 그 일대에 있는 아가씨란 아가씨는 다 알고 있으며, 그중 몇몇 아가씨들을 소개해주고 다른 가게들도 구경시켜주고 싶은데, 내키지 않으면 땡전 한푼 내지 않아도 된다고 했다. 우리는 번화가로 나와 세련돼 보이는 가게를 여러 군데 들러 실크 야회복을 걸친 아리따운 여자들의 값을 죄다 물었지만, 매번 가격이 지나치거나 젊은이의 취향에 맞지 않아 돈을 쓰지 않고 자리를 떴다. 젊은이는 조만간 여자를 하나 점찍을 터였지만 이번에는 서두르지 않았다. 기다리면 기다릴수록 좋다는 걸 안 것이다. 그는 수개월 동안 정글에서 일하다가 문명으로 돌아와서 기뻤고, 이곳저곳으로 쏘다니는 이런 산책이 즐겁기만 했다. 몇몇 나이가 지긋한 마담들이 5달러를 불렀다. 미국 사람이라고 자기한테 바가지를 씌운다는 걸 그는 알았다. 영어를 할 줄 아는 마담들은 자기네 아가씨들이 매주 위생 검사를 받기 때문에 깨끗하다는 걸 보증할 수 있으며, 하자가 없는 안전한 아가씨를 원한다면 그 값을 치러야 한다고 했다. 그들은 믿을 수 없는 싸구려 가게로 갔다가는 성병에 걸리기 십상이라고 그를 타일렀다. 젊은이는 그게 전부 노상강도짓이나 다름없다고 우겼다. 뚱쟁이는 미국인들에게는 요금이 높게 책정된다는 점을 인정했다. 미국인들은 걸핏하면 술에 취해 아가씨들을 때리고 가구를 부수는 까닭에 손해 보상을 위해 요금을 더 받아야 한다는 이치였다. 그는 화대와 부대 비용이 그리 높지 않은, 비교적 요금이 저렴한 몇몇 가게로 우리를 데리고 갔다. 그중 한 곳에서 젊은이는 그가 그토록 찾아 헤매던 그 여자를 발견하고 깜짝 놀랐다. 커다란 젖가슴, 근육질 몸매, 금발에다가 다리가 다부지고 날씬한 여자였다. 나른하게 우리 쪽으로 걸어오는 그녀의 모습을 보고 그는 그녀가 자기를 기억하지 못한다는 걸 알았다.

"맘에 드시는 게 여기 있나요?" 뚱쟁이가 물었다.

수개월 동안 오매불망 그리워하던 여자를 다시 만났는데 막상 그녀가 자신을 알아보지 못하자 젊은이는 얼굴이 상기되었고 무안해했다. 그녀는 우리가 새로 온 손님인 양, 난생처음 보는 것처럼 의아스럽게 눈썹을 치켜세우며 우리에게 다가왔다.

"이 아가씨로 하겠어." 젊은이는 가격도 묻지 않고 말했다.

여자는 고개를 끄덕이고 그를 다른 방으로 안내했다.

젊은이는 예상을 깨고 무척 빨리 나왔다. 넥타이의 매듭을 조이는 얼굴에 정나미가 떨어진 기색이 역력했다.

"무슨 일이죠?" 뚜쟁이가 말했다.

"바지와 셔츠를 벗었더니 글쎄 1달러 50센트를 달라는 거야. 전에는 1달러면 됐는데."

여자가 뚜쟁이의 중개료 몫으로 50센트를 보탠 것이다.

"그 여자한테 뭐라고 했습니까?"

"무얼 말하고 자시고 할 것도 없었소. 다시 바지를 입었지. 빌어먹을 년."

"화대를 내려주겠다고 할지 모릅니다."

"그럴 리 없어. 빌어먹을 년. 1달러로 재미 볼 만한 데를 찾아주지 않으면 트로카데로 거리로 돌아가겠어."

뚜쟁이는 같은 거리에 있는 다른 가게로 우리를 데리고 갔다. 마담은 한참 동안 실랑이를 벌이며 머리를 마구 가로젓고 나서야 요금을 1달러로 해주었다. 젊은이는 큼지막한 입에 작은 이빨이 듬성듬성 박힌 가무잡잡한 여자와 함께 자리를 떴다. 기다리는 동안 우리는 마담 가까이에 앉아 있었다. 통통하게 살이 오른 중년으로 상냥하고 어머니 같은 표정이었다. 그녀는 열린 문가에 앉아 행인들을 바라보며 사내들이 지나갈 때마다 "이봐요" 하고 말을 걸었다.

"저 사람 스페인 말 알아들어?" 그녀가 나에 대해 뚜쟁이에게 물었다.

"조금이요." 그가 대답했다.

"몇 살이나 먹었수?" 그녀가 내게 물었다.

"스물두 살이요."

"새파란 나이군! 젖먹이야!"

그녀는 사람들이 보도로 걸어오는 소리를 듣고는 거리 쪽으로 얼굴을 돌렸다. 젊은 사내 셋이 머리를 돌리지도 않고 열린 문 앞을 지나가자 그녀가 "이봐요!" 하고 불렀다.

"내가 행인들에게 호객 행위를 하는 걸 보고 이 애송이가 망측하게 여길지 모르겠군."

"전혀, 아닙니다. 비즈니스죠." 내가 말했다.

"내가 한 말을 알아들었수?"

"그럼요."

"총각은 그냥 젖먹이야."

"아가씨들 말이에요, 전부 내 또래인데, 아가씨들을 젖먹이라고 부르진 않잖아요."

"그야 그렇지, 인생 경험을 많이 했으니까."

"아가씨들과 관계를 많이 갖나요?" 내가 뚜쟁이에게 물었다.

"전혀!" 모욕을 느낀 듯 그가 말했다. "무슨 큰일날 소리! 난 기혼이오. 아내와 아이가 둘 있소."

자정이 지나서 젊은이는 자기를 남겨두고 떠나는 일이 없도록 일찌감치 자기 배로 돌아가고 싶다고 했다. 뚜쟁이는 저녁 내내 우리를 데리고 다니며 구경시켜준 대가로 2달러를 요구했고, 그들은 고요하고 캄캄한 거리에서 고성을 지르며 티격태격했다. 젊은이는 75센트를 주고 뚜껑이를 떼어냈다. 둘은 똑같이 서로 넌더리를 내며 헤어졌다.

아바나와의 작별
Goodbye to Havana

쿠바 해안은 봄에 건너왔을 때처럼 짙푸른색으로 생기 차 보였지만 냉기와 바람을 머금은 가을 공기 특유의 알싸한 내음에서 우리는 조락의 계절이 도래했음을 감지할 수 있었다. 오후마다 앞바다에서 바람이 불어 조각 비구름들을 뭍에서 날려버리고, 느닷없이 쏟아지는 스콜이 나지막한 산들의 싱그러운 녹음을 지켜준 덕분에 멀리 만류에 나가서도 그 냄새를 맡을 수 있었다. 하지만 풍향이 북쪽으로 바뀌면서 겨울을 등진 바람이 습기를 잃고 선선해지자 우리는 낚시 철도 이제 거의 끝났음을 깨달았다. 만류는 날이 갈수록 더 텅 비는 듯했고, 혹시 커다란 새치 한 마리가 걸려

들어 늘 하던 식으로 점프를 해대는 것 말고 딱히 기대할 만한 게 없었다. 차이가 있다면 놈이 더 드세게 싸움을 걸고 부두에서 쟀을 때 무게가 더 나가고 사진에서 더 크게 보이길 바랐다는 것이다. 조만간 거센 북풍이 일 것이고 그게 닥치기 전에 키웨스트로 돌아가야 했다. 이제 머지않아 바람이 몰아칠 것이기에 우리는 온통 그 생각뿐이었다. 수지맞을 만한 새치 철이 끝난 지는 오래였다. 다른 소형 모터보트들은 한 달 전에 전부 철시했고, 조그만 어선에 몸을 실은 시장 어부들도 그리 많이 눈에 띄지 않았다. 아바나를 드나드는 대형 선박 말고 매일같이 만류에 떠 있는 건 우리밖에 없었다. 우리를 따라나선 손님도 없었고, 그 아담한 만으로 가서 헤엄을 치고 음식을 먹는 일도 더는 없었지만, 점심은 만류에 나가 먹었다. 바다가 잔잔할 때는 엔진을 끄고 물결에 보트를 맡겼고, 그러기에 파도가 거칠다 싶으면 엔진을 켜고 트롤링을 하며 텅 빈 바다를 헤집고 다녔다. 처음 가토르노 부부와 로페스 멘데스와 나눈 활기찬 대화 같은 것은 더이상 없었다. 석 달 동안 고작 새치 열두 마리를 잡은 불운한 낚시 철이 끝나가면서 이제 고독해진 우리는 하루하루 말수가 줄어들었다. E. H.는 더 버티고 있어봤자 뾰족한 수가 없다는 걸 알았지만 철 막판까지 낚시질을 하고 싶은 터라 떠나야겠다고 선뜻 마음을 잡지 못했다. 카를로스와 볼로는 철이 거의 끝나자 이만저만 섭섭한 게 아니었다. 먹고살 돈도 제대로 마련하지 못한 채 일자리를 잃게 될 판이었다. 카를로스는 E. H.를 겪어본 지난 몇 해의 경험으로 미루어 약정한 급료 외에 팁으로 200달러를 더 받을 것을 기대했다. 하지만 볼로는 우리와 함께 있은 지 불과 몇 주밖에 되지 않은데다가, 제 몫을 야무지게 하지 못했다는 걸 그 자신도 알았기 때문에 애초에 받기로 한 것 이상을 기대할 처지가 못 됐다. 볼로는 나를 부러워하며 동행하여 키웨스트에 가서 보트에서 지낼 수 있으면 좋겠다고 했다. 나는 이곳에 오기를 간절히 고대했고 쿠바에서 멋진 시간을 보냈지만, 이제 키웨스트로 돌아간다고 생각하니 올 때와는 또다른 느낌이었다. 반나절만 낚시질로 보내는 그 고요하고 평온한 일상으로 귀환하는 것이다. 흥분할 정도는 아니었지만 돌아가고 싶은 마음이 거반 간절했다.

우리는 온종일 침묵 속에서 낚시를 했다. 오전에는 엔진을 끈 채 떠 있었고 바람이 부는 오후에는 보트를 움직여 트롤링을 했다. 해질녘 돌아오는 길에 E. H.가 181킬로그램짜리 청새치를 바늘에 꿰었다. 녀석은 물 밖으로 그레이하운드 같은 긴 도약을 연달아 아름답게 펼쳤고, 카를로스는 엔진 두 대의 출력을 최대로 높여 보트를 선회시킨 다음 놈의 진행 방향과 나란히 보트를 질주시켰다.

"너무 급하지 않게요." E. H.가 기다랗게 U자 모양을 그린 낚싯줄을 처리하며 말했다.

새치 고기가 시장에서 킬로그램당 5센트에 팔렸기 때문에 카를로스의 눈에는 놈이 점프할 때마다 20달러가 바다에서 튀어오르는 것같이 보였다. 그래서 그는 엔진을 전부 최고 속도로 유지한 채 놈의 앞을 막아서려는 듯 청새치와 경주를 벌였다.

"코르텔로줄여요! 노 탄타 마키나엔진의 출력을 낮춰요!" 고물을 향해 휘어진 낚싯대를 붙잡고 E. H.가 고함을 질렀다. 그 와중에 고기가 오른쪽 전방으로 뛰어올랐다.

"신 후벤투드산전수전 다 겪은 몸이라고." 카를로스가 너무 흥분하여 명령을 어기며 대꾸했다.

새치는 줄을 끊고 도망쳤고 E. H.는 빈 줄을 감아올렸다. 그는 카를로스에게 지나치게 고속으로 물고기를 추격하는 것은 최악이며, 그렇게 추격하면 배처럼 둥글게 늘어진 낚싯줄에 과도한 장력이 가해져 줄이 끊겨 고기를 놓칠 수밖에 없다고 말했다. 하지만 카를로스는 새치 낚시 경력이 40년이라고 말하며 자신이 무얼 잘못했다거나 보트를 형편없이 다루어 고기를 놓쳤다는 걸 인정하려 들지 않았다.

10월 15일, E. H.는 엔진을 끄고 떠 있으면서 낚은 작은 전갱이의 지느러미에 왼쪽 집게손가락을 베였다. 표피만 살짝 긁힌 정도여서 며칠 뒤 병균에 감염돼 손가락이 정상 크기의 두 배로 붓고 나서야 상처를 입었다는 걸 알았다. 곧 손 전체가 부어올라 손가락 관절들이 매끈하게 이어지고 붉은 핏줄들이 그의 팔뚝을 따라 퍼져 올랐다. 패혈증으로 도질지 모르니 침상에 누워 사리염을 녹인 따뜻한 물에 손을 담그고 있으라고 의사가 일렀는데도 E. H.는 손가락을 째고 붕대를 감고 매일같이 낚시를 나갔다. E. H.는 우리 중 누구한테 무슨 일이 생기면 의사의 진찰을 받고 의사가 시키는 대로 해야 한다고 항상 제일 먼저 나섰지만, 막상 자기 문제에 대해서는 태도가 달랐다. 그는 고문 같은 통증을 마치 아무렇지도 않은 듯 무시했다. 나는 그의 굳은 얼굴 표정에서 고통을 읽을 수 있었지만 그는 불평 한마디 하지 않았다. 그가 승선하는 아침마다 알 수 없는 그 무엇이 내게 손가락은 어떠냐고 묻지 말라고 속삭였다. 내 무릎에 문제가 생겼을 때 그가 늘 잊지 않고 내 몸 상태를 챙겼는데도 말이다.

부어오른 손과 번지는 팔뚝의 붉은 핏줄들이 악화하지는 않았지만 날이 갈수록 꼭 패혈증처럼 보였다. 낚싯바늘을 잡아채는 것이면 그게 뭐든 E. H.가 싸움을 벌일 거라는 걸 알았기 때문에 큰 놈이 걸려들었다가는 목숨을 잃는 사태가 벌어질까 걱정되었다. 다행히 미끼를 무는 놈은 없었다. 어느 날 아침엔가는 험한 북풍이 처음 불어와 바다를 차올려 거대한 파도를 일으켰다가 파도 마루의 하얀 머리를 사정없이 날려버리는 걸 보고 이러고 있다간 배고 뭐고 다 끝장날 것 같아 항구로 돌아왔다. 북풍과 또다른 북풍이 불어오는 틈새 말고는 낚시할 만한 날씨가 못 된다는 걸 깨달은 E. H.는 카사블랑카로 필라호를 몰고 가 보트를 선대船臺에 올려놓고 배 밑바닥을 긁어내고 새로 페인트칠을 했다. 작업이 끝나자 보트를 활주시켜 다시 물로 내리고는 탱크에 가솔린을 가득 채웠다. 며칠 후 떠날 채비를 마친 것이다.

지난밤 사람들이 우리를 환송해주겠다고 모두 내려왔다. 여름 동안 우리와 함께 낚시를 한 아바나에 있던 사람들이 전부 보트에 올랐다. 조타실이 미어터질 지경이어서 그 속을 비집고 위스키를 나르느라 여간 애를 먹은 게 아니었다. 하나도 빠짐없이 거기 있었다. 진저 로저스를 선호하지만 아무튼 여전히 미국 아가씨와 결혼하고 싶은 익살스런 로페스 멘데스, 밀짚모자를 먹으려 한 가무잡잡하고 말수가 적은 그의 사촌 엔리케, 약한 목청에 얼굴이 섬세한 위대한 예술가 가토르노와 쿠바에서 한 갑에 80센트나 하는 미제 컬런을 피우며 남편을 계속 쪼들리게 하고 할리우드에 도착하기만 하면 무조건 영화배우가 될 거라고 믿는 그의 아름다운 아내, 말할 때마다 양팔을 위험하게 휘젓는 쉰 목소리의 거구 도선사 홀리오, 앉아서 남 얘길 듣기 좋아하는 마음씨 착한 정비사 코호, E. H.가 커다란 새치를 걸어놓을 때마다 카사블랑카 부두로 달려와 우리를 위해 사진을 찍어준 아바나 주재 신문 기자 딕 암스트롱, E. H.가 폴린을 위해 키웨스트 집 마당으로 가져가는 큼지막한 골동품 화병을 배달중이던 피골이

상접한 물품 구매 대리인 알리엔데, 늘상 "비노 파라 메내게 줄 포도주 좀 있어요?" 하고 묻던 음주 운전사 가예고. 이들이 전부 한꺼번에 말하는 통에 연결되는 대화가 없었다. 사람들 모두 기분이 딱 좋아질 만큼만 위스키를 마셨다. 조타실 지붕 불빛 아래서.

출항 허가서의 날짜가 바로 그날 당일, 10월 18일로 되어 있어서 우리는 자정 전에는 떠나야 했다. 하지만 자정과 새벽 사이에 수면이 가장 매끈하기 때문에 E. H.는 늦게까지 기다렸다. 12시 5분 전, 손님들은 E. H와 악수를 하고 그에게 행운을 빌며 작별을 고하고는 소형 보트로 우르르 옮겨 탔고 보트는 그들을 다시 까만 수로 안내선으로 실어날랐다. E. H.와 카를로스와 나만 외로이 남았다.

내가 뱃머리로 가서 카를로스를 도와 진흙에 박힌 커다란 닻을 끌어올리자 E. H.가 엔진의 시동을 전부 걸어 모로캐슬의 망루와 아바나 해안 지구의 불빛 사이로 열린 어둠 속으로 필라호를 몰았다. 내가 타준 위스키의 기운이 아직 가시지 않은 헤밍웨이의 친구들을 태운 까만 수로 안내선이 항구에서 벗어나 망루의 석벽을 지나 탁 트인 암흑의 바다로 우리를 따라나섰다.

"잘 가요!" 그들이 합창하듯 외쳤다. 릴리안 가토르노의 날카로운 목소리가 다른 이들의 목소리 위로 들렸다.

"잘 있어요!" E. H.가 응답했다. 카를로스와 나는 듣고만 있었다.

"안녕!"

"안녕!"

옆을 달리지만 간신히 보이는 까만 배의 야간 항해등 불빛을 지켜보고 있자니 잠시 침묵이 흘렀다. 다시 '잘 가요' '잘 있어요' '안녕'이 시작되었다. 그들은 5킬로미터가량 우리를 따라 나왔다. 이어서 빨간 야간 항해등 불빛이 빙 돌아 녹색으로 바뀌면서 아바나로 돌아가는 수로 안내선의 반대편 뱃전이 보였다.

바람은 여태 북동쪽에서 불었고, 눈이 어둠에 익숙해지자 우리는 어슴푸레한 별빛 아래서 파도의 하얀 물마루를 볼 수 있었다. 엔진 두 대를 전부 가동한 필라호는 뱃머리를 북쪽으로 향한 채 달려오는 파도를 비스듬히 가르면서 전진했다. 이따금 배의 흔들림이 심해 한쪽 프로펠러가 물 밖으로 나와 우르릉대는 소리가 들렸다. 나침반의 조명만이 켜져 있었다. 카를로스가 앉아 조타륜을 조종하며 나침반을 내려다보았다. 나는 그에게 판독 능력이 없다는 걸 알았고, 그래서 그가 어둠 속에서 나침반을 보고 보트를 조종할 수 있으리라 생각지 않았다. 그러나 E. H.가 그를 신뢰했기 때문에 나는 염려하지 않았다. E. H.는 카를로스가 졸음에 겨울 때 말짱한 정신으로 조타륜을 넘겨받기 위해 우현 침상에 담요를 덮고 누워 잠을 청했다. 나는 물펌프가 제대로 작동하는지 확인하기 위해 가끔 손전등으로 고물 위쪽을 비추고 살펴보았다. 물이 양쪽 구멍에서 뿜어져 나오는 걸 확인하고 나선 다시 낚시의자에 앉아 아바나 해안 지대에 길게 늘어선 불빛들이 갈수록 서로 달라붙어, 크기는 작아지고 길이는 줄어드는 모습을 지켜보았다. 나는 그렇게 시선을 고정하고 앉아 불빛들이 끊김 없는 한 가닥 하얀 실선이 되기를 기다렸고, 이윽고 어느 두드러진 불빛 하나도 구분할 수 없게 되었다. 마지막 파도 밑으로 잠기는 그 불빛들이 적잖이 비장하게 느껴졌다.

소박한 낱말이 최선
Simple Words Are the Best

키웨스트로 돌아와보니 섬이 무척 작게 여겨졌다. 쿠바에서 날씨와 무관하게 하루도 거르지 않고 매일같이 낚시를 하던 긴장감이 사라지자 인생이 훨씬 느긋했다. 이제는 무슨 일에든 시간이 넉넉했다. 우리는 좋은 날씨만 골라 나가 반나절만 낚시를 했다. 새치를 겪고 나니 돛새치와 만새기를 잡는 일이 스포츠라기보다 장난처럼 느껴졌다. E. H.는 더이상 기율을 세울 필요가 없었고 나는 다시 그의 보트 관리인 겸 가족의 일원이 되었다. 그는 자식을 제 손으로 교육하여 쓸모 있는 인간으로 키우려는 아버지가 아들을 대하듯 나를 대했다. 『아프리카의 푸른 언덕』을 탈고할 무렵에는 자신이 좋은 작품을 쓰고 있다는 걸 의식하는 작가처럼 기분이 쾌활해져 그가 보트에 오든 내가 그의 집을 가든 내가 연거푸 쏟아내는 글쓰기에 관한 질문들을 개의치 않는 듯했다.

"제가 작가가 될 만한 그릇이라고 생각하세요?" 내가 그에게 물었다.

"좋아지고 있어. 무척. 소질이 있다면 언젠가는 드러날 거야."

"제게 소질이 있다고 생각하세요?"

"그건 누구도 알 수 없지. 있는지 없는지는 해봐야 알아."

"작가가 못 되면 신문사 일자리를 구할까 합니다."

"그런 식으로 판단할 문제가 아니라네. 죽도록 하고 싶다면 마음을 굳게 먹어야지."

"몇 년이 지나서야 소질이 없다고 판명나면 어떡하지 하는 생각이 들어서요."

"꾸준히 써보게. 그렇게 낙심하지 말고. 자네는 내가 아는 사람 중에 가장 쉽게 낙심하는 사람이야. 그게 천재의 징후일 수도 있지만 극복해야 할 과제이기도 해. 신문사 일 따위는 잊어버리게. 생계를 위한 거라면 다른 일을 해, 그 일 말고. 신문사 일은 쓰는 일과 상극이야. 글 쓰는 사람의 진을 완전히 빼나 결국 쓰지 못하게 만들거든. 장래도 없고 말이야. 신문사 일과 작품 활동을 함께 할 수 있는 사람이 만약 있다면 그건 머리가 엄청나게 비상해서 신문사 일 따위는 눈곱만치도 신경쓰지 않는 초인이야. 하지만 자네는 그런 부류가 아니야. 자네는 쓰는 데 시간이 필요한 사람이라 죽었다 깨도 순식간에 써내는 신문 기자 노릇은 못할 걸세. 자네한테 생긴 일 가운데 가장 복 받은 일은 미니애폴리스 트리뷴 편집자가 자네의 입사 지원서를 퇴짜 놓은 거야."

"하지만 선생님도 한때 신문 기자 노릇을 하고 작가가 되셨잖아요."

"했음에도 불구하고."

"쿠바에 관해 쓰신 그 단편 말인데요? 이곳 원주민들은 하나같이 내게 그게 실제 일어난 사건이라고 말해요."

"그게 사실이라면 사람들이 나를 감옥에 처넣겠지. 그게 문학이 하는 일이야. 사람들이 믿게 만드는 것."

"소설을 좀 써보고 싶습니다."

"아직 준비는 되지 않았지만 한번 시도해봐. 하지만 쿠바를 소재로 한 소설은 쓰지 말게나. 쿠바에 대해 아직 모르는 게 많으니까. 아바나를 배경으로 신나는 모험담을 만들어내는 게 자네로서는 쉬울 수도 있고 그게 멋져 보일 수도 있겠지만, 그리 보이는 건 그 이야기가 좋은지 나쁜지 알 수 있을 만큼 그 나라를 제대로 알지 못하기 때문이야. 힘든 건 자네가 겉과 속을 샅샅이 아는 것에 대해 쓰는 거라네. 그리되면 쓴 걸 다시 읽어보았을 때 그게 형편없는지 아닌지 분간할 수 있으니까."

"이야기의 배경이 되는 곳에서 살아보는 것이 최선인가요?"

"어떤 장소에 관해 그곳에서 멀어지기 전에 쓰는 건 금물이야. 떨어져 있어야 균형 잡힌 시각이 생기거든. 무엇을 본 직후에는 그걸 사진처럼 묘사해서 정확하게 드러낼 수 있어. 좋은 훈련이지. 그러나 그건 창작이 아니야."

"써가면서 사건을 만들어내는 게 소설이라면 벌어질 일의 내용은 어떻게 결정하죠?"

"열댓 개의 흥미로운 가능성 중에 필연적인 하나를 골라야지."

"그게 형편없는 것일 수도 있는데 그건 어떻게 알죠?"

"마음속의 어떤 소리가 일러준다네. 판단이 경계선에 걸리면 다른 사람한테 보여줄 수도 있겠지만, 보통은 구분할 수 있어."

"있잖아요, 제 가장 큰 문제는 근사한 단어들을 지나치게 많이 쓰려고 했던 일 같아요."

"자네만의 문제가 아니야. 최상의 글쓰기는 절대 바뀌지 않아. 사람들이 나누는 얘기에서 들은 말 중에서 필요한 어휘를 고르게. 그것들은 수세기의 검증을 거친 말들이야. 소박한 낱말이 언제나 최선이라네."

"글을 쓰려고 하면 꼭 보트에서 뭔 일을 하고 싶은 생각이 드는 것 같아요."

"당연하지, 그게 글 쓰는 것보다 훨씬 쉬우니까. 그래서 내가 투우 경기를 쫓아다니고 다른 짓거리를 수도 없이 한 거라네."

"새치 낚시 원정도 그 때문인가요?"

"얼마간은."

"요새 오후마다 낚시하는 것도요?"

"낚시는 마음을 쉬게 하는 확실한 방법이지."

"쓰고 싶은 마음은 정말 굴뚝같아요. 노력도 하고요. 그런데 여간 힘든 게 아닙니다."

"정말 고된 짓이지. 자네는 그걸 이제 막 발견하기 시작한 거야. 글이 나아질수록 더 힘겨워져. 자네에게 필요한 건 매일 조금씩 연습하는 거야. 하루에 적어도 250단어는 쓸 수 있어야 해. 그 정도면 충분해. 그렇게만 써도 1년이면 소설 두 권 분량이야. 중요한 건 지속적으로 눈과 귀를 사용하는 거야. 부두 위에 보이는 사람들을 전부 관찰하게나. 요트들이 들어오거든 그 소유주들과 승무원들도 관찰하고. 그 일거수일투족을 관찰해서 그 사람들이 어떻게 다른지 파악하게. 그들이 하는 모든 말에 귀를 기울여 사용하는 단어 하나하나뿐만 아니라 각 단어를 어떻게 말하는지 기억해두게. 자네는 자아에 대해 감수성이 예민해. 그건 꼭 필요한 자질 중 하나지. 그러나 타인에 대해서도 감수성이 예민해야 하네. 다른 사람들이 느끼는 방식으로 느낄 수 있어야 하고, 다른 사람들이 생각하는 방식을 알 수 있어야 해. 계속 노력하면 계발되는 능력이라네. 누구도 자네가 겪는 고난 따위엔 관심 없어. 자신이 겪은 고생담을 늘어놓는다면 지독하게 따분한 놈으로 전락하고 말아. 자네가 누구고, 어떤 사람이고, 자네에게 무슨 일이 벌어지든 사람들은 눈곱만큼도 신경쓰지 않아. 자네 자신은 잊어버리고 다른 사람들의 머릿속으로 들어가서 그들의 마음이 어떻게 작동하는지를 살피게."

"쿠바를 소재로 소설을 쓸 수 없다면 제가 쓸 만한 것은 뭐죠?"

"내 장사 구역이니 넘보지 말라는 게 아닐세. 그저 자네가 소설을 쓸 만큼 쿠바를 잘 알지 못하기 때문이야. 소설에서는 뭘 쓰지 않고 내버려두느냐가 중요하다네. 10분의 9는 수면 밑에 있어야 해. 그게 이야기에 품격을 주는 거야. 당장 자네가 할 만한 건 쿠바를 배경으로 한 낚시 기사를 쓰는 일이야. 신문 잡지사의 구미에 당기는 걸 만들어보게. 필요하면 내가 갖고 있는 사진을 전부 줄 테니. 우선 신문이나 잡지 쪽 글을 써봐. 실제 벌어진 사건을 독자가 보고 감정이 동하도록 있는 그대로 종이에 옮기는 건 좋은 훈련이야. 그리고 나서 나중에 소설에 도전하게 되거든 자네가 정말로 잘 아는 것에 관해 쓰게나. 부랑생활에 관해서라면 쓸 게 무궁무진하겠지."

"제 생각도 그래요. 대학에서 꼬박 4년을 보냈어도 재밌던 일이 하나도 기억나지 않거든요. 그 시절이 전부 휑한 백지 같아요. 내가 본 모든 것, 내게 생긴 모든 일은 길바닥에 나선 이후, 아니면 훨씬 이전, 내가 꼬마였을 때 있었던 거예요."

"그건 어렸을 때가 감수성이 더 예민하기 때문이야. 뭐든 마음에 아주 깊은 흔적을 남기는 시기지. 작가들 대부분이 마흔 줄에 접어들 때까지 자신의 유년 시절에 관해 쓴다네. 어렸을 때는 사랑의 경험을 감추고 지내다가 나이가 들어서 들춰내는 거지. 자네가 가진 최고의 얘깃거리는 노스다코타 농장 생활과 자네 누이의 살해사건이야. 자네 말고는 누구도 쓸 수 없고, 세상 누구도 자네한테서 빼앗아갈 수 없는 것이니까. 하지만 그건 오랫동안 쓰지 않는 게 좋아. 최상의 소재는 어찌 다뤄야 할지 터득하기 전까지 아껴둬야 해. 다시 쓰지 않는 한 같은 걸 두 번 쓸 수는 없으니까. 비극을 쓰려거든 완전히 초연해야 하네. 아무리 가슴이 아파도 말일세. 예술의 꼭짓점은 비극이야. 세상에서 가장 쓰기 힘들지. 쓰지 않는 한 얘깃거리를 잃어버릴 일은 없다네."

나는 낚시에 관한 소품을 썼고 E. H.는 내 글에 진전이 보인다고 기뻐했다. 그는 어색한 곳이 몇 군데 있다고 말하면서도 일부러 그것들을 지적한다거나 말을 바꾸려 하지 않았다. 그런 것은 때가 되면 저절로 풀리는 것이니 그리 중요한 게 아니라고 했다. 그는 대신 부정확한 곳들을 지적했고, 흐름상 필요하지만 내가 빠뜨린 부분들을 보여주며 무얼 넣어야 온전해질지 일러주었다. 그가 원고를 검토하고 팔릴 만하다고 했을 때는 몹시 기뻤으나, 막상 『들판과 시내』지에서 통상적인 거절 쪽지와 함께 원고가 득달같이 되돌아오자 다시 가슴이 먹먹했다. 나를 격려하기 위해 E. H.는 『모터보팅』지에 투고하면 실릴 거라며 75달러 대 25달러 내기를 제안했다. 그는 내기에서 이겼지만 돈 받기를 거절했다. 자기 글이 난생처음 매끄러운 하얀 종이 위에 인쇄된 걸 본 작가라면 꼭 경험하게 되는 그 행복한 심정으로 내가 그 잡지의 2월호를 E. H.에게 보여주자 그는 나보다 훨씬 기뻐하는 듯했다.

"자, 마에스트로." 그가 말했다. "자넨 이제 작가가 된 거야. 여기 있다가 우리와 함께 내년 여름에 비미니에 가지 않겠나?『새터데이 이브닝 포스트』에 보낼 만한 걸 건질 수 있을지 몰라."

나는 대답하지 않았다. 다시 가지 않으리라는 걸 알았기 때문이다. 쿠바에서 멋진 시간을 보내기는 했어도 나는 천성이 낚시꾼이 아니었고, 거의 1년을 필라호에 갇혀 있다시피 했으니 이제는 더 자유롭고, 더 자연스런 삶으로 옮아가 나만의 것을 찾아 그걸로 뭘 할 수 있는지 시험해볼 때가 되었다. 키웨스트 해군 공창은 도시의 요트 계류장으로 바뀌어 하루 3교대하는 WPA 경비원들이 고용되어 보트들을 책임졌기 때문에 누가 군이 필라호에서 잘 필요가 없었다. 나는 집으로 돌아가 가족들을 만나고 싶다고 E. H.에게 말했다.

"이해하네." 그가 말했다. "그래야 가족들도 한결 마음이 놓일 거야. 처음으로 작품을 팔았으니 뭘 해냈다는 걸 보여줄 수 있겠구먼. 하지만 무얼 하든 쿠바에서 얻은 나머지 것들을 활용하지 않는다면 어리석은 거야. 지금은 가장 손쉬운 재료를 쓴 것일 뿐 아직 무궁무진하게 남아 있다네. 그 나머지에 매달리게 도와줄 계획이었는데, 이제 신문 잡지 쪽 글을 쓸 정도가 됐으니 자네 혼자서도 할 수 있을 거야. 난 자네가 자네만의 것을 잘 다루게 되어 떠날 때쯤에는 거래처를 하나 뚫기 바랐다네."

어제 아침 나는 담요를 정리하고 보트를 잠그고 배를 떠나 배낭을 갖고

E. H.의 집으로 갔다. E. H.가 현관홀에서 벽에 걸린 반지르르한 새치 부리들을 손보고 있었다. 그는 내게 자기 작업실로 올라가자고 했다. 내가 떠나기 전 할 말이 있었던 것이다. 처음 만난 날 인터뷰처럼 그는 책상 뒤에 앉아 진지하게 말을 꺼냈다.

"자네가 꼭 극복해야 하는 건 낙심하는 일이야." 그가 말했다. "자네에겐 육체적인 담력이 있어. 하지만 그건 겁먹기 전까지 누구나 있는 거지. 자네한테 필요한 건 정신적인 담력을 키우는 일이야. 훨씬 어려워. 하늘이 무너져도 낙심하지 말게! 산문을 쓰는 건 세상에서 가장 힘든 일이야. 현존하는 위대한 작가는 고작 열댓 명이라네. 1년 만에 활자로 찍어낼 만한 걸 쓴다는 건 있을 수 없어. 만일 그런 일이 생긴다면 우연이지. 솔직히 말하는데, 지금 자네가 소설을 쓴다는 건 자네가 이곳에 처음 왔을 때 자네의 신문 잡지용 글 실력만큼이나 아득해. 하늘이 무너져도 낙심하지 말게! 열심히 하되 멈출 때를 알아야 하네. 한 번에 몇 주 동안 써지지 않을 때가 있을 거야. 그런 일이 벌어지더라도 낙심하지 말게. 세상 그 어떤 작가라도 써지지 않을 때가 있어. 자연스러운 일이야. 그러려니 하게. 기력이 빠지거든 자네가 본 것들을 빈틈없이 써보게나. 그것들이 종이 위에서 꿈틀거려 독자들이 그것들을 볼 수 있도록. 사람들이 으레 하는 말이 아니라, 정확히 무슨 말을 하는지, 어떻게 말하는지, 목소리의 높낮이, 말하는 표정, 두드러진 이목구비 등에 주목하게. 그런 것들이 글을 생동감 있게 하는 거라네. 그러니 독자가 정확한 그림을 그릴 수 있도록 쓰는 연습을 하게. 그러고는 독자가 공감하길 바라는 감정이 무언지 파악하려고 힘쓰는 거야. 난 그런 식으로 글 쓰는 법을 터득했다네.

자네가 쓴 기사류 글들은 눈에 좋은 훈련이었어. 사물을 있는 그대로 묘사하는 게 글쓰기에 대한 참된 시각을 자네한테 선사한 거라네. 이제 이 여행길로 북쪽으로 올라가다보면 쓰고 싶은 이야기에 대한 어떤 실마리가 떠오를 수도 있을 걸세. 전에 떠돌이 생활 때 본 걸 전부 합친 것보다 더 많은 걸 보게 될 거야. 집에 도착하고 나서 소설이 써지지 않거든 밖으로 나가 뭐든 보고 그걸 종이 위에 살아 움직이게 만들어. 사람들한테 말을 걸어서 그들이 말하는 걸 있는 그대로 정확하게 써. 그러면 자네의 마음도 자동으로 대화를 들으려고 집중할 걸세. 귀를 잘 발달시키면 마음이 체를 치듯 움직여 써먹지 못할 것은 잊어버리게 되어 있어. 좋은 글을 읽어서 좋은 감식력을 키우게. 결코 시간 낭비가 아니라네.

이보다 더 잘 쓸 순 없다는 확신이 서기 전까지는 절대 아무것도 보내지 말게. 근사한 걸 썼다 싶으면 원고를 갖고 이리 내려와. 언제라도 기꺼이 살펴보고 조언해줄 테니. 그게 지금부터 6개월 후든, 1년 후든, 2년 후든 오기만 하면 잠잘 곳은 우리가 꼭 마련해주겠네.

아무튼 하늘이 무너져도 낙심하지 말고 걱정하지 말게. 자네 글에 대해 절대 걱정하지 말게. 그러면 진이 빠지고 무기력해져. 운동을 많이 하면서 건강을 유지하게. 그게 제일 중요해."

우리는 폴린에게 작별 인사를 하려고 내려왔다. 내가 철대문을 나서자 니 둘이 집 곁 야자수 옆에 나란히 서서 손을 흔들었다. 나도 손을 흔들어 응답했다. 간선도로를 향해 듀발 거리로 발을 내딛는데 목에서 어떤 쓰라린 덩어리가 커지는 게 느껴졌다.

E. H. : 마에스트로에게서 온 코다

(아널드 깅리치의 「발행인 칼럼」, 『에스콰이어』, 1961년 10월호)

어니스트 헤밍웨이는, 그가 1934년 9월호 이 지면에서 링 라드너에 대해 쓴 표현처럼, "검시관의 공평무사한 해부용 칼을 들이대며 그를 비판하는 그의 친구들의 인격보다 문학에 더 관심이 많은 이들에게는 아직 죽은 지 오래되지 않은 사람이다".

기회가 있을 때마다 마땅히 수차례 밝혔듯이 그는 이 잡지가 사귄 가장 귀한 친구 중 하나였다. 그것도 친구가 가장 절실한 시기에 각별히 그랬다. 잡지의 초창기에 그가 주된 자산이었다고 하는 것은 과장이 아니다. 물론 맨 처음 시작 당시를 가리키는 것이다. 우리는 출발할 때 헤밍웨이가 있었고 그의 식견과 호의에 힘입어 그가 우리 편이라는 걸 앞세워 사람들을 끌어모았다. 우리는 수표책을 들고 각양각색의 작가와 예술가 들을 찾아 뉴욕을 쏘다니며 "격조 있는 삶과 새로운 여가생활에 기여하는" 고품격 잡지를 정말로 발행할 거라는 사실을 믿게 하려고 애를 썼다. 은행들이 문을 막 다시 열고, 사람들이 여전히 대공황이 곧 끝나주었으면 하고 바라던 바로 그때였다.

우리가 수표책을 꺼내 기고자가 돼줄 만한 사람들에게 공황과 무관하게 원고료를 지불하겠다고 하면 그들은 항상 엇갈리는 반응을 보였다. 우선 눈앞에 보이는 거금에 기분좋게 놀라다가 뒤늦게 머리에 스친 듯, "설마 그 정도 액수로 어니스트 헤밍웨이를 구워삶은 건 아니겠죠?" 하고 꼭 물어왔다. 그럼 우리는 아니라고 대답하며, 운영진이 헤밍웨이와 맺은 약속은 다른 필자보다 두 배를 더 지불하는 것이고, 잡지가 뜨거나 꾸준히 잘 나가면 더 지불할 터이지만 아직 의리의 차원에서 그 비율을 지키고 있다고 솔직히 말했다. 그의 재능과 도량이 그런 것이었기에 그 시절(1933년 봄)이었음에도 불구하고 반감을 품는 사람은 없었다.

이 글의 목적은 지난 7월 2일 이후 대중적인 출판물에 범람하던 그 흔한 고별사의 숫자를 하나 늘리려는 게 아니다. 우리는 오래전 이 지면을 통해 별도로 그와 화해했다. 그의 죽음은 이제 와서 그에 관한 일화를 시시콜콜 끄집어내 탐닉할 핑계가 될 수 없다.

그럼에도 불구하고 우리는 아직 상당수 모이지 않았지만 잡지가 창간되고 3년 동안 정기적으로 실린 그의 글에서 찾아낸 몇몇 기억의 단편들을 전해야 할 것 같은 부담을 느낀다. 그가 죽었다는 사실뿐만 아니라 그가 선택한 죽음의 방식을 알게 되었을 때 생각난, 여기저기 뿔뿔이 흩어져 있던 구절들이다.

첫째, 1934년 2월호를 뒤지다가 발견한 「파리 편지」의 한 구절이 마치 스크린 위에 섬광이 터지듯 떠올랐다.

아주 침울하다. 옛 친구 하나는 자기를 쐈다. 다른 옛 친구는 어떤 걸 과량 복용했다…… 모름지기 사람은 돈이 떨어지면 스스로 목숨을 끊어야 한다. 그게 내 생각이다. 술고래는 간장이 상하고, 전설적인 인물은 대개 자신의 회고록을 쓰는 것으로 끝을 낸다.

1934년 7월호의 「위험한 게임에 대한 단상」에서는 다음을 기억해냈다.

제대로 된 사람이라면 언제라도 생계보다는 목숨을 놓고 승부를 건다. 그것이 아마추어는 도저히 알지 못할 프로페셔널의 진가다.

그러나 무엇보다 우리는 1935년 10월호에 실린 「마에스트로를 위한 모놀로그」를 회상하며 가슴이 미어졌다. 키웨스트와 쿠바에서 보내온 편지에 종종 언급되는 마에스트로는 글쓰기를 배우겠다고 미네소타에서 온 청년이었는데, 길바닥에서 차편을 구걸하며 키웨스트까지 내려갔다가 그의 보트에서 일종의 도제로 일하게 되었다. 그는 바이올린을 켤 줄 알아서 마에스트로라고 불렸다. 하고 싶은 이야기가 많은 친구였고, 헤밍웨이는 그에게 그 이야기들을 어떻게 말하는지 가르쳐볼 요량이었다.

마에스트로: 제가 작가가 될 것 같습니까?

당신네 통신원: 그걸 무슨 수로 내가 알겠나? 재능이 없을 수도 있지. 타인에 대해 공감할 줄 모를 수도 있고. 써낼 수 있어야 좋은 얘깃거리가 있는 거지.

마에스트로: 그건 어떻게 알죠?

당신네 통신원: 써. 5년을 매달리고도 형편없다면 그때 가서 자기한테 총질을 하라고.

마에스트로: 날 쏘지는 않을 겁니다.

당신네 통신원: 그럼 나한테 와. 내가 쏴줄 테니까.

마에스트로: 고맙군요.

이 마에스트로에게 글을 끝내도록 해야겠다. 그의 이름은 아널드 새뮤얼슨. 일이 벌어진 직후에 텍사스에 있는 그와 연락이 닿았다.

어니스트는 안간힘을 다해 살았습니다. 그가 택한 최후의 행동은 그의 인생에서 가장 의도적인 것이었습니다. 그는 자신의 고통에 대해 한 번도 써본 적이 없습니다. 그 모든 고통을 말없이, 인간이라면 누구나 이해할 수 있는 언어로 전한 것입니다.

—A. G.

옮긴이의 말

유학시절 살던 동네에는 근사한 마을도서관이 있었다. 장서량이 많다거나 시설이 유달리 빼어난 것은 아니었지만 얼추 계절마다 한 번씩 수천 권의 책들을 납득이 안 갈 정도의 헐값에 팔았다. 내놓은 책들 중에는 원래 도서관 장서였던 것도 있지만 대개는 마을 사람들이 이런저런 이유로 기증한 것들이었다. 글자 한 줄 없는 손바닥만한 그림책부터 삽화는 고사하고 자잘한 글자들이 비좁은 자리를 다투는 두꺼운 철학책에 이르기까지, 누런 빛깔의 예스런 장정을 뽐내는 19세기에 인쇄된 책들부터 깔끔한 컴퓨터 조판으로 찍어낸 신간까지 그 종류도 무척 다양했다. 이 책 더미

속에서 우연찮게 발견한 것이 이 책이었다. '우연찮게'란 표현을 쓴 이유는 내가 본격적인 문학 공부를 미국소설로 시작하지 않았던들, 당시 내가 배움을 구하는 학생의 처지가 아니었던들 이 책이 눈에 띄지 않았을 거라는 생각 때문이다.

사실 제목 자체는 그리 매혹적이지 않았다. 하지만 약간의 망설임을 책 표지에 붙은 우리 돈 2000원가량의 가격표로 누그러뜨리고 얼른 서문을 읽어보았다. 예사롭지 않은 책임을 직감했다. 집으로 돌아와 나머지 부분을 읽어본 후 곧바로 우리말로 옮겨야겠다고 결심했다. 딱히 출판을 염두에 둔 것은 아니었다. 그때나 지금이나 내게 번역이란 작품을 정밀하게 읽는 훌륭한 방법 중 하나이고, 우리말을 알뜰하게 깨치는 과정이고, 혼란스런 정신을 가다듬는 훈련이다. 그래서 학위논문 집필로 바쁜 와중이었지만 틈을 내 번역을 시작했고, 논문을 끝내기 전 내용의 4분의 3 정도를 마칠 수 있었다. 그러나 번역작업은 귀국 후 7년 동안 더이상 진전을 보지 못했다. 원고는 서가 맨 아래 칸에서 먼지를 덮어쓰고 기약 없이 바래갔다. 그러던 중 책의 가치를 대번에 알아봐준 문학동네의 도움으로 자칫 묻힐 뻔한 원고가 다시 책상으로 복귀했고 나머지 부분까지 번역되어 이렇게 빛을 보게 된 것이다.

번역작업에 매달리면서 알게 된 두 가지 '놀라운' 사실이 있다. 하나는 미국 내 일반 독자들이 그 가치를 한결같이 높이 평가하고 있음에도 책이 이미 절판되었다는 것이고, 다른 하나는 헤밍웨이를 연구하는 학자들의 초기 반응이 다소 심드렁했다는 것이다. 하지만 이 상반된 반응이 오히려 이 책의 진정한 가치를 증명하지 않나 생각한다.

학자들은 이 책을 다분히 직업적 관점에서 읽으려고 하는 듯하다. '작가로서의 헤밍웨이'란 돋보기를 들고 이 회고록이 제공하는 정보를 그의 작품세계 혹은 작가로서의 그의 삶의 궤적과 연관시켜 파악하려 든다는 것이다. 헤밍웨이는 은둔형 작가가 아니었고 그에 관한 전기적 사실들은 이미 많이 알려져 있는 까닭에 그들의 눈에는 이 회고록이 딱히 높은 학술적 가치를 갖고 있지 않은 것처럼 보였을지 모른다. 하지만 아널드 새뮤얼슨은 학자들을 위해 그의 경험과 기억을 문자로 남긴 것이 아니다. 어떤 연유로 그가 살아생전 회고록을 출간하지 않았는지는 알 수 없지만, 유품으로 원고를 전해 받고 아버지 대신 원고를 편집 출간한 다이앤 다비의 말처럼, 한 가지 분명한 것은 그가 자신의 "경험이 전도유망한 다른 작가들에게 각별히 도움이 될지도 모른다고 여겼기에 그 경험이 후대에 상실되길 원치 않았다"는 것이다. 물론 이 회고록은 꼭 미래의 작가들만을 위한 것은 아니다. 헤밍웨이에 관한 것만도 아니다. 이 책은 여행, 배움, 글쓰기, 낚시, 바다, 자연, 사람, 그리고 무엇보다 인생에 관한 것이다.

책의 출간에 부쳐 탁월한 지적 감수성과 치밀함으로 원고의 구석구석을 살펴보고 계몽적인 조언을 해주신 강명효 선생님께 커다란 빚을 졌음을 밝힌다. 선생님의 열정과 예리한 편집자의 눈이 없었다면 이 책은 지금의 모습을 갖추지 못했을 것이다. 또한 강진구 선생님께 과분한 신세를 졌음을 기쁘게 고백한다. 이야기 곳곳에 등장하는 낚시장비, 낚시 장면, 해양 생태에 관한 번역묘사는 선생님의 풍부한 스포츠 낚시 경험과 영어 원문의 오류까지 지적해주신 해박한 지식을 반영한다. 만약 헤밍웨이가 부활한다면 선생님은 분명 그의 좋은 대화 상대가 될 것이다. 마지막으로 온갖 원고들로 전쟁터가 되어버린 아빠의 책상을 늘 수더분한 평화의 눈길로 바라봐준 아이들과, 탈고가 일의 끝이 아니라 또다른 시작을 알리는 '사악한' 의식임을 숱하게 보아왔음에도 그때마다 변함없이 미구의 여유를 꿈꾸며 격려를 아끼지 않은 아내에게 깊은 감사의 마음을 전한다.

백정국

존 더스패서스 John Dos Passos, 1896~1970

제1차세계대전 후 소위 '잃어버린 세대'를 대표하는 미국의 소설가. 『세 병사』 『맨해튼의 대피선』, 3부작 『U. S. A.』 등을 썼다.

아치볼드 매클리시 Archibald MacLeish, 1892~1982

시인, 극작가, 교육자. 『행복한 결혼』 『새로 발견한 나라』 『달의 거리』 등의 작품을 썼다. 미국 국회도서관장 및 국무부 차관보 등 공직을 역임했고 하버드 대학 교수를 지냈다.

스콧 피츠제럴드 F. Scott Fitzgerald, 1896~1940

소위 재즈 시대(1920년대 미국)를 탁월하게 묘사한 것으로 유명한 미국의 소설가. 『위대한 개츠비』의 작가로 주로 알려져 있다. 알코올 중독으로 고생했으며 말년이 불행했다.

조지 로리머 George Lorimer, 1867~1937

미국의 신문 편집자. 거의 40년 동안 『새터데이 이브닝 포스트』지에서 일했다.

문학에 대한 대중의 취향을 잘 간파하여 20세기 초반 여러 유명 작가들의 작품을 이 신문에 실었다. 『어둠의 심장』을 쓴 조지프 콘래드를 미국 독자들에게 알리는 데 공헌하기도 했다.

존 찰스 토머스 John Charles Thomas, 1891~1960
바리톤 오페라 가수. 림스키코르사코프의 〈삿코〉 같은 오페라에 출연했으며 브로드웨이에서 많은 돈을 벌었다.

론 체이니 Lon Chaney, 1883~1930
'천의 얼굴을 가진 사나이'라고 불린 미국의 영화배우. 무성영화 시절 그의 섬뜩한 인물표현은 고전으로 평가받는다. 〈노트르담의 꼽추〉〈오페라의 유령〉 등과 같은 영화에 출현했다.

윌 로저스 Will Rogers, 1879~1935
미국의 카우보이, 보드빌 배우, 사회비평가. 1920~30년대 큰 대중적인 인기를 얻었다.

진 터니 Gene Tunney, 1898~1978
미국의 프로 권투선수. 1926년 잭 뎀프시를 물리치고 세계 헤비급 챔피언에 등극했다.

조지 버나드 쇼 George Bernard Shaw, 1856~1950
아일랜드 극작가 겸 비평가. 『인간과 초인』 『악마의 제자』 『성녀 존』 등을 비롯

하여 희곡 10여 편을 썼으며 1925년 노벨 문학상을 수상했다. 무솔리니를 지지
하는 발언으로 비난을 받았다.

안토니오 가토르노 Antonio Gattorno, 1904~1980

화가. 쿠바 모더니즘 운동을 이끈 쿠바 현대미술의 거장. 1936년 어니스트 헤
밍웨이와 존 더스패서스의 후원을 받아 미국에서 전시회를 열었다. 여생의 30
년을 미국에서 거주하며 활동했다.

후안 빈센테 고메스 Juan Vicente Gómez Chacón, 1857~1935

베네수엘라의 독재자. 카스트로의 반란에 협조했으며 나중에 쿠바의 대통령이
되었다. 가차없는 정적 탄압과 부정부패로 악명이 높았다.

진저 로저스 Ginger Rogers, 1911~1995

영화배우. 〈즐거운 이혼녀〉〈키티 포일〉 등 70여 편의 영화에 출연했으며 1941
년 아카데미 여우주연상을 수상했다

노마 시어러 Norma Shearer, 1902~1983

캐나다 태생의 미국 영화배우. 〈이혼녀〉〈로미오와 줄리엣〉 등에 출연했으며
1930년 아카데미 여우주연상을 수상했다.

헤라르도 마차도 이 모랄레스 Gerardo Machado y Morales, 1871~1939

쿠바 혁명 전쟁의 영웅. 나중에 국민 절대다수의 지지를 받아 대통령에 선출되
었으나 가혹한 독재자로 전락했다. 1933년 실각하여 추방되었다.

시드니 프랭클린 Sidney Franklin, 1903~1976

미국의 투우사. 스페인을 비롯하여 남미 여러 나라에서 명성을 얻었다. 투우에 관한 헤밍웨이의 논픽션 『오후의 죽음』에 비중 있게 언급되었다. 헤밍웨이의 소설 『태양은 다시 뜬다』에 묘사된 투우사는 그에게서 영감을 받은 것이다.

지미 듀랜트 Jimmy Durante, 1893~1980

이탈리아 태생의 미국 코미디언, 가수, 피아니스트, 영화배우. 라디오, 텔레비전, 영화 등 다양한 대중매체에 등장하여 거의 60여 년 동안 미국 대중의 사랑을 받았다.

헨리 파울러 Henry Weed Fowler, 1878~1965

동물학자. 미국 어류·파충류학회 창설 멤버이며 수십 년간 필라델피아 박물학회에서 다양한 직책을 맡아 일했다.

조앤 크로퍼드 Joan Crawford, 1908~1977

영화배우. 〈이상한 화물〉 〈여인의 얼굴〉 〈밀드레드 피어스〉 등의 영화에 출현했으며 1945년 아카데미 여우주연상을 수상했다.

에디 캔터 Eddie Cantor, 1892~1964

라디오, 텔레비전, 영화, 연극 무대 등 다양한 대중매체에서 활동한 미국의 연예인. 특히 라디오 진행자로서 명성이 높았다.

링 라드너Ring Lardner, 1885~1933

미국의 스포츠 칼럼니스트 겸 단편소설 작가. 야구에 조예가 깊었다. 논픽션
『단편소설 작법』과 단편집 『사랑의 보금자리와 그 밖의 이야기』 등을 출간했다.

옮긴이 **백정국**
매곡초등학교를 시작으로 캘리포니아 대학교(데이비스)에서 학교교육을 마쳤다. 경기도 북부의 조그
만 시골 마을에서 살고 있으며, 대학에서 르네상스영문학, 셰익스피어, 문학비평을 가르치고 있다. 여
러 해 동안 학생들과 더불어 '호박흔들기'란 독서토론 모임을 갖고 있다. 「용병 이야기로서의 『오셀로』」
「"하얀 바퀴벌레": 어두운 크리올의 그림자」 등 여러 편의 논문을 발표했고, 『르네상스 영시의 세계』
『질문하는 십대를 위한 고전콘서트』를 다른 학자들과 함께 썼으며, 『햄릿』『톨스토이가 싫어한 셰익스
피어』를 우리말로 옮겼다.

헤밍웨이의 작가 수업

초판 인쇄 2015년 6월 5일
초판 발행 2015년 6월 19일

지은이 아널드 새뮤얼슨 | 옮긴이 백정국 | 펴낸이 강병선

기획·책임편집 강명효 | 편집 오경철 엄윤주 | 독자모니터 강진구
디자인 이효진 이주영 | 저작권 한문숙 박혜연 김지영
마케팅 정민호 이연실 정현민 지문희 김주원 | 홍보 김희숙 김상만 한수진 이천희
제작 강신은 김동욱 임현식 | 제작처 영신사

펴낸곳 (주)문학동네
출판등록 1993년 10월 22일 제406-2003-000045호
주소 413-120 경기도 파주시 회동길 210
전자우편 editor@munhak.com | 대표전화 031)955-8888 | 팩스 031)955-8855
문의전화 031)955-1933(마케팅) 031)955-2680(편집)
문학동네카페 http://cafe.naver.com/mhdn | 트위터 http://twitter.com/munhakdongne

ISBN 978-89-546-3659-9 03840

www.munhak.com